ars vivendi Krimi

Thomas Peter

Richtfest

Charly Valentins dritter Fall

Ingolstadt-Krimi

ars vivendi

Originalausgabe

Erste Auflage Juli 2014

www.arsvivendi.com

Lektorat: Stephan Naguschewski
Umschlaggestaltung: ars vivendi verlag unter
Verwendung einer Fotografie von plainpicture/Martin Sigmund
Druck: CPI Ebner & Spiegel, Ulm

Printed in Germany

ISBN 978-3-86913-465-9

Richtfest

Alles frei erfunden

Dies ist ein Kriminalroman. Die Handlung und alle darin agierenden Figuren sind frei erfunden. Ähnlichkeiten mit lebenden oder bereits verstorbenen Personen wären rein zufällig. Sofern real existierende Institutionen, Ministerinnen oder Orte vorkommen, die in einem Regionalkrimi oft nicht zu vermeiden sind, entspringen auch deren Verknüpfungen mit der Geschichte in jedem Fall der Fantasie des Autors.

Eins

Von der schattigen Terrasse seines kleinen Hauses blickte Giovanni auf den Golf von Neapel. Am Horizont zerfloss die Silhouette Ischias in der Mittagshitze. Die Kapelle des kleinen Dorfes schickte ein heiseres Zwölfuhrläuten herüber. Er hatte Hunger und freute sich aufs Essen. Als Lucia, seine hübsche Frau mit den feurigen Augen, die Spaghetti mit dem Pesto, die Weintrauben, das Weißbrot und die Karaffe mit dem Rest Falerno vom Vorabend servierte, rief er seinen kleinen Sohn an den Tisch. Für Lucias Pesto Neapolitana, das sie wie alle Italienerinnen nach einem »geheimen« Rezept ihrer Mama zubereitete, würde er auch töten, wenn es denn sein müsste. Zusammen mit dem fruchtigen Aroma des Rotweins entwickelte sich an seinem Gaumen ein Geschmack, der ihn immer wieder in höhere Sphären entführte. Er genoss die Symphonie der Sinneseindrücke. Das verstand er unter Dolce Vita. Gerade zwirbelte er eine weitere Portion Nudeln auf seine Gabel, als ihn sein Handy in die Realität zurückholte.

»Buongiorno, Giovanni«, krächzte der Anrufer. »Unsere Freunde in Holland sind so weit. Das Zeug liegt bereit. Wir machen es so, wie wir es zuletzt besprochen haben: Du kontrollierst diesmal die ganze Sache vor der Abfahrt.«

Die Holländer wollten das so. Denn bei der letzten Lieferung hatte man in Italien festgestellt, dass jemand die Ware mit Vanillezucker gestreckt hatte. Den Verdacht, dass sie es gewesen seien, konnten die Holländer nicht auf sich sitzen lassen. Darum sollte diesmal einer der Italiener vor der Abfahrt nach Holland kommen und die Reinheit des Stoffes kontrollieren.

»Si, Padrone, ich mache mich auf den Weg.« Giovanni aß seinen Teller leer, die Stimmung war jedoch dahin. Auch der gehaltvolle Falerno diente nur noch dem Nachspülen. In Gedanken war Giovanni nun voll und ganz bei der Arbeit. Nach dem Essen packte er eine kleine Reisetasche. Seine Beretta verstaute er im Nachttisch.

»Diesmal geh ich allein, altes Mädchen«, sagte er liebevoll zu ihr. »Im Flugzeug mögen sie es nicht so gern, wenn du mich begleitest.«

Zum Abschied streichelte er seinem Sohn über den Kopf und erklärte ihm, dass er für zwei Tage verreisen müsse. Er würde ihm aus Holland etwas Schönes mitbringen. Danach küsste er Lucia, setzte die Armani-Sonnenbrille auf und stieg in seinen Alfa. Zum Flughafen brauchte er um diese Zeit nur eine halbe Stunde.

Zwei

In der klimatisierten Kabine eines Alitalia-Airbus blätterte Giovanni gerade in der *Gazzetta dello Sport*, als elftausend Meter weiter unten Charly aus dem Fenster des Präsidentenbüros blickte. Der Kriminalbeamte sah aber nicht die Silhouette Ischias, er sah das Gesundheitsamt jenseits des Ingolstädter Busbahnhofes. Der aufgeheizte Backsteinbau flimmerte ähnlich wie der Umriss der Mittelmeerinsel.

Es war kurz vor vier an diesem Donnerstag, und die Stadt hatte sich der drückenden Julihitze endgültig ergeben. Seit zwei Wochen trocknete der Sommer Tag für Tag das Leben aus. Zäh wie geschmolzener Kunststoff quälte sich der Alltag durch die Straßen. Nur ganz vereinzelt tauchten im flirrenden Stadtbild ein paar wechselwarme Eidechsentypen auf, die flink über das heiße Pflaster huschten. Der Rest des urbanen Mobs versuchte, so langsam wie möglich dahinzuschmelzen.

Präsident Rubins Büro lag im dritten Stock und genauso auf der Südseite des Gebäudes wie Charlys Zimmer eine Etage weiter unten. Dennoch war die gefühlte Temperatur hier oben einigermaßen erträglich. Vielleicht lag es daran, dass dieser Raum dreimal größer war als Charlys Büro, sich aber normalerweise nur halb so viele Menschen hier aufhielten. Und während in den Räumen der Sachbearbeiter ständig mindestens zwei Computer liefen und Wärme abstrahlten, fuhr Präsident Rubin seinen PC nur ab und zu hoch, wie er immer wieder erzählte. Ihm war das persönliche Gespräch lieber als seitenlanger E-Mail-Verkehr, den ohnehin sein Vorzimmer erledigte.

Oder der Grund für die angenehme Raumtemperatur lag tatsächlich in dem hochgelobten mobilen Klimagerät, das in einer Ecke leise vor sich hin surrte. Auf massiven Druck der Gewerkschaft waren einige dieser Apparate beschafft und deren Kauf in Newslettern, Infobriefen und Mitarbeiterzeitungen weidlich ausgeschlachtet worden.

In den Zimmern der Kripo, die größtenteils im zweiten Stock untergebracht war, spielte es um diese Jahreszeit keine Rolle, ob die Fenster oder auch die Lamellenvorhänge offen oder geschlossen waren. Die Räume heizten sich ab dem späten Vormittag derart auf, dass ein konzentriertes Arbeiten nicht mehr möglich war. Und ein mobiles Klimagerät suchte man hier vergeblich. Der Tropfen auf den heißen Stein, den diese Maschinen darstellten, war im dritten Stock versickert. Nur Kommissariatsleiter Barschs Büro und das Kaffee-, respektive Besprechungszimmer, lagen auf der angenehm kühlen Nordseite.

Charlys Hemd klebte trotz der klimatisierten Raumluft auf der Haut, die Jeans sowieso. Zusammen mit Bruce aus der Einsatzzentrale und einer Kollegin der Neuburg Inspektion saß er wie bestellt dem Präsidenten gegenüber.

»Werte Kollegin, liebe Kollegen«, begann Rubin und nickte seinen Untergebenen lächelnd zu. »Die Leiter Ihrer Dienststellen sind aus bekannten Gründen im Moment nicht verfügbar. Darum übernehme ich natürlich gerne die anstehende Pflicht an deren Stelle.«

Linda Sternberg hatte ihre Führungsbewährung bei der Kripo erfolgreich absolviert. Dabei hatte selbstverständlich die Aufklärung des Mordes an einer Ingolstädter Prostituierten eine gewichtige Rolle gespielt. Nun drückte Linda an der Führungsakademie in Hiltrup die Schulbank und sollte dort die höheren Weihen erhalten. Bruce' Vorgesetzter, der Chef der Einsatzzentrale, hatte vor zwei Wochen am Ingolstädter Halbmarathon teilgenommen und sich dabei die Achillessehne abgerissen, und der Neuburger Häuptling war wegen eines Bandscheibenvorfalls operiert worden und weilte derzeit in einer Rehaklinik am Tegernsee.

»Wir hätten natürlich auch warten können, bis der eine oder andere Chef die Dienstgeschäfte wieder übernimmt«, fuhr Rubin fort. Dabei zwinkerte er Charly zu und spielte wohl auf den neuen Dienststellenleiter der Kripo an, der für kommenden Montag avisiert war. Ein Mann aus dem Bereich Mittelfranken, den bis jetzt in Ingolstadt noch niemand kannte.

»Es sind dabei überdies gewisse Formalien einzuhalten, und ich wollte Ihre verdienten Beförderungen nicht noch weiter hinausschieben.« Der Präsident nahm drei vor ihm liegende Aktendeckel aus festem Büttenpapier mit der schnörkeligen Aufschrift *URKUNDE* zur Hand. Zunächst beförderte er die Kollegin aus Neuburg zur Polizeihauptmeisterin. Im Anschluss ernannte der Vorgesetzte Bruce zum Oberkommissar. Und schließlich war Charly an der Reihe. Wie bei den beiden Kollegen zuvor öffnete Rubin offiziell getragen den Aktendeckel und verlas den Text der darin befindlichen Urkunde. »... blablabla, ernenne ich den Kriminaloberkommissar Karl Valentin zum Kriminalhauptkommissar. München, Datum, Unterschrift des Herrn Staatsminister.« Er klappte den Deckel zu und überreichte ihn Charly mit einem Händedruck. Während Bruce und die frisch gebackene Hauptmeisterin aus Neuburg danach die Empfangsbestätigung unterschrieben und sich gegenseitig gratulierten, stand Charly mit dem Präsidenten ein wenig abseits.

»Äh, Herr Rubin«, flüsterte Charly, »unter uns: Ich heiß eigentlich nicht Karl.« Dabei klopfte er auf den Aktendeckel. »Meine Kollegen nennen mich nur Charly wegen Valentin und so. Eigentlich heiß ich Georg.« Er lächelte entschuldigend.

»Mhm«, brummte Rubin nachdenklich und rieb sich das Kinn. »Zefix«, entfuhr es ihm dann. »Wissen Sie, wie lächerlich wir uns da machen, wenn wir die Urkunde wieder zurückschicken und sagen, jetzt haben wir erst gemerkt, dass da der falsche Name drinsteht? Außerdem verzögert sich dann natürlich Ihre Beförderung.« Rubin legte Charly die Hand auf die Schulter. »Ich kann schweigen. Wenn es Ihnen nichts ausmacht, dann lassen wir es einfach so. Hauptsache, das Gehalt wird aufs richtige Konto überwiesen, oder?« Er grinste konspirativ, und Charly nickte.

Nachdem auch er die Empfangsbestätigung unterschrieben und seinen Kollegen gratuliert hatte, fragte er: »Und, wie schaut's aus, woll ma a bissl feiern?«

»Nee, du, sorry, hab no Nachtschicht. Z'wenig Leut, weißt«, antwortete die Kollegin in astreinem Neu-Bayrisch.

Bruce, der Wahlbayer von der Waterkant, schüttelte ebenfalls den Kopf. »Irgendwann mal, Karl Valentin. Heut geht's nich. Ich muss noch lernen. Am Samstag is Prüfung.«

»Prüfung? Machst das große Jodeldiplom, oder was?«, fragte Charly. »Damit du später mal was Eigenes hast.«

»Jägerprüfung«, antwortete Bruce und spannte schneidig die Brust.

»Was? Du Hochseefischer? In unsren Wälder auf der Pirsch? Du kannst doch einen Hirschen nicht von einem Walross unterscheiden.«

»Du hast wie immer keine Ahnung.« Bruce war kurz ein wenig eingeschnappt. »Das Waidwerk ist ungeheuer wichtig, gelebter Naturschutz. Und wenn ihr *Bayerischen Buam*«, er betonte jeden Buchstaben und hörte sich an wie Guido Westerwelle, »das allein nicht gebacken kriegt, dann müssen wir *Zuagroasten*«, Westerwelle, »euch eben ein wenig unter die Arme greifen.«

Immer noch lachend, weil er sich Bruce in Kniebundhose und Lodencape vorstellte, kam Charly zurück in seinen Südseiten-Backofen. Er fächelte unwillkürlich mit dem Urkunden-Aktendeckel, wirbelte damit aber nur die heiße Luft durcheinander wie nach einem Aufguss in der Sauna. Nachdem ihm Sandra und Helmuth zur Beförderung gratuliert hatten, rief Charly im Dienststellenlaufwerk das Formular »Wurstliste.doc« auf und druckte es aus.

»Morgen is Freitag«, verkündete er, »das passt: Da geb ich Würscht aus. Des is dann gleichzeitig ein schöner Wochenabschluss.«

Als Kommissariatsleiter Barsch sich mit drei Bauernwürsten und drei Brezen in die Liste eintrug, gratulierte auch er seinem Mitarbeiter.

Die drückende Hitze, die auch am Abend nicht weniger wurde, ließ nicht mehr als ein Glas Wein zu, um die Beförderung nach dem Abendessen mit Petra zu feiern. Dann machten sich die Strapazen des Tages bemerkbar. Beide fühlten sich wie leer gepresste Zahnpastatuben und ließen sich erschöpft auf die Couch im Wohnzimmer fallen, wo es angenehme vier oder fünf Grad kühler war als draußen. Charly streckte alle viere von sich. Er trug ein ganz, ganz dünnes T-Shirt. Doch selbst das war ihm fast noch zu viel. Verständnislos betrachtete er seine Frau, die sich trotz hochsommerlicher Abendtemperatur bis zur Nasenspitze in eine Wolldecke hüllte, zweimal kurz seufzte und dann nicht mehr ansprechbar war. Kopfschüttelnd schlief auch er dreißig Sekunden später ein. Erst nach Mitternacht tappten beide schweißgebadet ins Schlafzimmer.

Drei

Am späten Freitagvormittag hätte man die Luft in den Büros schon wieder in kleine, heiße Würfel schneiden können. Dankbar schlich das ganze Kommissariat darum ins kühlere Kaffeezimmer, wo Sandra die gelisteten Bauernwürste, Weißen und Wiener warm gemacht hatte. Sie tat dies nicht aufgrund eines antiquierten Rollenverständnisses, das einige Kollegen durchaus noch pflegten, sondern weil sie einfach die Chance genutzt hatte, schon eine halbe Stunde eher die angenehmeren Temperaturen auf der Nordseite des Gebäudes zu genießen. Außerdem war Sandra tatsächlich eine der wenigen, die es schafften, Würste zu erwärmen, ohne daraus Suppe zu produzieren.

Der freudige Anlass der Wurstorgie und das nahe Wochenende, mit Aussichten auf ein schattiges Plätzchen im Garten nach der langen Woche in den Hochofenbüros, sorgten für eine lockere Stimmung. Schon bald entwickelte sich eine kontroverse Diskussion über die Titelchancen des FC Bayern und den Abstiegskampf des FC Ingolstadt in der diesjährigen Saison, die unmittelbar bevorstand.

* * *

»Dieses Jahr wird es ganz schwer«, stellte Jordi nachdenklich fest. »Wir bräuchten vorne einen zuverlässigen Vollstrecker, in der Mitte einen intelligenten Spielmacher und hinten einen unerschütterlichen Abwehrfelsen. Und wir haben nichts davon.« Die meisten anderen Kiebitze stimmten ihm knurrend zu. Anders als Jordi waren es meist Rentner, die sich täglich hinter dem Zaun am Nebenplatz einfanden, um die Stars von Ajax Amsterdam beim Training zu beobachten. Jordi war der Jüngste unter ihnen, aber kompetenter Kenner der Niederländischen Ehrendivision.

»Wusst ich doch, dass ich dich hier finde, du Käseroller«, dröhnte jemand in schauerlichem südländischem Akzent hinter Jordi.

»Giovanni, der Pizzabäcker«, stellte der Holländer erfreut fest. Dann erst drehte er sich um und reichte dem Italiener die Hand.

Giovanni trug trotz der Hitze ein leichtes Sakko über dem weißen Hemd. Mit dem kleinen Aktenköfferchen in der Hand sah er aus wie ein Versicherungsvertreter. Er schob das blauschwarz schimmernde Kinn in Richtung der Ajax-Spieler, die elegant Bälle durch Slalomstangen trieben und sie zum Abschluss meterweit über oder neben das Tor droschen.

»Ihr habt gegen Milano verloren.«

»Das war doch gekauft«, ereiferte sich Jordi. »Da steckt bestimmt dein Padrone dahinter. Sonst hättet ihr nicht in der letzten Minute diesen Elfer bekommen.«

Giovanni zuckt mit den Schultern. Er wusste wirklich nicht, ob sein Chef den Schiedsrichter bezahlt hatte. Und Mailand war ihm ohnehin egal. Hauptsache beim SSC Neapel lief alles rund.

»Is ja egal«, winkte Jordi ab und deutete zum Ausgang. »Kümmern wir uns um unsere Arbeit. Hattest du einen angenehmen Flug?«

In Jordis Peugeot fuhren sie quer durch Amsterdam zu einer Lagerhalle in der Nähe des Hafens. An einem kahlköpfigen Bodybuilder vorbei betraten sie das Gebäude durch ein riesiges Rolltor. Einige breite Streifen Sonnenlicht durchquerten die leere Halle von den Dachfenstern aus bis zum staubigen Betonboden. Von einem dieser Lichtstreifen erhellt wie der Startenor vom Bühnenscheinwerfer, stand ein Wohnwagen ein wenig verloren in der Mitte des riesigen Raumes. Daneben, auf einer Art Tapeziertisch, lagen fünf Beutel mit einem weißen Pulver.

»Bitte sehr, fünf Kilo sauberes Kokain«, offerierte Jordi und tätschelte einen der Beutel. »Du überzeugst dich bitte von der Reinheit. Deswegen bist du ja da.«

Giovanni öffnete seinen Aktenkoffer, und die Utensilien, die er daraus hervorzog und nacheinander auf dem Tapeziertisch aufbaute, erinnerten an einen Chemiebaukasten. Schließlich entnahm er aus den fünf Beuteln an verschiedenen Stellen Proben des Pulvers, die er in Reagenzgläser füllte und mit diversen Flüssigkeiten beträufelte. Inzwischen wandte sich Jordi dem Wohnwagen zu und streichelte liebevoll über eine der Zierleisten.

»Das war eine gute Idee mit dem Caravan.«

Die Fahndungsstreifen auf den deutschen und österreichischen Autobahnen hatten in letzter Zeit ein Auge für italienische Drogenkuriere und deren Fahrzeuge entwickelt. Immer wieder waren große Mengen aus dem Verkehr gezogen und die Fahrer verhaftet worden. Nicht, dass die Schicksale der Kuriere in der Führungsetage der Organisation großes Mitleid erweckt hätten, aber der wiederholte Verlust der Handelsware schlug in der Endabrechnung empfindlich negativ zu Buche. Die Gewinnwarnung hatte zu einer Krisensitzung der Familie geführt, und nachdem die Brainstormingvorschläge »Ultraleichtflugzeug«, »Querfeldein mit einer Enduro« und »per ferngesteuertem U-Boot den Rhein herunter« verworfen worden waren, war ein junger Mann mit niedriger Stirn und tief liegenden Augen nach angestrengtem Nachdenken auf die Idee gekommen, den Stoff in einem Wohnwagen zu schmuggeln. Das Familienoberhaupt hatte kurz nachgedacht und dann dem jungen Denker die stoppelige Wange getätschelt. Einen Versuch schien es wert, und bis jetzt funktionierte die Sache einwandfrei. Das Kokain wurde von Südamerika aus nach Rotterdam verschifft und von dort in einem Überseecontainer zusammen mit einigen Tonnen Kaffee nach Amsterdam geliefert. Hier versteckten es Jordis Kollegen in einem Wohnanhänger. Ein Holländer fuhr das Gespann nach Deutschland. Kurz hinter der Grenze stellte er den Wohnwagen an der abgelegenen Tankstelle eines eingeweihten Pächters ab. Ein deutscher Kurier übernahm dort den Anhänger, verpasste ihm deutsche Kennzeichen und zog ihn bis nach Italien. Man hatte festgestellt, dass erstaunlicherweise ein holländisches Wohnwagengespann in Deutschland und Österreich öfter und genauer kontrolliert wurde als ein deutsches, das meist völlig unbehelligt über die Autobahn tuckern konnte. Wenige Kilometer hinter dem Brenner stellte der deutsche Fahrer den Wohnwagen auf dem Campingplatz eines Mannes ab, der ebenfalls auf der Gehaltsliste des Padrone stand. Und dort übernahmen die Italiener das Gefährt.

»Achtundneunzig Prozent! Also absolut reiner Stoff!« Giovanni war mit der Prüfung fertig, und die Chemikalien hatten bewiesen, was er erwartet hatte. »Gut, wenn also ihr nichts dreht, dann ist es wohl unser Mann in Deutschland«, stellte er fest.

Jordi entrüstete sich: »Giovanni, ich bitte dich. Du weißt, ich würde euch nie betrügen. Dafür ist mir mein Leben zu wertvoll.«

Jordis Blick und Gestik, die diese Aussage begleiteten, waren beinahe eines Süditalieners würdig, befand Giovanni. Die Geschäfte mit Jordi liefen seit Jahren reibungslos. Er glaubte ihm.

Die Beutel wurden wieder verschlossen, und Giovanni markierte sie, abgewandt von den Holländern, mit einem UV-Stift, sodass niemand unbemerkt das Kokain umfüllen und die Verpackung austauschen konnte. Dann gab Jordi zwei Männern im Hintergrund einen Wink, die daraufhin das Kokain im Fußboden des Wohnwagens verstauten. Es dauerte drei Stunden, bis die Inneneinrichtung wieder so montiert war, wie es sich serienmäßig gehörte. Danach wurden Campingstühle, Frischhalteboxen, Fahrräder und Sonnenschirme in den Wohnwagen gepackt, und das Gespann war zur Abfahrt bereit.

Jordi fuhr Giovanni zum Flughafen und wünschte ihm einen guten Flug. Der Italiener wünschte seinerseits dem Holländer eine gute Fahrt und gab ihm noch mit auf den Weg, nicht auf Feyenoord Rotterdam zu wetten, wenn sie demnächst gegen den AS Rom spielten. Er kaufte im Flughafen einen Spielzeugtraktor mit Anhänger für seinen Sohn und ein Säckchen Tulpenzwiebeln für Lucia.

Aber er flog nicht zurück. Stattdessen mietete er sich einen Wagen und fädelte sich auf der Autobahn in den Verkehr Richtung Süden ein. Auf das Wohnwagengespann traf er ungefähr dort, wo er es erwartet hatte. Die Holländer waren also ohne Verzögerung losgefahren. Hätten sie nach seiner Abreise das Kokain noch mal aus dem Versteck geholt, dann wäre die Lieferung jetzt noch nicht unterwegs.

Zweihundert Meter hinter dem Caravan stellte sich Giovanni auf eine langweilige Fahrt ein. Er schaltete das holländische Geplapper im Radio ab und begann selbst, die Arie des Figaro aus dem *Barbier von Sevilla* zu trällern.

Vier

Am Abend stellte ein blasser, rotblonder Holländer den Wohnwagen auf dem Gelände einer heruntergekommenen Tankstelle am Rand von Wesel ab. Er sprach kurz mit einem kleinen, dicken Kerl in einem verschmierten Overall an der Kasse, kaufte Cola und Schokolade, stieg dann wieder in seinen Wagen und verschwand.

Giovanni hatte gegenüber auf einem Schotterplatz geparkt und beobachtete die Szene aus seinem Leihwagen.

Als der Fahrer des Gespanns nach halber Strecke auf einen Rasthof gefahren und in der Toilette verschwunden war, hatte Giovanni sich mit einer Thermoskanne Kaffee und Sandwiches, die nach Gummi und Plastik schmeckten, gerüstet. Die ganze Nacht von Freitag auf Samstag stand der Wohnwagen neben der Tankstelle. Eine Straßenlaterne beleuchtete ihn diffus, und ab und zu glitten die Lichtkegel von Autos, aus denen Bässe wummerten, über den Caravan. Sonst geschah rein gar nichts hier draußen in der Prärie.

Am Samstagvormittag kamen die meisten zur Tankstelle, um sich eine *BILD* und Zigaretten zu holen. Hin und wieder tankte jemand. Am späten Vormittag fuhr ein Paar in einem Wagen auf das Gelände, rangierte vor den Wohnwagen und setzte zurück. Der Fahrer stieg aus und ging hinein zu dem Kerl hinter der Kasse, der wieder seinen Overall trug. Die Frau blieb draußen am Auto stehen. Nach kurzer Zeit kam der Mann zurück, kuppelte den Caravan an und verschwand für einige Sekunden dahinter. Beide stiegen wieder ein, und das Gespann setzte sich in Bewegung. Als es von der Tankstelle in die Straße einbogen, sah Giovanni, dass der Wohnwagen nun ein deutsches Kennzeichen trug.

Mit einem erleichterten Seufzer schüttete er den Rest des dünnen Kaffees auf den Schotter neben dem Auto und entsorgte das übrig gebliebene Gummisandwich mit einem sehenswerten Dreipunktewurf in einem entfernten Mülleimer. So weit war alles glatt gegangen, und niemand hatte sich an dem Wohnwagen zu schaffen gemacht. Nun hatte der deutsche Kurier übernommen. Giovanni konnte seine Beobachtung abbrechen und nach Hause fliegen. Er wusste, wo er den Deutschen wiedersehen würde.

Den Leihwagen gab er am Flughafen in Dortmund zurück. Jetzt machte sich die durchwachte Nacht bemerkbar. Er fühlte sich müde und sehnte sich nach seiner Familie. Er dachte an seine Lucia und spürte trotz der Müdigkeit bereits dieses Verlangen. Wenn sie sich auf das Wiedersehen genauso freuen würde wie er, dann stünde ihm wieder mal eine schweißtreibende Nacht bevor.

Schon während des Starts schlief er ein.

* * *

Schweißgebadet wachte er auf. Nur das vorwitzige Geplärr eines Vogels – wahrscheinlich ein Star, vermutete Charly – unterbrach die Stille des Sonntagmorgens. Es kühlte nachts schon länger nicht mehr richtig ab. Häuser und Straßen heizten sich tagsüber auf und strahlten nachts die Wärme ab wie große Kachelöfen. Neben ihm streckte sich Petra genüsslich, rollte sich dann aber gleich wieder zusammen und bildete erneut eine Einheit mit Matratze und Decke. Wie man sich nur bei diesen Temperaturen auch noch zudecken konnte. Es dauerte nicht lang, bis seine Frau mit einem Seufzer die Decke von sich kickte und sich ihrem Gatten zuwandte.

»Schön, die Amsel, gell! Die will uns sagen, dass wir jetzt aufstehen sollen. Wir haben einiges zu tun.« Sie verpasste ihm einen Klaps und verschwand im Bad.

Stimmt, der große Tag: Heute war Ludwigs achtzehnter Geburtstag. Endlich durfte der Bub allein Auto fahren. Charly schämte sich sofort dafür, dass dies sein erster Gedanke war. Aber nach elf Monaten »Begleiteten Fahrens« hatte er diesen Tag herbeigesehnt. Er war es einfach nicht gewohnt, im eigenen Auto Beifahrer zu sein. Zumindest nicht nüchtern. Wenn er beim Weggehen seine drei oder vier Weißbier hatte, dann fuhr natürlich Petra nach Hause. Sie fuhr gut, und er war froh drum. In Dienstwagen, bei seinen Kollegen, hatte er ebenso keine Probleme damit, danebenzusitzen. Sandra fuhr forsch, wenn auch mit viel Gefühl. Nun gut, bei Helmuth war die Sache grenzwertig. Natürlich hatte seine Fahrweise auch Vorteile, gerade wenn es pressierte. Aber Ludwig als Chauffeur in Charlys Auto? Nicht, dass sein Sohn ein schlechter Fahrer gewesen wäre. Er wirkte mittlerweile sogar durchaus souverän. Jedoch fuhr er für Charlys Geschmack ein wenig zu zügig, ein wenig zu weit links und bremste ein wenig zu spät. Elf Monate Belehrung hatten daran nichts ändern können.

»Dann kann ich den Karren ja gleich schieben«, war Ludwigs einzige Reaktion gewesen. Und weil's prinzipiell funktionierte, freute sich Charly, dass er ab heute nicht mehr neben seinem Sohn sitzen musste, wenn der mal eben Lust auf McDonald's hatte.

Er drehte sich noch einmal um.

Ausgerechnet wieder ein Sonntag. Charly mochte Familienfeiern gern. Doch während sich das Tohuwabohu unter der Woche auf drei oder vier Stunden am Abend konzentrierte, war an Wochenenden oder Feiertagen den ganzen

Tag über Action. Das fing schon mit dem fröhlichen Frühstück an.

Auf dem Schokoladenkuchen flackerten achtzehn Kerzen. Nur das Geburtstagskind hatte das Recht, angesichts der frühen Stunde ein wenig mürrisch dreinzuschauen. Ansonsten waren Freude und gute Laune angeordnet.

»Schön, dass dieses Jahr die meisten unserer Familienfeste auf einen Sonntag fallen«, stellte Petra glücklich fest. »Heut Ludwigs Geburtstag. Julias Geburtstag ist wieder ein Sonntag«, zählte sie auf. »Und nächsten Sonntag unser Hochzeitstag.«

Charly schlug sich innerlich gegen die Stirn: Vergessen! Ein runder auch noch. Er rechnete kurz nach: zwanzig Jahre. Musste wohl was Besonderes sein. Äußerlich lächelte er und antwortete: »Ja, schon schön.« Er hoffte, die aufsteigende Panik so weit niederkämpfen zu können, dass man sie ihm nicht direkt ansah.

»Was hast denn?«, fragte Petra besorgt. »Du bist ja so blass. Is wahrscheinlich die Hitze.«

»Äh, kann sein«, druckste Charly herum. Gott sei Dank erlöste ihn das Telefon aus dieser Situation.

»Is bestimmt die Oma. Erste Gratulantin.« Petra ging hinaus, um den Anruf entgegenzunehmen. Gleich darauf kam sie zurück und reichte Charly das Telefon. »Nicht die Oma! Für dich, Einsatzzentrale.« Dabei sagte ihr Blick: *Nicht heute. Dein Sohn hat seinen achtzehnten Geburtstag. Wir erwarten einen Haufen Leute und alles Mögliche muss noch hergerichtet werden. Soll doch mal irgendwer anderes fahren.*

»Valentin.«

»Bruce, EZ. Servus, Charly.«

»Moing, Herr Oberkommissar. Was gibt's denn?«

»Heut Nacht is an der Peisserstraße eine Lagerhalle abgebrannt. Und da liegt jetzt ein Toter drin. Euer Brandermittler ist alleine vor Ort und bittet um Unterstützung.«

»Du, heut is ganz schlecht. Könntst ned probiern, ob du jemanden anderen erwischt?«

»Ich weiß schon, Charly. Aber ihr habt ja grad keinen Kapitän. Der Kollege Barsch geht nicht ans Telefon. Die Sandra hab ich zwar erreicht, aber die ist grad im Bayerischen Wald bei ihren Eltern. Die Sandra hat mir natürlich gesagt, dass dein Junge heut Geburtstag hat. Drum hätt ich's zuerst noch beim Helmuth versucht. Den hab ich auch am Handy erreicht. Der ist gerade in Bitterfeld. Ehrlich gesagt bist du der Einzige, der noch da wär.«

»Ja gut, ich komm.« Mit einem Seufzer beendete Charly das Gespräch. »Tut mir leid, ich bin so schnell wie möglich wieder da«, entschuldigte er sich bei seiner Familie.

Petra verzog den Mund zu einem schiefen Lächeln, und ihr Blick sagte nun: *War eh klar!*

Ein Fahrstreifen der Peisserstraße war abgesperrt. Fahrzeuge der Feuerwehr standen vor dem Brandort am Straßenrand. Gegenüber auf dem Donaudamm hatten sich einige morgendliche Gassigänger mit ihren Hunden zusammengeschart. In den oberen Stockwerken der angrenzenden Hochhäuser drängten sich an mehreren Fenstern die Bewohner und beobachteten die Szene.

Mist, keine Möglichkeit zum Abschirmen, war Charlys erster Gedanke. Er mochte es nicht, unter den neugierigen Blicken Schaulustiger zu arbeiten. Hier half alles nichts: Das ganze Grundstück lag auf dem Präsentierteller.

Links ragten verkohlte Mauerreste auf, wie verfaulte Zahnstummel im Mund eines alten Indios. Den gesamten, etwa fünfundzwanzig Meter langen Grundriss des ursprünglichen Gebäudes bedeckte schwarzer, feucht glänzender Schutt, aus dem an manchen Stellen noch dünne Rauchsäulen aufstiegen. Löschwasser und Asche hatten einen schmutzigen Bach vom Grundstück aus über die Straße Richtung Donaudamm gebildet.

Rechter Hand behauptete ungerührt, so als wäre überhaupt nichts passiert, ein offener Holzschuppen seinen Platz. Hüfthoch wucherten Grasbüschel an den hohen Eckpfosten. Hier fanden verstaubte Kranteile, Baggerschaufeln, ein alter Lkw sowie ausrangierte Kompressoren und Betonmaschinen ein zugiges Lager. Auf einem angerosteten Schild konnte Charly gerade noch den Schriftzug »Senftl & Wienert, Bau GmbH« entziffern.

Vor dem Schuppen stand ein roter Ferrari. Der Wagen war über und über mit Ruß bedeckt. Und dennoch machte das unbeugsam durchscheinende Rot den Sportwagen zwischen der verkohlten Ruine und dem rostbraunen Schrottschuppen zu einem lebendigen Kontrapunkt.

Charly erinnerte sich, schon einmal auf diesem Gelände gewesen zu sein. Bei einem der letzten Fälle hatte er genau vor diesem Schuppen einen viel beschäftigten Bauunternehmer nach einem Mitarbeiter befragt. Damals hatten er und Sandra sich gewundert, warum ein Bauunternehmer in einer weißen Jeans mit einem Ferrari unterwegs war. Charly versuchte sich die Begegnung noch einmal genauer ins Gedächtnis zu rufen und überlegte gerade, ob …

»Servus, Charly! Wenn'sd dann genug Löcher in die Luft gestarrt hast, könntest mal zu mir rüberkommen. Dann könnt ma vielleicht fertig werd'n, bevor's wieder heiß wird.« Der Kollege stand mitten in dem schwarzen Brandschutt. Er trug einen olivgrünen Overall, schwarze Gummistiefel und einen weißen Helm, obwohl keiner der Mauerreste mehr mannshoch war. Er war einer der spezialisierten Brandermittler der KPI Ingolstadt.

»Wo is'n dei Kompagnon?«, fragte Charly zur Begrüßung, während er sich vorsichtig auf den Weg in die Aschewüste machte. Er wunderte sich, da die Spezialisten in der Regel zu zweit ausrückten.

»Krank, Burn-out«, kam die knappe Antwort.

»Oje!« Ist natürlich angemessen für einen Brandermittler: Burn-out, stellte Charly fest. Ist das Gleiche, wie wenn der Mordermittler von der Arbeit erschlagen wird oder der Kollege vom Betrugskommissariat Bankrott anmeldet.

Gemeinsam stolperten sie durch das Trümmerfeld, und Charly ließ sich die bisherigen Erkenntnisse berichten. Charlys Cowboystiefel färbten sich immer dunkler von der feuchten Asche, und auch der Saum seiner Jeans saugte begierig den schmierigen Dreck auf.

Im hinteren Bereich der Ruine war der Brandschutt zur Seite geräumt. Mitten in dem freigelegten Oval lag die verkohlte Leiche.

»Bitteschön, das ist dein Part«, offerierte der Kollege.

»Wer hat ihn denn gfunden?«

Der Brandermittler deutete auf das Hochhaus neben dem Grundstück. »Ein Anwohner hat gegen vier die Feuerwehr verständigt. Da hat's schon lichterloh gebrannt, und es war nix mehr zu retten. Natürlich is den Feuerwehrlern gleich der Ferrari aufgefallen, und sie ham sofort nach'm Löschen angfangen zu suchen. Und ihn schließlich hier gfunden.«

»Ihn? Du gehst davon aus, dass es ein Mann ist?« Charly betrachtete zweifelnd den Leichnam. Man konnte zwar noch erkennen, wo der Kopf und wo die Füße waren, aber mehr nicht. Haarfarbe, Gesichtszüge, Kleidung: Fehlanzeige. Es war alles schwarz.

»Statistik und Erfahrung! Nahezu hundert Prozent der Brandleichen in Baumaschinendepots sind Männer. In Küchen schaut's dagegen ganz anders aus.« Brandermittlerhumor.

»Da wird uns nur eine Obduktion eindeutig weiterhelfen«, stellte Charly fest, und ihm graute schon ein wenig vor der Leichenöffnung bei diesen sommerlichen Temperaturen.

»Ja, der is gut durch. Da wirst vielleicht nicht mal mehr DNA finden.«

Durch die Verdunstung des Wassers in den Muskeln hatte der verbrannte Körper die typische zusammengekauerte Fechterstellung eingenommen. »Da bleibt dann nur das Zahnschema«, resümierte Charly. Außer ein paar Fotos zu schießen, konnte er vor Ort an der Leiche nichts weiter tun. »Was is denn mit dem Ferrari?«

»Is auf die Baufirma zugelassen, der das Gelände gehört«, antwortete der Kollege. »Senftl & Wienert. Und der Lehrling oder ein Hilfseisenflechter wird wohl den Firmen-Ferrari nicht fahren«, fügte er hinzu. »Die Kollegen ham bereits die Familie informiert. Den Wagen hat anscheinend nur der Chef, der Senftl, gefahren. Und der is offenbar irgendwie seit gestern Abend nicht mehr aufgetaucht«, rückte der Kollege endlich raus.

»Schön, dass ich das jetz auch erfahr.«

»Wir sollen den Ferrari einfach stehen lassen, also nix Abschleppdienst oder so. Die kümmern sich dann selber drum.«

»Die ham Probleme.« Charly war oft verblüfft von den Reaktionen Angehöriger, wenn ihnen eine Todesnachricht überbracht wurde. Aber er wunderte sich in solchen Situationen über absolut nichts mehr. Da war alles möglich.

Gemeinsam untersuchten die beiden Kriminalbeamten schließlich die Ruine.

»Und? Selbstentzündung wegen der Hitze möglich? Oder technischer Defekt?«, fragte Charly den Fachmann.

»Wohl kaum«, der Kollege deutete nacheinander auf mehrere Stellen an den Mauerresten. »Schau: Brandherde an mindestens drei unabhängigen Stellen.« Er erläuterte, wie er beim Anblick eines verkohlten Mauerrestes darauf schließen konnte, dass genau dort das Feuer ausgebrochen war. Charly war immer wieder fasziniert davon, welche Schlüsse die Spezialisten aus einseitig angerußten Ziegeln, geschmolzenem Kunststoff, durchglühtem Blech und unscheinbaren Rußfahnen ziehen konnten, während er nur Schwarz sah.

»Glaubst, er hat's selber angezündet? Versicherungsbetrug?«, fragte er.

»Möglich. Dann könnt ihn die starke Rauchentwicklung überrascht haben. Er wird bewusstlos, und das ganze ölige Zeug hier in der Werkstatt fliegt ihm um die Ohren. Uralter Holzdachstuhl und Fehlboden, hat sofort gebrannt wie Zunder. Ich hab einiges sichergestellt. Das muss erst untersucht werden, dann kann ich dir vielleicht mehr sagen.«

Von der Dienststelle aus rief Charly das Bereitschaftshandy der Staatsanwaltschaft an. Frau Gambrini-Steinmetz meldete sich. Im Hintergrund waren plätscherndes Wasser und lachende Kinder zu hören. Vermutlich lag sie an einem Badeweiher und genoss ihren Bereitschaftsdienst. Wie Charly bereits vermutet hatte, ordnete sie die Obduktion der Brandleiche an. Weitere Sofortmaßnahmen fielen auch ihr nicht ein, und mit einem »Iiih, ist das kalt«, räusper,

»'tschuldigung« wünschte sie Charly ein schönes und ruhiges restliches Wochenende und verabschiedete sich.

Die EDV-Arbeiten, das Einlesen der Bilder und die sonstigen administrativen Aufgaben übernahm der Brandfahnder, und so war Charly kurz nach Mittag wieder zu Hause.

»Na bravo! Die kannst wegschmeißen«, klärte ihn Petra nach einem kurzen fachmännischen Blick auf seine Stiefel auf. Tatsächlich waren die ausgelatschten Treter schwarz bis zu den Knöcheln. Ab dort hatte die Hose den Schlamm übernommen und bis zu den Knien hochgezogen. »Und die Jeans bring ich garantiert nicht mehr sauber. Da kannst a Kurze draus machen, oder du schmeißt's am besten auch glei weg.«

Missmutig aß er eine Kleinigkeit und spülte das Bild der verkohlten Leiche und den Ärger über die versauten Stiefel und die Jeans mit einem kalten Weißbier weg. Dann war er bereit, um bei den Vorarbeiten für die großfamiliäre Geburtstagsfeier zu helfen.

Wie zu solchen Anlässen üblich, herrschte im Hause Valentin das kontrollierte Chaos. Beinahe jeder der vielköpfigen Verwandtschaft hatte sich diesen Sonntag frei gehalten, um mit Ludwig seinen großen Tag zu feiern. Oma, Opa, Onkel, Tanten und sonstige Blutsverwandte oder Angeheiratete verteilten sich im Esszimmer auf allem, worauf man einigermaßen sitzen konnte, weil es viel zu heiß war, um sich im Freien aufzuhalten. Einige von Ludwigs Freunden waren gekommen und bildeten trotz der Hitze im Garten einen Brückenkopf. Sie hatten als Geschenk zahlreiche gemixte, bunte Getränke mitgebracht und verköstigten sich damit großteils gleich selbst.

Charly, Petra und Julia werkelten in der Küche, dass ihnen der Schweiß auf der Stirn stand: Kaffee brühen, Kuchen teilen, Kaffeegeschirr abspülen, Weißbrot schneiden, Salat anmachen, Getränke ausschenken und schließlich Chili con Carne für fünfunddreißig Personen servieren.

Als sich die schmutzigen Teller auf der Arbeitsplatte türmten und jeder satt war, wurden Chips und Salzstangen serviert und die Bowle auf den Tisch gestellt. Ludwigs Freunde verabschiedeten sich in einen Bauwagen irgendwo in der Nähe, und auch so mancher Verwandte strebte bald unter einem mehr oder weniger ausgefeilten Vorwand seinem heimischen Kanapee entgegen. Es wurde ruhiger. Und wer jetzt noch saß, der blieb ein wenig länger.

Irgendwann im Verlauf des Tischgesprächs kam Charly nicht umhin, seine Beförderung zum Hauptkommissar bekannt zu geben.

»Da schau her, unser Georg macht Karriere.«

»Jetz is er schon so hoch wie der Derrick.«

»Der Derrick war doch Oberinspektor.«

»Aber einen Inspektor gibt's ned bei der Polizei.«

Als schließlich alle erdenklichen Polizeiwitze erzählt und kommentiert und Charlys neuer Dienstgrad mit dem aller bekannten Film- und Literaturermittler verglichen war, erhob sich Onkel Rudi und verkündete feierlich, dass dieses Ereignis eine besondere Würdigung verdiene. Dazu müsse er nur schnell von zu Hause was holen. Er wohnte gleich um die Ecke und kam nach wenigen Minuten aus seinem Keller zurück. Wie Marienstatuen trug er drei Flaschen mit messingfarbener Flüssigkeit vor sich her.

»Zirbe, ganz was Feines«, verkündete er mit leuchtenden Augen und stellte eine Flasche nach der anderen andächtig auf den Tisch. »Tauern-Zirbe«, stellte er die erste vor.

»Lungau-Zirbe und Zillertaler.« Stolz und voller Vorfreude grinste Onkel Rudi übers ganze Gesicht. Er gab eine kurze Zusammenfassung der geologisch-ökologischen Besonderheiten der drei Sorten, verband dies mit einem Ausblick auf die künftige Entwicklung der österreichischen Forstwirtschaft und forderte schließlich Charly und zwei weitere Onkel auf, die feinen Unterschiede in den Zirbenaromen zu erschmecken. Immer wieder wurde Zirbenschnaps in unterschiedlicher Reihenfolge probiert. Am Schluss sogar mit verbundenen Augen, wie in der Waschmittelwerbung. Natürlich waren, um die Geschmacksnerven für derart wohlige, aber eben auch ähnliche Aromen zu schärfen, dazwischen immer wieder Reparaturweizen und der Rest des Chili-con-Carne-Weißbrotes notwendig.

Kurz nach Mitternacht waren die drei Flaschen leer. Onkel Rudi war mit der geschmacklichen Treffergenauigkeit letztendlich zufrieden gewesen und hatte sich zusammen mit der restlichen Verwandtschaft verabschiedet. Mit einem sehr deutlichen Harzgeschmack am Gaumen schlich Charly ins Schlafzimmer und wankte dabei wie eine Kiefer im Wind, hoch oben auf einem österreichischen Berg. Egal, wo genau.

Fünf

Er stützte die Ellbogen schwer auf die Tischplatte im Kaffeezimmer des K1 und klammerte sich an seine Tasse. Leider Gottes hatte den Kaffee heute wieder irgendein Weichei gekocht. Die braune Brühe war sicher nicht dazu geeignet, ihn auf die Beine zu bringen. Nachdem ihm in aller Früh mehrere Kollegen gesagt hatten, wie abgerissen und erbärmlich er heute aussah, hielten sie sich jetzt anständigerweise ein wenig zurück. Er nahm die Gespräche im Besprechungsraum gedämpft wie einen entfernt gurgelnden Gebirgsbach wahr. Das Grundrauschen des Seins donnerte dagegen Niagara-artig durch seine Schläfen. Als ihm heute Morgen ein Radiomoderator ins Ohr geträllert hatte, er solle beschwingt in diesen schönen Montag starten, da fühlte er sich, als hätte ihn jemand ans Bett getackert. Unförmig wie ein Briefbeschwerer war seine Zunge im Mund herumgerollt und gegen den knochentrockenen Gaumen geklatscht. Kurz war in ihm der Gedanke aufgeflackert, einfach liegen zu bleiben und die Augen wieder zuzumachen. Was hätte er darum gegeben, wenn heute noch einmal Sonntag gewesen wäre. Sofort meldete sich jedoch dieser blöde ungeschriebene, selbst auferlegte Ehrenkodex: Wer saufen kann, der kann genauso gut in die Arbeit gehen! Dienst ist Dienst und Schnaps bla, bla, bla … immer die gleiche Leier.

Mit einem Ruck hatte er sich erhoben, und die Bewegung sofort bereut.

Den Briefbeschwerer hatte er immer noch im Mund. Die braune Brühe hatte lediglich den Gaumen wieder einigermaßen benetzt, und als Kommissariatsleiter Barsch ihn aufforderte, von der Brandleiche am gestrigen Sonntag zu berichten, konnte er – abgesehen vom intensiven Harzgeschmack – fast schon wieder normal sprechen.

»Total verbrannt«, berichtete Charly so knapp wie möglich. »Da war nix mehr zum Identifizieren. Bleibt wohl nur 's Zahnschema. Ich mach dann glei einen Termin für d' Obduktion, und vorher fahr ich noch beim Zahnarzt vorbei.« Umständlich nahm er einen Schluck Weichei-Brühe.

»Wahrscheinlich ist die Leiche nämlich der Chef, der Herr Senftl selber. Sein Ferrari war am Brandort geparkt, und er ist bis jetzt nirgends aufgetaucht.« Die kleine Ansprache erschöpfte ihn zusehends. »Eindeutig Brandstiftung, mehrere Brandherde. Eventuell war er's selber und ist dann nicht mehr rausgekommen. Wird sich schon noch irgendwie rausstellen.«

Während die meisten Kollegen Charly mitleidig ansahen, nickte Barsch zufrieden. »Versuchter Versicherungsbetrug und dumm angestellt. Ein bedauerlicher Unglücksfall«, war seine Zusammenfassung. Und es schien in sein vorgefertigtes Bild des Falles zu passen. Außerdem steckte in dieser Konstellation die wenigste Arbeit für die Ermittler.

Nur Helmuth, der den ganzen Morgen noch keinen Ton gesagt hatte und ähnlich mitgenommen aussah wie Charly, schien sichtlich betroffen. »Der Senftl?«, flüsterte er abwesend. »Mit'm Harry bin i aufgwachsen«, erklärte er dann, als er sich wieder gefangen hatte. »Wir ham mitnand im Sandkasten gspuit. Der Harry hat mir damals alle meine Bauklötzl für fünf Cola-Lutscher abgluchst. Rieseng'schäft, hab ich denkt. Hab die Lutscher aufgfressen und nix mehr ghabt. Und der Harry hat mit meine Klötzl die riesigsten Burgen baut.«

»Warst du jetz immer noch mit ihm beinand?«, fragte Charly.

»Nein, schon ewig nimmer. Der Harry war dann in ganz andere Kreise unterwegs.«

Barsch wollte offenbar keine Sentimentalitäten aufkommen lassen. »Tja, so is das mit den Reichen und Schönen: Können den Rachen nicht vollkriegen und müssen am Ende auch sterben.« Er patschte beide Hände auf den Tisch und erhob sich. Murmelnd und tassenklimpernd löste sich die Runde auf.

Charly führte im Büro ein wortkarges Telefonat mit der Münchner Rechtsmedizin und vereinbarte einen Obduktionstermin am Nachmittag.

»Ich fahr mit«, bot Sandra an. Vermutlich wollte sie damit hauptsächlich verhindern, dass ihr Kollege in seinem Zustand selbst Auto fuhr.

Ganz kurz ließ Charly sich zu einem verführerischen Gedanken hinreißen: Ja, wenn die Sandra fährt, dann bräucht ich ja eventuell überhaupt nicht ... Doch da meldete sich zuverlässig schon wieder dieser dämliche Ehrenkodex. Mit einer Art Fliegenklatsche drosch er auf den zarten Gedanken ein, bis nichts mehr davon übrig war. Diese Obduktion war sein Termin, ob Sandra dabei war oder nicht.

Für zehn Uhr hatte Präsident Rubin alle Mitarbeiter der Kripo in den großen Besprechungsraum im vierten Stock beordert. Einziger TOP dieser Versammlung war die Inthronisierung des neuen Dienststellenleiters. Und da stand er nun: einen Kopf kleiner als Rubin, in einem zu großen grauen Anzug. Der Präsident sprach einige einführende Worte, musste schnell zum nächsten Termin und ließ die Mannschaft mit dem Neuen allein.

»Ich werd mich dann am besten noch mal selbst vorstellen«, begann der neue Chef. Er hatte ein pausbäckiges

Gesicht und pechschwarze, kreisrunde Lockerl. »Mein Name ist Hanno Zwerglein.« Prüfend blickte er in die Runde. »Bitte keine Witze mit meinem Namen. Die hab ich alle schon gehört. Außerdem gebe ich zu bedenken, dass es sich um eine zweifache Verniedlichung, also quasi um eine doppelte Verneinung handelt und Minus mal Minus immer noch ein großes Plus ergibt.« Wieder prüfte er die Schar der Zuhörer. Einige unterdrückten mit Mühe ein Grinsen wegen der holprigen Vergewaltigung der bekannten Formel.

»Ich komme ursprünglich aus Altdorf bei Nürnberg und habe vor zweiundzwanzig Jahren im gehobenen Dienst angefangen, bin aber schon kurz darauf als Jahrgangsbester in den höheren Dienst aufgestiegen.« Dann schilderte Kriminaloberrat Zwerglein seine bisherigen Stationen, und Charly war zunehmend überrascht, wie viele wahnsinnig wichtige Arbeits- und Projektgruppen es bei der bayerischen Polizei gab oder in den letzten zweiundzwanzig Jahren gegeben hatte.

»Nun bin ich hier, und ich darf Ihnen versichern, dass ich mich auf diese Aufgabe in der Provinz sehr freue. Ich sehe diese Position des Leiters der Ingolstädter KPI durchaus als sehr wichtiges Sprungbrett an.«

Als einige Tage zuvor der Name des neuen Chefs durchgesickert war, hatten findige Kollegen ihre Beziehungen spielen lassen und erste Informationen über den kleinen Mann aus der Frankenmetropole eingeholt. Man wusste bereits, dass sein erklärtes Ziel ein verantwortungsvoller Posten im Ministerium war. Daher störte sich auch niemand mehr an den Begriffen »Provinz« und »Sprungbrett«, die normalerweise für Unruhe gesorgt hätten. Außerdem ließen Teile der Mannschaft wohl inzwischen ihren Gedanken freien Lauf, blickten aus dem Fenster in einen wolkenlosen Himmel und bereiteten sich mental auf die erneut bevorstehende sommerliche Hitze vor.

»Ich muss zugeben, dass ich mich bisher mehr um Führungsaufgaben kümmern durfte. Meine Erfahrungen mit der kriminalpolizeilichen Basisarbeit halten sich in Grenzen.«

Die Kollegen kannten bisher weder die fachliche, noch die menschliche Seite des neuen Chefs. Darum war noch nicht klar, ob die Möglichkeit, ihn schnell wieder loszuwerden, negativ oder eher positiv zu bewerten war. Nach den ersten Minuten der Vorstellung hing es allerdings bereits ein wenig ins Positive.

»Ich bin mir sicher, dass ich das Tagesgeschäft getrost Ihnen überlassen darf.« Dabei nickte er aufmunternd in die Runde.

»Zehn Minuten Rede, hundert Mal ›Ich‹«, brummelte Helmuth und lenkte seinen Blick ebenfalls nach draußen ins unendliche Blau.

»Ich habe mir für meine Zeit in Ingolstadt natürlich Ziele gesetzt. Was habe ich nun vor?«

Von nix eine Ahnung, aber schon Ziele, dachte Charly.

»Ich bin ein Verfechter des papierlosen Schreibtisches. Wir werden also nach und nach unsere gesamten Geschäftsabläufe auf EDV umstellen. Denn die EDV ist ein mächtiges Hilfsmittel unserer künftigen Arbeit. Demzufolge werde ich vor allem den Einsatz unseres Analyseprogramms STUPID forcieren. Ziel ist es, alle Daten aller Fälle zu erfassen, soweit es rechtlich zulässig ist.« Ein Raunen ging durch die Reihen derer, die nicht zum Fenster hinaussahen. »Ich habe mir sagen lassen, dass der Kollege Reithl auf dem Gebiet der Primus inter Pares ist.« Sein Blick glitt suchend über die Belegschaft.

Helmuth hatte seinen Namen gehört und reckte erschrocken den Kopf in die Höhe. Er erntete ein wohlwollendes Nicken des neuen Chefs.

»Dem gib i glei einen Primitivus«, maulte Helmuth.

»Depp! Du bist unser Bester, sagt er«, belehrte ihn Sandra und stieß ihm den Ellbogen in die Rippen. Helmuth hatte sich inzwischen mit STUPID angefreundet, hatte sogar ein wachsames Auge auf die Einträge der Kollegen und stauchte schon mal den einen oder anderen zusammen, wenn etwas nicht so erfasst war, wie es sein sollte.

Kriminaloberrat Zwerglein schwadronierte weiter durch seine Fantasien, kündigte den verstärkten Einsatz von Arbeitsgruppen an, denn nur als Kollektiv könne die Polizei den vielfältigen Anforderungen der modernen Zeit gerecht werden und bla, bla, bla.

Die KPI in ihrem Lauf hält weder Ochs noch Esel auf, schoss es Charly durch den Kopf.

Nach weiteren zwanzig Minuten und hundertfünfzig Ichs kam Zwerglein zum Ende seiner Ansprache. »Ach ja, nun noch zu dem leidigen ›Du‹ bei der Polizei. Ich finde es furchtbar, wenn man sich als Leiter mit einigen auf der Dienststelle duzt, zu anderen aber ›Sie‹ sagt. Ich habe an der Führungsakademie gelernt, dass es den professionellen Umgang fördert, wenn man das ›Sie‹ gegenüber allen Mitarbeitern beibehält. Besonders auch im engsten Führungsstab. Es bleibt also bei einer höflichen Distanz, die uns eine effektive Aufgabenerfüllung ermöglicht, und wir sagen ›Sie‹ zueinander.« Dann hob er die Arme wie Moses, der das Meer teilt, und wünschte einen erfolgreichen Arbeitstag.

Auf dem Weg nach unten in den zweiten Stock stieg KOR Zwerglein zufällig neben Sandra die Treppe hinab. »Und wer sind Sie, wenn ich fragen darf?«

»Englberger, Sandra Englberger.«

»Ah, die junge Kommissarin aus dem K1.« Er lächelte Sandra an. Die vier oder fünf männlichen Kollegen, die auch in seiner Nähe unterwegs waren, fragte er nicht nach deren Namen. »Sie kommen aus dem Bayerischen Wald, nicht wahr?« Es hörte sich nach belanglosem Small Talk an. Sandra hatte hingegen den Eindruck, unterschwellig herauszuhören, dass die Herkunft aus der ostbayerischen Grenzregion durchaus ein Karrierehindernis darstellen könnte.

»Wie läuft's denn so?«, fragte Zwerglein lächelnd weiter.

»Wir haben jetzt dann gleich eine Obduktion in der Rechtsmedizin in München«, antwortete Sandra. »Die Brandleiche von gestern Vormittag. Wollen Sie vielleicht mitfahren, mal zum Einstieg ein bisschen an der Basisarbeit schnuppern?«

»Äh, danke, irgendwann mal gern. Jetzatla muss ich erst mal an größeren Rädern drehen. Bearbeiten Sie den Fall?«

»Nein, der Kollege Valentin.« Sandra sah sich suchend um, konnte Charly aber im Treppenhaus nicht entdecken.

»Der wird uns noch viel Freude machen, der Doppelzwerg«, sagte Helmuth wenig euphorisch zu Charly. Sie waren im vierten Stock noch ein wenig sitzen geblieben, bis der große Treck durchs Treppenhaus gezogen war. Danach machten auch sie sich auf den Weg zurück ins Büro.

Nachdem der Chef sie noch einmal persönlich begrüßt und sich einen Überblick über den Fall mit der Brandleiche hatte geben lassen – »Nur die Schlagwörter, keine Ermittlungsdetails zum jetzigen Zeitpunkt.« – waren Sandra und Charly nach München aufgebrochen. Sandra fuhr. Die

Klimaanlage kämpfte auf Hochtouren gegen die Mittagshitze. Über dem Asphalt der A9 flimmerte die Luft, und durch die insektenverklebte Windschutzscheibe piesackte die Sonne Charlys Augen. Er hatte keine so schicke Sonnenbrille wie Sandra. Ihm war heiß und sein Kopf immer noch schwer und träge. Das Mittagessen hatte er ausfallen lassen. Trotzdem musste er mehrmals aufstoßen: Zweimal Lungau, einmal Zillertal. Offenbar hatte er die Tauern-Zirbe am besten vertragen. Das Einzige, was ihm ein bisschen Freude bereitete und ihn an ein normales Leben erinnerte, war Sandras frischer Pfirsichduft.

Im Obduktionssaal war alles bereit. Obduzent und Helfer trugen ihre weißen Plastikschürzen über den grünen und blauen Anzügen. Auf dem Edelstahltisch lag der verkohlte Überrest der bedauernswerten Brandleiche. Gegen den süßlichen Geruch, der sich in dem ganzen Kellertrakt ausbreitete, war selbst Sandras Pfirsichduft machtlos. Und Charly hatte natürlich in seinem Zustand nicht daran gedacht, etwas für die Nase mitzunehmen.

Der Gerichtsmediziner diktierte zunächst monoton eine äußerliche Beschreibung des verkohlten Körpers. Als er mit einem großen Skalpell an der Brust ansetzte und durch die schwarze Kruste in das verbrannte Fleisch schnitt, wurde Charly noch blasser um die Nase. Und als der Obduzent kraft- und geräuschvoll die angewinkelten Arme des Leichnams streckte, wurde es Charly zu viel. Er tippte Sandra an, nickte ihr zu und verschwand nach draußen.

In dem tief liegenden Innenhof stand die Luft. Durch die geöffneten Fenster und Türen waberte auch hier der Gestank aus dem Keller und verteilte sich bis in die hintersten Ecken. Die Schwüle war unerträglich und besserte Charlys Allgemeinzustand in keiner Weise.

Erst gegen Ende der Leichenöffnung kam Charly zurück in den Saal, um die Erkenntnis reicher, dass die Tauern-Zirbe doch nicht so bekömmlich war, wie er gedacht hatte.

»Na, ham S' alles erledigt?«, fragte der Mediziner und setzte die grobe Nadel an, um den Rumpf der Leiche wieder zu verschließen. Igor, sein Gehilfe, stopfte derweil eine zerknüllte *BILD*-Zeitung in den Schädel.

»Heiß heute, gell«, stellte der Doktor fest, »da riechen s' besonders unangenehm, unsere Freunde.« Während der ersten Nadelstiche spürte Charly erneut die Tauern-Zirbe ganz hinten im Rachen. »Wir haben ihn übrigens mit dem Zahnschema identifiziert. Es ist Ihr Herr Senftl.«

»Aha! Und Todesursache? Erstickt und verbrannt, oder?«, fragte Charly eher teilnahmslos.

Der Obduzent hörte auf zu nähen. »Erstickt: Eher nein. Kein CO_2 in der Lunge. Verbrannt: Offensichtlich.« Er deutete mit ausgestreckten Armen auf das verkohlte Etwas. »Aber todesursächlich waren die drei Einschüsse«, sagte er und fing nebenbei wieder an zu nähen.

»Jetzt verarschen Sie mich.« Charly hatte im Moment keinen Sinn für Scherze. Er sah zu Sandra, die bisher nicht zu Wort gekommen war, und ihren Blick deutete er als: Der Doc verarscht dich nicht.

»Ihrer Kollegin, die da war, hab ich's schon gezeigt«, sagte der Mediziner etwas genervt. Er trennte die paar Stiche, die er schon vollendet hatte, wieder auf und legte ein Schulterblatt der Leiche frei. »Schaun S' her: In der Schulter und hier unten am Hüftknochen und da vorne am Schädel. Jeweils eindeutige Einschüsse mit geschätzten neun Millimeter Durchmesser.«

Charly fehlten die Worte, als er tatsächlich die kreisrunden Löcher in den bleichen Knochen sah.

Darum fuhr der Obduzent von sich aus fort: »Ob es weitere Einschüsse gibt, die nur die Weichteile getroffen haben, lässt sich bei dem Verbrennungsgrad natürlich nicht mehr feststellen.« Er begann wieder zu nähen und führte dabei einen Monolog: »In welcher Reihenfolge trafen ihn die Schüsse? Keine Ahnung. Ich kann nur sagen, dass der Schuss in den Kopf absolut tödlich war. Würde mich wundern, wenn das der erste gewesen wäre. Ich tippe eher darauf, dass das der Fangschuss war, nachdem die anderen zwei wohl eher ungezielt abgegeben worden sind. Noch Fragen?«

Charly wurde schlecht. Gott sei Dank war sein Magen leer. Dreckszirbe. »Zefix!«

* * *

Die Sonne war kurz davor, im Westen hinter den Kamm der Berge zu sinken. Giovanni saß an einem Tisch vor dem kleinen Kiosk und rührte versonnen in seinem Espresso herum. Die letzten beiden Nächte zu Hause mit Lucia wirkten nach und brachten ihn zum Träumen. Seine Rückkehr am Samstag hatten sie mit Lasagne di Mare und einem fruchtigen Chianti gefeiert. Nachdem er dann den Kleinen ins Bett gebracht hatte, waren sie wie wilde Tiere übereinander hergefallen. Von Sonntag auf Montag war die Liebesnacht, begleitet von Gianna Nannini und Eros Ramazzotti, eher beschaulich und zärtlich, fast schon kitschig abgelaufen. Bis er heute Morgen in aller Herrgottsfrüh aufgebrochen war und sich auf den Weg von dem kleinen Dorf bei Neapel hinauf zum Brenner gemacht hatte.

Er schob die Sonnenbrille auf die Nase und legte endlich den Löffel neben die Tasse. Den Kaffee würde er noch in Ruhe genießen, dann wäre es Zeit zurückzuspazieren und anzukuppeln. Seit Stunden beobachtete er nun den Caravan. Seit der Deutsche ihn mit seinem Audi über den Brenner gezogen und kurz dahinter in einer Ecke des kleinen Campingplatzes abgestellt hatte. Der Kurier und seine Begleiterin hatten ausgesehen wie ein Urlauberpärchen, perfekte Tarnung.

Giovanni war sich nach der stundenlangen Beobachtung einigermaßen sicher, dass niemand von der Drogenfahndung, von der Guardia Civil oder der Guardia Finanza sich für den Wohnwagen interessierte. Es lebe das grenzenlose Europa.

»Und, wie geht es Lucia?«, fragte der Carabiniere neben ihm. »Ist sie immer noch so eifersüchtig?« Der Mann nippte an seiner Tasse und fixierte ebenfalls die leuchtenden Gipfel vor ihnen.

Giovanni winkte ab. »Ach, hör auf, schlimmer als Puccinis *Tosca*. Jedes Mal, wenn ich weg muss, macht sie ein Mordstheater.«

»Na, so sind sie eben, unsere italienischen Frauen, voller Leidenschaft.« Der Carabiniere leerte seine Tasse und erhob sich. »Sag ihr einen schönen Gruß. Irgendwann besuchen wir euch schon wieder.« Er setzte seine blaue Dienstmütze auf, tippte zum Gruß an den Schirm. »Und grüß den Padrone von mir, wenn du ihn siehst. Ciao, Giovanni.«

»Si, si, ciao, bene.«

Ein letzter Schluck, dann machte sich auch Giovanni auf den Weg. Er rangierte vor den Wohnwagen und verwandelte seinen Alfa in ein Feriengespann. Neun bis zehn Stunden langweilige Fahrt durch die Nacht bis Neapel lagen vor ihm.

Während er losfuhr, telefonierte er mit Lucia und mit seinem Sohn.

* * *

»Und wer muss das jetzt bearbeiten?«, fragte Petra, nachdem Charly ihr am Abend in knappen Worten vom Ergebnis der Obduktion erzählt hatte. Aber sie kannte die Antwort bereits.

»Na, der neue Chef wird's wohl nicht machen«, sagte Charly, »der ist zu Höherem geboren.« Er ließ das Abendessen ausfallen und trank nur ein großes Glas Wasser, als seine Familie um den Tisch saß. Petra machte sich Sorgen. Ihr Georg hatte nach der Obduktion keine Lust auf ein Weißbier? Dann ging es ihm wirklich nicht gut. Er schlief auch schon während *Wer wird Millionär?* vor dem Fernseher und ging dann sehr bald ins Bett.

Sechs

Es war wunderbar, ausgeschlafen zu sein, einen klaren Kopf und einen stabilen Magen zu haben. Charly war so fit, dass er sich schon um halb sechs sein rotes T-Shirt übergestreift hatte und mit dem Fahrrad die dreizehn Kilometer zur Dienststelle gestrampelt war. Bei der Frühbesprechung hatte er richtig Hunger, und sogar die braune Weichei-Brühe ließ sich zur Butterbreze einigermaßen genießen.

Kommissariatsleiter Klaus Barsch saß wie üblich am Kopfende des Tisches, anders als sonst hatte er jedoch heute kein Blatt mit der Tagesmeldung in der Hand. Trotzdem begann er: »Guten Morgen, zuerst zum Tagesgeschäft. Im Klinikum gab's heut Nacht eine Krankenhausleiche, eine Fünfundsiebzigjährige, glaub ich, den Namen weiß ich jetzt nicht.« Er kratzte sich nachdenklich hinterm Ohr. »Äh, dann hat's irgendwo im Nordostviertel gebrannt, eine Fritteuse, zehntausend Euro Schaden.«

»Is unser Drucker kaputt?«, fragte Sandra.

Strafend sah Barsch die Kollegin an: »Ihr habts den Chef doch gehört, gestern: papierloser Schreibtisch, und so.« Die Hälfte der K1-ler drehte den Kopf zur Seite, um das Grinsen zu verbergen, die andere Hälfte sah den Ersten Kriminalhauptkommissar nur ungläubig an. Barsch konzentrierte sich wieder und fuhr fort wie ein Schüler, der Besseres zu tun gehabt hatte, als Schillers *Glocke* zu büffeln, jetzt aber leider trotzdem ausgefragt wurde: »Und irgend so einen Jugo … oder Rumänen … hat der KDD auf frischer Tat bei einem Tankstelleneinbruch festgenommen … oder Kiosk. Sitzt unten in der Zelle. Mehr weiß ich jetzt nicht.« Er rieb sich das frischrasierte Kinn. »Ach ja, und der Kollege Nager hat heut Geburtstag. Und,

Charly, zu deinem Fall kommen wir gleich, da will der Chef dabei sein.«

Wie aufs Stichwort flog die Tür auf, und Kriminaloberrat Zwerglein wehte mit fliegendem Sakko in den Raum, begleitet von einer dezenten, eindeutig moschuslastigen Rasierwasserwolke.

»Guddn Moing, beianand.« Er goss sich eine Tasse Kaffee ein und setzte sich an den Tisch. Schweigend verfolgte die Kaffeerunde, wie er aus seiner Jackentasche eine Pfeife und ein Päckchen Tabak zog und anfing, die Pfeife zu stopfen. Man vermutete in Kreisen, die den Chef schon länger kannten, Hanno Zwerglein hätte sich das Pfeifenrauchen beim früheren Leiter der Münchener Mordkommission, dem Kollegen Udo Nagel, abgeschaut, der später in Hamburg zum Präsidenten und dann zum Innensenator aufgestiegen war. Bei ihm habe das Pfeifenrauchen immer so professionell gewirkt. Und gegen derartige Karrieresprünge hätte der Mittelfranke nichts einzuwenden gehabt.

Würde er es tatsächlich wagen, trotz des allgemeinen Rauchverbots hier seine Pfeife anzuzünden? Er war ja quasi der Hausherr und vermutlich war keiner im Raum, der es ihm verbieten wollte. Jeder würde behaupten, gegen aromatischen Pfeifenrauch hätte er nichts, er rieche es sogar sehr gern. Der Chef lehnte sich zurück und entzündete sein Pfeifchen. Dann griff er nach der Kaffeetasse und deutete mit dem Mundstück auf Charly. »So, was is'n nacha jetz des da mit dera Brandleich. Erzähln S' amal, Kollech.«

Charly begann, von den wenigen Fakten, die bisher im Fall Senftl bekannt waren, zu berichten. Er kam nur bis zum ersten Schluck Kaffee, den der Chef nahm.

»Bähh, was is denn des für eine Brühe.« Nun zielte er mit der Pfeife auf die Kaffeemaschine. »Da ghört a professioneller Automat her, kei so a Großmudder-Maschin. Tschuldigung, Herr Valentin, fahrn S' bitte fort.«

Als Charly kurz darauf seinen Bericht beendet hatte, traf Oberrat Zwerglein seine Anordnungen. Für jeden Punkt tippte er mit der Pfeife auf einen Finger. »Wir müssen eine Presseerklärung mit der Staatsanwaltschaft abstimmen und eine Pressekonferenz vorbereiten. Wir richten eine Arbeitsgruppe ein, die sich um den Fall kümmert: die AG Baumeister. Hauptsachbearbeiter bleibt der Kollege Valentin, unterstützt von Englberger und Reithl. Erkennungsdienst Fischer. Leiter der AG bin ich.« Die Realität hatte dem Dienststellenleiter die Entscheidung quasi in die Pfeife diktiert, denn bedingt durch Urlaub und diverse Krankheiten und Lehrgänge waren neben Charly, Sandra und Helmuth fast keine Kollegen mehr im Dienst, die sich dann um die vielfältigen anderen Fälle kümmern konnten.

»Wir legen einen STUPID-Fall an und erfassen alles. Kollege Barsch erstellt ein Konzept zur Ermittlungsführung und listet vergleichbare Fälle der Vergangenheit auf. Wir öffnen ein Tagebuch, in dem insbesondere alle meine Entscheidungen dokumentiert werden. Der Vorgang muss statistisch einwandfrei erfasst und in allen Lageberichten dargestellt werden. Die Arbeitsgruppe bekommt ein eigenes E-Mail-Postfach. Ich muss sofort die Herren im Präsidium unterrichten.« Er sah fragend in die Runde. »Hab ich noch irgendwas vergessen?«

»Na ja«, murmelte Charly, »vielleicht solltn wir noch den finden, der geschossen hat.«

Alle Ideen des Chefs umzusetzen, den Fall schriftlich aufzuarbeiten und in sämtlichen möglichen Berichten zu präsentieren, dauerte bis Mittag. Charlys Magen hatte Nachholbedarf und knurrte pünktlich um halb zwölf.

»Soll ich uns schnell a paar Leberkässemmeln holen?«, fragte er in die Konzentration seiner Kollegen. Wie immer erwartete er ein resignierendes Nicken von Sandra und eine gegrummelte Zustimmung von Helmuth. Doch statt zu grummeln, pfefferte Helmuth seinen Kugelschreiber auf den Aktenordner vor sich.

»Scheißleberkässemmeln, ich kann's nicht mehr sehn!«

Hätte der Papst erklärt, er zweifle an der Existenz des Fegefeuers, hätten Sandra und Charly wohl nicht ungläubiger dreinschauen können.

»Seit vierzehn Tag fress ich Leberkässemmeln«, blaffte Helmuth und griff wieder nach seinem Kugelschreiber. Als er sah, dass seine Erklärung bis hierhin anscheinend nichts Außergewöhnliches offenbart hatte, fügte er hinzu: »Drei Mal täglich.«

»Kocht dei Frau nimmer?«, fragte Sandra.

»Mei Frau is weg.«

»Aha! Urlaub? Oder Kur? Wo is denn?«

»Nein, weg. Richtig weg.«

»Weg?« Der Papst glaubte auch nicht mehr ans Paradies.

Während er den Kugelschreiber wieder aufnahm und zwischen den Fingern drehte, erzählte Helmuth, dass seine Frau ausgezogen sei und nun in Bitterfeld mit einem Fitnesstrainer zusammenlebe. Er habe sie zu oft alleine gelassen, sich nicht genug um sie bemüht, so ihr Vorwurf. Er sei mit seinen Kumpels durch die Kneipen gezogen, habe jedes Fußballspiel sehen müssen, während sie zu Hause gesessen sei.

»Jetz hat's so einen Zamperl mit Sixpack, der ihr nimmer von der Pelle geht. Und das gefällt ihr scheinbar.« Erneut landete der Kugelschreiber auf dem Schreibtisch. »Zehn Jahr jünger! An Olaf! Zefix.«

Sandra holte Salat für alle. Doch so richtigen Appetit hatte keiner. Und gesprochen wurde auch nicht mehr, weil Charly und Sandra nicht recht wussten, was sie sagen sollten, und Helmuth offenbar im Moment noch nicht darüber reden wollte.

Während der Fahrt zur Adresse der Familie Senftl saßen Charly und Sandra immer noch schweigend nebeneinander. Jeder hing seinen Gedanken nach und versuchte für sich, Helmuths Situation zu begreifen. Bis jetzt hatte das Ehepaar Reithl in den Augen der Kollegen den Stempel »unzertrennlich« getragen. Die Beziehung war mit dem Prädikat »perfekte Ergänzung« versehen und hätte bei der Verleihung eines Beziehungsoscars die Auszeichnung für »Harmonie und Erfüllung« erhalten. Und jetzt so was. Man steckt einfach nicht drin. Aus heiterem Himmel, von heute auf morgen. Ob die Situation für Helmuth genauso überraschend gekommen war? Er würde es irgendwann schon noch erzählen. Man mochte sich gar nicht ausmalen, wie es wäre, wenn Petra oder Bärli plötzlich so austicken würden. Unvorstellbar, wie für Helmuth wahrscheinlich auch. Außer einem zusammenfassenden »Schlimm« und einem »Mhm« als Bestätigung wollten weder Charly noch Sandra einen Kommentar abgeben.

Das Haus der Senftls lag am Ende einer Sackgasse in Unsernherrn. Die Bezeichnung »Haus« traf es nicht genau, es war mehr eine Wohnanlage. Dabei hätte Charly nicht sagen können, ob es sich um einen Bungalow, ein Zweifamilienhaus mit Satteldach oder um einen Dreispänner handelte. Alle Elemente waren vorhanden: flache Dächer,

Giebel, Dachziegel, Balkone, Treppen, Erker und mehrere Haustüren. Das alles fügte sich zu einem Gebäude zusammen, das von der Größe her einem mittleren Ärztehaus gleichkam und insgesamt nicht mal unharmonisch wirkte.

Sie parkten auf der Pflasterfläche vor den vier Garagentoren und standen gleich darauf vor einem mannshohen Hoftor. Fast unmittelbar nach dem Klingeln summte es, und gleichzeitig öffnete sich dahinter eine der Haustüren. Im Rahmen stand eine Frau mit aufwendig hochtoupierten, hellblonden Haaren. Sie war etwa in Charlys Alter und wirkte auf den ersten Blick schlank, aber üppig.

Charly und Sandra traten ein und wiesen sich aus. Die Frau stellte sich als Swetlana Senftl vor. Die Witwe des Bauunternehmers trug einen kurzen schwarzen Rock und eine schwarze Bluse, die sie eine Nummer größer auch vertragen hätte. Beim Blick auf das freizügige Dekolleté musste sich Charly nicht anstrengen, um die Ränder eines roten Spitzen-BHs zu entdecken. Frau Senftl war ein wenig kleiner als Charly und wirkte durch ihre enge Kleidung und die beachtliche Oberweite sehr weiblich.

»Frau Senftl, zunächst möchten wir Ihnen unser Beileid aussprechen«, eröffnete Charly hochformell das Gespräch.

»Danke.« Die Witwe sah nicht verweint aus. Die klumpige Wimperntusche und der verwischte Lidschatten waren wohl eher das Ergebnis einer ungeschickten oder fahrigen Pinselführung. Sie geleitete die Beamten durch einen Lichthof in ein Zimmer mit einem großen Tisch und vielen Stühlen.

»Wir müssen Ihnen leider sagen, dass Ihr Mann, so wie es bis jetzt aussieht, getötet wurde.«

Sie riss die Augen auf und schlug die Hand vor den Mund, nahm sie gleich wieder weg und sagte: »Getötet?

Sie meinen ermordet? Oh Gott, wieso das denn?« Als sie sprach, schien es Charly, als formten die wulstigen Lippen nicht die Laute, sondern gingen wie große, rote Bahnschranken einfach nur auf und zu. Trotzdem sprach Frau Senftl klar und deutlich Hochdeutsch, mit einem kaum mehr hörbaren, rauen östlichen Akzent.

»Wir stehen ganz am Anfang der Ermittlungen. Wir wissen also noch nicht wieso und ebenfalls noch nicht von wem. Darum interessieren uns zunächst alle Informationen, die wir über Ihren Mann erhalten können. Sind Sie in der Lage, uns ein paar Fragen zu beantworten?«

»Da, da«, murmelte sie und setzte sich schwerfällig. Die Nachricht vom Mord hatte sie offenbar tief getroffen. Wahrscheinlich fällt sie in solchen traumatischen Momenten immer mal wieder ins Russische zurück, mutmaßte Charly. Gleich darauf fing sie sich wieder und bot ihrem Besuch Plätze an. Charly konnte nicht einschätzen, ob er hier in einem Wohnzimmer, einem Esszimmer oder einem von mehreren Salons war. Jedenfalls sah man durch eine bodentiefe Fensterfront auf einen Pool, eine riesige Terrasse mit Bar und einen Garten, der König Ludwig wohl zu einem neuen Schloss inspiriert hätte.

»Zunächst einmal möchten wir Sie fragen«, begann Charly, »können *Sie* sich denn vorstellen, wer Ihrem Mann so etwas antun würde? Oder warum?«

Sie sah Charly zwar an, schüttelte aber abwesend den Kopf. »Verbrennen? Nein. Sie meinen Feinde?«

»Herr Senftl wurde erschossen. Der Brand wurde vielleicht nur gelegt, um die Tat zu vertuschen.«

Das machte es auch nicht besser. Verbrennen, Erschießen, egal. »Nein. Er war ein erfolgreicher Bauunternehmer. Hat Geld verdient.« Sie vollführte eine Armbewegung, die das gesamte Anwesen einschließen sollte. »Natürlich gibt es da Neider. Aber töten, ermorden? Nein, das tut doch keiner.«

»Wir müssen Herrn Senftls Tagesablauf vom Samstag rekonstruieren. Können Sie sich noch erinnern, was an dem Tag alles passiert ist?«

»Vormittag ist er in die Firma gegangen, wie jeden Samstag.«

»Haben Sie zusammen gefrühstückt?«

»Nein, ich habe noch geschlafen, als er ging.«

»Wann ist er aus der Firma wieder nach Hause gekommen?«

»Das weiß ich nicht, ich war einkaufen. Bin gegen zwei Uhr zurückgekommen. Da saß er bereits hier oben in seinem Büro. Das tut er gewöhnlich genauso jeden Samstag. Bis um sechs. Dann ist er runtergekommen und hat die *Sportschau* angesehen, Fußball.«

»Und danach?«

»Danach hat er sich ein Abendessen gemacht und ist dann weggegangen.«

»Allein? Wissen Sie, wo er hingegangen ist?«

»Zu Freunden, genau weiß ich das nicht. Er ist dort alle vierzehn Tage. Kegeln oder Billard.«

»Namen, Adressen?«

Sie zuckte mit den Schultern.

»Hat er an diesem Samstag, oder irgendwann vorher mal, irgendetwas gesagt oder angedeutet, etwas Außergewöhnliches? Ist ihm selbst irgendetwas aufgefallen oder komisch vorgekommen, über das er gesprochen hat?«

»Nein, wir haben uns an diesem Samstag kaum gesehen und nicht miteinander gesprochen.«

»Wann wollte er von seinen unbekannten Freunden

denn wieder zu Hause sein?«, fragte Sandra nun, und Charly glaubte einen kühlen Unterton herauszuhören.

Eventuell registrierte auch Swetlana Senftl den Unterton. Sie sagte nichts, zuckte nur mit den Schultern.

»Frau Senftl«, hakte Sandra nach, »Ihr Mann macht sich sein Abendessen selbst, er geht weg, und Sie wissen nicht, wohin und wann er wiederkommt, und Sie sprechen den ganzen Samstag nicht miteinander, obwohl Sie beide zu Hause sind. Darf ich fragen, wie es um Ihre Ehe stand, wie Ihre Beziehung war?«

Charly war überrascht. Er wäre auf diese Frage zu diesem Zeitpunkt nicht gekommen. Konnte es daran liegen, dass Sandra noch nicht zwanzig Jahre verheiratet war? Wahrscheinlich brauchte ihr Bärli nur ein bisschen mit dem Magen zu knurren, und sie fetzte los und briet ihm ein Steak. Wobei eigentlich junge Frauen doch nicht mehr so sind. Egal, die Frage stand jedenfalls im Raum, und Charly war gespannt auf die Antwort.

Swetlana hatte ebenfalls eine Weile gebraucht, um die Frage zu verdauen. Dann zwickte sie ihre lidbeschatteten Augen zusammen und blitzte Sandra unter den Wimperntuscheklumpen hindurch an. »Es war eine ganz normale Ehe. Ich weiß nicht, was Sie das angehen würde und wie Sie mit solch impertinenten Fragen den Mord an meinem Mann klären wollen.«

Sandra hielt dem Eisblick stand und setzte noch eins drauf: »Wir müssen Ihnen diese Routinefrage stellen: Wo waren Sie denn am Samstagabend und die Nacht über? Und gibt es dafür Zeugen?«

Swetlanas Augen zuckten hin und her. Dann holte sie Luft und rang sich zu einer tonlosen Antwort durch. »Ich war die ganze Zeit zu Hause, allein. Ich weiß nicht, ob meine Tochter mich gesehen hat. Sie wohnt oben in der Einliegerwohnung. Wenn Sie rausgehen, die Treppe rechts. Fragen Sie sie.«

Charly hatte genug von dem Zweikampf. Er wollte diese erste Befragung beenden, bevor sie weiter eskalierte. Er suchte gerade nach passenden Worten, um das Gespräch elegant abzubrechen, als Swetlana umständlich auf die diamantumrandete Uhr an ihrem Handgelenk blickte. »Gibt's noch Fragen? Ich habe nämlich einen Friseurtermin.«

Während sie die Treppe zur Einliegerwohnung hinaufstiegen, raunte Charly Sandra zu: »Hoffentlich hat meine Frau auch mal einen roten Spitzen-BH an, wenn sie um mich trauert.«

»Hä, warum?«

»Na dann weiß ich wenigstens, dass für sie das Leben richtig weitergeht.«

»Nimm bloß die trauernde Witwe da unten nicht als Muster. Die Lippen aufgespritzt, der Hintern gestrafft, die Oberschenkel abgesaugt und der Busen ist mit Sicherheit genauso unecht.«

Das alles, bis auf die Bahnschrankenlippen, war Charly so nicht aufgefallen. Der Mensch Swetlana an sich war ihm unsympathisch. Teile davon konnten ihm dagegen schon gefallen.

»Die is falsch von oben bis unten«, stellte Sandra am Ende der Treppe fest, »und ihr Dahergerede genauso. Und bei der Frage nach Samstagabend is ordentlich nervös gworn.«

Als die Tür der oberen Wohnung aufging, wurde Charly der Unterschied zwischen schwarzer Kleidung und echter Trauer deutlich bewusst. Bettina Senftl, die Tochter des

Getöteten, sah die Kriminaler an, als stünde sie unter Beruhigungsmitteln. Das Gesicht war geschwollen, und immer wieder presste sie sich ein zerknülltes Taschentuch auf die rot geweinten Augen. Sie war vielleicht Ende zwanzig und trug Jeans und T-Shirt.

Charly und Sandra betraten die aufgeräumte, helle Wohnung und nahmen an einem Tisch in der Küche Platz, wieder mit Blick auf den märchenhaften Garten.

»Frau Senftl, wir waren gerade unten bei Ihrer Mutter, und …«

»Stiefmutter!« Sie korrigierte Charly, als hätte er etwas völlig Falsches gesagt.

»… äh, bei Ihrer Stiefmutter, und mussten auch ihr schon mitteilen, dass Ihr Vater nicht durch einen Unfall gestorben ist. Er wurde wahrscheinlich ermordet.«

Fassungslos sah Bettina Senftl von Charly zu Sandra. Nur langsam realisierte sie offenbar die eben gehörten Worte. Dann sackte sie schluchzend zusammen, hob aber kurz darauf den tränennassen Blick wieder. Wahrscheinlich war es in diesem Moment egal, ob Unfall oder Mord. Sie hatte ihren Vater verloren, und Trauer war Trauer.

»Wir müssen natürlich jetzt einige Ermittlungen anstellen. Sind Sie imstande, uns ein paar Fragen zu beantworten?«

Sie nickte.

»Wir mussten routinemäßig Ihre äh … Stiefmutter fragen, wo sie in der Nacht von Samstag auf Sonntag war. Sie hat uns gesagt, sie sei zu Hause gewesen und Sie könnten uns das eventuell bestätigen.«

Die Tochter schüttelte bedächtig den Kopf. »Das kann ich nicht«, sagte sie mit fester Stimme. »Ich war den ganzen Abend über draußen auf der Terrasse, bis nach Mitternacht.

Mein Verlobter war bei mir. Von meiner Stiefmutter hab ich nichts gesehen und gehört.«

Ups, dachte Charly, erster Stolperstein.

»Wann haben Sie denn Ihren Vater zuletzt gesehen?«

Bettina sah ihn abwesend an. Dann durchzuckte es sie regelrecht. »Entschuldigung, darf ich Ihnen irgendetwas anbieten: Kaffee, Tee, Wasser?«

Bevor Charly den Gedanken an eine gute Tasse Kaffee zu Ende denken konnte, hatte Sandra schon den Tee geordert. Und weil er keine unnötigen Umstände bereiten wollte, nickte auch er zum Tee. Obwohl man Tee eigentlich nur trinkt, wenn man krank ist.

»Am Samstagmittag, so gegen eins, also mittags.« Bettina Senftl hantierte bereits am Wasserkocher herum. »Ich war unten im Garten beschäftigt, und er kam gerade aus der Firma. Er hat dann wahrscheinlich in seinem Büro noch gearbeitet.«

»Ihr Vater ist danach abends weggegangen, so wie er es alle vierzehn Tage getan hat, zu irgendwelchen Freunden, die Ihre Mutter … Verzeihung, Stiefmutter nicht so richtig kennt.«

Sie hatte ein Sieb in eine Glaskanne gehängt und öffnete eine Schranktür. »Rooibos, Oolong oder Mate?«

Pfefferminz, war Charlys erste Assoziation zu Tee. Er war aber zu langsam und konnte nur noch Sandras Entscheidung für Oolong bestätigen, was immer das sein mochte.

»Die Namen der Freunde kann ich Ihnen geben. Das sind zum Teil Schulfreunde oder aus der Ausbildung und von der Bundeswehrzeit. Fünf Männer, die sich alle zwei Wochen bei einem von ihnen trafen, um Billard zu spielen und sich zu unterhalten.«

»Und da ist Ihr Vater mit dem Ferrari hingefahren? Wurde denn da nichts getrunken?«

»Der Ferrari ist … war sein Freizeitauto. Mit dem ist er natürlich nicht auf die Baustellen. Immer wenn's ging, also in seiner knappen Freizeit, hat er den genommen. Getrunken hat er dann selbstverständlich nichts.« Neben ihr schaltete der blubbernde Wasserkocher ab.

»Wissen Sie, ob Ihr Vater Feinde hatte?«

»Feinde? Nein. Das Übliche eben. Unsere Firma ist sehr erfolgreich. Und da gibt es dann stets Neider oder Leute, die glauben, sie müssten prozessieren und immer noch irgendwo Geld rausholen. Das wurde manchmal schon ganz schön persönlich. Aber Mord, nein.«

»Sie arbeiten selbst in der Firma?«

»Ich bin in der Buchhaltung.«

»Wie läuft denn das Geschäft? Gibt's da momentan Probleme? Wegen der Finanzkrise, oder so?«, fragte Charly.

»Nein, alles läuft gut, wir stehen prima da.« Bettina hatte keinerlei Probleme mit den Fragen der Ermittler. »Unsere Auftragsbücher sind voll, wie man immer so sagt. Ob's trotzdem irgendwo vielleicht Probleme gab, weiß ich nicht. Die technischen Ausführungen sind in der Arbeit nicht mein Bereich, und zu Hause hat Papa nicht darüber gesprochen. Das hat *sie* nicht interessiert.« Nach diesem *»sie«* müsste die Stiefmutter irgendwo eine Schnittwunde haben, dachte Charly.

»Arbeitet Ihre Stiefmutter auch mit im Betrieb?«

»Pah, das ist doch nicht Ihr Ernst. Gott sei Dank hält sie sich da raus.« Für einen kurzen Moment war die Trauer von Bettina Senftl abgefallen und von der offensichtlichen Antipathie gegen ihre Stiefmutter verdrängt worden.

»Seit wann ist denn Swetlana Ihre Stiefmutter? Und, wenn ich Sie das fragen darf: Wie war die Beziehung zwischen Swetlana und Ihrem Vater?«

Bettina Senftl hielt kurz inne damit, das heiße Wasser über das grün-gelbe Kraut im Sieb zu gießen. Von hinten konnte Charly an ihren Schultern sehen, dass sie tief durchatmete. Dann goss sie weiter. »Seit fast zwanzig Jahren. Meine Mutter hat sich kurz nach meiner Geburt von Papa scheiden lassen. Ich weiß nicht warum. Sie lebt heute in der Schweiz, und ich habe so gut wie keinen Kontakt mehr zu ihr.« Sie betrachtete das Wasser, das sich langsam grün färbte. »Er hat Swetlana dann auf einer Baumaschinenmesse in München kennengelernt. Sie arbeitete als Hostess am Stand eines ukrainischen Baggerherstellers und wusste schon damals, wie man den Männern den Kopf verdreht.« Bettina stellte drei Glastassen auf den Tisch. »Kurz darauf hat er sie geheiratet, ich war da zehn Jahre alt.« Sie hob das Sieb aus der Glaskanne und ließ es abtropfen. »Kurz gesagt, die Ehe war beschissen. Es war nicht das, was Papa sich erhofft hatte. Aber sie wusste, was sie tun musste, um alles von ihm zu bekommen, was sie wollte.« Sie füllte die Gläser, und Charly stieg ein dezenter Karamellduft in die Nase. »Hauptsache, er hat ständig ihre OPs bezahlt: Busen, Hintern, Nase. Die Frau ist öfter im Krankenhaus als ein Dialysepatient.« Versonnen rührte sie in ihrem Tee herum. Charly hatte einen ersten Schluck probiert und festgestellt, dass dieses Oolong-Zeugs gar nicht so schlecht schmeckte.

»Trotzdem war Madame die letzten Jahre immer unzufrieden.« Man musste der Tochter keine Fragen mehr stellen. Sie erzählte von ganz alleine. »Weil Papa zu viel arbeitete. Er hatte keine Zeit, mit ihr um die Welt zu jetten, so wie es die anderen, ihre sogenannten Freundinnen, ständig machen.« Dann war das Thema durch, und ihr Blick blieb im Tee hängen.

»Haben Sie Geschwister?«, nahm Sandra das Gespräch wieder auf.

»Einen jüngeren Stiefbruder. Alexander, Swetlanas leiblicher Sohn mit Papa.«

»Wohnt der auch hier?«

»Ihm gehört die andere Einliegerwohnung. Aber er studiert in Eichstätt und kommt nur ab und zu am Wochenende mal nach Hause. Es gab oft Streit, wenn er da war.«

»Streit? Mit wem und worüber? Mit Ihnen?«

»Nein, nicht mit mir. Ich habe kein so inniges Verhältnis zu meinem Stiefbruder, dass seine Lebensplanung mir einen Streit wert wäre. Zwischen ihm und Papa, und darum jedes Mal wieder zwischen Papa und Swetlana.«

»Wegen seiner Lebensplanung?«

»Er sollte eigentlich Architektur studieren, wenn es nach Papa gegangen wäre. Aber da hatte er überhaupt kein Interesse dran. Er hat dann Internationales Management angefangen, da hätte sich Papa noch damit anfreunden können. Das Studium hat er abgebrochen, und jetzt studiert er Kunstgeschichte.« Sie blickte wieder in die Tiefen ihrer Teetasse.

»Das Faible für Kunst hat er wohl von Papa geerbt. Der betrachtete es als schönes Hobby, nicht als Beruf für den Erben eines Bauunternehmens.« Kurz erhellte sogar ein kleines Lächeln ihr verweintes Gesicht.

»Außerdem, hm, ich sag mal so: Papas Traum von einer Schwiegertochter und von Enkeln wird wohl durch Alexander nicht erfüllt werden. Der tickt ein bisschen anders.«

»Aha! War Ihr Stiefbruder am Wochenende zu Hause?«

»Nein, zumindest habe ich ihn nicht gesehen.«

Die Tassen waren leer, und nachdem Bettina Senftl ihnen die Namen der Billardrunde und die Telefonnummer und Adresse ihres Stiefbruders aufgeschrieben hatte, verabschiedeten sich die Ermittler. Auf dem Weg zur Tür gewann die Trauer wieder die Oberhand in Bettinas Gesicht.

»Wann können wir ihn denn beerdigen?«

»Das hat uns Ihre Stiefmutter zum Beispiel gar nicht gefragt«, fiel Charly auf. Er hatte den Satz so eigentlich nicht sagen wollen, er war spontan herausgerutscht.

»Das glaub ich. Die hat jetzt andere Sorgen: Eine angemessene schwarze Garderobe und wahrscheinlich eine neue Frisur.«

Der Tee hatte ihn warm gemacht. Als er in der Nachmittagsglut dahinzuschmelzen drohte, verstand Charly einmal mehr diesen Spruch der Tuareg nicht, dass etwas Heißes angeblich das beste Mittel gegen Hitze wäre. Eine kühle Maß Russ hätte ihm besser geholfen. Gott sei Dank hatten sie dank Helmuths Leberkäsaversion nur den leichten Salat zu Mittag gegessen.

Allerdings herrschte deswegen am Abend in Charlys Magen eine bohrende Leere. Eingedenk der Ehe der Senftls startete er intuitiv einen Versuch, ohne lange darüber nachzudenken.

»Petra, ich hab Hunger.«

»Kochen tu ich heut nix mehr. Schau in den Kühlschrank, Schorschi. Ist alles da: Wurst, Käse, Butter. Brot haben wir auch. Nimm dir selber, was du willst.«

1:0 für Swetlana.

»Ich geh dann noch weg.«

»Wohin?«

»Zu einem alten Schulfreund.«

»Ja, zu wem denn? Ich kenn doch alle deine Schulfreunde.«

»Zum Werner.«

»Zu ihm heim, oder was?«

»Ja.« 1:1

»Wann kommst denn wieder heim?«

Doppelschlag, 1:2, Swetlana hatte verloren.

Nach der selbst servierten Brotzeit stand er vor dem Haus auf der Straße, verspürte allerdings null Bock, ausgerechnet zu Werner zu gehen. Der wäre mit Sicherheit ganz schön überrascht, wenn Charly so mir nix, dir nix bei ihm vor der Tür stünde. Aber eine Feierabendhalbe in der Abenddämmerung im Biergarten vor dem *Alten Wirt*, dieser Gedanke fühlte sich gut an. Auf dem Weg dorthin fiel Charly der nahende Hochzeitstag wieder ein. Er hatte immer noch keine Idee für ein passendes Geschenk. Er spürte jedoch ganz deutlich: Die Lösung war zum Greifen nah.

Sieben

Es mahlte und knirschte, es brodelte und blubberte, dann zischte und summte es und mit einem kurzen Piep zeigte es an, dass eine Tasse Kaffee fertig war. Eine Unterhaltung war in dem kleinen Raum nicht möglich, während der nagelneue Kaffeevollautomat arbeitete. Gestern noch war Kommissariatsleiter Barsch persönlich losgezogen und hatte das technische Wunderwerk angeschafft. Jetzt saß er an seinem Platz am Kopfende des Tisches und wartete ungeduldig, bis sich endlich die Kollegen des K1 nacheinander ihren Kaffee erblubbert hatten.

»Also dann, zur Frühbesprechung«, begann er schließlich. Doch als Letzter trat auch noch Konrad an die Maschine. Mit rotem Kopf wartete Klaus Barsch das Zischen und Blubbern ab und ordnete dann an: »Ab morgen gibt's Kaffee erst nach der Frühbesprechung!« Eine unpopuläre Entscheidung, die sich nicht durchsetzen würde.

Barsch hielt einen kleinen Zettel in der Hand, auf dem er sich Stichpunkte zum Tagesgeschehen notiert hatte. Er hatte erkannt, dass Auswendiglernen nicht seine Stärke war.

»So, also …«, setzte er erneut an. Da trat Kriminaloberrat Zwerglein ein.

»Ah, brima!« Sein Blick fiel auf den edelstahlglänzenden Automaten. Während Barsch den Notizzettel auf den Tisch fallen ließ und die Hände unschuldig darüberlegte, nahm sich der Chef eine Tasse, stellte sie unter den Auslauf und drückte drei oder vier Knöpfe. Knirsch, brodel, zisch. Den ersten Schluck nahm Zwerglein noch im Stehen.

»Mhm, das ist ein Aroma.« Er setzte sich an den Tisch und nickte Barsch auffordernd zu. Doch in dem Moment, als der Kommissariatsleiter fortfahren wollte, ertönte eine

Reihe schriller Pieptöne aus dem Automaten. »Filter leeren« stand im Display. Dienstbeflissen nahm sich Konrad der Sache an. Kaum hatte er den entleerten Filter wieder eingesetzt, piepte das Gerät wieder. »Wassertank leer«. Als endlich alle Arbeiten erledigt waren und der Chef noch einmal aufmunternd nickte, winkte Barsch resignierend ab. Die Frühbesprechung war für heute erledigt.

»Heut Vormittag is Pressekonferenz.« Der neue Dienststellenleiter stopfte wieder Tabak in seine Pfeife. »Zum einen mei offizielle Vorstellung, und dann natürlich zusätzlich noch wegen dem Mordfall. Wie is denn da der Stand der Dinge, Herr Valentin?«

Der Chef sah ihn ein wenig indigniert an, da Charly gerade eine angewiderte Grimasse zog, allerdings nicht wegen des Falles, sondern weil ihm der Automatenkaffee viel zu stark und zu bitter war. Charly berichtete von dem Besuch bei Swetlana Senftl und was sie von der Tochter erfahren hatten.

»Jetzt kommt dann gleich die Staatsanwältin zu einer kurzen Besprechung zu uns. Und anschließend schauen wir uns mal in der Baufirma um. Oder sollen wir hier bleiben wegen der Pressekonferenz?«

»Nein, nein, das übernehm ich. Ich brauch nur ein paar Fakten. Da geht's ja dann doch hauptsächlich um mich.« Zwerglein zündete seine Pfeife an und schlug die Beine übereinander. »Was ich gestern noch vergessen hab: Ich hab gelesen, das PE-Training steht wieder an. Dazu möcht ich Ihnen sagen, dass mir das sehr wichtig ist und ich will, dass jeder von Ihnen daran teilnimmt. Ausreden lass ich nicht gelten.«

Dabei fühlte Charly sich persönlich angesprochen. Er hatte das halbjährliche Polizeiliche Einsatztraining, kurz

PE, die letzten Male unter verschiedensten Vorwänden geschwänzt. Die Übungseinheiten setzten sich aus einer theoretischen Unterweisung, Rollenspielen und Schießübungen zusammen. Er hatte zuletzt entweder keine Zeit zur Teilnahme gehabt oder einfach keine Lust auf Rollenspiele.

Als sich die Runde auflöste, blieb Helmuth zusammen mit Konrad im Kaffeezimmer und studierte die Bedienungsanleitung, weil die Maschine einen »Systemfehler« anzeigte, anstatt eine zweite Tasse Kaffee zu brühen. »Zefix!«

»Glaubst du, wir sollten mit'm Helmuth über sei Frau reden?«, fragte Sandra, als sie mit Charly wieder im Büro war.

»Nein! Der Helmuth ist ein Mann. Das bedeutet, er sitzt mit seinem Problem jetzt erst mal allein auf einem Felsen, schaut in den Sonnenuntergang und denkt drüber nach. Und das kann man am besten, wenn man in Ruhe gelassen wird. Wenn er jetzt eine Frau wär, dann müsst er sich natürlich sofort mit seinen siebzehn besten Freundinnen zusammensetzen und gemeinsam weinen und schimpfen. Wenn er drüber reden will, wird er es uns deutlich zeigen, also von sich aus damit anfangen.«

Die Ankunft der Staatsanwältin beendete die Einführung in die Psychoanalyse. Und auch Helmuth kam rechtzeitig zur Besprechung ins Büro. Frau Gambrini-Steinmetz trug einen kurzen Rock und eine dünne, ärmellose Bluse. Die Haare hatte sie streng nach hinten gebunden. Insgesamt wirkte sie, als wäre sie gut für einen weiteren heißen Tag gerüstet.

Nachdem Charly alles erzählt hatte, was er bisher wusste, klappte die hübsche Anklägerin ihren Notizblock zu. »Wir sollten die Firma durchleuchten. Wie es mit denen so aussieht«, sagte sie.

»Wir wollen jetzt dann sowieso zum Firmensitz fahren und uns mal umschauen.«

»Gut, warten wir mal ab, was Sie da erfahren. Es läuft uns nichts davon.« Sie strich elegant eine widerspenstige Strähne hinters Ohr. »Und diese Billardtypen wären wichtig. Die haben ihn ja wahrscheinlich zuletzt gesehen.«

»Morgen ist die Beerdigung. Die wollt ich eigentlich abwarten, bevor wir anfangen rumzustochern. Ist einfach so ein Gefühl, dass das besser wär. Wir haben zunächst mit der Firma genug zu tun.«

Frau Gambrini-Steinmetz dachte kurz nach und rang offenbar mit sich. »Na gut, wie Sie meinen. Wenn irgendwas ist, rufen Sie mich an«, entschied sie dann. »Ich kann's immer noch nicht glauben. Die Firma Senftl & Wienert hat unser Haus gebaut. Hat alles reibungslos funktioniert damals. Ich seh den Herrn Senftl noch vor mir. So ein netter Mann.«

Die Bürotür stand offen, und schwungvoll, immer noch mit der rauchenden Pfeife in der Hand, trat Kriminaloberrat Zwerglein ins Büro. Er stoppte abrupt und betrachtete Charlys Gegenüber von unten bis fast ganz oben. Offenbar gefiel ihm, was er da sah.

»Der Chef, Herr Kriminaloberrat Zwerglein. Frau Gambrini-Steinmetz, unsere zuständige Staatsanwältin«, stellte Charly die beiden vor, und sie reichten einander die Hand.

»Sie sind sehr jung für eine Staatsanwältin in so einem Fall«, sagte der KPI-Leiter.

»Ich nehm das jetzt mal als Kompliment«, entgegnete Frau Gambrini-Steinmetz kühl.

»Na ja, ich steh sowieso in ständigem Kontakt mit Ihrem Behördenleiter. Da werden wir das Kind schon schaukeln, gell.«

»Ja, dann hoffen wir mal, dass wir nicht allzu viele Fehler machen.« Sie räumte ihren Notizblock in die Aktentasche und klemmte sich die Tasche unter den Arm. »Herr Valentin, Sie rufen mich an.« Dann sah sie dem Chef in die Augen. »Auf Wiedersehen, Herr Klein … Verzeihung, Herr Zwerglein.«

Den Spruch von der Chemie, die stimmt oder eben auch nicht, hatte Charly bildlich vor Augen. Zwischen Gambrini-Steinmetz und Zwerglein konnte man förmlich vereiste Atome und Moleküle mit messerscharfen Kanten hin und her schießen sehen. Wobei in Zwergleins Blick noch etwas anderes lag. Gambrini-Steinmetz war immer noch eine junge, hübsche Frau, und so wie der Chef sie gerade ansah, mochte er es durchaus, wenn sie ein wenig rumzickte.

Als die Staatsanwältin gegangen war, packte auch Charly einige Unterlagen zusammen und klemmte sie in seine Schreibmappe.

»Was machen Sie jetzt, Herr Valentin?«, fragte Zwerglein.

»Wir fahren raus zur Firma, schaun uns mal in Senftls Büro um und reden mit den Mitarbeitern.«

»Das müssen S' jetzt noch ein bisserl aufschieben«, teilte Zwerglein ihm lapidar mit. »Ich hab dem Kommissariat Staatsschutz versprochen, dass sie heut Vormittag von allen verfügbaren Kräften unterstützt werden. Da war gestern irgend so eine Demo, und jetzt sitzen ein paar Leut unten in den Zellen. Helfen wir schnell alle zusammen, dann haben wir das gleich.«

Wir? Charly wusste nicht recht, was er sagen sollte. Alles, was ihm als Erwiderung durch den Kopf ging, hätte seine Einschätzung der Führungsqualitäten des Doppelzwergs beschrieben, wäre aber seinem künftigen beruflichen Fortkommen eher hinderlich gewesen. Darum sagte er lieber nichts, legte seine Mappe wieder ab und zählte innerlich bis zehn, ausatmen, fertig.

»Ja, Herr Zwerglein, so machen wir das.«

Eine Studentenvereinigung hatte gestern Abend am Theaterplatz einen Infostand aufgebaut. Die Veranstalter hatten sich dabei gleich einer Vielzahl von Themen angenommen: gegen die Globalisierung, gegen rechte Gewalt, gegen Tierversuche, gegen Atomkraft und gegen noch so dies und das.

Der Theaterplatz hatte sich an dem warmen Sommerabend rasch gefüllt, und aus dem Infostand war im Nu eine stattliche Demonstration geworden. Die Situation eskalierte, als einige Theaterbesucher in Anzug und Abendkleid von Demonstranten am Betreten des Musentempels gehindert wurden. Es kam zu ersten Handgreiflichkeiten. Mehrere Streifen der Inspektion versuchten schließlich, das Ganze zu beruhigen, und ermöglichten den Kulturliebhabern den Zugang zum Stadttheater. In Ermangelung anderer Zielobjekte richtete sich dann der Zorn der Demonstranten gegen die Polizei. Letztendlich waren zwölf Studenten vorläufig festgenommen worden. Sie hatten die Nacht in der Arrestzelle verbracht.

Charly gegenüber saß ein schlankes Mädchen mit roter Lockenmähne und unzähligen Sommersprossen in einem blassen Gesicht. Ihre grünen Augen musterten Charly neugierig. Nötigung, Beleidigung, Sachbeschädigung, Körperverletzung und Widerstand gegen Vollstreckungsbeamte lautete der Vorwurf gegen sie. Sie hatte das Abendkleid einer Zahnarztgattin mit Ketchup besudelt und dem Kollegen, der ihr schließlich die Festnahme erklärte, unter wüsten Beschimpfungen in den Finger gebissen.

Nun wirkte sie ganz vernünftig. Ungefragt und ein wenig trotzig nannte sie Charly ihre Personalien: »Leonie Fleischer, zweiundzwanzig Jahre alt, ledig, katholisch, Lehramtsstudentin Deutsch und Kunst, Schuhgröße achtunddreißig, normales Sexualleben, bis jetzt noch nicht vorbestraft.« Herausfordernd blitzte sie ihn an.

»Dann hoff ma mal, dass das so bleibt – mit dem vorbestraft, mein ich«, entgegnete Charly. »Ich geh davon aus, dass das gestern Abend eine unglückliche Verkettung von Umständen und eine ganz spezielle Gruppendynamik war, oder?« Er sah sie an und war gespannt, ob sie die Brücke betreten würde, die er ihr gebaut hatte.

»Keine Ahnung. Wir müssen doch unsere Wohlstandsgesellschaft wach…«

»Es geht da jetz ned um die Gesellschaft, sondern um Sie.«

»Unser ganzes System is doch …«

»Bitte, jetz ned politisieren, Fräulein Fleischer.«

»Man muss doch für die Sachen, die so ungeheuer wichtig …«

Charly winkte ab und belehrte Leonie über ihre Rechte. Er belehrte sie so intensiv, dass sie danach keine Aussage zur Sache machen, sondern wenn nötig zunächst mit einem Rechtsanwalt sprechen wollte. Und das war aus Charlys Sicht das Beste. Irgendwie war ihm diese Studentin sympathisch. Objektivität hin oder her, man konnte ja unter gewissen Umständen vielleicht mal ein Auge zudrücken. Und die Ziele, für die sie sich engagiert hatte, waren durchaus auch in Charlys Interesse. Natürlich war ihr Verhalten am Ende der Demo nicht in Ordnung. Wie schnell man sich treiben ließ, wusste Charly vom Fußballplatz, wenn er am Sonntagnachmittag im Eifer des Gefechts einen Spieler lautstark als »faule Sau« oder den Schiedsrichter als »blinden Hund« beschimpfte. Dann war er genauso froh, wenn hinterher nicht alles auf die Goldwaage gelegt wurde.

»Was ham's denn für ein Einkommen?«, lautete eine Frage aus dem Vernehmungsformblatt.

»Keine Ahnung, nix! BAföG halt. Und dann jobb ich manchmal so als Bedienung und beim FC im Stadion. Und ab und zu mach ich bei so Fahrzeugüberführungen mit. Also es langt scho, was ich mir so zusammenverdien.«

»Gut, dann schreib ich da das BAföG rein. Die Nebenjobs lass ma jetz mal weg. Sonst berechnet der Staatsanwalt vielleicht eine mögliche Geldstrafe zu hoch. Und dann müssten S' wieder Einspruch einlegen, und das verursacht dann nur wieder Kosten, und so weiter.«

Leonie wurde noch erkennungsdienstlich behandelt und konnte dann, so wie ihre elf Kommilitonen, nach Hause gehen.

Die Vernehmung und das dazugehörige Prozedere hatten eine gute Stunde gedauert. Danach klemmte sich Charly wieder seine Schreibmappe unter den Arm. Er wollte gerade mit Sandra zur Firma aufbrechen, als jemand an den Türrahmen klopfte.

»Ist es der Weltpresse erlaubt einzutreten?« Hubert Riederer, Polizeireporter des *Donaukurier*, lächelte Charly an.

»Der Schmierfink! Was willst denn du da? Magst an Kaffee?« Noch während er fragte, stand Charly auf. Er bedeutete Sandra durch ein Nicken mitzukommen und bugsierte den Reporter ins Kaffeezimmer. »Hier is eh viel angenehmer bei der Hitz.« Sandra ließ den Kaffeeautomaten drei Mal gurgeln, knirschen und piepsen.

»Wegen den Studenten bin ich eigentlich da«, erklärte Riederer gegen die Geräuschkulisse. »Is doch a Riesenstory: engagierte junge Leute im Kampf gegen die Verbrechen unserer Zeit, von der Polizei verhaftet und dann selbst behandelt wie Verbrecher.«

»Na, na, na, immer langsam«, protestierte Charly. Als er das Grinsen im Gesicht des Journalisten bemerkte, war ihm klar, dass das nicht die Schlagzeile von morgen sein würde.

»Du wirst das schon richtig aufarbeiten, da bin ich mir sicher«, sagte er und rührte klingelnd Zucker in seinen Kaffee.

Riederer wechselte das Thema: »Und mit euerm Doppelzwerg seids zufrieden, oder?«

Sandra lachte spontan, und Charly hätte sich beinah verschluckt. »Schreib des bloß ned irgendwann in deine Artikel, hörst. Des derfst du gar ned wissen. Und er auch ned, dass mir so zu ihm sagen. Und überhaupt, wie kommst denn auf den Namen. Ich weiß gar ned, von wem du redst.«

»Is doch wurscht. Ich schreib schon nix Falsches, kennst mich doch.« Riederer nahm einen Schluck Kaffee. »Wie is er denn so? Bei der Pressekonferenz hat er dahergeredet, als würd er hier alles neu erfinden. Hat aber von der Praxis ned so besonders viel Ahnung. Mehr so der Typ großer Schlachtenlenker, oder?«

»Genau!« Charly nahm erneut einen Schluck Kaffee. »Und mehr sag ich dazu ned.«

»Alles klar.« Der Reporter schob die Kaffeetasse von sich. »Was ich dir eigentlich sagen wollt, Charly, zu dem Mord am Senftl Harry: Ihr wissts schon, dass vor einiger Zeit ein ukrainischer Konzern die Firma Senftl & Wienert aufkaufen wollt?«

Charly schüttelte den Kopf, und Sandra sah Riederer neugierig an.

»Man sagt«, fuhr der Journalist fort, »der Wienert wär mit dem Angebot schon einverstanden gwesen. Aber der Senftl wollt sein Betrieb absolut ned verkaufen.«

»Aha! Und dann?« Charly hatte vergessen, seine Tasse abzustellen.

»Nix, der Deal kam halt ned zustande, nix weiter. Ich wollt's nur sagen, damit ihr da vielleicht dran denkt.«

Charly, der inzwischen seinen Kaffee so schwungvoll abgesetzt hatte, dass die Tasse in einer kleinen, dunkelbraunen Pfütze stand, forderte den Reporter mit einer ungeduldigen Handbewegung zum Weiterreden auf.

»Na ja, es hat damals gheißen, der Baukonzern, der des Angebot gmacht hat, ghört zu einem internationalen Syndikat, organisierte Kriminalität und so.«

»D' Russenmafia?«, fragte Sandra ungläubig.

Riederer nickte und hob dazu gleichzeitig beide Hände. »Alles nur Gerüchte. Ich weiß nicht, was wirklich dran is oder war. Jedenfalls sitzt dieser angebliche Baukonzern in Kiew.« Er sah Charly und Sandra mit hochgezogenen Brauen an. »Und ihr wissts ja, wo unsere Swetlana Senftl ursprünglich herkommt.«

»Wahrscheinlich Kiew, oder?«, riet Charly.

Riederer sah auf die Armbanduhr. »Wie gsagt, alles nur Gerüchte, muss nicht stimmen.« Er erhob sich. »So, und jetz hab ich an Termin mit meine Studenten. Was bin ich schuldig?« Der Polizeireporter deutete auf seine Kaffeetasse.

Doch Charly winkte ab. »Passt scho, danke für den Hinweis.«

»Okay, also dann. Im Vertrauen: Euer Kaffee schmeckt grauenhaft. Servus.«

Aus den Akten ging hervor, dass Swetlana tatsächlich in Kiew geboren war und dort auch bis zu ihrer Heirat gewohnt hatte. Das Internet gab allerdings zu Übernahmeabsichten durch einen ukrainischen Baukonzern keinerlei Informationen her. Kollege Nager, der Wirtschaftsfachmann vom Betrugsdezernat, konnte sich jedoch an die Gerüchte erinnern. Er bestätigte Riederers Aussage, wusste aber selbst alles nur vom Hörensagen. Nur Gerüchte, nichts Offizielles.

* * *

Die Gerüchteküche brodelte. Abends auf dem Dorfplatz machten die neuesten Neuigkeiten die Runde: Der Neffe von Padrone Don Luca wollte in die Politik, und Onkelchen war dabei, sich ein wenig für seinen Blutsverwandten zu engagieren. Darum war der amtierende Ministerpräsident, der der Karriere von Don Lucas Schützling im Wege stand, kürzlich über eine Sexparty mit einer Minderjährigen gestolpert, was dann auch noch wie zufällig der Presse bekannt wurde. Und auffallend agile Steuerfahnder hatten schließlich dem Regierungschef den Rest gegeben. Natürlich war dieser durch Dummheit und Arroganz zu einem großen Teil selbst schuld an seinem politischen Tod. Man munkelte jedoch, dass irgendwer im Hintergrund die Fäden entsprechend gezogen hatte. Insbesondere im Umfeld von Don Luca gediehen derartige Mutmaßungen. Natürlich nur hinter vorgehaltener Hand, unter dem Siegel der Verschwiegenheit und völlig anonym.

Wie auch immer: Giovanni musste dem Padrone nun eine schlechte Nachricht überbringen und hoffte, Don Luca wäre aufgrund des Rücktritts des Ministerpräsidenten in guter Stimmung.

Die Fahrt vom Brenner nach Neapel hatte doppelt so lange gedauert wie geplant. Bereits weit vor Rom war es lange Zeit nur mehr im Schritttempo vorwärts gegangen. Auf Höhe der Hauptstadt hatte stundenlang völliger Stillstand geherrscht, und danach bei Ceprano, als er gedacht hatte, das Schlimmste sei überstanden, war er noch mal in einen nicht enden wollenden Stau geraten.

Erst spät in der Nacht war er zu Hause angekommen. Er hatte den Wohnwagen in der kleinen Werkstatt abgestellt und war dann so schnell wie möglich zu Lucia unter die Decke gekrochen. Heute Morgen hatte er zusammen mit seinem Sohn ausgiebig gefrühstückt und danach den Caravan zerlegt und das Kokain aus dem Versteck geholt.

Giovanni zögerte den Anruf noch ein wenig hinaus. Er hatte nicht direkt Angst davor, aber unwohl war ihm doch. Bereits früher in Athen und im alten Rom hatten oft die Überbringer schlechter Nachrichten dafür büßen müssen. Und wenn der Don einen schlechten Tag hatte, dann überbrachte man ihm besser nur gute Neuigkeiten.

Er lehnte sich an das Tor der Werkstatthalle, nahm die dunkle Brille ab und genoss eine Zeit lang die Wärme der süditalienischen Sonne auf seinem Gesicht. Doch es half ja alles nichts, irgendwann musste es sein. Und die Laune des Familienoberhauptes konnte man nie erahnen. Er griff sich sein Handy und wählte.

Es meldete sich einer der Leibwächter, und nachdem Giovanni sich identifiziert hatte, wurde er an den Chef weitergereicht.

»Giovanni, mein Freund. Warum meldest du dich erst jetzt?«

»Ciao, Padrone. Ich habe den Caravan oben am Brenner zuerst eine Zeit lang beobachtet, ob sich irgendwer dafür interessiert. Als ich mir sicher war, dass die Luft rein ist, hab ich ihn dann heruntergezogen zu uns, wie immer. Weil ich ihn dort oben nicht zerlegen wollte. Das hat wegen unseres Verkehrschaos länger gedauert, als ich dachte.« Er ärgerte sich über die Frage und den unterschwelligen Vorwurf. Der Don wusste doch genau, wie es immer ablief. Giovanni überlegte kurz, ob er andeuten sollte, dass sich künftige Politiker vordringlich um den Verkehr kümmern sollten. Aber es schien ihm dann doch zu gewagt.

»Bene, gut gemacht, Giovanni. Und, wie sieht's aus?«

»Das Zeug ist wieder gestreckt, Padrone. Mindestens dreißig oder fünfunddreißig Prozent.«

»Porca miseria! Diese kleine Ratte.«

»Es muss in Deutschland passiert sein, Padrone.«

Giovanni konnte förmlich hören, wie der Padrone am anderen Ende der Leitung nachdachte, alle Optionen und deren mögliche Auswirkungen prüfte.

»Si, Giovanni«, meldete er sich schließlich wieder, »ich muss noch ein, zwei Dinge abklären. Ich melde mich bei dir und sag dir Bescheid, was wir machen. Grüß mir Lucia und deinen Kleinen. Ciao.«

»Ciao, Don Luca.«

Acht

Das Verwaltungsgebäude der Firma Senftl & Wienert lag im Industriegebiet an der Manchinger Straße: ein dreistöckiger Würfel aus Beton, Stahl und getöntem Glas, dessen Front sich in zwei Rundungen nach außen wölbte wie der Vorbau einer Bierzeltbedienung. Zwischen den Wölbungen betraten Charly und Sandra das Gebäude. An einem stylishen Tresen empfing sie eine nette junge Frau. Ein kleiner Aufsteller vor ihr teilte den Beamten mit, dass sie von Frau Silke Niedermeyer bedient wurden. Charly musste sich ernsthaft darauf konzentrieren, ihr ins Gesicht zu sehen, ansonsten wäre er gnadenlos in ihrem makellosen, sehr weiten Ausschnitt versunken. Ein halber Kopfhörer klemmte unter ihren blonden Haaren, und vor die kirschroten Lippen bog sich ein dünner Mikrobügel. Sie drückte zwei Tasten und kündigte über das Headset einer Gabi das Erscheinen der Herrschaften von der Polizei an. Dann schenkte sie Charly einen gewagten Augenaufschlag und schickte die Ermittler in den dritten Stock, da sich dort die Büros der Chefs befänden. Frau Kraft, die Chefsekretärin, würde sie erwarten.

Gabi Kraft saß hinter einem modernen und dennoch wuchtigen Schreibtisch. Sie trug ein schwarzes Kleid, und nur die geröteten Augen setzten farbige Akzente in ihrem sehr hübschen, auffällig blassen Gesicht. Durch die Kriminalbeamten wieder an das Schicksal ihres Chefs erinnert, kämpfte sie erneut mit den Tränen. Zu ihrer Rechten lag hinter ihr das Büro von Harry Senftl. Links von ihr führte eine Tür in die andere Wölbung des Gebäudes und damit ins Arbeitszimmer von Dirk Wienert.

»Grüß Gott, Frau Kraft. Wir hätten gern einen Blick ins

Büro vom Herrn Senftl geworfen. Und dann wollten wir natürlich auch mit dem Herrn Wienert sprechen.«

Ohne hinzusehen, deutete die Sekretärin auf die Tür hinter sich. »Das ist sein Büro. Es wird schon in Ordnung sein, wenn ich Sie da reinlasse«, schniefte sie. Typisch Sekretärin, dachte Charly. Mordermittlung, Polizei und Strafprozessordnung hin oder her, das Büro vom Chef war heilig, und normalerweise konnte da keiner daherkommen und einfach Einlass verlangen. Sie öffnete eine Schublade und holte einen Schlüsselbund heraus.

»Herr Wienert ist nicht im Haus. Er befindet sich seit dem Wochenende auf Geschäftsreise in Italien.«

Charly zog wie ein spitzohriger Vulkanier eine Augenbraue nach oben und sah Gabi Kraft fragend an.

Sie hob entschuldigend die Schultern. »The show must go on.«

»Der Herr Wienert weiß aber schon, was passiert ist?«

»Ja, natürlich. Er meldet sich täglich telefonisch bei mir. Bettina, die Tochter vom Chef, hat mir das mit dem«, sie seufzte tief, »mit dem Mord gesagt. Und ich hab's dem Herrn Wienert in unserem Telefonat gestern Abend erzählt.« Sie rang wieder mit den Tränen, und ihre Unterlippe zitterte. Dann erschrak sie. »Hätt ich das nicht tun dürfen?«

»Doch, natürlich. Es ist eben so.« Charly musste sich eingestehen, dass ganz selbstverständlich das Geschäftsleben weiterging, ohne Rücksicht darauf, ob der eine oder andere noch mit im Karussell saß oder nicht.

»Darf ich fragen, was es so Wichtiges gibt in Italien?«

Die Sekretärin war bereits aufgestanden und unterwegs zur Bürotür. »Ein Investor möchte einen Hotelkomplex in Bozen errichten. Und wir haben gute Chancen, den Auftrag zu erhalten.«

Sie sperrte auf und öffnete die Tür, peinlich darauf bedacht, den Raum nicht zu betreten. Charly und Sandra teilten diese Skrupel nicht. Das Büro war größer als Charlys Wohnzimmer und passte eigentlich nicht zu dem modernen Gebäude. Das Auffälligste war der Schreibtisch, gemauert aus alten Bruchziegeln, mit einer schweren Eichenplatte darauf.

»Hat der Chef selbst gemacht«, erklärte Frau Kraft, als sie den Blick der Ermittler bemerkte. »Die Steine sind noch vom ersten Firmengebäude, das damals abgerissen wurde.«

Erst nachdem sich Charlys Augen an das immobile Büromöbel und eine Vielzahl üppiger Grünpflanzen gewöhnt hatten, bemerkte er die im Raum verteilten Werke: *Das letzte Abendmahl* auf einer Staffelei in der Ecke, die *Mona Lisa* an der Wand hinter dem Schreibtisch, die *Erschaffung Adams* großformatig gegenüber, die spitzbübischen Raffael-Engel zu Füßen der *Sixtinischen Madonna* über einer Sitzgruppe und die *David*-Statue auf einem Sockel neben dem Zimmerbrunnen.

»Sieht eher aus wie der Rückzugsraum eines Kunstliebhabers«, stellte Charly fest.

»Herr Senftl ist … war Kunstliebhaber. Besonders italienische Künstler. Er ist oft nach Italien gefahren zu Besichtigungen oder Ausstellungen. Dabei kam irgendwann der Kontakt mit diesem Hotelplaner zustande.« Jetzt war es vorbei mit der Zurückhaltung. Die Tränen liefen über die weißen Wangen. Wie aus dem Nichts zauberte Frau Kraft ein Taschentuch hervor und hielt es sich vors Gesicht. Charly ließ sie in Ruhe und wandte sich demonstrativ dem Schreibtisch zu. Rechnungen, Angebote, Einladungen, Werbung. Ohne erkennbare Ordnung lagen die Papiere auf der Tischplatte herum. Fächer oder Mappen, die auf ein bestimmtes System hingedeutet hätten, waren nirgends zu sehen. Offenbar war Büroarbeit nicht Senftls große Stärke gewesen. Der Tisch sah aus, als komme der Besitzer gleich wieder zurück. Mitten aus dem Leben, quasi. Für eine kurze Abwesenheit des Büroinhabers sprach auch die Duftwolke, die den Schreibtisch noch immer umgab. Es war dieses typische männlich-herbe Moschusaroma, das hartnäckig allem anhing, was der Rasierwasserverwender jemals berührt hatte oder wo er eben immer wieder gesessen war.

Sandra und Gabi Kraft beobachteten Charly mit neugierigen Blicken beim Schnuppern.

»Hat ein markantes Rasierwasser benutzt, der Herr Senftl«, erklärte Charly, als er die verwunderten Gesichter der zwei Frauen bemerkte. Sandra stellte sich ebenfalls neben den Schreibtisch und nahm eine Nase voll Senftlaroma.

»Mhm, des gleiche wie der Doppelzwerg«, war das Ergebnis ihrer Duftstoffanalyse. »Der verwendet's zwar ganz dezent, trotzdem eindeutig das gleiche Aroma.«

Die Durchsicht des Schreibtisches und des restlichen Büros brachte die Ermittler nicht weiter. Nichts, was Charly in irgendeinem Zusammenhang mit dem Mord relevant erschien.

Sandra hatte in der Zwischenzeit Frau Krafts Personalien notiert. Die kühle Routine hatte der Sekretärin dabei geholfen, ihre Trauer in den Griff zu bekommen.

»Wann haben Sie Herrn Senftl zuletzt gesehen?«

Sie dachte nach, und schon begann die Unterlippe wieder zu zittern. »Am Freitagnachmittag. Ich bin um vier heimgegangen, da war er noch in der Firma. Er braucht mich nicht mehr, hat er gesagt. Ich soll mir ein schönes Wochenende machen, Eis essen und baden gehn, hat er gesagt.« Es war wieder vorbei mit der Beherrschung. Das zerknüllte Taschentuch musste erneut herhalten.

Die Frage, was Senftl für ein Mensch gewesen sei, verkniff sich Charly. Sie wäre wohl der technische K. o. für Gabi Kraft gewesen. Aus den bisherigen Aussagen, dem Büro und den sonstigen Erkenntnissen konnte er sich selbst zusammenreimen, dass Senftl wohl ein gutmütiger, umgänglicher, fleißiger und geradliniger Typ war.

»Wie war denn das Verhältnis zwischen Herrn Senftl und Herrn Wienert?« Vielleicht konnte die Sekretärin dieses Thema nüchterner angehen, ohne von neuen Weinattacken geschüttelt zu werden. Und tatsächlich entband die Frage das Taschentuch von seiner Aufgabe. Zwei letzte Tupfer, dann sagte Frau Kraft mit brüchiger Stimme: »Geschäftlich.« Und es war eindeutig nicht als Frage formuliert.

Das Verhältnis zweier Männer, die gemeinsam eine international tätige Baufirma leiteten, war also geschäftlich. Aha. Sandra nickte zwei, drei Mal, so als wäre mit dieser Aussage alles erklärt, was man über das komplexe Miteinander der beiden Firmenlenker wissen musste. Man konnte wohl alle Einzelheiten, die einen noch interessierten, aus dieser Antwort ableiten. Es gab für aufmerksame Zuhörer, die Aussagen nicht nur inhaltlich registrierten, sondern auch nach der Art, wie was wann gesagt wurde, zu dieser Thematik keine offenen Fragen mehr.

»Ja wie jetzt?«, fragte Charly. Er konnte mit dem Begriff nicht viel anfangen.

Sandra und Frau Kraft sahen ihn gleichermaßen mitleidig an. »Na ja, für den Herrn Wienert gibt es halt nur den Betrieb. Also die Zahlen, die Aufträge, den Gewinn.« Das Taschentuch zuckte schon wieder Richtung Gesicht. »Für'n Herrn Senftl gab's auch nur den Betrieb. Er hat sich für die

Mitarbeiter interessiert, hat gwusst, wann seine Leute Geburtstag haben. Mir hat er jedes Mal gratuliert.« Taschentuch, die dritte. »Und Blumen geschenkt.« Die Aussage ging im Geheule fast unter.

Weil er einen missbilligenden Blick von Sandra erhielt, fragte Charly nicht weiter nach. Stattdessen erkundigte er sich, ob noch jemand anderes Auskunft über die Zusammenarbeit der zwei Chefs geben könnte. Schnäuzend verwies Gabi Kraft auf den Polier, Ernst Raudobler. Er sei ein Urgestein der Firma, von Anfang an dabei und so eine Art Vertrauter von Harry Senftl. Am besten erreichte man ihn auf der Baustelle »Am Scherbelberg«.

Die Ermittler überließen die Sekretärin ihrer Trauer und verabschiedeten sich.

»Ach so, eins noch: Wann kommt denn der Herr Wienert zurück aus Italien?«, fragte Charly beim Hinausgehen.

»Ich vermute, dass er Samstagfrüh hier in der Firma ist.«

Es ging auf Mittag zu, als sie in die Dienststelle zurückkehrten. Helmuth saß vor dem PC, um den Fall Senftl für STUPID aufzubereiten.

Die Sonne brannte von einem wolkenlosen Himmel und die Temperatur in den Büros an der Südseite hätte jedem Arbeitsmediziner die Haare zu Berge stehen lassen, wenn er denn davon gewusst hätte.

»Was mach ma denn Mittag?«, war die entscheidende Frage, die Charly in den überhitzten Raum stellte.

»Kantine«, brummelte Helmuth, ohne vom Bildschirm aufzusehen.

»Bei der Hitz?« Allein die Vorstellung trieb Sandra Schweißperlen auf die Stirn. »Da gibt's heut Schnitzel. Du weißt, wie's da immer zugeht!« Schnitzel Wiener Art mit

Kartoffelsalat war erfahrungsgemäß die Lieblingsspeise der Ingolstädter Bevölkerung. Zumindest des Teils, der je nach Angebot die Finanzamtskantine aufsuchte.

»Wurscht.« Helmuths ebenso kurzer wie prägnanter Diskussionsbeitrag ließ keinen Zweifel an der Unumstößlichkeit seiner Entscheidung. Darum machten sich Charly und Sandra allein auf den Weg in die Innenstadt. An einem kleinen Tisch in einer schattigen Altstadtgasse genossen sie eine Pizzaschnitte und ein eiskaltes Cola. Dabei bedauerten sie Helmuth, der offenbar aufgrund seiner emotionalen Ausnahmesituation erheblich verwirrt und nicht mehr klaren Verstandes war. »Bei der Hitz, wenn's Schnitzel gibt, zu die Rentner? Undenkbar. Der spinnt!«

Die Baustelle »Am Scherbelberg« war das größte Ingolstädter Bauprojekt seit Jahrzehnten. Der gesamte Hallenbadparkplatz an der Jahnstraße wurde zur Tiefgarage. Darüber sollte ein mehrstöckiger Komplex entstehen, der unmittelbar neben dem Freibad begann und auf der anderen Seite mit einer Terrasse über der Donau endete. Einen großen Teil des Bauwerks würden ein Kongresszentrum und das dazugehörige Hotel einnehmen. Dazu waren Cafés, Restaurants, mehrere Kinos und kleine Geschäfte geplant. Ein neues Hallenbad sollte ebenso integriert werden wie die Eislaufbahn. Eine Computersimulation des Architekten zeigte an der Vorderseite eine platanenbepflanzte Piazza mit einer Dachkonstruktion ähnlich dem Münchener Olympiastadion. An der Rückseite spannten sich zahlreiche kleine Terrassen und Balkone über den Künettegraben. Eine angebaute halbe Glaspyramide und ein halbrundes Mediencenter schnitten tief ins Glacis, den grünen Ring um die Ingolstädter Altstadt.

Ein Milliardenprojekt, bei dem die Firma Senftl & Wienert anscheinend kräftig mitmischte. Die zweigeschossige Tiefgarage mit ihren fünf Einfahrten stand kurz vor der Fertigstellung. Darüber wuchsen bereits Mauern und Betonpfeiler nach oben und ließen die gigantischen Ausmaße des Komplexes erahnen. Die ersten Decken waren schon eingezogen. Dahinter war der städtische Grüngürtel auf der Größe eines Fußballfeldes gerodet.

»Und warum Projekt Schrempelberg?«, fragte Sandra. Die Kollegin aus dem Bayerischen Wald hatte in den letzten Jahren viel über Ingolstadt und die Umgebung erfahren. Mit manchen Begriffen konnte sie aber nichts anfangen.

»Scher-bel-berg«, trennte Charly und klopfte dazu rhythmisch mit dem Zeigefinger in Richtung eines grünen, baumbestandenen Hügels am nördlichen Ende der Baustelle. »Die höchste Geländeerhebung der Stadt. Immerhin fünfundzwanzig Meter. Und damit leider nicht mal halb so hoch wie geplant.«

»Geplant? Man hat den Buckel auch extra dafür geplant?« Sandra erfasste mit einer Handbewegung die ganze Baustelle.

»Schmarrn. Scher-bel-berg!«, trennte Charly noch einmal. »Scherbel, Scherben, Schutt, Trümmer. Man hat in den Dreißigerjahren Befestigungsanlagen aus dem Dreißigjährigen Krieg abgerissen und die Trümmer hier aufgeschüttet. Und weil Ingolstadt wegen der Lage an der Donau«, nun deutete Charly schulmeisterlich ans südliche Ende der Baustelle, »damals so wie heute oft im Nebel versunken ist, hat der Stadtrat entschieden, es wär schön, wenn man einen Punkt hätte, von dem aus man trotz Donaunebel über die Stadt schauen kann. Darum ham s' diesen Berg, oder Hügel, aufgeschüttet.«

Sandra nickte verständig.

»Und seitdem gibt's den Monte Scherbolino. Wie ich ein Kind war, is da auf'm Hallenbadparkplatz immer 's Volksfest gwesen, und vom Scherbelberg ham s' des Feuerwerk abgeschossen.«

Charly sah die fünfundzwanzig Meter nach oben. »Wow, is des lang her«, stellte er nachdenklich fest. »Jedenfalls is im Berg ein Luftschutzbunker, also war halt, im Zweiten Weltkrieg.«

Sie hatten mittlerweile den Rand der Baustelle erreicht, und es blieb keine Zeit mehr für weitere Ausflüge in die Geschichte. Zähneknirschend stellte Charly fest, dass die Armada der Beton- und Kieslaster, von denen immer Wasser tropfte, die Zufahrt trotz der trockenen Witterung in eine hellbraune Matschwüste verwandelt hatten. Er schaffte es nicht, das Areal zu betreten, ohne sich seine Halbschuhe zu versauen.

Nachdem ihnen ein kleiner, verschwitzter Arbeiter mit stoppeligem Kinn den Weg gewiesen hatte, fanden Charly und Sandra Ernst Raudobler, den Polier, auf einem kleinen viereckigen Gerüst, in dessen Mitte gerade ein mächtiger Pfeiler betoniert wurde. Er war der Einzige der Gruppe, der in dieser Gluthitze sein Hemd noch anhatte, ein langärmliges Holzfällerhemd, dessen Ärmel er hochgekrempelt hatte. Sie stellten sich als Kriminalbeamte vor. Raudobler sah auf seine Armbanduhr, nickte, deutete wortlos nach Norden und ging voraus. An der Freibadseite der Baustelle bildeten mehrere Bürocontainer ein kleines Dorf. Einige der Container trugen die Aufschrift »Senftl & Wienert«.

In dem improvisierten Büro, das außen den dezenten Untertitel »Bauleitung« unter dem Firmennamen trug, war die Hitze noch drückender als draußen. Doch Raudobler schien die Temperatur nichts auszumachen. Er legte seinen Helm beiseite, und Charly registrierte verwundert, dass die schütteren grauen Haare zwar platt gedrückt, aber nicht verschwitzt waren. Wahrscheinlich war Raudobler ein Terminator aus Teflon.

Der Terminator war Mitte fünfzig, schlank und sehnig. Das Auffälligste waren die stahlblauen Augen in dem faltigen, braun gebrannten Gesicht. Er genehmigte sich einen großen Schluck Eistee aus einer Literflasche, entschuldigte sich und fragte, ob er etwas anbieten dürfe. Da Charly in dem Durcheinander des Containers jedoch keinen Kühlschrank entdecken konnte, lehnte er dankend ab.

»Wie kann ich helfen?«, fragte Raudobler knapp und rollte einige großformatige Pläne auf dem Schreibtisch zusammen.

»Sie wissen, was passiert ist?«

»Ja, die Gabi hat mir gesagt, dass man den Chef wahrscheinlich umgebracht hat.« Er kratzte sich am Ohrläppchen. »Blöde Sache, das. Ganz blöde Sache.«

Rumänien, dachte Charly. Zwar seit Ewigkeiten in Bayern, nur eben mit einer Kindheit in Rumänien. Und dadurch aufgewachsen mit einer Muttersprache, die später in der neuen Heimat mehr und mehr verblasste, auf den Stimmbändern hingegen immer noch ganz bestimmte Töne erzeugte, sodass sich das Gesprochene zwar bayrisch anhörte, aber eben nicht immer so ganz.

»Die Frau Kraft hat uns an Sie verwiesen, weil wir ein bisschen mehr zum Verhältnis zwischen Herrn Senftl und Herrn Wienert wissen wollten. Und natürlich generell, wie der Herr Senftl als Chef so war.« Charly fühlte sich wie ein Hendl im Backofen. Er spürte, dass aus jeder Pore seiner Haut der Schweiß quoll. Bald würden sich Bäche bilden und vorne wie hinten an ihm herunterlaufen. Sandra vertraute offenbar auf ihr gut riechendes Deo. Sie saß ganz entspannt auf dem einfachen Plastikstuhl und beobachtete Raudobler.

»Mhm«, brummte der Polier. »Was soll ma da jetz sagen? Hat scho passt.«

»Uns is klar, dass Sie im Nachhinein nix Schlechtes über'n Chef sagen wollen«, schaltete sich Sandra ein. »Es geht immerhin um einen Mord. Ein bissl genauer würden wir es schon gern wissen.«

Raudobler sah Sandra an und kratzte sich erneut am Ohrläppchen. »Da gibt's nix Schlechtes zu sagen über'n Senftl. War ein Pfundskerl.«

»Und mit'm Wienert?«

Raudobler überlegte kurz und biss auf seinem Daumennagel herum. »Ham sich gut ergänzt, die zwei.«

»Ham sich gut ergänzt, weil …« Charly war allmählich genervt von den kargen Antworten des Poliers. Wenn das so weiterging, säßen sie ewig hier in dieser Sauna. Dabei rann ihm der erste Schweißbach gerade den Rücken hinunter.

Raudobler seufzte und stützte die Ellbogen auf den freigeräumten Schreibtisch. Offenbar hatte er sich durchgerungen, ein wenig mehr zu reden. »Senftl und Wienert sind zwei grundverschiedene Typen«, begann er. »Der Senftl ist … war ein Mann aus der Praxis. Der hat 's Handwerk von Grund auf gelernt. War ein Baumeister der alten Schule, mit Leib und Seele. Wenn er was gebaut hat, dann hat er gewusst, dass es hält. Doch heut muss man offiziell alles mit Berechnungen und Zahlen belegen, darum brauchte er dann den Wienert. Der hat das alles studiert und hat die Sachen berechnet, die wo der Senftl im Gefühl hatte. So direkt auf einer Baustelle hab ich den Wienert, glaub ich, noch nie gesehen.« Er lehnte sich zurück, als hätte er jetzt wirklich genug gesagt. Neidisch stellte Charly fest, dass der Teflonmann in seinem Baumwollhemd immer noch nicht schwitzte.

»Gab's denn dann hin und wieder mal Streit, wenn die beiden so unterschiedlich waren? Oder war immer alles harmonisch?«

»Streit weiß ich jetzt nicht. Unterschiedliche Standpunkte ab und zu. Das bringt so eine Firma ja auch vorwärts. Oder?«

»Und was zum Beispiel?« Charly wedelte ungeduldig mit der Hand und forderte den Bauleiter so zum Weiterreden auf.

»Na ja, der Wienert denkt in großen Maßstäben. Der möcht am liebsten nur solche Projekte wie das hier stemmen.« Eine ausladende Armbewegung schloss die ganze Baustelle außerhalb des Backofencontainers ein. »Der Senftl hat auch mal zwischendrin den Bau eines Einfamilien- oder eines Doppelhauses angenommen, wenn ihm der Plan gefallen hat. Da war der Wienert immer total dagegen.« Er beugte sich weit nach vorne, als würde er gleich ein Geheimnis verraten. »Übrigens soll's sogar wegen der Baustelle hier Zoff gegeben haben. Doch da erfährt unsereins nix Genaues, wenn's zwischen den Chefs funkt.« Er wippte wieder zurück und verschränkte die sehnigen, braunen Unterarme, als Zeichen, dass nun wirklich alles gesagt sei.

Charly war überzeugt, dass Raudobler sehr wohl detailliert informiert war, welche Differenzen seine Arbeitgeber ausgefochten hatten. Genauso klar war ihm auch, dass ein Kerl wie Raudobler darüber keinen Ton ausplauderte, wenn er nicht wollte. Sie würden es schon noch erfahren.

»Wie wird's denn mit der Firma jetzt weitergehn?«, fragte Sandra stattdessen.

»Schätze: Wiener ohne Senf. Der Wienert wird die Firma allein übernehmen. Er braucht dann natürlich einen für die Arbeit auf den Baustellen und für die Praxis und fürs Personal. Er selbst könnt dann halt endlich allein entscheiden, wo er mitmischt. Das Menschliche ist aber weg.«

»Personal? Hat der Herr Senftl sich selbst um die Personalangelegenheiten gekümmert?«

»Das letzte Wort bei Einstellungen und Entlassungen hatte immer er. Entlassen hat er zwar sowieso kaum einen. Da war der Chef vielleicht ein bisserl zu sozial.«

»Versteh ich ned«, sagte Charly, bei dem der Schweiß jetzt auch auf der Brust ein Rinnsal gebildet hatte. Er wedelte mit dem T-Shirt-Kragen und sah Raudobler fragend an.

»Der Chef hat immer gsagt, jeder hat eine zweite Chance verdient, oder eine dritte und vierte. Also wenn einer mal Scheiß baut, hat er ihn nicht gleich rausgeworfen. War dann immer quasi wie Bewährung in der Firma.« Er legte den Zeigefinger an die Nase und sinnierte. »Den letzten zum Beispiel hat er entlassen, das ist bestimmt schon drei oder vier Monate her. Der war schon wegen Diebstahl vorbestraft. Dann haben wir ihn erwischt, wie er aus dem Lager eine Bohrmaschine mitnehmen wollte. Und trotzdem hat ihn der Chef immer noch behalten. Bis der Typ auf der Baustelle Haschisch oder irgend so einen Dreck verhökert hat. Damit verstand der Senftl keinen Spaß. Drum hat er den Kerl endlich doch rausgeworfen.«

»Wissen Sie den Namen?«

»Pff«, jetzt kratzte Raudobler sich an der Stirn. »Nowak, glaub ich. Peter Nowak.«

»Kann es sein, dass der sich für den Rauswurf gerächt hat?«

»Da möcht ich jetzt nichts behaupten. Aber das war schon so ein verschlagener Typ, dem man alles zutraut. Guter Maurer, leider halt ein Arschloch.« Raudobler sah auf die Uhr und erhob sich. »Gibt's noch was? Wissen S', bei uns drängt die Zeit nämlich ein bisserl.« Er bewegte sich auf den Ausgang zu. »Nächste Woche soll der erste Bauabschnitt übergeben werden.«

»Richtfest?«, fragte Charly, der sehr erleichtert war, endlich aus dem Backofen herauszukommen.

»Na ja, so ähnlich. Nach den Querelen am Anfang wollen die Politiker positive Nachrichten veröffentlichen. Und die Tiefgarage hat ein paar Euro weniger gekostet als veranschlagt. Darum gibt es nächste Woche so was wie ein offizielles Richtfest für die Tiefgarage. Mit dem ganzen Presserummel und so weiter.«

Sie traten ins Freie, und Charly spürte sofort die gleißende Sonne auf der Haut. Wenigstens bewegte sich die Luft ein wenig. Es war hundert Mal angenehmer als in dem stickigen Bürocontainer.

»Weniger?«, fragte Charly. »Gibt's des auch?«

»Des is zum Beispiel eine Stärke vom Wienert, der rechnet so lange, bis es passt.« Und mit einem Augenzwinkern fügte er hinzu: »Dafür kostet später ein anderer Abschnitt eben ein bisserl mehr als geplant.«

Ein schmächtiger, orientalisch aussehender Arbeiter kam auf sie zu und ließ einen Goldzahn blitzen. »Schalel«, sagte er und lächelte dabei zuerst Charly und dann Raudobler an. Charly vermutete einen freundlichen Gruß in arabischem Dialekt, deutete eine Verbeugung an und erwiderte: »Schalel.«

»Schal-Öl ist im blauen Schuppen. Aber nicht wieder so viel hinspritzen und vor allem nicht aufs Eisen«, herrschte Raudobler den Orientalen an.

»Äh, können Sie sich vorstellen, was Senftl am Samstagnacht in der Garage wollte?«, fragte Sandra den grinsenden Polier.

»Keine Ahnung. Mir ist nur eingefallen, dass er mich vor drei, vier Wochen mal gefragt hat, ob ich übers Wochenende in der Garage gewesen wär. Oder ob ich wüsst, dass jemand anderer drin war. Ich selber war nicht drin, und ich wusste nichts darüber. Wir haben dann nicht mehr von der Sache gesprochen.«

»Was war denn in der Garage?«

Wieder kratzte Raudobler sich am Ohrläppchen, offenbar eine Nachdenkangewohnheit. »Eigentlich nix. Altes Werkzeug. Ein paar kaputte Maschinen, um die sich kein Mensch mehr gekümmert hat. Das ganze Gelände da draußen ham wir eigentlich nicht mehr genutzt. Wir ham seit Langem große Hallen hinter der Firma.«

»Und wer hätt da alles noch einen Schlüssel für die alte Werkstatt?«

Raudobler winkte ab. »Ach da gibt's viele. Jeder Lkw-Fahrer hat einen. Aber ehrlich gesagt braucht man überhaupt keinen Schlüssel. Das alte Flügeltor konnt ma mit jedem Vierkant öffnen.« Er sah Charly und Sandra an. Als die Ermittler keine Fragen mehr stellten, drehte er sich grinsend um und verabschiedete sich: »Also dann, Schalel.«

Am Abend ließen sich die Valentins im schattigen Garten eine mediterrane Brotzeit schmecken. Da alle Familienmitglieder Episoden aus ihrem Tagesablauf schilderten, wollte auch Charly zum Gespräch beitragen. »Und stellt euch vor«, sagte er, nachdem er einen kräftigen Schluck aus der Russen-Maß genossen hatte, »auf die Frage, wie das Verhältnis zwischen dem Senftl und dem Wienert war, sagt die Sekretärin: geschäftlich. Tsss.«

»Na, damit is ja wohl alles gsagt«, stellte Petra nüchtern fest und tunkte den Rest Balsamico aus der Schüssel. »Nur du hast es mal wieder ned verstanden, Schorschi.«

Julia nickte, und Ludwig widmete sich weiterhin ungerührt den Tomaten und dem Mozzarella auf seinem Teller.

Wahrscheinlich fehlt mir einfach irgend so eine feine soziale Antenne, erkannte Charly. Er überlegte, ob er dennoch einen zaghaften, logisch begründeten Protest anbringen sollte. Um aber nicht wieder einen Rüffel zu ernten, dafür, dass er nie richtig zuhörte, sagte er lieber nichts mehr. Sein Schweigen fiel nicht weiter auf, denn aus Julia sprudelten bereits neue Abenteuer vom Reiterhof heraus. Charly hing seinen Gedanken nach und hörte gar nicht richtig zu.

Neun

Am Donnerstagmorgen zeugten nur nasse Straßen und einige heruntergerissene Äste von dem heftigen Gewitter, das Charly nachts um drei geweckt hatte. Fast eine Stunde lang hatte der Wind schwere Regentropfen gegen das Schlafzimmerfenster gepeitscht. Von Abkühlung war indes nichts zu merken. Die aufgehende Sonne ließ das Wasser aus den Wiesen, Feldern und Pfützen bereits wieder verdunsten. Charly radelte durch die feuchte, warme Luft und fühlte sich nach den ersten Kilometern wie in der Biosauna.

Zur Frühbesprechung kämpfte er eine Tasse bitteren Automatenkaffee hinunter, obwohl ihm ein eiskaltes Glas Cola lieber gewesen wäre.

»Und, wie sieht's bei der AG Baumeister aus?«, fragte Oberrat Zwerglein, während er schon wieder seine Pfeife stopfte. »Haben Sie da schon alle Familienangehörigen befragt? Oder diese Kegelbrüder?«

»Den Sohn haben wir noch nicht erreicht«, antwortete Charly. »Genauso wie die Mitglieder der Billardrunde. Da war noch keine Zeit dafür.«

»Na, dann erledigen S' des so schnell wie möglich. Wir müssen in dem Fall rasch Ergebnisse präsentieren.«

Wenn sich der Fall unter Zwergleins Führung zu lang hinzog, schadete das seiner Karriere, vermutete Charly. Hauptsache, man konnte Ergebnisse vorweisen, egal welche, und wenn es nur Statistiken zu befragten Personen waren.

»Heut Nachmittag is die Beerdigung«, erklärte Charly. »Da will ich jetzt vorher keinem von der Familie auf die Nerven gehen. Und nachher is bestimmt ein großer Leichentrunk, da sollten wir uns mit den Ermittlungen auch zurückhalten. Und diese Billardrunde, das waren ja ebenfalls alles Freunde vom Senftl. Also die werden bestimmt nicht begeistert sein, am Tag der Beerdigung von der Polizei befragt zu werden.«

»Na, na, na«, protestierte Zwerglein und paffte einige Züge. »Mir sin doch ned die Bahnhofsmission. So a Gefühlsduselei könna mir …«

»Wir könnten den entlassenen Arbeiter am Vormittag befragen«, unterbrach ihn Sandra, um die drohende Eskalation des Gesprächs zu verhindern. »Diesen Peter Nowak. Der is laut Krankenkasse seit seiner Entlassung beim Senftl arbeitslos. Also is er bestimmt daheim. Und die Beerdigung wird den wohl ned jucken.«

»Ja, dann machen S' des.« Zwerglein erhob sich schwungvoll. »Und so bald wie möglich dann die andern.«

Sie fuhren mit dem Dienstwagen, hätten jedoch genauso gut zu Fuß gehen können. Nowak wohnte in der Stadtmauer, gleich um die Ecke im Unteren Graben.

Nach dem zweiten Läuten und einer sehr langen Wartezeit wurde oben ein Fenster geöffnet. Ein unrasiertes Gesicht erschien, musterte die Besucher und knurrte unfreundlich: »Was is?«

»Kripo. Herr Nowak? Wir würden gern mit Ihnen sprechen.«

»Aber ich ned mit euch.«

»Wir können natürlich schon da auf der Straß rumplärrn, wenn Ihnen das lieber ist.«

Nowak grunzte und schloss das Fenster. Als Charly gerade erneut klingeln wollte, summte schließlich doch noch der Türöffner.

Nowaks Appartement bestand aus einem Wohnbereich mit Kochecke und einer Schlafstelle im hinteren Teil, die durch eine halbhohe Mauer optisch abgetrennt war. Die Wohnungen in dem alten Gemäuer waren vor einiger Zeit aufwendig modernisiert und mit Parkett ausgestattet worden.

Auf der Arbeitsplatte der kleinen Küche stapelte sich schmutziges Geschirr. Daneben hechelte ein unfreundlich dreinblickender Hund mit heraushängender Zunge in seinem Korb und ließ die Eindringlinge nicht aus den Augen. Den Wohnzimmertisch bedeckten McDonald's-Verpackungen, Pizzaschachteln, leere Bierflaschen und zwei überquellende Aschenbecher. Gegenüber der mit Brandlöchern übersäten Couch hing ein Fernseher von der Größe eines Badetuchs an der Wand. Der zweite Bildschirm im Schlafbereich war dagegen höchstens so groß wie ein normales Handtuch. Dafür standen dort ein Festplattenrekorder, ein Sky-Receiver und eine Stereoanlage vor einem französischen Bett. Zwischen einer Mischung aus kaltem Rauch und Schweiß hing das Aroma von Nowaks Rasierwasser in der abgestandenen Luft: Moschus.

Nowak sah aus, als hätten sie ihn aus dem Schlaf geklingelt. Er hatte sich eine ausgewaschene Jogginghose übergezogen. In dem fleckigen Muskelshirt steckte ein kräftiger Oberkörper mit breitem Kreuz. Die schwarzen Haare, die sich im Nacken kringelten, hatten heute noch keinen Kamm gesehen, und auch mit seinem Rasierer hatte Nowak die letzten drei oder vier Tage wohl keinen Kontakt gehabt.

»Der Hund tut uns nix, oder?«, fragte Charly vorsichtshalber, nur damit man mal drüber gesprochen hatte.

»Solang ihr euch anständig aufführt, ned.«

Blöder Hund.

Nowak zündete sich zum Frühstück eine Zigarette an und setzte sich auf die Couch. »Was wollts denn?«, fragte er und gähnte herzhaft.

Den Polizisten bot er keinen Platz an, und Charly verspürte nicht die geringste Lust, sich irgendwo hinzusetzen. Sandra ging es offenbar genauso.

»Können Sie sich nicht denken, warum wir hier sind?«, fragte Charly.

Nowak zog an seiner Zigarette, zuckte mit den Schultern und blies Charly Rauch entgegen.

»Ham S' noch nix ghört, vom Tod des Herrn Senftl?«

Nowak stutzte. »Der Senftl? Tot?« Nachdenklich kratzte er seinen stoppeligen Hals. »Und die Kripo ermittelt?« Er begann zu lächeln. »Werd ihn doch ned wer umbracht ham?«

»Und des wär für Sie ein Grund zum Grinsen?«, fragte Sandra.

»Natürlich ned. Ich bin erschüttert.« Während er sprach, grinste er weiter.

»Er ist tatsächlich umbracht wordn«, stellte Charly klar. »Und wir überprüfen jetzt alle Leute, die Schwierigkeiten mit ihm ghabt ham.«

»Ich hab doch keine Schwierigkeiten mit dem Senftl ghabt.« Nowak klopfte seine Zigarette in den randvollen Aschenbecher ab und hustete genüsslich. »Er hat mich nausgschmissen, ja. Na und? Mein Gott, es gibt Schlimmeres.«

»Damals warn S' aber schon ganz schön sauer auf ihn, oder?«

Nowak lehnte sich zurück. »Natürlich, damals schon. Weil's ja echt ungerecht war.«

»Was?«, fragte Sandra. »Die Sache mit der Bohrmaschine?«

»Genau, die war nämlich nur ausgeliehen. Übers Wochenende. So, wie's halt jeder mal macht.«

»Aha. Und die Geschichte mit'm Rauschgift? Die war ja eigentlich der Grund für die Entlassung, oder?«, setzte Charly nach.

Die Zigarette sengte einen anderen Filter an, als Nowak sie im Ascher ausdrückte, und es qualmte und stank. Er stand auf, ging zur Küchenzeile und fand tatsächlich auf Anhieb die Kaffeemaschine in dem Durcheinander.

»Alles nur blöde Gerüchte gwesen«, murrte er, fischte aus dem Schmutzgeschirr eine gebrauchte Tasse und stellte sie unter die Maschine. »Gar nix war da, damals.« Der Kaffeeautomat brummte kurz, dann plätscherte braune Flüssigkeit in die Tasse. »Nur weil er dem Polier und a paar so andere Arschlöcher mehr glaubt hat wie mir, war für ihn klar, dass ich Gift vercheck auf seiner Baustelle.« Die Tasse war voll, und Nowak nahm einen großen Schluck. Charly war froh, dass er ihnen keinen Kaffee anbot.

Der Maurer lachte bitter. »Ha, seine Baustelle! Dieser arrogante Typ. Hat gmeint, er is der Beste auf der ganzen Welt.« Er setzte sich wieder aufs Sofa.

»Und da is Ihnen damals nix mit Rache in den Sinn gekommen?«, fragte Charly. »Also mir würd des schon gewaltig stinken, besonders wenn's gar nicht stimmt, was mir vorgworfen wird.«

Nowak fuhr sich durch die speckigen Haare. »Pah«, kommentierte er nur.

»Sie sind seitdem arbeitslos«, stellte Sandra fest.

Nowak nickte betont langsam und musterte die Polizistin provozierend.

Sandra fuhr fort: »Ich mein: Die Wohnung, Fernseher, Stereo. Kostet alles Geld, oder? Und is, soweit ich des seh, auch kein Glump.«

»Ach so, war's ein Raubmord? Hat man den Senftl wegen seine Millionen ermordet?« Er lehnte sich wieder zurück und breitete die Arme über die Lehne aus. »Und jetzt bin ich natürlich verdächtig, weil ich zwei Fernseher hab.« Die Schlussfolgerung schien ihn zu amüsieren. Dann zog er den Tränensack unter seinem linken Auge ein wenig nach unten: »Nee, nee, Freunde. Alles Ersparnisse von früher und erarbeitet.«

»Sie sind Maurer«, mischte sich Charly ein, »da müsst sich doch in unserer Boomtown um diese Jahreszeit, also jetzt, wo überall gebaut wird, was finden lassen?«

Nowak schien erneut amüsiert. »Danke für den Tipp«, sagte er. »Wenn ich später mal was such, werd ich mich dran erinnern. Aber momentan bin ich nicht daran interessiert. Mir reicht, was ich so hab.«

»Ham Sie einen Schlüssel zu der Halle an der Peisserstraße gehabt, als Sie noch bei Senftl & Wienert gearbeitet haben?«, wollte Sandra wissen. Der Ton und ihr finsterer Blick zeigten deutlich, wie unsympathisch ihr Nowak war.

»Nein, da war ich nie.« Er trank geräuschvoll aus der Kaffeetasse und rülpste dann. »Is noch irgendwas? Ich hab nämlich noch was anderes vor. Termine.«

»Sagen S' uns nur noch, wo Sie am Samstagabend und die Nacht über waren?«, forderte ihn Charly auf und zog demonstrativ ein kleines Notizbuch.

Nowak dachte angestrengt nach. »Samstag? Samstag? Ach, da war Dartturnier in unserer Kneipe in Ringsee. Bis um drei oder vier. Dann bin ich heim.«

»Kann das irgendjemand bezeugen?«, fragte Charly.

»Der Caipi, unser Vorstand.«

»Wie heißt der wirklich und wo finden wir den jetzt?«

»Brummer oder Baumert oder so. Bei der Arbeit vermutlich. Der is Bademeister im Freibad.«

»Und daheim, warn S' da allein, oder gibt's dafür irgendwelche Zeugen?«, bohrte Sandra nach.

»Mei Freundin war dabei. Vorher beim Darten und dann die ganze Nacht bei mir.« Er grinste Sandra unverschämt an. »Wolln S' wissen, was wir gemacht haben? Ich könnt's Ihnen schon erzählen.«

Sandra wandte sich angewidert ab. Ihr Blick fiel dabei auf eine Schwarz-Weiß-Fotografie hinter dem Bett, die von zwei Red-Bull-Dosen zur Hälfte verdeckt wurde. Sie musste noch mal genauer hinsehen.

»Gabi«, sagte Nowak in dem Moment.

»Gabi Kraft?« Sandra deutete auf das Foto. »Die Sekretärin von Senftl & Wienert. Is des Ihre Freundin?«

»Genau. Was dagegen?«

»Ich hab nämlich noch was anderes vor«, äffte Sandra ihn nach, als sie wieder in den Dienstwagen einstiegen. »So ein Arsch, so ein assliger!«

»Was ich wieder mal nicht versteh«, entgegnete Charly, »wie kommt so ein Kerl an eine Frau wie die Kraft? Die is ned blöd, die is ned schiach, die kann hundert anständige Männer haben. Was find die an dem Typen?«

»Wahrscheinlich is der abends immer ausgeruht und fit.« Sandra zwinkerte Charly zu. »Ein ganzer Kerl, verstehst?«

»Pff.« Charly war mit dieser Erklärung nicht zufrieden. »Wie auch immer, ich würd sagen, wir fahrn zurück auf die Dienststelle und teilen uns auf. Du führst mit der Gabi Kraft ein Frauengespräch und lässt dir das Alibi von ihrem arbeitslosen Maurer bestätigen. Und ich frag mal den Cuba, oder wie der heißt, vom Freibad.«

Helmuth war froh, mal vom Computer wegzukommen. Er hatte sich spontan bereit erklärt, Charly zu begleiten. Das Freibad lag am Rand der Baustelle hinter dem Scherbelberg. Nur ein schmaler Fußweg führte am Bauzaun entlang zum Eingang. Sie standen an der Kasse des Bades und wiesen sich aus.

»Den Herrn Brummer oder Baumert hätten wir gern gesprochen.«

Die füllige Dame an der Kasse schüttelte den Kopf. »Sagt mir nix.«

»Der soll hier Bademeister sein«, versuchte Charly es weiter.

»Wir haben fünf Vollzeit- und sieben Teilzeitbademeister. Tut mir leid.«

»Mai Tai oder Piña Colada?«

»Danke, jetzt nicht.«

»Sie verstehn mich falsch. Der Herr, den wir bräuchten, ist Vorstand vom Dartclub in Ringsee.«

Die Gesichtszüge der Kassiererin hellten sich auf. »Ach, der Caipi. Sagen S' des doch gleich. Sie wollen zum Herrn Muchart. Der is da. Gehn S' nur rein. Den finden S' schon irgendwo.«

Es war Vormittag, und die Ferien hatten noch nicht begonnen, darum herrschte recht wenig Betrieb. Nur ein paar Rentner und Spätschichtler drehten ihre Runden im Schwimmerbecken. Auf der Liegewiese und am Beckenrand rekelten sich einige Studenten und Studentinnen oder daheimgebliebene Urlauber. Noch waren die Temperaturen angenehm, man konnte die drückende Hitze jedoch schon erahnen, die sich in ein paar Stunden wieder über die Stadt legen würde.

Während Helmuth die Bikinischönheiten im Vorbeigehen ausgiebig musterte, hielt Charly Ausschau nach Herrn

Muchart. Sie fanden ihn am Springerbecken, wo er gerade Wasser in einen Zylinder füllte und es dann durch ein Messgerät laufen ließ. Mit dem Ergebnis offenbar zufrieden, schüttete er es ins Becken zurück. Er trug weiße Shorts und ein weißes Poloshirt, das das üppige Brusthaar nicht verbergen konnte.

»Wir ermitteln im Fall des ermordeten Herrn Senftl. Und in dem Zusammenhang müssen wir unter anderem das Alibi vom Peter Nowak überprüfen«, erklärte Charly, nachdem sie sich vorgestellt hatten. »Es geht um den Samstagabend.«

»Ja, Samstag haben wir ein Turnier gespielt, im *Dart-Ort*, unserer Vereinskneipe. Der Peter war auch da, das stimmt. Da haben wir sauber verloren diesmal.«

»War irgendwas Besonderes an dem Abend? Wie lang hat das Turnier gedauert?«

»Na, dürft so halb elf gwesen sei', bis 's Turnier aus war. Wir sind dann natürlich noch sitzen geblieben. Der Peter hat wieder seinen Surus beinand ghabt, mein lieber Mann.« Mit einer Geste deutete Muchart zusätzlich an, dass Nowak ganz schön gebechert hatte.

»Er war also ordentlich besoffen?«, fragte Charly nach.

»So richtig besoffen, wie Sie sich das jetzt vorstellen, ist der Peter eigentlich nie. Also so mit rumtorkeln und lallen, mein ich. Der pumpt zwar ganz schön was weg, aber merken tust es bei dem nur, weil er dann soviel Schmarrn quasselt. Drum sind wir immer ganz froh, wenn die Gabi dabei ist.«

»Sei Freundin«, stellte Charly pro forma fest. »Die Gabi war also auch dabei?«

»Genau. Und die is immer recht vernünftig und schaut dann, dass sie ihn heimkriegt, wenn's wieder langt.« Muchart rieb sich die Nase. »Und jetz, wo Sie's sagen: Am Samstag hat's ihr schon ziemlich früh greicht, der Gabi. Da hat der mit ihr zum Streiten angfangen. Des war uns allen richtig peinlich, was der alles rumplärrt hat. Sie is mit ihm schon eher heim, so um elf rum vielleicht. Genau, stimmt. Mir andern sind noch sitzen geblieben bis nach Mitternacht. Da war der Peter nicht mehr dabei.«

»Wissen S', um was es da gegangen is bei dem Streit?«

»Ach, mir hörn ihm gar ned richtig zu, wenn er so drauf ist. Da geht's dann immer um der Gabi ihrn Chef, der wo ihn nausgschmissen hat, und dass die Gabi immer noch bei ihm arbeitet und ihn so gern mag. Die Gabi lässt nämlich nix über ihren Chef kommen. Und manchmal wird er dann richtig ordinär, der Peter.«

»Mal unter uns, Herr Muchart: Was is denn des für ein Verhältnis zwischen dem Nowak und der Gabi Kraft?«

Der Bademeister winkte ab: »Fragen Sie mich nicht, ich versteh's genauso wenig. Die Gabi ist so ein tolles Mädel. Also der Peter is jetzt ned direkt verkehrt, aber manchmal eben schon sehr schwierig. Die hätt wirklich einen anderen verdient. Ich weiß nicht, was zwischen den beiden abläuft.«

Charly bedankte sich und verabschiedete sich von Muchart.

»Also, fertig! Fahr ma wieder?«, forderte er danach Helmuth auf, der die ganze Zeit über lieber die Liegewiese beobachtet hatte, als dem Gespräch mit Caipi, dem Bademeister, zu folgen. Und auch jetzt widersprach Kollege Reithl, ohne den Blick von den Bikinimädels abzuwenden.

»Kauf ma uns halt noch ein Eis«, schlug er vor, »weil's so warm is. Und weil wir schon da sind.«

Charly fiel kein vernünftiges Gegenargument ein, und so folgte er Helmuth, der bereits losmarschierte. Sie stiegen nach oben auf die Balustrade direkt neben den Becken. Dort oben befanden sich Kiosk und Biergarten. Jeder der beiden Ermittler gönnte sich zwei Kugeln in der Waffel, Helmuth Nuss und Zitrone, Charly Himbeere und Amarena-Kirsch. Dann stellten sie sich ans Geländer, genossen die noch erträgliche Sonne, ließen ihren Blick über die Becken und die Liegewiese schweifen und schleckten ihr Eis.

»Zefix!« Die Sonne schien bereits warm genug, um Himbeere und Amarena-Kirsch schneller schmelzen zu lassen, als Charly lecken konnte. Drei dunkelrote Tropfen hatten sich unten aus der Waffel geschlichen und waren mitten auf Charlys weißem Hemd gelandet.

»Zefix, Zefix!«, gab Helmuth zurück. Der Ton entsprach aber nicht dem scharfen Zischen eines Fluches, sondern mehr verzücktem Staunen. Er hatte sich ja auch nicht vollgekleckert. Helmuths Blick wanderte immer noch verträumt über die Liegewiese. Er musterte einen makellosen Studentinnenkörper nach dem anderen.

Zehn

»Ich schau wieder aus wie a Sau!« Charly blickte an sich hinunter.

»Und volltrenscht hast dich auch noch«, ergänzte Sandra mit süffisantem Lächeln.

Die Mitglieder der AG Baumeister saßen im Kaffeezimmer bei einer Lagebesprechung zusammen. Nur Kriminaloberrat Zwerglein führte irgendwo Strategiegespräche und glänzte durch Abwesenheit.

Kommissariatsleiter Barsch schüttelte missbilligend den Kopf. »So kannst nicht mehr unter d'Leut gehn. Schaut ja erbärmlich aus. Was sind denn das für Flecken?«

»Hast nix zum Wechseln da?«, fragte Helmuth, bevor das Eis während der Dienstzeit zur Sprache kommen konnte.

Charly dachte kurz nach. »Nein, hab ich letztens erst zum Waschen mit heimgenommen. 's Einzige, was ich da hab, is mein Poloshirt, des ich seit a paar Tag beim Radlfahrn anhab. Das kann ich natürlich ned anziehn.« Er zupfte verärgert an den Himbeer-Amarena-Flecken, als könnte er sie sich vom Hemd reißen wie in der Waschmittelwerbung. »Ich fahr vor der Beerdigung einfach noch schnell heim und zieh mich um.«

»Ja, mach das. Und was war jetzt alles heut Vormittag?«, wollte Barsch wissen.

»Also dieser … dieser Cocktail-Dings sagt, der Nowak war am Samstag ordentlich besoffen und is um elf mit der Kraft aus der Kneipe verschwunden«, berichtete Charly und nickte Sandra zu. »Hast du die Kraft erreicht?«

»Ja, die war in der Arbeit, und ich hab mit ihr geredet. Zuerst hat's alles bestätigt, was uns der Nowak erzählt hat. Dann hat's so a bissl rumgeeiert. Und wie ich a weng nachbohrt hab, is mit der Wahrheit rausgrückt.« Sandra blätterte in ihren Unterlagen. »Dass es nämlich an dem Abend wieder mal einen heftigen Streit gegeben hat. Der Grund war ihre Arbeit in der Baufirma. Scheinbar hat's deswegen öfter mal Zoff mit ihm ghabt. Wie auch immer, sie is mit ihm kurz nach elf aus dem Dartschuppen verschwunden. So besonders besoffen, wie euer Bademeister gsagt hat, soll er übrigens dabei ned gwesen sei. Sie is dann zuerst mit zu ihm. Weil er aber 's Rumstänkern ned aufghört hat, is sie später dann abghauen und zu sich heim. Und hat ihn in seiner Stadtmauerwohnung allein gelassen. Des war so gegen Mitternacht, sagt s'.« Sandra klappte ihren Notizblock zu. »Und mehr kann oder will sie zu dem Abend nicht sagen.«

»Was hast du jetzt für einen Eindruck von ihr?«, fragte Charly. »Weißt jetzt, warum die mit dem Assi zamm is?«

»Also, sie selber sagt da nix dazu, weicht solche Fragen aus. Aber ich hab mit der Dame unten am Empfang geplaudert. Dabei sind wir zufällig auf das Thema gekommen.« Sie lächelte unschuldig und schlug ihren Notizblock wieder auf. »Silke Niedermeyer, anscheinend a bissl mehr wie nur a Kollegin von der Gabi Kraft. Und die ärgert sich maßlos über den Typen. Sagt, dass die Gabi dem vermutlich hörig is. Und dass der Kerl so ein typischer besitzergreifender, eifersüchtiger Egoist is. Die Kraft kommt einfach nicht weg von dem. Manchmal macht s' Schluss, aber nach zwei oder drei Tagen is alles wieder so wie vorher.«

Sandra schlug ihr Notizbuch endgültig zu und lehnte sich zurück.

»Dann hat uns also der Nowak angelogen: Er hat für die Zeit nach Mitternacht kein Alibi. So wie's ausschaut, hat er immer noch einen ganz schönen Hass auf die Firma und auf den Senftl. Und dass seine Gabi im Chef eine Art väterlichen Freund sieht, des bringt ihn regelmäßig auf die Palme. Wenn er dann besoffen ist, steigert er sich rein und kennt sich nicht mehr«, fasste Charly zusammen. »Klingt für mich nach einem oder zwei guten Motiven.«

»Na also«, meldete sich Barsch, »dann verhaften wir ihn doch.«

»Langsam, Klaus, wir haben nix gegen ihn in der Hand.«

»Charly, du hast doch gehört, dass der Chef eine Verhaftung sehen will. Und da spricht jetzt eigentlich scho viel dafür, dass der Nowak es war.«

»Viel? Da spricht nix dafür. Er hat kein Alibi. Er hätt vielleicht einen Grund. Mehr is es schon nicht. Des is bei einem Dutzend anderer Leut wahrscheinlich genauso.«

»Egal, du rufst nachher die Gambrini-Steinmetz an und erzählst ihr die ganze Story. Die soll zusehen, dass sie einen Haftbefehl herkriegt.«

Charly wurde ein wenig lauter, als er beabsichtigte. »Da müsst ma vielleicht noch wissen, wie besoffen er an dem Samstag wirklich war. Ob er körperlich überhaupt in der Lage war, dass er in die Peisserstraß kommt und dort dem Senftl auflauert.« Er ärgerte sich über Barsch und seine Obrigkeitshörigkeit, wegen der er wieder mal im Begriff war, über das Ziel hinauszuschießen. Gleichzeitig war er zu verbohrt, um vernünftig zu sein.

»Und wieso auflauern?«, fragte Sandra. »Warum sollte der Senftl denn nach Mitternacht in die Garage kommen? Und warum sollte der Nowak das dann wissen?«

»Vielleicht hat er ihn hinbestellt«, spekulierte Helmuth. »Wir könnten seine Telefondaten für den Zeitraum überprüfen, Handy und Festnetz.«

»Gute Idee.« Charly blickte auf die Uhr. »Aber des mach ma später, Helmuth. Außerdem kennst du doch bestimmt diese Dartkneipe in Ringsee und den Wirt.«

Helmuth nickte.

»Genau, mit dem kannst du vielleicht heut Abend oder morgen mal reden, ob man noch nachvollziehen kann, was der Nowak so alles getrunken hat und wie er drauf war.«

»Heut Abend geht ned, hab i was anders vor.«

»Wurscht, dann halt morgen. Und die Telefondaten auch. Jetz schauen wir erst mal bei der Beerdigung vorbei.«

Über den gepflasterten Wegen im Westfriedhof flimmerte die Luft. Die halbe Stadt hatte sich eingefunden, um Harry Senftl die letzte Ehre zu erweisen. Die riesige Trauergemeinde bildete einen weiten Kreis um das offene Grab, neben dem sich auf einem Rollwagen der Eichensarg befand. Rings um das Grab hatten die Bestatter ein Meer aus Kränzen und Gestecken arrangiert. Vor dem Sarg stand ein junger, spindeldürrer Pfarrer, flankiert von vier Ministranten.

Aufrecht stand Swetlana Senftl in der ersten Reihe und blickte nach vorne zum Priester. Sie trug einen zu kurzen schwarzen Rock, eine kurzärmlige Bluse und einen Hut mit Schleier, der ihr Gesicht verdeckte. Neben ihr stand ihre Stieftochter. Bettina Senftl hatte einen schwarzen Hosenanzug an, ließ die Schultern hängen und starrte auf den Kies vor ihren Füßen. Die rot geweinten Augen hoben sich unschön von der Blässe des übrigen Gesichts ab.

Auf der anderen Seite hatte sich Swetlana bei einem schmächtigen jungen Mann mit rundem Gesicht untergehakt. Charly vermutete, dass es sich dabei um ihren Sohn Alex handelte. Er steckte in einem schwarzen Blazer und hatte sich ein graues Seidentuch um den Hals geschlungen.

Die übrigen Trauergäste gruppierten sich nach Ständen. Fraktionsübergreifend hatten sich die Honoratioren aus dem Stadtrat trotz der Hitze in ihre schwarzen Anzüge gezwängt. Ebenso die Führungsriege des Bauamtes gleich daneben. Gegenüber reihten sich die Mitarbeiter der Firma Senftl & Wienert aneinander, angeführt von Gabi Kraft und Silke Niedermeyer, beide in schlichten schwarzen Kleidern und mit ebenso verheulten Gesichtern wie Bettina Senftl. Raudobler, der Polier, hatte die Ärmel seines weißen Hemdes hochgekrempelt und die schwarze Krawatte nicht bis ganz nach oben gezogen. So ähnlich sahen auch die Arbeiter hinter ihm aus. Zahlreiche Bürger aus Ingolstadt und Umgebung, Hausbesitzer, Immobilienmakler, Schulfreunde, Bankberater und Beerdigungstouristen schlossen den grauschwarzen Kreis.

Nur einer trug ein rotes Poloshirt und roch nach einer Mischung aus Schweiß und Deo. Wieder einmal war kein Dienstwagen mehr zur Verfügung gestanden, und so war Charly keine andere Wahl geblieben, als sein vollgekleckertes Hemd gegen das Radlershirt zu wechseln. Immer noch weniger peinlich als das weiße Hemd mit Amarena-Kirsch. Zum Westfriedhof hatten die Ermittler notgedrungen einen Fußdienstgang unternommen, denn noch immer waren alle Dienstfahrzeuge unterwegs, reserviert oder gebunkert.

Zusammen mit Sandra und Helmuth stand er ein wenig abseits im Schatten einiger mächtiger Tannen. Er wusste nicht genau, wonach sie eigentlich Ausschau hielten, aber es war immer interessant, die Menschen am Grab eines Mordopfers zu beobachten. Man sah, wem der Verlust des Verstorbenen wirklich an die Nieren ging. Man erkannte diejenigen, die mit sich kämpften, ob sie die Trauer an sich heranlassen sollten. Es zeigte sich deutlich, wer die Beerdigung nur besuchte, weil es eben dazugehörte und erwartet wurde. Und man konnte sogar ausmachen, wen ein schlechtes Gewissen an der letzten Ruhestätte umhertrieb. Sei es wegen eines nicht aufgearbeiteten Streits mit dem Dahingeschiedenen, wegen eines erst kürzlich geschleuderten bösen Wortes, wegen einer uralten, belanglosen Zwistigkeit oder eben, weil man schuld war am Tod des Menschen.

In Charlys Nase kämpfte der Tannenduft gegen den Weihrauch, den die Ministranten pausenlos verschleuderten, als Sandra ihn anstieß und mit dem Kinn in den Bereich hinter das Kreissegment der Hausbesitzer deutete.

»Schau mal, der Nowak«, flüsterte sie.

Der arbeitslose Maurer hatte sich ein graues Hemd über das schwarze Muskelshirt gezogen. Er beobachtete die Zeremonie und zeigte dabei keine Regung. Während der Grabreden wechselte er mehrmals seinen Standort, und irgendwann ging er einfach weg.

Charly konzentrierte sich wieder auf das Geschehen am Grab. Als der Pfarrer allerdings bei dem Totschlagargument von den unergründlichen Wegen des Herrn ankam, schaltete er ab und gönnte dem klitzekleinen hinduistischen Teil in sich ein wenig Raum. Er konnte sich mit dem Gedanken an eine Wiedergeburt von jeher besser anfreunden als mit der Vorstellung von Fegefeuer, überfülltem Paradies und Manna. Er erträumte sich lieber seine Reinkarnation als Adler mit einem geräumigen Horst an einer Steilwand im Werdenfelser Land. Grenzenlos frei würde er hoch oben seine Kreise ziehen und ab und zu die norddeutschen Klapperltouristen tief unter sich mit dem Endprodukt seines Verdauungsvorganges erfreuen.

Als der Priester bei »Staub zu Staub« angelangt war, glaubte Charly, den stampfenden Rhythmus von *We will rock you* zu hören. Er brauchte ein paar Augenblicke, bis er realisierte, dass das Handy in seiner Hosentasche vor sich hin rockte. Einige Trauergäste in der hinteren Reihe drehten bereits die Köpfe und bedachten den Kerl im roten Hemd mit missbilligenden Blicken, als er das Telefon herauszog.

»Hi, Dad«, meldete sich Ludwig.

»Was iss 'n?«, zischte Charly. Hoffentlich war nichts passiert.

»Du-uu … du kennst doch deine Kollegen von der Verkehrspolizei, oder so«, druckste Ludwig herum.

»Ja und?«

»Die, die wo diese Radarkontrollen machen doch auch, oder?«

»Na bravo! Warum?«

»Jetz grad in Pichl, in der 30er-Zone. Da hat's blitzt.«

»Vergiss es«, zischte Charly, »mir redn heut Abend.« Er beendete das Gespräch.

Der Pfarrer hatte mittlerweile seinen Teil des Rituals beendet, und es kam Bewegung in den Trauerkreis. Die Menge wogte langsam dem offenen Grab entgegen.

Helmuth deutete unauffällig nach vorne. »Das da, das is die Billardrunde, glaub ich.« Neben den Stadträten stand ein Grüppchen seriös wirkender Herren. Sie gehörten zu den sichtlich Betroffenen. »Der Grauhaarige ist der, bei dem sie sich immer treffen.«

»Okay, wart, bis sie am Grab waren. Dann gehst hin und bittest sie für morgen Vormittag auf die Dienststelle, alle mitnand.« Charly hielt sich in seinem roten Hemd lieber im Hintergrund.

Nachdem die meisten aus der grauschwarzen Masse sich am offenen Grab von den sterblichen Überresten Harry

Senftls verabschiedet hatten, löste sich die Trauergemeinde langsam auf. Swetlana und ihr Sohn befanden sich unter den Ersten, die den Kiesweg Richtung Ausgang entlangknirschten. Bettina Senftl, begleitet von einem sympathisch wirkenden jungen Mann, verließ dagegen erst am Schluss die Grabstätte. Sie entdeckte beim Vorbeigehen die Polizisten im Schatten der Tannen und kam die paar Schritte zu ihnen herüber. Sie brachte schon wieder ein zaghaftes Lächeln zustande, als sie Helmuth anblickte.

»Herr Reithl, danke, dass Sie da waren. Ich weiß, dass es nicht nur dienstlich ist.« Sie wischte sich die rote Nase. »Wir treffen uns jetzt mit ein paar Bekannten draußen im Gut Winkelacker auf eine Tasse Kaffee. Nur einige Freunde, Mitarbeiter, Geschäftspartner und so. Sie sind herzlich eingeladen.«

Helmuth winkte ab. »Nein, das wäre wohl …«

»Bitte …«, fiel ihm Bettina ins Wort. »Papa hätte es so gewollt. Er hat es immer sehr bedauert, dass Sie sich nicht öfter gesehen haben.« Ihr leerer Blick haftete sich an das Moos unter den Baumstämmen. »Er hat uns oft erzählt, wie Sie als Kinder zusammen im Sandkasten gespielt haben.«

»Mhm«, knurrte Helmuth in Erinnerung an seine Bauklötzchen.

Sie fasste sich und sah ihm wieder in die Augen. »Doch, doch! Ich bin sicher, es wäre Papas Wunsch, dass ich Sie zum Kaffeetrinken einlade. Und Ihre Kollegen natürlich auch.« Sie lächelte Sandra an und musterte dann Charly. Offenbar irritierte sie das kräftige, fleckige Rot seines Radlershirts nach dem ganzen Schwarz und Grau. »Also bis gleich.«

Dann setzte sie ihren Weg Richtung Ausgang fort.

»Na bravo«, nörgelte Charly, »in meim roten Hemd kann ich da ned mitgehen.«

»Jetzt bist persönlich eingeladen«, erinnerte ihn Sandra. »Wir alle drei. Wenn wir jetzt ned wenigstens kurz vorbeischauen, wär das sehr unhöflich. Außerdem könnt das ja vielleicht ganz interessant sein.«

»Ja, aber …«

»Nix.« Ungeachtet des Dienstranges übernahm Sandra das Kommando. »Helmuth geht zurück zur Dienststelle und holt einen Wagen. Und wir zwei gehen rüber in die Innenstadt und kaufen dir im erstbesten Geschäft ein weißes Hemd. Treffpunkt in zwanzig Minuten wieder hier.«

»Sir, yes, Sir, äh Mam«, bestätigte Helmuth und machte auf dem Absatz kehrt.

»Ich hab keinen Pfennig Geld dabei.«

»Aber ich.« Sie ließ Charlys Protest nicht gelten und zog ihn mit sich. »Ich leih's dir.«

Das erstbeste Geschäft war eine kleine, exquisite Boutique, in der Charly und Sandra die einzigen Kunden waren.

»Was meinen Sie mit *mittel?*«, fragte die Verkäuferin, die offenbar mit Charlys Auskunft zur gewünschten Hemdengröße nichts anfangen konnte.

»Na ja, so einundvierzig halt, oder vielleicht zweiundvierzig.«

Professionell musterte sie seine Proportionen. »Vielleicht wohl doch eher dreiundvierzig.« Ihr Blick blieb an der Wölbung unter den kurzen Rippen hängen. »Oder vierundvierzig, würd ich sagen.« Sie schwebte nach hinten und kramte in einem der Regale. Mit einem eingepackten Hemd kam sie zurück.

»Weiß ist diesen Sommer nicht gerade en vogue. Das hier ist das einzige Modell, das wir derzeit führen.«

Charly schlüpfte hinein und betrachtete sich im Spiegel. »Des ist verschnitten.«

»Das ist ein Haifischkragen, die aktuelle Mode.« Die Fachfrau zupfte mit spitzen Fingern an ihm herum.

»Und was is des da?« Wie Hosenträger zogen sich zwei glänzende Streifen mit einer Art Zopfmuster von den Schultern nach unten.

»Satineinsätze. Ich sagte ja: Wir führen exklusive Fashion im besonderen Chic für sie und ihn.« Sie hob die Nase ein wenig höher. »Einfache weiße Hemden für den Feuerwehrumzug suchen Sie bei uns vergebens.« Wieder nestelte sie an seinem Kragen herum.

»Allerdings würde ich diesen Kragen bei Ihrer Gesichtsform vielleicht nicht unbedingt ...«

»Wir nehmen es«, entschied Sandra.

»Und an den Hüften ist es vielleicht doch noch ein wenig ...«

»Wir – nehmen – es«, wiederholte Sandra. »Können Sie es kurz aufbügeln. Der Herr behält es dann gleich an.«

Jetzt wirkte die Fashion-Sales-Frau tief getroffen. »Unsere Büglerin ist heute nicht mehr da«, das sollte heißen: Ich – bügeln? Niemals!

Sandra ließ sich das Bügeleisen zeigen und verwandelte selbst mit ein paar geschickten Wischern die Verpackungsfalten in eine schöne, glatte Oberfläche. Nachdem sie den horrenden Preis für das modische Hemd des zwanzig Jahre älteren Herren bezahlt und dafür auch noch einen missbilligenden Blick der Verkäuferin geerntet hatte, hechelten sie zurück zum Westfriedhof und kamen gleichzeitig mit Helmuth vor dem Eingang an.

»Oh, Haifischkragen«, stellte Helmuth fachkundig fest. »Toll, aber zu deim Gsicht ...«

Von der Rückbank schlug ihm Sandra gegen den Hinterkopf. »Fahr endlich zu.«

Im Reiterstüberl von *Gut Winkelacker* hatten sich die Stände wieder so geordnet wie zuvor am Friedhof. Am Tisch der Bauarbeiter hatten die meisten auf den Kaffee verzichtet und sich ein kühles Bier bestellt. Offenbar hatte Polier Raudobler entschieden, dass heute Nachmittag, anlässlich der Beerdigung des Chefs, die Firma Senftl & Wienert die Arbeit auf der Baustelle Scherbelberg ruhen ließ. Viele, wenngleich bei Weitem nicht alle Arbeiter waren bei der Beerdigung gewesen. Und einige davon saßen jetzt in der Gaststube. Beim Blick in die Runde vermutete Charly, dass es allesamt altgediente Mitarbeiter der Firma waren, die Harry Senftl über Jahre als Chef gekannt und geschätzt hatten.

Um Swetlana hatten sich deren Trost spendende Freundinnen geschart. Sie waren alle von der gleichen Bauart, aufwendig frisiert, mit teuren Hüten und roten Lippen. Die Trauer wurde angemessen zelebriert, und sukzessive mischten sich bereits wieder die Alltagssorgen in die Gespräche.

»Swetlana, Liebes! Wenn du jetzt so allein bist, kannst du mich gern auf der Insel besuchen. Du weißt, in unserer Finca ist immer ein Zimmer für dich frei.«

»Am Wochenende wird die *Lustige Witwe* gegeben. Swetlana, meine Arme, glaubst du, du bist schon wieder so weit? Wir haben doch diese Loge.«

Swetlanas Sohn saß zwischen den Damen und wirkte gedanklich abwesend, erweckte dagegen nicht unbedingt den Eindruck, als wäre er von Trauer zerfressen.

Bettinas hübsches, aber blasses Gesicht mit den farblosen Lippen fand Charly am Tisch der älteren Herren, die Helmuth als die Billardrunde identifiziert hatte. Auch sie schien mit den Gedanken woanders zu sein, war jedoch erkennbar bemüht, durch Lächeln und Small Talk die Gespräche am Laufen zu halten und über die gedrückte Stimmung hinwegzukommen.

Kein Problem mit der gedrückten Stimmung hatte man an den zwei Tischen, an denen sich Bauamt, Stadträte und Bauträger zusammengefunden hatten. Aus Gesprächsfetzen war zu entnehmen, dass dort Anekdoten aus den frühen Jahren des Bauunternehmers Harry Senftl aufgearbeitet wurden. Gleichzeitig konnte man die Anspannung schier greifen, mit der die Tischgesellen sich belauerten. Vielleicht erhaschte man Hinweise auf künftige Projekte oder konnte die eigenen Chancen ausloten, sich ein wenig anbieten oder einfach nur Infos abgreifen, die man später irgendwie verwenden konnte. Man kannte sich untereinander. »Prost, auf'n Harry.«

Die Ermittler saßen an einem Tisch neben der Tür. Sie konnten von ihren Plätzen aus durch die großen Fenster hinaus in den Biergarten und gleichzeitig vor zum Eingang der Gaststätte sehen. Die Bedienung servierte ihnen Kaffee und verwies auf das Kuchenbuffet.

Wär ein »Normaler« gstorben, würd's jetzt einen Schweinsbraten geben, mit Soß und Knödel, dachte Charly wehmütig. Er hatte seit dem Amarena-Kirsch-Eis nichts mehr gegessen. Und Kuchen für den Hunger verursachte ihm jedes Mal Sodbrennen. Mit Freibier hätt bei einer »normalen« Leich auch keiner Probleme, war sein nächster Gedanke. Nur bei den Schickimickis musste man fein Kaffee schlürfen. Außer man wär Bauarbeiter, war man aber nicht. Man war Vertreter der Obrigkeit.

Charly beobachtete die Gesellschaft. Dabei fiel ihm Alex auf, der zwischen den aufgebrezelten Damen saß und auf seinem Handy herumwischte. Mittendrin stand er auf und ging wortlos nach draußen. Durch die Panoramascheiben sah Charly ihn kurz darauf wieder. Alex durchquerte den Biergarten bis in die hinterste Ecke. Dort wartete jemand auf ihn. Die Person stand im Schatten einer Kastanie und war halb verdeckt von deren Stamm. Die Umrisse verrieten jedoch zweifelsfrei einen Mann, einen athletischen Mann mit schmaler Taille und breitem Kreuz. Alex unterhielt sich mit dem Schatten, und schließlich sah es kurz so aus, als würde er seinen Kopf an die breite Brust legen. Nach kurzer Zeit hob Senftl junior den Kopf wieder, und der Unbekannte streichelte ihm zärtlich über die Wange. Dann verschwand der Schatten und Alex kehrte ins Reiterstüberl zurück und setzte sich wieder neben seine Mutter. Sein Blick wirkte nach wie vor abwesend, wenn er auch jetzt eine Spur glücklicher aussah.

Einer der Bauarbeiter kam herüber. Er setzte sich, und nach kurzer Zeit war klar, dass auch er früher mit Helmuth im Sandkasten geschaufelt hatte. Aber nur kurz, dann war seine Familie in einen Vorort gezogen. Der Maurer hatte sein Bierglas mitgebracht und vor Charly auf den Tisch gestellt. Die Sonne schien durch die Panoramafenster in den Raum und ließ das Weißbier golden erstrahlen. Obenauf saß eine Schaumkrone, so weiß wie Charlys Satineinsätze. Außen am Glas bildeten sich erste Tröpfchen, weil die vermutlich ideale Temperatur des Bieres die deutlich erwärmte Raumluft kondensieren ließ. Charly musste seine ganze Selbstdisziplin aufbieten. Widerwillig griff er nach seiner Kaffeetasse. Als er sie mit zwei Fingern zum Mund führen wollte, stieß ihm Sandra den Ellbogen in die Lippen und deutete mit dem Kinn zum Tisch der Firmenangehörigen. Dort war Gabi Kraft aufgestanden. Sie verließ den Raum und ging nach vorne zum Eingang.

»Da is da Nowak!«, stellte Sandra fest. Charly beugte sich ein wenig zu ihr und sah ihn dann ebenfalls. Der arbeitslose Unsympath hatte draußen auf die Sekretärin gewartet. Was sich jetzt zwischen den beiden abspielte, sah allerdings bei Weitem nicht so harmonisch aus wie bei Alex und seinem Schatten. Es war wohl kein direkter Streit, aber doch ein sehr intensives Gespräch, bei dem Gabi Kraft offenbar mit irgendetwas ganz und gar nicht einverstanden war. Sie gestikulierte resolut. Es dauerte nicht lange, dann ließ sie ihren verärgerten Maurer draußen stehen und kam in den Saal zurück.

Das Glas vor Charly war inzwischen vollständig mit glitzernden Wassertröpfchen bedeckt. Als Helmuths Sandkastenfreund mit seiner haarigen Pranke den Kelch umschloss, hätte Charly beinahe draufgeschlagen und ihm am liebsten jede Berührung verboten.

Der Bauarbeiter setzte das Glas an die Lippen und nahm einen großen Schluck. Charly schluckte mit. Der Kaffee, den er ersatzweise trank, schmeckte nur noch lächerlich, bitter, lauwarm, ungenießbar.

Um nicht ständig auf das Weizenglas zu starren, beobachtete Charly wieder die Gäste. Diesmal fiel ihm Silke Niedermeyer ins Auge. Sie saß neben Gabi Kraft und kramte umständlich in ihrer Handtasche. Schließlich holte sie eine Packung Zigaretten und ein Feuerzeug hervor und streckte beides ihrer Nachbarin entgegen, zum Zeichen, dass sie jetzt hinausgehen und eine rauchen werde. Gabi Kraft nickte, und Niedermeyer verschwand.

Charly konnte es nicht glauben: In der Zeit, während er Silke Niedermeyer beobachtet hatte, hatte der Bauarbeiter tatsächlich das Weißbier bis zum Boden geleert. Und der unverschämte Kerl bestellte noch eines.

Als Charly die Phase des Selbstmitleids schließlich überwunden hatte, wunderte er sich, wo Silke Niedermeyer blieb. Er beugte sich wieder ein wenig zur Seite, um den Eingang zu sehen. Dort stand Niedermeyer zusammen mit Nowak. Beide lächelten. Die Empfangsdame ließ ihre Zigarette zu Boden fallen und trat sie aus. Sie wandte sich von ihm ab, und in dem Moment machte er einen halben Schritt nach vorne und schlug ihr auf den Hintern. Doch anstatt sich lautstark zu beschweren, ging sie einfach weiter, drehte nur noch mal den Kopf und schenkte ihm erneut ein freches Lächeln. Kurz darauf nahm sie wieder neben Gabi Kraft Platz.

»Aha!« Auch Sandra hatte die Szene beobachtet. »Und wie passt des jetz zu der Aussage von heut Vormittag?«

»Keine Ahnung.« Frauen und ihre Beweggründe waren ein Thema, von dem Charly so viel verstand wie von Atomphysik und Gemüseschnitzen. Außerdem war er schon mit einem anderen Gedanken beschäftigt. Ein Weißbier konnte doch nicht schaden, weder der Gesundheit noch dem Ansehen der Polizei. Er hatte einen Entschluss gefasst.

»Also dann, geh ma auch, oder?« Sandra stand schon. Die beiden Tische der Stadt- und Bauräte hatten sich ebenfalls erhoben, und die gestylten Freundinnen verteilten bereits Küsschen untereinander. Offensichtlich war nun der gesellschaftspolitisch richtige Zeitpunkt, um den Leichentrunk zu beenden. Da konnte man ja wohl als offizielle Abordnung der Kripo Ingolstadt nicht einfach sitzen bleiben und Bier trinken.

»Zefix!«

»Och, Charly, siehst ja aus wie ein spanischer Torero«, schwärmte Margot, die mütterliche Angestellte mit fränkischen Wurzeln im Geschäftszimmer, während sie die Post aufschlitzte. »Also des Hemd!«, fügte sie dann hinzu, um Charly klarzumachen, dass sie nicht seinen Knödelfriedhof mit dem drahtigen, muskulösen Körper eines Matadors verglich. »Is des wohl schon dein Outfit für den Hochzeitstag?«

»Ah, hast Hochzeitstag?«, tönte es, bevor Charly antworten konnte. Nager war ins Geschäftszimmer gekommen. »Zum wievielten darf man denn gratulieren?«

»Der Zwanzigste is!«

»Aha, der Zwanzigste … Das ist dann der … der…«

»Silber oder Gold is es nicht, das weiß ich.« Ein weiterer Kollege aus dem Kommissariat Staatsschutz stand nun in der Tür.

»Hat der Zwanzigste dann überhaupt einen Namen?«, fragte Konrad, der wie aus dem Nichts hinter dem Schlüsselbrett auftauchte.

»Jeder Hochzeitstag hat doch einen Namen«, belehrte ihn Sandra.

»Na dann, Glas, Holz, Edelstahl, oder wie?«

Charly hatte überhaupt noch nicht darüber nachgedacht, welches Jubiläum ihm da bevorstand. Marmor, Stein, Eisen – keine Ahnung.

»Bestimmt Rosen, oder Gladiolen«, schlug Nager vor.

»Oder Rubin, Smaragd, Opal«, hielt der Staatsschützer dagegen.

»Es ist die Porzellanhochzeit«, wusste Margot und beendete die ausufernde Raterei. Und ihr Ton machte deutlich, dass sie keinen Zweifel und keinen Widerspruch zulassen würde und dass die versammelten Ehekrüppel dies gefälligst so zur Kenntnis zu nehmen hätten.

»Und warum Porzellan? Hat das einen Grund?«, wagte Nager einen Vorstoß.

Margot schlitzte schwungvoll ein besonders großes Kuvert auf und sah die Männer dann der Reihe nach an wie eine sanftmütige Lehrerin.

»Weil man davon ausgeht«, begann sie, »dass die Ehe, genau wie das Porzellan, das man zur Hochzeit geschenkt bekommen hat, mit den Jahren ein paar Sprünge bekommen hat und erneuert werden sollte.«

Die Meute kommentierte mit einem »Aah«, und Helmuth stellte fest: »Und mir fehlt nach achtzehn Jahren schon die ganze Zuckerdose.«

Bevor sich jedoch verlegene Betroffenheit breitmachen konnte, zupfte Sandra Charly am Ärmel. »Komm jetzt mit, du zersprungene Tasse. Wir haben eine Besprechung mit dem Chef, und vorher musst noch telefonieren.«

»Da spricht eigentlich absolut nix dafür«, urteilte Frau Gambrini-Steinmetz. Wie angeordnet, hatte Charly die Staatsanwältin angerufen und ihr die Fakten und den Wunsch des Chefs nach einer Verhaftung Nowaks dargelegt. »Der Nowak hat kein Alibi. Er hätt vielleicht einen Grund, also ein Motiv. Mehr is es schon nicht. Des is bei einem Dutzend anderer Leut wahrscheinlich genauso. Da brauchen wir schon noch ein bisserl mehr.«

»So seh ich das auch«, bestätigte Charly. »Wir arbeiten dran. Ich meld mich wieder, wenn ich mehr weiß. Auf Wiederhören.« Er legte auf und machte sich auf den Weg zum Besprechungsraum.

»Na?«, fragte Barsch, nachdem das Mahlen und Gurgeln des Kaffeeautomaten ein Gespräch wieder zuließ. »Was sagt die Staatsgewalt?«

»Was ich auch schon gsagt hab: Dass des noch nicht reicht.«

»Herrschaft! Jetz war der Nowak sogar noch bei der Beerdigung, obwohl er den Senftl ned leiden konnt. Den Täter zieht's immer an den Tatort zurück.«

»Der Westfriedhof is doch ned der Tatort.«

»Aber so ähnlich«, legte der Kommissariatsleiter fest. Dann lehnte er sich zurück, ließ ein ungläubiges »Tss« folgen und vollführte ein entschuldigendes Schulterzucken in Richtung des Chefs.

»Na, dann machen S' was«, sagte der Dienststellenleiter. »Sammeln Sie mehr Indizien.« Er nahm einen tiefen Zug aus seiner Pfeife und blies den Rauch nachdenklich nach oben. »Was iss'n mit dem Sohn?«

»Machen wir morgen.«

»Warum ned heut?«

»Jetz war grad Beerdigung. Also ich find wirklich ned, dass des heut sehr elegant wär«, verteidigte Charly seinen Zeitplan.

»Und was is mit dieser Kegelrunde?«

»Das Gleiche. Des waren enge Freunde. Die sind für morgen Vormittag vorgeladen.«

»Allmächt, so a Gefühlsduselei.« Der Chef schnaufte tief durch. »Na gut. Für eine Verhaftung is die Deadline morgen, Freitag, fünfzehn Uhr.« Als er den fragenden Blick der Ermittler bemerkte, fügte er hinzu: »Redaktionsschluss! Sie wissen bestimmt auch, dass die Wochenendauflage einer Zeitung fast doppelt so hoch is wie die vom Montag. Des werd beim *Donaukurier* ned anders sei.«

»Also, Spezi, so geht's ned.« Familie Valentin saß gemeinsam beim Abendessen. »Du brauchst ned glauben, dass du jetzt da den Rennfahrer spielst und ich des dann für dich immer wieder gerade bieg.« Charly hatte damit gerechnet, dass Ludwig recht kleinlaut am Tisch sitzen und in Erwartung eines Anschisses verlegen in seinem Essen herumstochern würde. Doch es gab Makkaroniauflauf, und Ludwig zeigte sich emotional wenig beeindruckt, zumindest dem Appetit nach zu urteilen.

»Ach komm«, mampfte er zwischen zwei Gabeln. »Was is denn dabei? Brauchst doch bloß anrufen.«

»Ich glaub, du spinnst. Du fährst gefälligst anständig! Nix wird da angerufen. Wär ja noch schöner. Da wirst jetzt dann schon schauen, obsd dein neuen Führerschein gleich wieder abgeben darfst.«

Ludwig aß weiter. »Dann halt ned«, knurrte er, aber ganz so wie am Anfang schien es ihm nicht mehr zu schmecken.

Natürlich hatte Charly am Nachmittag noch bei den Kollegen vom Radartrupp angerufen, aber gleich klargestellt, dass er lediglich die Auskunft aus den Messprotokollen wollte, womit Ludwig zu rechnen hatte. Weiter nichts. Ludwig war tatsächlich erwischt worden. Die Geschwindigkeit war jedoch nicht so hoch wie befürchtet. Es würde eine Verwarnung von fünfundzwanzig Euro geben. Ein angemessenes Lehrgeld für einen zu rasanten Fahranfänger, fand Charly. Wer rasen konnte, sollte die gerechte Strafe dafür zahlen. Er hatte beschlossen, die Info über die Höhe des Bußgeldes vorerst für sich zu behalten. Sollte Ludwig ruhig noch ein wenig schmoren und sich Gedanken über die Sache machen.

»Schönes Hemd, das du da anhast«, stellte Petra schließlich fest, als sie allein waren. »Kenn ich gar nicht.«

»Hat mir die Sandra heut gekauft.«

»Na, bravo.«

Elf

Der Erste der Billardrunde, der am Freitagmorgen Charly und Sandra gegenübersaß, war der Gastgeber, Norbert Mannhardt.

»Ich hab mich schon gefragt, wann wir endlich befragt werden«, sagte der hagere, grauhaarige Patentanwalt. »Schließlich waren wir ja vermutlich die Letzten, die Harry lebend gesehen haben.«

»Es hat ein bisschen gedauert, da haben Sie schon recht. Wir haben auch nur jeweils zwei Hände, und bis Montagabend sind wir noch von einem Unfall ausgegangen«, entgegnete Charly. »Ob Sie die Letzten waren, die Herrn Senftl lebend gesehen haben, wissen wir noch nicht. Erzählen Sie uns doch einfach mal, wie der Abend vorigen Samstag abgelaufen ist.«

»Eigentlich wie immer. So um acht sind die Jungs nach und nach eingetrudelt.« »Jungs« war eine nette Bezeichnung für Herren zwischen fünfzig und sechzig, fand Charly. »Dann haben wir ein Bier aufgemacht, gequatscht und nebenbei Billard gespielt.«

»Wer war denn alles da? Und woher kannten Sie den Herrn Senftl?«

»Bundeswehr, ich war mit dem Harry damals bei den Fallschirmjägern. Außer mir und dem Harry war noch der Anton da. Anton Brunner, der war auch mit uns beim Bund. Dann noch der Julius Kordes, der war zufällig mit dem Harry in der Schule, und ich kenn ihn beruflich. Und der Neiding Bernd. Der, glaub ich, hat den Harry erst bei mir kennengelernt.« Mannhardt dachte kurz nach und nickte dann. »Genau, normalerweise ist noch der HP dabei, aber der war letzten Freitag irgendwo im Ausland, soweit ich weiß. Hans-Peter Lohbauer, der war zwar nicht in unserer Einheit, ist nur immer mit uns im Zug nach Münster gefahren, damals. Und er kennt den Harry von der Ausbildung her. Heut hat er mit Bau nichts mehr zu tun, der HP.«

»War denn irgendwas Besonderes letzten Freitag?«, fragte Sandra, die sich eifrig Namen und Beziehungen notiert hatte.

»Nein, war ein ganz ruhiger Abend. Wissen Sie, deshalb machen wir es ja. Einfach mal ein paar Stunden abschalten. Wir haben geredet, über Fußball, über Autos und Politik.«

»Wie lang hat's gedauert?«

»Allgemeiner Aufbruch war so um eins, wenn ich mich recht erinnere.«

»Also sind alle gleichzeitig gefahren. Fahren die Herren alle einzeln?«

»Der Einzige, der immer selber gefahren ist, war der Harry. Drum hat er nie was getrunken. Nur Apfelschorle und zum Schluss ein leichtes Weizen. Ich hab's extra seinetwegen besorgt. Wir andern haben schon immer was Anständiges getrunken: meistens Bier, manchmal Wein und hin und wieder einen guten Cognac. Doch der Harry wollt mit seinem Ferrari fahrn, grad in den Sommernächten natürlich.«

»Und wie sind die anderen heimgekommen?«

»Der Bernd und der Anton haben sich ein Taxi bestellt. Also jeder eins, weil sie in unterschiedliche Richtungen müssen. Und der Julius hat wie immer seine Frau angerufen. Die hat ihn dann abgeholt. Ich glaub, die würd ihn zu jeder Tages- und Nachtzeit vom Ende der Welt holen, wenn er anruft. Wahnsinn, oder?«

»Und wer is jetz genau wann gefahren?«

»Als die zwei Taxis gekommen sind, ist der Harry auch los. Und kurz drauf, ein paar Minuten vielleicht, war dem Julius seine Frau da.«

»Und keiner hat was gesagt, dass er noch woanders hinfährt als nach Hause.«

»Samstagnacht um eins?« Er lächelte Sandra an. »Wir sind alle ungefähr im gleichen Alter, junge Dame. Um die Zeit wollen wir ins Bett.«

Ebenfalls lächelnd notierte Sandra die letzten Stichpunkte, und Charly diktierte Personalien und Aussage des Zeugen Norbert Mannhardt in ein Tonbandgerät. Der Patentanwalt hörte aufmerksam zu und nickte immer wieder zur Bestätigung, als Charly die Sätze formulierte.

Schließlich begleitete Sandra ihn hinaus und holte Anton Brunner in der Wache ab. Er bestätigte im Großen und Ganzen die Aussage Mannhardts, konnte aber auch nichts dazu sagen, warum Senftl noch zu der Werkstatthalle gefahren war. Er selbst sei mit dem Taxi direkt nach Hause gefahren. Ansonsten nichts Auffälliges, nichts Besonderes, alles normal.

»Hatte Herr Senftl Feinde?«

Wie aus der Pistole geschossen antwortete Brunner: »Nein, da weiß ich nichts, gar nichts.«

Der Dritte war Julius Kordes, der ebenfalls in der Wache gewartet hatte, bis Sandra ihn abgeholt und in den zweiten Stock geführt hatte.

»Wir wissen jetzt bereits, wer an dem Samstag alles beim Herrn Mannhardt zum Billardspielen war und wer wann und wie nach Hause gefahren ist. Das müssten Sie uns nur noch mal bestätigen«, informierte ihn Charly nach der Begrüßung.

Kordes nickte. »Da können S' mei Frau fragen, die hat mich abgeholt. Wir sind direkt heimgefahren. Dürft so eins rum gewesen sein.« Er zog sein Handy, tippte kurz darauf herum und hielt es Charly dann hin. »Da, Viertel vor eins hab ich sie angerufen.«

»Genau! Und wir wissen schon, dass an dem Abend nichts außergewöhnlich war. Ihr seids eine recht gesellige, harmonische Clique und …«

»Hat das der Norbert so gsagt?«, fiel ihm Kordes ins Wort. Er zog einen Mundwinkel nach oben und schüttelte bedächtig den Kopf. »Der will jetzt natürlich nimmer nachtarocken … und ich will da im Nachhinein keinen Staub aufwirbeln, aber bei unsere Treffen hat's schon mal gscheppert auch.«

»Ah geh!« Charly war sofort hellhörig. »Letzten Samstag auch?«

Kordes schüttelte wieder den Kopf. »Nein, letztes Mal nicht. Da war's wirklich schön entspannt. Es is schon eine Zeit lang her, ich weiß nicht mehr genau wann, da hat's mal einen heftigen Streit gegeben.«

»Wer mit wem?«

»Der Bernd, also der Herr Neiding, hat den Harry angegriffen.«

»Um was ging's in dem Streit?«

»Der Schwiegersohn vom Bernd hat auch eine Baufirma. Dem is anscheinend zuletzt ein Auftrag durch die Lappen gegangen, und der Harry hat den Zuschlag gekriegt. Die Firma vom Bernd seim Schwiegersohn is danach sogar in die Insolvenz gegangen. Ob des jetzt direkt mit diesem Auftrag zamhing, weiß ich nicht. Der Bernd war jedenfalls deswegen stinksauer und hat dem Harry illegale Machenschaften, Bestechung und so Zeug, vorgeworfen.«

»Oha! Und was hat der Herr Senftl dazu gesagt?«

»Dass er's Maul halten soll, wenn er sich ned auskennt. Sei Schwiegersohn könnt sei Firma ganz gut ohne ihn führn, da bräucht er sich ned so wichtigmachen.«

»Da war's mit der Harmonie in Ihrer kleinen Runde vorbei, oder?«

»An dem Abend natürlich schon. Der war dann dadurch leider eher beendet wie sonst, und Norbert hat schon befürchtet, das wär das Ende für unsere Treffen. Gott sei Dank hat sich der Bernd kurz drauf wieder beruhigt, und schon vierzehn Tage später war's wie immer. Keiner hat mehr von dem Streit oder von Bauaufträgen gesprochen.«

Wie bei den anderen zuvor wurde Kordes' Aussage Satz für Satz auf Band diktiert. Er wurde noch zu möglichen Feinden von Harry Senftl befragt, und ob er eine Idee habe, warum Senftl nachts zu der alten Halle gefahren sein mochte, aber dazu konnte er nichts sagen.

»Danke, Herr Kordes. Die Kollegin Englberger bringt Sie wieder runter.« Charly schüttelte ihm zum Abschied die Hand und wandte sich dann an Sandra: »Bringst den Herrn Neiding mit rauf. Wir machen gleich weiter.«

»Äh …«, meldete sich Kordes beim Hinausgehen, »ich glaub nicht, dass der Bernd da ist. Gesehen hab ich ihn nicht.«

»Oh, ich dachte, ihr wärt komplett angerückt«, wunderte sich Charly.

»Wollten wir ja. Nur hat der Bernd immer seinen eigenen Kopf, wenn Sie verstehen, was ich meine.«

»Und wo finden wir den Herrn Neiding jetzt?«

Kordes sah auf seine Armbanduhr. »Kurz vor elf«, stellte er fest, »da könnt ich mir bei dem Wetter gut vorstellen, dass er im *Mohrenkopf* sitzt und einen Cappuccino schlürft.« Mit einem angedeuteten Augenzwinkern fügte er hinzu: »Der Herr Neiding is nämlich Privatier.«

Sandra fand eine Lücke in der schattigen Seitenstraße und stellte den Wagen ab. Die zahlreichen Tische vor dem Café südlich des Rathausplatzes waren größtenteils besetzt. Jetzt, kurz vor Mittag, herrschten unter den Sonnenschirmen noch erträgliche Temperaturen, und der urbane Mensch nutzte den sommerlichen Vormittag für Small Talk mit Bekannten bei einem schnellen Kaffee oder einem erfrischenden Drink. Sehen und gesehen werden, lässig grüßen und Großstadtflair zelebrieren.

Sie erkannten Neiding aufgrund der Beschreibung, die ihnen Kordes gegeben hatte: hageres Gesicht, grauer Haarkranz und eine große Hakennase. Er saß an einem Tisch ohne Schirm, trug eine sportliche, dunkle Brille und reckte seine faltige Stirn der Sonne entgegen.

»Herr Neiding?« Charly wartete die Bestätigung nicht ab, sondern zückte kurz seinen Dienstausweis. »Grüß Gott, Valentin, Kripo. Das ist die Kollegin Englberger. Dürfen wir uns setzen?« Wieder wartete Charly nicht auf eine Antwort. Er zog sich einen Stuhl heran.

Neiding hatte langsam den Kopf gedreht und setzte zu einer Entgegnung an, sagte dann aber doch nichts.

»Herr Neiding, offenbar hätten Sie Zeit gehabt. Warum sind Sie denn nicht zur Vernehmung gekommen?«

»Ich lass mich nicht von der Polizei vorladen wie ein Verbrecher«, knurrte der Sonnenanbeter. »Wenn Sie was von mir wollen, dann müssen S' schon zu mir kommen.« Demonstrativ wandte er sein Gesicht wieder der Sonne zu. »Und im Moment passt's mir grad überhaupt nicht.«

Charly stellten sich bereits die Nackenhaare auf, und er musste innerlich bis fünf zählen, bevor er unüberlegt antworten würde.

»Es geht um eine Zeugenaussage, weil einer Ihrer

Freunde ermordet worden is«, entgegnete stattdessen Sandra ein wenig emotionaler, als sie es vermutlich beabsichtigt hatte.

Neiding drehte wieder den Kopf und sah die Polizistin über den Rand seiner Sonnenbrille hinweg an, als wäre er sehr überrascht, dass dieses junge Mädchen sich erdreistete, ihn anzusprechen.

»Haben Sie am Herrn Senftl irgendwas Ungewöhnliches bemerkt letzten Samstag?«, fragte Charly in die Spannung hinein, um den Einstieg in das Gespräch zu finden.

Neidings überraschter, verständnisloser Blick musterte nun ihn. Dann wandte sich der Befragte wieder ab. »Ich hab doch grad gesagt, dass es mir jetzt nicht passt«, sagte er zur Sonne.

Charly bemerkte, dass die Gäste an den Nachbartischen bereits auf ihr Gespräch aufmerksam geworden waren und sich immer mehr Köpfe zu ihnen umdrehten. Als just in dem Moment ein Tisch im hinteren Bereich frei wurde, deutete Charly darauf und sagte zu Neiding: »Meine Kollegin und ich, wir setzen uns jetzt da rüber. Und wenn Sie in zwei Minuten nicht auch da drüben bei uns sitzen, dann haben Sie morgen früh eine Vorladung zur staatsanwaltschaftlichen Vernehmung auf dem Tisch.« Charly war sicher, dass Frau Gambrini-Steinmetz in der Sache mitziehen würde. Sie mochte derart aufgeblasene, arrogante Typen genauso wenig wie er selbst.

Nach eineinhalb Minuten entschied Neiding, sich doch befragen zu lassen. Lässig war er die paar Meter herübergeschlendert und hatte sich gesetzt, drehte seinen Zinken aber demonstrativ wieder zur Sonne. »Nein«, sagte er, »es war nichts Besonderes am letzten Samstag.«

»Wissen Sie, warum der Herr Senftl nach dem Billardabend noch zu der Halle in der Peisserstraße gefahren sein könnte?«

»Gesagt hat er nichts.« Neiding schenkte seine Aufmerksamkeit nun den beiden Polizisten und nahm die Sonnenbrille ab. »Doch er hat mir mal erzählt, dass er glaube, immer wieder sei mal jemand nachts in der Halle. Es ist anscheinend nie wirklich was gestohlen worden. Was denn schon, aus dem alten Schuppen? Vielleicht wollte der Harry auf dem Heimweg einfach nach dem Rechten sehen. Spontan.«

Charly wurde langsam warm in der prallen Sonne. »Hatte er eine Vermutung, wer das sein könnte, der sich in der Halle rumtreibt?«

»Dann hätt ich es Ihnen wohl schon gesagt.« Die Kooperationsphase war vorbei, und die Sonnenbrille landete wieder auf dem Nasenrücken. »Nein, er hatte keinen Verdacht«, schickte Neiding trotzig hinterher.

»Sie hatten vor einiger Zeit einen Streit mit Herrn Senftl«, warf Sandra nun ein.

Wieder funkelte Neiding sie über den Rand der Brille an, bevor er diese erneut langsam abnahm. »Ja, ich hab ihm meine Meinung gesagt. Ich hab mich damals über eine Sache sehr geärgert, und das hab ich ihm gesagt. Wollen Sie mir daraus jetzt ein Motiv drehen?« Er stieß ein kurzes, scharfes Lachen aus.

»Wenn S' wie die anderen zur Vernehmung einfach gekommen wären, dann wohl eher nicht. Wenn wir aber nach Ihnen suchen müssen und Sie ein Verhalten an den Tag legen, als hätten Sie kein Interesse dran, dass der Mord an Ihrem Freund aufgeklärt wird, dann macht uns das vielleicht schon ein wenig stutzig«, erklärte Sandra beiläufig.

Verblüfft hielt Neiding in der Brillenaufsetzbewegung inne.

»Außerdem dreht man keine Motive, die konstruiert man. Man dreht Stricke.« Und da würd ich dir gern einen drehen, sagte Sandras Blick, mit dem sie Neiding fixierte.

»Lächerlich«, zischte er. Es formten sich allerdings erste kleine Schweißperlen in den Falten seiner Stirn. Ob dafür die ansteigende Hitze oder ein schlechtes Gewissen verantwortlich war, konnte Charly nicht abschätzen. Neidings Augen flitzten jedenfalls nervös zwischen Sandra und ihm hin und her. Schließlich blieb der Blick an Charly hängen, als erwarte der Privatier Hilfe und eine Zurechtweisung der Kollegin.

Charly nickte und wischte sich mit dem Handrücken den eigenen ersten Schweiß von der Stirn. »Also, was war jetz mit dem Streit?«

»Ja nix.« Neiding wurde ein wenig lauter, sodass sich schon wieder einige Köpfe zu ihnen drehten. Er rückte seinen Stuhl zurecht und legte die Brille auf den Tisch. »Die Sache hat mich geärgert, es gab einen kurzen Wortwechsel, und das war's. Aus und vergessen. Da war nix weiter. Ein Grund, den Harry umzubringen, war's schon gleich gar nicht.«

»Der Herr Senftl hat gesagt: Sie sollen ruhig sein, wenn Sie sich ned auskennen. Das is eine komische Formulierung, find ich. Was hat er damit gemeint?«, fragte Charly.

»Ich soll 's Maul halten, hat der Harry gesagt«, verbesserte Neiding. »Und was die Formulierung bedeutet, weiß ich nicht. Da hab ich nicht drüber nachgedacht.«

Sandra schaltete sich wieder ein: »Sie haben ihm Bestechung vorgeworfen. Haben Sie da …«

»Hörn Sie«, fiel ihr Neiding, begleitet von einer resoluten Handbewegung, ins Wort. »Ich hab mich seinerzeit geärgert, dass mein Schwiegersohn den Auftrag nicht bekommen hat.« Wie ein Prediger hob er beide Hände. »Erst hat der Harry gesagt, ich soll mich ned einmischen, dann hat mein Schwiegersohn mir gesagt, ich soll mich ned einmischen. Also hab ich mich ned weiter eingemischt, und die Sache war für mich erledigt. Klar?«

Das letzte Wort kam scharf und laut, sodass Charly eigentlich schon reflexartig ansetzen wollte, um diesen aufgeblasenen alten Mann zurechtzustutzen. Doch entgegen seiner innersten Überzeugung gewann der Profi in ihm die Oberhand. Er beherrschte sich und stellte noch einige Fragen zum Samstagabend, die Neiding widerwillig beantwortete. Wie gesagt, sei am letzten Samstag nichts Auffälliges geschehen, man habe sich gut unterhalten, sei ziemlich gemeinsam aufgebrochen und er sei mit dem Taxi nach Hause gefahren. Er lebe seit seiner Scheidung allein.

Es überraschte Charly in keinster Weise, dass diesem zwidernen Mannsbild die Frau davon war. Kurz kam ihm Helmuth in den Sinn, der so viel sympathischer als Neiding war und dennoch auch allein dastand. Schnell konzentrierte er sich wieder.

»Wissen Sie, ob der Herr Senftl Feinde hatte?«, lautete seine Routinefrage zum Schluss.

Neiding schüttelte den Kopf.

»Oder anders gefragt: Wer profitiert von seinem Tod?«, ergänzte Sandra.

Der Privatier begann wieder den Kopf zu wiegen. Hielt dann plötzlich inne und kniff die Augen zusammen. »Also wenn Sie mich so fragen, dann ist jetzt wohl der Weg frei für Wienert.«

»Für den Partner?«

»Nein, für seinen Bruder.« Neiding rieb seine Hakennase. »Der wollte vor einiger Zeit in die Firma einsteigen. Als Bauleiter oder so ähnlich. Aber Harry war dagegen. Er hat's mir damals erzählt. So lang ich da bin, brauch ich keinen Bauleiter, hat er gesagt. Und ein Wienert in der Firma würd ihm reichen. Muss anscheinend ein bisschen ein Flocky sein, der Bruder. Mehr als das weiß ich nicht, und ich will jetzt um Gottes willen nichts behaupten.«

Und ab da behauptete er nichts mehr. Während er die letzte Information im verschwörerischen Ton eines Informanten hervorgepresst hatte, brummelte er jetzt nur noch die Sonne an. Nein, mehr wisse er nicht. Dazu könne er nichts sagen. Nein, nein, nein – mehr weiß ich nicht.

Sandra schloss verärgert über den starrköpfigen Privatier ihre Notizen ab, und Charly bat Herrn Neiding, im Lauf der nächsten Woche bei der Dienststelle vorbeizukommen, um das Protokoll zu unterschreiben. Sie hätten ebenso gut die Aussage hier und jetzt auf Band diktieren können, dann wäre die Sache erledigt gewesen. Neiding doch noch zur KPI einzubestellen, sah er jedoch als notwendige erzieherische Maßnahme an.

Charly bedauerte, dass die Fahrt vom *Café Mohrenkopf* zurück zur Dienststelle so kurz war. High Noon. Die Sonne brannte mittlerweile mit voller Kraft auf die Stadt nieder, die Klimaanlage des BMW verwandelte den Fahrzeuginnenraum zum angenehmsten Ort, an dem man sich momentan aufhalten konnte. Sandras Pfirsichduft setzte sich langsam gegen seinen Schweißgeruch durch, und sie hätten ruhig noch eine Zeit lang so weiterfahren können.

»Privatier müsste man sein«, sinnierte Charly, als sich das Einfahrtstor zum Sicherheitsbereich öffnete. »Vormittags einfach mal im Café sitzen, sich die Sonne auf den Pelz brennen lassen und den Tag genießen.«

»Pah, aber ned, wennst dann so ein arroganter Schnösel bist wie der«, beendete Sandra seine Fantasien. »Außerdem wär's uns da bald langweilig, glaub ich.«

Im Büro sorgten das Südseitenfenster mit Innenjalousien und zwei laufende Computer für unerträgliche Schwüle. Helmuth wedelte sich mit einem Computerausdruck die warme Luft ins Gesicht und streckte ihn schließlich Charly entgegen. »Auskunft von Senftls Handyanbieter.«

»Und?« Charly machte keine Anstalten, sich zu bewegen.

»Keine Telefonate am Samstagabend«, teilte Helmuth mit. »Zuletzt am Nachmittag um drei ein Anruf vom Polier. Und um halb vier der Rückruf zum Polier. Dann haben Baumeister anscheinend endlich Wochenende. Nix mehr.« Doch Helmuth sah Charly an, als wäre eben nicht nix mehr, und er wollte nur zum Weitersprechen aufgefordert werden. Charly tat ihm den Gefallen durch eine minimalistische Kopfbewegung.

»Nix mehr bis um ein Uhr siebzehn. Da hat er den Notruf angerufen.«

»Welchen Notruf?«

»Na unseren, die EZ.«

Die Einsatzzentrale war ein hitzeunempfindlicher Neubau: massiver Stahlbeton, getönte Scheiben und voll klimatisiert. Bruce saß im langärmligen Hemd an einem Schreibtisch mit drei Monitoren und klickte sich durchs Archiv, bis er bei den Audioaufzeichnungen von Samstagnacht angelangt war. Gespannt starrten Charly, Sandra und Helmuth auf den Bildschirm. Dort wurden die Notrufe aufgelistet. Um ein Uhr siebzehn waren drei Anrufe registriert. Im ersten bat eine zittrige Männerstimme um Hilfe, weil seine Frau ihn schlüge. Der zweite Anrufer lallte etwas von Unfall und Diebstahl und Frau verlassen. Als Bruce schließlich den dritten Eintrag abspielte, erschien rechts oben auf dem Monitor Senftls Handynummer.

»Polizei Notruf«, meldete sich die sonore Stimme eines Kollegen.

Doch es blieb absolut still am anderen Ende.

»Hallo, hier ist der Notruf, Polizei. Ist da wer?«

Stille. Dann, weit entfernt und ganz leise, so etwas wie ein kurzes Stöhnen. Und wieder Ruhe.

»Hallo, hier ist der Notruf, melden Sie sich doch!«

Kurz darauf wurde das Gespräch durch den Anrufer beendet. Es erklang das bekannte »tut, tut, tut«, und auch der Kollege beendete das Gespräch und nahm den nächsten Notruf entgegen.

»Ich nehm an, ihr seid der Sache nicht weiter nachgegangen?«, fragte Charly wenig hoffnungsvoll.

Bruce verzog das Gesicht. »Charly, ich bitte dich.« Er deutete auf den Monitor. »Ein Uhr fünfzehn: vier Anrufe. Ein Uhr sechzehn: zwei Anrufe. Dann die drei, die wir grad gehört haben. Ein Uhr achtzehn: wieder drei. Bei uns läuft ganz Oberbayern Nord auf. Wenn wir da jedem Anruf nachgehen würden, bei dem sich niemand meldet oder wo uns einer was vorstöhnt oder wo jemand sein Handy ausprobiert, weil nur der Notruf funktioniert, da kämen wir zu nix anderem mehr.«

»Ja, is schon klar.« Charly winkte ab. »Zefix!«

»Zefix, zefix«, fasste Helmuth fachkundig zusammen, als sie wieder in ihrem Backofenbüro angekommen waren. »Der Harry verbringt den Abend beim Mannhardt, fährt von dort weg und anscheinend direkt zu seiner Halle, um nachzuschauen, ob wieder jemand drin ist. Dann ruft er den Notruf an, meldet sich aber nicht. Und am nächsten Morgen ist der Harry erschossen und zusammen mit seiner Halle verbrannt. Zefix, zefix!«

»Da wird ja dann wieder dieser Nowak interessant«, mutmaßte Sandra nachdenklich. »Keine Ahnung, was in der Halle zu holen war. Dem Typen trau ich zu, dass er einbricht, wo's grad geht, und klaut, was er kriegen kann, wenn er Kohle braucht.« Jetzt wedelte sie mit einem Blatt Papier wie zuvor Helmuth, verteilte aber auch nur die stickige Luft im Raum. Charly beneidete seine Kollegin um das ärmellose, dünne T-Shirt, das sie trug, und die luftige Dreiviertelhose, die den Blick auf ihre braun gebrannten, durchtrainierten Waden freigab. Ihre nackten Füße steckten in lockeren Sandalen. Den Damen der Kripo war ein derart leichtes Outfit erlaubt, wogegen die Herren eine gewisse Kleiderordnung zu wahren hatten. Trotz der Hitze trug Charly Socken und Halbschuhe, seine obligatorische Jeans und ein Hemd.

»Und wie können wir dem was nachweisen?«, fragte Helmuth und riss damit Charly aus dem Gedanken, ob das Tragen eines engen BHs den Vorteil der luftigen Kleidung aufwiegen würde.

»Hä? Ach so, ja. Probier doch mal, ob du einen Beschluss für seine Telefondaten vom Samstag bekommst. Und überprüf die Aussagen von den Kegel… Quatsch, Billardfreunden. Die Sandra und ich, wir bringen jetzt das von heut Vormittag aufs Papier und richten die Aussage vom Neiding her. Der kommt nächste Woche zum Unterschreiben.«

Von der Temperatur im Büro sichtlich genervt, blies sich Sandra eine Haarsträhne aus dem Gesicht und zupfte unter der Achsel an ihrem BH herum. Charly war doch wieder mit seiner Kleidung zufrieden.

»Das mit den Verbindungsdaten hab ich schon probiert. Der Richter sagt, das ist ihm alles zu wenig und hochsensibel und Datenschutz und so weiter. So ein typischer Altachtundsechziger wahrscheinlich.« Jetzt erst fiel Charly auf, dass Helmuth trotz der Hitze relativ frisch aussah. Er trug eine leichte Sommerhose und ein gebügeltes, zitronengelbes Hemd. Außerdem war er gekämmt und rasiert. Charly glaubte, in dem PC-Lüfter-Schweiß-Gemisch sogar die feine Note eines herben Rasierwassers zu erschnuppern, wobei es diesmal nicht nach Moschus roch.

»Aber die Gambrini-Steinmetz geht heut Abend in die Sauna, hat s' gsagt, freitäglicher Juristen-Aufguss«, fuhr Helmuth lächelnd fort. »Und sie is zuversichtlich, dass wir dann einen Beschluss kriegen.«

»Sauna? Bei der Hitz? Mir gangst!« Charly wurde ganz schwummerig bei dem Gedanken. Vielleicht auch, weil in seinem Kopf ganz kurz ein Bild von schimmernden Schweißtropfen auf dem wohlgeformten Busen von Frau Gambrini-Steinmetz auftauchte. »Jetz is zuerst mal Mittag«, stellte er fest, um sich von dem Schweißtropfenbild zu befreien. »Was mach ma?«

»Ich geh rüber in die Kantine«, verkündete Helmuth ohne lange zu überlegen.

»Quarkstrudel, Gemüseeintopf oder Mailänder Schnitzel«, las Sandra aus dem Speiseplan vor. »Nein, danke.«

»Na dann, bis nachher.« Helmuth verschwand ohne weitere Diskussion und ließ zwei verblüffte Kollegen zurück. War mit ihm noch alles in Ordnung? Emotional aufgewühlt und hormonell dysbalanciert, das war unter den gegebenen Umständen nachvollziehbar. Musste er deshalb gleich so übertreiben? Man sollte wohl Helmuths psychische Entwicklung im Auge behalten.

Als die beiden ihre Verwunderung verarbeitet hatten, entschied Charly, beim nahe gelegenen Metzger Leberkässemmeln zu besorgen. Sandra war zu erschlagen von der stickigen Luft, um ernsthaft zu widersprechen.

»Ich mach uns in der Zwischenzeit Kaffee«, sagte sie und schlich Richtung Nordseite ins kühlere Besprechungszimmer davon.

Charly wollte gerade aufbrechen, als sein Telefon klingelte.

»Valentin.«

»Servus, Charly. Riederer«, meldete sich der Polizeireporter vom *Donaukurier*. »Ich würd dir gern was zeigen. Hast Zeit?«

»Dann komm halt her. Wir kochen grad Kaffee.«

»In euern Backsteinklotz bei der Hitz! Wirklich ned, wenn's ned unbedingt sein muss. Ich würd sagen, wir treffen uns im *Mo*. In einer Dreiviertelstunde. Okay?«

»Wir wollten grad was essen.«

»Dann guten Appetit. Sei bitte trotzdem pünktlich. Wir haben nämlich danach noch Redaktionssitzung. Ich weiß nicht, wie lang die dauert, drum würd ich mich gern vorher mit dir treffen. Bis dann.«

Aha, die mediale Deadline vom Doppelzwerg, eingeleitet von einer Redaktionskonferenz, dachte Charly. Er überschlug kurz den Zeitplan: Zehn Minuten zu Fuß bis zum *Mo*, zehn Minuten zum Metzger und zurück, blieb eigentlich genug Zeit für zwei Leberkässemmeln und eine schnelle Tasse Kaffee. Er trabte los.

Beim Metzger fetzten zwei Fachverkäuferinnen hinter dem Tresen hin und her. Eine dritte setzte dazwischen immer wieder Nadelstiche ins Sortiment und designte vorbestellte kalte Platten. Obwohl die zwei im Verkauf eingesetzten Mädels alles gaben, hatte sich an der heißen Theke eine kleine Schlange gebildet. Drei Hungernde warteten vor Charly. Doch auch sie wurden noch nicht bedient. Denn am anderen Ende des Ladens ließ sich eine selbstbewusste, junge Frau ausführlich erklären, wie sie eine Rinderlende richtig zubereiten musste, ob eine Lammkeule vielleicht besser wäre oder ob sie ihrem Chef heute Abend eventuell lieber Spareribs vorsetzen sollte. Sie tendierte schließlich zur Schweineschulter im Angebot. Mit dem teuren Rotwein würde das dann schon funktionieren.

Die zweite Fachkraft wurde von einer kleinen, älteren Dame in Beschlag genommen. Die Madame im Faltenrock mit Fasanenfederhut hatte sich entschlossen, just am Freitagmittag ihren Wochenendeinkauf zu tätigen.

»Und die da vorne, mit den Pilzen, was ist denn da alles drin?«, wollte sie von der Verkäuferin wissen. Charly schätzte die Dame, an deren Ellbogen eine voluminöse Handtasche baumelte, auf gute siebzig. Also vermutlich nicht mehr erwerbstätig und somit terminlich so ungebunden, dass sie genauso gut am Vormittag, am Abend oder am Donnerstag hätte einkaufen können. Aber nein, es musste Freitagmittag sein.

»Nein, dann ist das nix für mich. Den Schinken im Angebot, könnt ich den bitte mal probieren?«

Aufgrund ihres Aussehens schätzte Charly die Frau auf mindestens zwei Stadthäuser und eine selbst genutzte Dreizimmerwohnung mit Dachgarten über der Fußgängerzone.

»Und von der Feinschmeckersalami nehm ich dann fünfundzwanzig Gramm.«

Charly sah auf die Uhr. Er hing hier schon zu lange fest. So wurde es knapp bis zum Termin mit Riederer.

»Nein, wenn ich sag fünfundzwanzig, dann mein ich auch fünfundzwanzig, und nicht dreißig. Die ess ich doch nicht.«

Wahnsinn, die Frau hatte diese gewisse Haltung: Das ist mein Laden in meiner Stadt. Ich hab das Geld und ich kenn die wichtigen Leute. Und wenn ich einkaufe, dann warten alle anderen hinter mir, bis sie dran sind, basta.

»Und bitte vakuumverschweißen. Weil dieses Wochenende brauch ich's ja ned. Da bin ich bei meinem Sohn in München. Der is da Chirurg. Rechts der Isar. Chefarzt.«

Charly blickte wieder auf die Uhr. So wie die Mittagspausler vor ihm. Langsam machte sich Unruhe breit unter den Wartenden. Doch nachdem die Stadtmadame den Kaufpreis endlich Cent für Cent auf den Ladentisch gezählt und die Karrierefrau das Schweineschulterrezept verinnerlicht hatte, wurden beide Verkäuferinnen frei, und es ging vorwärts.

Trotzdem konnten Charly und Sandra den heißen Kaffee nur zur Hälfte trinken. Die zweite Semmel aßen sie im Gehen.

Riederer winkte ihnen von einem Tisch in einer Ecke zu, als sie das *Mo* erreichten. Der Biergarten war rundum von Schatten spendenden Ziegelmauern begrenzt. Mächtige Kastanien tauchten den gekiesten Innenhof trotz des strahlenden Sonnenscheins in grün schimmerndes Halbdunkel. Vor dem Journalisten stand bereits ein kühles Weißbier. Charly bestellte sich ein Spezi und Sandra eine Apfelschorle. Gleichzeitig mit ihren Getränken wurde Riederer ein knackiger Salat mit Putenstreifen serviert.

»Also, was willst uns denn jetz zeigen, Hubert?«, fragte Charly.

Riederer schob sich ein Stück Fleisch in den Mund, kaute ein wenig und spülte genüsslich mit Weißbier nach. Dann öffnete er die abgegriffene Umhängetasche neben sich und kramte ein Blatt heraus, das er vor Charly auf den Tisch legte. Auf einem ausgedruckten Foto im Paparazzistil sah man mehrere Männer an einem Tisch sitzen.

»Aha«, stellte Charly emotionslos fest.

Riederer hatte schon wieder Salat und Fleisch im Mund und konnte nicht gleich antworten. Er musste erst erneut nachspülen. »Das Bild wurde diese Woche in Mailand aufgenommen«, erklärte er dann, was Charly mit einem erneuten »Aha« quittierte.

»Das da«, Riederer deutete mit der Messerspitze auf die Bildmitte, »das ist unser Herr Wienert, Bauunternehmer aus Ingolstadt.«

Die Aufnahme zeigte einen schlanken Mann um die fünfzig mit einem bartlosen, hageren Gesicht und Geheimratsecken, ansonsten eine ordentlich zurückgekämmte, schwarze Welle. Er hatte die Ellbogen am Tisch aufgestützt und die Finger über dem leeren Teller vor sich verschränkt. Das gesamte Bild hätte den Eindruck eines lockeren, entspannten Abendessens vermitteln können, wäre nicht trotz des aufgesetzten Lächelns Wienerts innere Spannung förmlich greifbar gewesen. Vermutlich hatte sich das Tischgespräch wohl nicht ausschließlich um Autos, Fußball und Frauen gedreht.

»Aha«, kommentierte Charly. Doch diesmal klang es nach Erleuchtung. »Und wer sind die anderen Herren am Tisch?«

Riederer kaute schon wieder, spülte kräftig nach und wischte sich mit dem Handrücken über den Mund. »Der Glatzkopf links von Wienert ist ein italienischer Milliardär. Dem gehören ein Haufen Immobilien: Hotels, Einkaufscenter und so weiter. Und jetzt plant er einen riesigen Hotelkomplex in Südtirol. Da is der Wienert scheinbar dick drin.« Der Reporter nahm noch mal einen großen Schluck und fischte dann die letzten Salatblätter aus der Senfsoße. »Der rechts neben Wienert, der Stiftenkopf, ist ein Russe oder Ukrainer. Auf jeden Fall gehört er zu dem Baukonzern aus Kiew, der Senftl & Wienert damals übernehmen wollt.«

»Und was macht der bei diesen Verhandlungen?«, fragte Sandra, die bis jetzt mehr Riederers Salat als das Foto betrachtet hatte.

»Das weiß ich noch nicht. Sitzt halt mit dabei.«

»Wie kommst du jetz an des Foto, Hubert?«, wollte Charly wissen.

Riederer leerte das Weißbier. »Hat mir ein italienischer Kollege geschickt.«

»Ermittelst du in der Sache?«

»Recherchieren heißt des bei uns. Investigativer Journalismus.«

»Hu-bert!« Charly hörte sich bedrohlich an. Als wolle er einen Hund davon abhalten, einer Katze nachzujagen.

»Keine Sorge. Ich schreib nix.« Der Reporter hob beide Hände. »Noch nicht. Doch irgendwann … Du verstehst, Informationsauftrag und so.« Er klemmte seine Tasche unter den Arm und stand auf. »Also, ich muss los. Die Konferenz. Des Bild kannst behalten.« Zum Gruß tippte er sich an die Stirn. »Charly, Frau Englberger, danke für die Einladung, servus.«

»Servus, Schmierfink!« Die Ermittler blieben mit dem Bild der Mailänder Runde und ihren halb vollen Gläsern zurück.

»Und was heißt des jetz für uns?«, fragte Sandra. »Hängt des mit dem Mord am Senftl zusammen?«

»Weiß ich auch nicht. Vielleicht ja, vielleicht nein. Auf jeden Fall is es mal eine Info, die wir im Hinterkopf behalten«, antwortete Charly, während er lächelnd zu einem Tisch am anderen Ende des Biergartens hinübergrüßte. Dort saßen mehrere Juristen im Schatten und dehnten offenbar ihre Mittagspause.

»Wenn ich wieder auf d'Welt komm, werd ich Staatsanwalt oder Richter«, sagte Charly. Oder Steinadler im Werdenfelser Land, ergänzte eine innere Stimme.

Im Büro heftete Sandra das Mailänder Foto an das Whiteboard, zwischen ein Bild der Brandruine und den Kreis, in dem »Fa. Senftl & Wienert« stand. Daneben malte sie ein großes Fragezeichen.

»So, was haben wir denn jetzt alles?«, fragte Charly in die Runde, und es hörte sich erschöpft an. Allen Anwesenden fiel es schwer, sich am Freitagnachmittag bei dieser Hitze zu konzentrieren. Kommissariatsleiter Barsch hatte sich schon ausgeklinkt und war mit einer halbherzigen Ausrede – »ich würd ja gern, aber ich muss heut noch unbedingt bla bla bla« – ins Wochenende gegangen. KOR Zwerglein, der Dienststellenleiter, hatte es nicht nötig, seinen Abgang zu begründen. Er war einfach verschwunden, nachdem sich bis zum Ablauf der Pressedeadline nichts mehr getan hatte. Und so saßen nun lediglich Charly, Helmuth, Sandra und

Frau Gambrini-Steinmetz im Dienstzimmer zusammen und fächelten mit allem Möglichen herum. Die Staatsanwältin hatte zuvor im Biergarten dieses Treffen angeregt, um vor dem Saunagang heute Abend ihre Kenntnis von dem Fall zu aktualisieren.

»Wir haben einen erschossenen Bauunternehmer, eine angezündete alte Halle und eine große Baufirma«, fasste Sandra zusammen. »Und darum dreht sich alles.«

»Okay!« Die Staatsanwältin wedelte inzwischen mit dem Kragen ihrer leichten Bluse. »Und wo sind unsere Verdächtigen?«

»Puh!« Charly wusste selbst nicht, ob seine Aussage der Temperatur im Büro oder der Komplexität der Fakten galt. »Also die Poleposition hat der Nowak. Der hat einen Grund, den Senftl zu hassen, nämlich die Entlassung. Vielleicht sogar Eifersucht wegen seiner Gabi. Als ehemaliger Arbeiter der Firma kennt er natürlich die alte Halle. Vielleicht hat er sogar das eine oder andere Mal dort irgendwas mitgehen lassen und wurde vom Senftl erwischt. Sein Alibi ist zudem bis jetzt recht schwammig. Das würden wir eben gerne noch genauer überprüfen, und darum bräuchten wir den Beschluss für die Telefondaten.«

Gambrini-Steinmetz lächelte selbstbewusst. »Kein Problem. Den Beschluss haben wir am Montag.«

Charly zweifelte ebenfalls nicht daran, dass der ehrenwerte Herr Richter von den Formen der Staatsanwältin heute Abend wieder so abgelenkt sein würde, dass er ihr jeden Wunsch nach einer richterlichen Anordnung erfüllen würde. Zudem hatte Charly in diesem Fall keinerlei Bedenken, was die Rechtmäßigkeit der geplanten Überprüfung betraf. Aber Charly hatte ja auch nicht Jura studiert, sondern wollte einen Mord klären.

»Noch weitere Verdächtige?«

»Seine Frau, die Swetlana«, warf Sandra ohne Zögern ein. »Ein direktes Motiv ist zwar noch nicht erkennbar, doch die Dame wirkt auf mich eiskalt. Die Ehe der beiden würde ich als gescheitert bezeichnen. Die Frau Senftl hat quasi insgesamt eigentlich nur Vorteile vom Tod ihres Mannes.«

»Und über die Swetlana spannt sich der Bogen nach Kiew und zur Russenmafia. Also zu einem Baukonzern, der angeblich zu dieser Organisation gehört und der die Firma Senftl & Wienert übernehmen wollte. Das ist bis jetzt nur ein sehr vager Hinweis.« Charly war selbst nicht ganz von dieser Theorie überzeugt.

»Allerdings haben wir heute dieses Foto bekommen.« Sandra zeigte auf das Mailänder Bild von Riederer. »Und da sitzt ja schon wieder ein Russe mit am Tisch, bei diesen Verhandlungen mit Wienert.«

»Überhaupt der Wienert«, Charly hätte nicht gedacht, dass diese Besprechung eine solche Dynamik entwickeln würde. Bei genauem Nachdenken waren es eben mehrere Optionen, die in Betracht kamen. »Mit dem konnten wir zwar noch nicht sprechen, aber so wie es aussieht, kommt dem der Tod seines Partners bestimmt auch nicht so ganz ungelegen. Zumal anscheinend der Senftl so ein bisschen die Bremse war, wenn es um die wirtschaftliche Weiterentwicklung der Firma ging.«

»Und heute früh hat der Neiding zu allem Überfluss noch Wienerts Bruder ins Spiel gebracht.« Sandra war wieder dran. Helmuth und Gambrini-Steinmetz blickten nur zwischen Charly und Sandra hin und her wie Zuschauer, die auf dem Centre-Court in Wimbledon dem Ball folgen. »Für den wär jetzt der Weg frei in der Firma.«

»Weil wir grad von der Firma reden: Es gab Querelen bezüglich einer anderen Baufirma.« Aufschlag Charly. »Der Senftl soll diese andere Firma angeblich in die Insolvenz getrieben haben.«

»Wobei diese Aussage von einem arroganten, eingebildeten, neidischen, sturen alten Mann kommt. Da muss nichts dran sein.« Spiel, Satz und Sieg Sandra.

»Puh«, machte nun die Staatsanwältin, und es galt nicht der Temperatur. »Was müssen oder können wir denn jetzt als Nächstes tun?«

Sandra stand auf und nahm sich einen Stift. Sie schrieb »To do« an die Tafel, unterstrich es und wischte es wieder weg. Dann schrieb sie »Zu erledigen:« und wartete auf Vorschläge.

»Gut, als Erstes der Beschluss, die Telefondaten vom Nowak und damit die Überprüfung seines Alibis. Dann die Aussagen der Billardrunde überprüfen, bezüglich Heimweg, Zeiten und so weiter.«

Sandra schrieb fleißig Stichpunkte auf.

»Den Wienert vernehmen. Der ist angeblich morgen wieder im Lande. Und dann das mit der anderen Baufirma abklären, irgendwie.«

Sandra schrieb »irgendwie«.

»Die Sache mit dem Bruder und der Russenmafia würd ich jetzt mal zurückstellen«, schaltete sich Gambrini-Steinmetz ein. »Außerdem sehe ich da ehrlich gesagt keine großen Ermittlungsansätze.«

Ganz unten fügte Sandra »Russenmafia« und »Bruder Wienert« der Liste hinzu. Sie zögerte und betrachtete noch einmal das Foto der Mailänder Runde. »Wobei vielleicht schon interessant wär, ob der Russe auf dem Bild zufällig Wienerts Bruder ist.«

»Der Bruder vom Wienert ist doch kein Russe, der arbeitet nur bei denen«, wandte die Staatsanwältin ein.

»Und ist das für unseren Fall überhaupt von Bedeutung?«, gab Charly zu bedenken.

»War nur so ein Gedanke.«

»Du und deine Gedanken!«

»Ich hab grad noch einen: Die Disco am Auwaldsee! Die Peisserstraße, wo die Halle abgebrannt ist, führt doch raus zum Auwaldsee. Und da sind auch noch zwei oder drei Bordelle in dem Industriegebiet dahinter und der Straßenstrich, und zum McDonald's geht's da hinten raus. Auf der Straß müsst doch Samstagnacht einiges los sei. Vielleicht hat jemand was gesehen.«

Charly dachte kurz nach. »Wenn wir als Polizei in die Disco reinrumpeln, dann ist die erstens ruck, zuck halb leer, und zweitens sagt uns keiner von denen was.« Er kratzte sich am Kinn und lächelte. »Gut, ich könnt mit'm Helmuth die Puffs kontrollieren und den Straßenstrich.« Helmuth sagte nichts dazu.

»Zu früh gefreut, Charly. Ich habe eigentlich an eine Verkehrskontrolle gedacht. Auf der Peisserstraß, direkt vor der Halle. Und genau zu der Zeit, wie's letzten Samstag gebrannt hat.«

»Gscheide Mädi! Des wär einen Versuch wert. Verkehrskontrolle morgen Nacht?« Charly sah Helmuth fragend an, doch der schüttelte erneut den Kopf.

»Hab was vor. Ich bin morgen nicht da.« Seltsam, normalerweise wär Helmuth der Erste gewesen, der sich dafür gemeldet und alle anderen Termine abgesagt hätte. Überhaupt hatte er die ganze Zeit über noch keinen Ton gesagt.

»Also gut«, Charly nickte Sandra zu, »reicht ja, wenn wir zwei dabei sind. Da brauchen wir sowieso Unterstützung von der Inspektion oder vom E-Zug.« Er betrachtete Sandras Notizen an der Tafel. »Ansonsten die Verbindungsdaten vom Nowak am Montag, den Wienert am Samstag, heut vielleicht noch den Sohn, diesen Alex«, fasste Charly die Aufgaben zusammen. »Und die Aussagen der Billardrunde, Helmuth, das könntest du übernehmen.«

»Gern, aber auch erst am Montag«, antwortete Helmuth. Und bevor Charly widersprechen konnte, fügte er an: »Sorry, Feierabend, wie gesagt: Hab was vor.« Bei den Worten war er schon halb aus dem Büro. »Ciao, bis Montag.«

Wieder komisch, wo Helmuth es doch sonst mit dem Dienstschluss nicht so genau nahm, wenn noch Ermittlungen anstanden. Überhaupt fiel Charly jetzt auf, dass sich Helmuths Stimmung im Vergleich zum Montag um nahezu hundertachtzig Grad gedreht hatte. Er war zwar auffällig still geblieben, vielleicht direkt ein wenig abwesend, wirkte aber trotzdem irgendwie aufgekratzt. Na ja: Ausnahmesituation.

Auch die Staatsanwältin packte ihre Tasche und wünschte ein erholsames Wochenende.

Nur Sandra und Charly blieben im Büro zurück. Für sie zeichnete sich noch kein Dienstschluss ab.

»Na gut, jetz wird's dann wirklich Zeit, dass wir noch das letzte Familienmitglied befragen: den Sohn, diesen Alex.« Charly wählte dessen Handynummer, die sie von Bettina Senftl erhalten hatten, Alex ging nicht an sein Telefon. Im Hause Senftl war Swetlana nicht zu erreichen. Erst als er es bei Bettina versuchte, hatte Charly schließlich Erfolg.

»Meine Stiefmutter ist weggefahren«, erklärte Senftls Tochter. »Sie sagt mir natürlich nicht, wohin, und wann sie wiederkommt. Alex ist auch nicht da. Ich hab ihn vorhin zwar kurz gesehen, dann ist er gleich drauf mit seiner

Sporttasche wieder weg. Wahrscheinlich ist er ins Fitnessstudio. Er geht immer ins Olymp.«

»Also gut!« Charly hatte das Telefonat beendet. »Wer fährt mit mir ins Fitnessstudio?«, fragte er in den nahezu leeren Raum.

»Na, dann halt wieder wir zwei«, bot Sandra an, nachdem kein anderer mehr da war.

Sie sah auf die Uhr und erklärte, dass sie sich gerade per SMS mit Bärli im *Mo* verabredet habe. Charly konnte ihr dabei die Vorfreude auf einen knackigen Salat mit Putenstreifen und ein kühles Feierabendweißbier direkt ansehen.

»Aber a bissl Zeit hab ich noch«, stellte sie fest. »Auf geht's.«

Das Studio lag an der Regensburger Straße. Sie betraten den großen Raum, in dem es nach Schweiß, Deo und Räucherstäbchen roch. Die Geräuschkulisse erinnerte an einen mittelalterlichen Folterkeller: metallisches Rasseln, unterdrücktes Stöhnen, heftiges Atmen, gequältes Hecheln, allerdings überlagert von den stampfenden Rhythmen eines neuzeitlichen Radiosenders. Noch bevor ihnen der formvollendete Strahlemann hinter dem Tresen helfen konnte, entdeckte Charly Alex im hinteren Teil des Studios. Er stand neben einer dieser Hightech-Foltermaschinen und unterhielt sich angeregt mit einem durchgestylten Schönling.

Alex trug ein ärmelloses Shirt. Wenn du in dieser Muckibude schon länger Beiträge zahlst, dann war das rausgeworfenes Geld, dachte Charly beim Blick auf die schmalen Schultern und die dünnen Oberarme von Senftl junior. Allerdings spannte er unwillkürlich den eigenen Bizeps an und zog den Bauch ein, als er Alex' Gesprächspartner betrachtete. Er war die fleischgewordene Werbebotschaft für den Besuch dieses Studios.

Kurz bevor die Ermittler Alex erreichten, streichelte ihm der Schönling plötzlich über die Wange und lächelte ihn an mit einem Blick, den sich Petra wohl von Charly am nahenden Hochzeitstag so wünschen würde. Aha, der Schatten vom *Gut Winkelacker*.

»Alexander Senftl? Grüß Gott, Valentin, Kripo. Das ist die Kollegin Englberger«, übernahm Charly die Vorstellung und registrierte, dass Alex sich offenbar ertappt vorkam. Verschämt zog er den Kopf ein wenig ein. Nicht so der Schönling. Er baute sich zur vollen Größe auf und musterte zunächst Charly mit einem kurzen, unverhohlen abschätzenden Blick, der erneut zur unwillkürlichen Kontraktion von Charlys Bauchmuskeln führte. Wesentlich länger taxierte er Sandra mit einer seltsamen Mischung aus Neugier, Arroganz und Tadel.

Dieser Blick machte Charly stutzig. Er sah sich um und stellte fest, dass sich nur Männer in dem großen Raum aufhielten, vom Empfangstresen bis zum hintersten Spinning-Rad. Die meisten sahen zu Sandra herüber und einige der weniger muskulösen hatten sich inzwischen Trainingsjacken übergezogen oder Handtücher umgelegt.

»Oha! Äh, Herr Senftl, zunächst noch mal unser Beileid«, nahm Charly das Gespräch wieder auf und reichte Alex die Hand.

Offenbar brauchte der Angesprochene eine Weile, bis er das Beileid richtig zuordnen konnte. »Ach ja, danke«, antwortete er dann ohne große Emotion.

»Ihre Schwester hat uns gesagt, dass wir Sie hier finden. Anders haben wir Sie leider nicht erreicht.«

»Mein Handy liegt in der Umkleide. Tut mir leid.«

»Is ja kein Problem. Können wir uns kurz unterhalten?«

»Natürlich! Vielleicht gehen wir rüber an die Bar.« Er machte den ersten Schritt, stoppte aber gleich wieder. »Entschuldigung, darf ich vorstellen«, er legte dem Schönling die Hand auf die sehnige Schulter, »Manuel Stein, mein Freund.« Charly glaubte, ein ganz kurzes Zögern vor dem Begriff »mein Freund« ausgemacht zu haben. Außerdem registrierte er schon wieder diesen markanten Moschusduft, der auch den Bodybuilder umwaberte.

»Wir haben keine Geheimnisse voreinander«, vollendete Alex die Vorstellung. Erneut wechselten die beiden einen dieser Hochzeitstagswunschblicke.

Charly reichte auch Manuel die Hand, und als er zudrückte, zuckte der Muskelmann zusammen. »Oh, Entschuldigung, Sie sind verletzt.« Charly bemerkte ein breites Pflaster zwischen Daumen und Zeigefinger der rechten Hand.

»Ist schon gut. Diese Hanteln und Gewichte, da hat man schnell mal die Finger drin.« Manuel lächelte Charly kumpelhaft an. Dann begab sich die kleine Gruppe hinüber zur Saftbar. Alex setzte sich auf einen der stylischen Barhocker, während sich Manuel hinter die Theke begab. Offenbar gehörte er zum Personal des Studios. Charly und Sandra blieben stehen.

»Darf ich Ihnen was anbieten?«, fragte Manuel. Die Kriminaler lehnten dankend ab, und Alex bestellte einen Olymp-Spezial. Vom anderen Ende der Bar orderte jemand alkoholfreien Sex on the Beach.

Sie stellten Alex die üblichen Fragen. Er wusste jedoch über die Firma Senftl & Wienert fast nichts und über aktuelle Freunde oder Feinde seines Vaters noch weniger.

»Wissen Sie«, erklärte er, »ich bin die meiste Zeit in meinem Zimmer in Eichstätt. Selten hier in Ingolstadt. Und wenn, dann war oft mein Vater nicht zu Hause.«

Vor dem »Vater« fiel Charly ein noch deutlich längeres Zaudern als zuvor vor dem »Freund« auf.

»Wenn er zu Hause war, dann sind wir uns aus dem Weg gegangen. Besser gesagt: ich ihm.« Er zuzelte am Strohhalm, der in seinem Cocktail steckte. »Sie haben sicher schon erfahren, dass ich andere Pläne mit meinem Leben hab, als ständig irgendwelche Grundstücke mit Beton zuzuschütten.« Dabei sah er Manuel an, als sei er ein fester Bestandteil dieser Lebenspläne. Und auch Manuel reagierte mit einem Lächeln, obwohl er zuvor den Anschein erweckt hatte, als wäre er vom Mischen und Schütteln des Sex on the Beach vollkommen abgelenkt.

»Herr Senftl, wir müssen Sie natürlich noch fragen, wo Sie in der Nacht vom vergangenen Samstag auf Sonntag waren.«

Alex schlürfte wieder an seinem Cocktail. »Ich war in Eichstätt. Zuerst in einer Kneipe und dann in meinem Zimmer.« Er stierte dabei in sein Glas. »Die ganze Zeit zusammen mit Manuel.« Nach dieser Aussage blieb sein Blick immer noch im klebrig-grünen Getränk hängen. Doch Manuel nickte ungefragt zur Bestätigung.

Sandra notierte noch stichpunktartig Alex' Aussage und Manuels vollständige Personalien, bevor sie den Folterschuppen wieder verließen.

»Na, dann wollen wir Sie gar nicht mehr länger aufhalten. Viel Erfolg beim Training. Auf Wiedersehen.«

Beim Einsteigen betrachtete Sandra noch einmal das Schild über dem Eingang des Olymp und schüttelte den Kopf. »Was es nicht alles gibt bei uns.«

»Schon schön, gell, diese ganzen Olympioniken.« Charly wollte eigentlich einen Witz mit Zentauren, dem Minotaurus oder den Titanen folgen lassen, kannte sich aber in der griechischen Mythologie zu wenig aus und wollte nicht riskieren, von Sandra belehrt zu werden.

»Na ja, nomen est omen!«, stellte Sandra fest. »Des is jetz allerdings wieder Latein, nicht Griechisch.«

»Hä, was meinst du?«

»Unseren Alexander! So wie Alexander der Große.«

»Der auch?«

»Mhm, stockschwul! War damals ganz normal. Von der Gesellschaft akzeptiert, könnt man sagen.«

Charly staunte über Sandras intime Geschichtskenntnisse. »Auf jeden Fall lügt uns der an.«

»Der Große?«

»Nein, der Schmale da drin«, fand Charly wieder in die Neuzeit zurück. »Irgendwas hat er zu verbergen. Aber das wird sich noch zeigen.«

Charly dachte wehmütig an die Speisekarte des *Mo*, aus der sich Sandra und ihr Bärli jetzt wahrscheinlich gerade etwas aussuchten, als er beim Abendessen den würzig eingelegten Schafskäse in Paprika dankend ablehnte und sich eine Scheibe Vollkornbrot und etwas Frischkäse nahm.

»Es gibt ja auch Fitnessstudios nur für Frauen«, stellte Petra fest und schob sich genüsslich den öligen Käse in den Mund. »Dann kann's genauso gut Studios nur für Männer geben. Is doch ganz normal.«

»Also so ganz normal sind die Männer dort nicht«, intervenierte Charly.

»Du jetz wieder. Was für dich halt normal is und was nicht.« Petra hatte zwar im Großen und Ganzen die gleichen konservativen Ansichten wie Charly, ab und zu glaubte sie anscheinend dennoch, ihm gegenüber die Anwältin für eine freiere Welt spielen zu müssen.

»Ich glaub jedenfalls nicht, dass dieser Alex seinen Vater erschossen hat.«

Charly bedauerte, seiner Frau schon wieder so viel vom aktuellen Fall verraten zu haben. Nicht weil er das eigentlich nicht durfte, sondern weil Petra, Kriminalpsychologin durch Heirat und Lebenserfahrung, bereits wieder in Fahrt kam.

»Homosexuelle morden selten, glaub ich. Außer aus Liebe oder halt Angst vor Verlust der Liebe. Sonst eher nicht. Da sind sie zu mitfühlend, vielleicht.« Sie sah Charly fragend an, während sie kaute.

Er schob den letzten Bissen Frischkäse-Vollkornbrot in den Mund und beschloss, den restlichen Kalorienbedarf durch Weißbier zu decken. »Warum lügt er dann?«

»Du glaubst, dass er lügt. Vielleicht sagt er ja die Wahrheit. Und wenn er wirklich lügt, da gibt's tausend Gründe, wenn dich die Kripo aus heiterem Himmel nach intimen Dingen fragt.«

»Mhm.« Beim Essen stellte Charly fest, dass seine Hand, die er vor einer Stunde Alex' Freund gereicht hatte, immer noch nach dessen herb-würzigem Rasierwasser roch. Er hielt Petra die Hand hin. »Soll ich mal mei persönliche Duftnote ändern? Die riechen jetzt auf einmal alle so. Der Senftl, der Doppelzwerg, dieser Nowak und jetzt noch der Schönling.«

Petra schnupperte: »Moschus! Wirkt angeblich aphrodisierend, wenn man's dezent verwendet. Liegt an die Pheromone, die drin sind.«

»Aha, na dann …«

»Von wegen. Bleib nur du bei dei'm Geruch, sonst kenn ich dich nimmer.«

Sie schob noch einen gefüllten Paprika nach. »Hat sein Vater eigentlich seinen Freund gekannt?«

Mist, diese Frage hatten sie am Nachmittag nicht gestellt. Die Antwort wäre durchaus nicht uninteressant. War also dieses ermittlungstaktische Gespräch mit seiner Frau doch wieder für etwas gut, wie so oft. Charly zuckte mit den Schultern und fragte nach den Kindern. Er wollte jetzt eigentlich nicht mehr über den Fall sprechen. Über die kriminalistischen und psychologischen Erkenntnisse hinaus hatte ihn die Unterhaltung mit Petra an den Blick erinnert, mit dem Alex im Studio seinen Manuel angeschmachtet hatte: den Hochzeitstagsblick.

Julia sei mit einigen Freundinnen aus dem Reiterhof beim Pizzaessen, erzählte sie, und Ludwig war schon den ganzen Nachmittag mit dem Auto unterwegs. Ein bisschen cruisen, hätte er gesagt. »Und warum schaust jetz so komisch?«

Als Charly später vor dem Computer saß und sich im Netz über die alten Griechen, Zentauren und Titanen sowie im Speziellen über Alexander den Großen informierte, kam Ludwig nach Hause.

»Hey, Dad.«

»Grias di! Wo kummst na du jetz her?«, fragte Charly seinen Sohn.

»Bissl rumgfahrn, Freund bsuacht, Bauwong.«

»Du, bevorst morgen wieder einfach bloß rumfahrst, könntst dich a bissl nützlich machen. Der Rasen ghört zum Beispiel gmäht.«

»Sorry, Dad. Morgen is schlecht. Termine, Termine. Andermal vielleicht. Gut Nacht.«

»Gut Nacht«, knurrte Charly und fuhr den PC herunter.

Zwölf

Der Wetterbericht kündigte zwar fürs Wochenende ein Unwetter und einen darauf folgenden Temperatursturz an, aber der Samstag begann wie jeder Tag der vergangenen Woche mit strahlendem Sonnenschein und ohne das kleinste Wölkchen am Himmel.

Charly und Sandra saßen bei einer Tasse Kaffee im Besprechungsraum. Auch KOR Zwerglein war erschienen, um sich auf den neuesten Stand der Ermittlungen bringen zu lassen. Sogar Kommissariatsleiter Barsch schaute kurz herein. Er war seiner Frau am Wochenmarkt entwischt und hatte sie dort mit ihrem Einkauf allein gelassen. Nur Helmuth hatte sich für das gesamte Wochenende abgemeldet.

»Die Kraft hat gesagt, dass der Wienert wahrscheinlich heut aus Italien zurück ist und wir ihn am Vormittag in seinem Büro antreffen können«, schloss Charly, nachdem er Zwerglein alle Verdächtigen erläutert hatte. »Wir probieren's jetzt einfach mal in der Firma. Zu ihm heim fahrn oder anrufen können wir dann immer noch, wenn er nicht da ist.« Charly verzog das Gesicht nach dem letzten bitteren Schluck Kaffee. »Ach übrigens«, wandte er sich an seine Vorgesetzten, »wir ziehen heut Nacht eine Verkehrskontrolle in der Peisserstraße durch. Zur Befragung der Durchreisenden, quasi.«

»A Verkehrskontrolle scheint mir doch keine adäquate operative Maßnahme in einer Mordermittlung«, zweifelte KOR Zwerglein.

Bevor der überraschte Charly antworten konnte, schaltete sich Kommissariatsleiter Barsch ein: »Adäquat und operativ ist alles, was uns bei den Ermittlungen irgendwie weiterbringt. Ich find, des is eine gute Idee. Vielleicht geht ja was.«

Jetzt war Charly noch mehr überrascht. Und auch Sandra betrachtete ihren K-Leiter ungläubig mit offenem Mund. Manchmal is unser Klaus wie Dr. Jekyll und Mr Hyde, dachte Charly. Er hatte aber keine Ahnung, warum er ab und zu den Schalter umlegte.

»Ich hab heut Abend leider keine Zeit«, fügte Barsch gleich an. »Seids ihr nur zu zweit?«

»Nein, ich hab gestern noch mit der Inspektion gesprochen. Die machen mit, und der E-Zug schickt eine ganze Gruppe raus. Die waren ganz begeistert von der Aufgabe.«

»Na gut, meinen Segen haben Sie«, lenkte der Doppelzwerg schließlich ein.

Die Fenster der Firmenzentrale blitzten in der Vormittagssonne. Vor dem Haus parkte ein weißer Audi Q7. Durch den unversperrten Eingang betraten Charly und Sandra das Gebäude, in dem kathedralenhafte Stille herrschte. Der stylische Empfangstresen war nicht besetzt. Auch der Schreibtisch von Gabi Kraft vor den Chefbüros war verlassen. Die Sekretärin hatte ein Schwarz-Weiß-Porträt von Harry Senftl aufgestellt und es mit schwarzem Trauerflor dekoriert. Charly wandte sich nach rechts, klopfte und öffnete gleich darauf die Tür zu Wienerts Büro. Dirk Wienert, wie Charly aufgrund des Mailänder Fotos folgerte, stand über einen Tisch gebeugt, auf dem großformatige Baupläne ausgebreitet waren, und funkelte die Besucher feindselig an.

»Herr Wienert? Grüß Gott, Kripo Ingolstadt, mein Name ist Valentin. Das ist die Kollegin Englberger«, stellte Charly vor, bevor der Angesprochene etwas Unschönes sagen konnte.

Der Unternehmer quittierte die Begrüßung mit einem leichten Nicken, richtete sich auf und ließ seinen Stift auf die Pläne fallen. Mit offener Hand deutete er auf eine Besucherecke. »Bitteschön.«

Im Gegensatz zu Senftls gemauertem Kunstdschungel war Wienerts Büro sehr modern eingerichtet: Chrom, Glas und schwarzes Leder. Die Ermittler nahmen auf der Couch Platz, Wienert setzte sich in einen Sessel gegenüber. »Was kann ich für Sie tun?«

Charly war überrascht. Erstens von der Frage. Was konnte man schon für die Polizei tun, wenn der Geschäftspartner ermordet worden war? Und zweitens war er gedanklich noch mit Wienerts Erscheinung beschäftigt: schmale Lippen, dünne, spitze Nase, tief liegende Augen – einfach eine Physiognomie, die in Charly keine Sympathie aufkommen ließ. Und dann trug der Kerl einen langärmligen Rollkragenpullover. Es war zwar noch Vormittag, mit einer erträglichen Außentemperatur, im Gebäude war es angenehm kühl und in seinem Q7 konnte Wienert dank ausgeklügelter Klimatechnik bestimmt einen hohen Fröstelfaktor einstellen, trotzdem waren heute wieder deutlich über dreißig Grad zu erwarten. Und da trug der Typ einen Rollkragenpullover! Er erinnerte Charly an die Kundschaft der Rauschgiftermittler. Durch langjährigen Drogenkonsum des natürlichen Temperaturempfindens beraubt, erschienen manche im Sommer im Pulli und im Winter im T-Shirt zur Vernehmung beim K4. Charly überlegte, ob erfolgreiche Bauunternehmer Drogen brauchten, um dem Stress standzuhalten. Kokain zum Powern und Gras zum Entspannen? Kokste Wienert? Oder hat Senftl gekifft?

»Herr Wienert, wie Sie sich ja denken können«, begann Sandra, die offenbar bemerkt hatte, dass Charly seinen Gedanken nachhing und sein Gegenüber nur anstarrte, »sind wir wegen dem Mord an Ihrem Geschäftspartner Harry Senftl hier. Sie sind so weit informiert?«

»Ja, unsere Sekretärin, Frau Kraft, hat mich unterrichtet, telefonisch. Entschuldigung, darf ich Ihnen was anbieten, Kaffee, Tee, Saft?« Er sprach Hochdeutsch, ohne erkennbare dialektale Färbung. Keimfrei, schoss es Charly durch den Kopf.

Beide lehnten dankend ab. »Sie waren nicht bei der Beerdigung?«, stellte Charly fest, und es klang fast wie ein Vorwurf, was er eigentlich vermeiden wollte.

Wienert zuckte mit den schmalen Schultern. »Ja, ich bin immer noch untröstlich. Glauben Sie mir, ich habe lange hin und her überlegt. Aber ich befand mich in Verhandlungen, und zwar am entscheidenden Punkt. Harald hätte es verstanden, dass ich da nicht einfach abbrechen konnte.«

Charly verstand es nicht, sei's drum. »Sie sind gestern erst zurückgekommen?«

Wienert nickte. »Ja, spätabends.«

»Darf ich dann fragen, wann Sie nach Italien gefahren sind oder wo Sie letzten Samstag nachts waren«, fragte Sandra mit Unschuldsmine und zückte ihr Notizbuch. »Dann hätten wir das auch gleich erledigt. Routinefragen!«

Der Firmenlenker sah Sandra an, und ganz kurz zuckten seine Augenbrauen. »Ich bin am Samstagvormittag losgefahren«, antwortete er. »Am Abend fand in Mailand bereits ein erstes Geschäftsessen statt.« Er rieb seine schmale Nase. »Ich kann Ihnen die Teilnehmer an dem Gespräch nennen, wäre Ihnen allerdings sehr dankbar, wenn Sie die Herrschaften nicht mit sinnlosen Fragen nach meinem … Alibi belästigen würden.« Das Wort »Alibi« kam ihm erst nach einer ganz kurzen Pause über die Lippen, begleitet von einer fast schon italienischen Handbewegung.

»Sie waren allein in Mailand? Ist der Herr Senftl bei solchen Terminen nie dabei gewesen?«, fragte Charly.

»An derartigen Verhandlungen hat Harald schon ab und zu teilgenommen. Im Großen und Ganzen hat er jedoch mir diese Aufgaben überlassen.«

»Aber er wollte diesen Auftrag aus Italien auch, oder?«

Wienert richtete sich in seinem Ledersessel ein wenig auf, reflexartig, kaum wahrnehmbar. »Es gab noch gewisse Punkte zu klären. Doch das waren Lappalien. Natürlich stand Harald hinter dem Projekt und hätte sich über einen Vertragsabschluss letztendlich genauso gefreut.«

»Liegt schon ein Vertragsabschluss vor?«, meldete sich Sandra.

Wienert schüttelte den Kopf. »Dazu gibt es momentan noch kein Statement.«

»Herr Wienert«, schaltete sich Charly wieder ein, »wir sind nicht bei einer Pressekonferenz, sondern bei einer polizeilichen Vernehmung, weil Ihr Partner ermordet wurde.«

»Das ist mir durchaus bewusst.« Der Rolli des Bauunternehmers spannte sich über der Brust, als er seinen Oberkörper noch ein wenig strammer aufrichtete. »Ich sehe nur nicht, was diese Frage mit dem … Vorfall zu tun hat.« Das Wort »Vorfall« kam wieder erst nach einer Pause. »Und ich sehe nicht ein, dass ich geschäftliche Vereinbarungen aufgrund unsinniger Fragen verletze und dadurch die Verhandlungen gefährde.« Wienert war lauter geworden. Offenbar ging dem Kerl wirklich der Geschäftserfolg über alles. Charly entschied, die Sache mit Italien vorerst auf sich beruhen zu lassen. Pluspunkte hatte der Unternehmer bisher nicht gesammelt.

»Darf ich fragen, wie Sie sich mit Herrn Senftl verstanden haben? So geschäftlich?«, fragte Charly, und Wienert entspannte sich ein wenig.

»Wir haben gemeinsam eine Baufirma geführt und hatten dabei eine funktionierende Aufgabenteilung. Natürlich gab es das eine oder andere Mal Diskussionsbedarf. Aber insgesamt haben wir uns gut ergänzt. Er hinterlässt eine große Lücke.«

Wow, schöner Nachruf. Offenbar hatte Wienert während seines Italienaufenthaltes trotz des Verhandlungsstresses das Trauma wegen des Verlusts seines Partners ganz gut verarbeitet. Und mit der Vergangenheitsform hatte er anscheinend ebenfalls keine Probleme.

»Und privat?«

»Privat hatten wir eher spärlichen Kontakt. Wenn man sich sechs Tage pro Woche in der Firma sieht, dann hat man nicht unbedingt das dringende Bedürfnis, seine Freizeit zusammen zu verbringen.«

»Sind Sie verheiratet?«, fragte Sandra unvermittelt.

Wienert blitzte sie aus seinen tief liegenden Augen an und legte den Kopf schief. Er antwortete nicht, und es sah aus, als hätte die Frage einen wunden Punkt getroffen.

»Die Personalien, Routine für die Akten«, erklärte Sandra.

»Nein, ich lebe allein.« Der Ton wurde schärfer. »Brauchen Sie für Ihre Ermittlungen vielleicht noch meine Steuernummer, meinen Kontostand oder Einzelheiten zu meinem Sexualleben?«

»Wenn's zur Klärung des Falles beiträgt«, antwortete Sandra spontan. »Ansonsten eher nicht.« Es war greifbar, dass sie den Herrn Bauunternehmer nicht in ihr Nachtgebet einschließen würde.

»Herr Wienert, wir machen nur unseren Job«, erklärte Charly, um Deeskalation bemüht. »Dabei müssen wir leider manchmal Fragen stellen, die unpassend oder wenig einfühlsam erscheinen.«

Wienert fuhr seine Körperspannung eine Stufe zurück und räusperte sich.

»Zum Beispiel haben wir gehört, dass es beim Projekt Scherbelberg gewisse Differenzen zwischen Ihnen und Herrn Senftl gegeben haben soll.«

Jetzt lehnte Wienert sich zurück und winkte lässig ab. »Quatsch, Differenzen. Ich hab Ihnen ja schon gesagt, dass wir ab und zu unterschiedlicher Meinung waren. Dann haben wir das ausdiskutiert und eine Lösung gefunden. Auch beim Scherbelberg war alles klar.«

»Was waren denn die unterschiedlichen Meinungen in der Angelegenheit?«, meldete sich Sandra.

Man konnte dem Bauunternehmer ansehen, dass er wieder nicht verstand, was die Frage mit den Ermittlungen zu tun hatte. Er besann sich aber und antwortete gezwungen entspannt. »Es ging um den westlichen Bauabschnitt, der in den Grüngürtel des Glacis und in den Künettegraben einschneidet. Harald ist in Ingolstadt aufgewachsen und war in der Beziehung ein hoffnungsloser Romantiker. Er wollte keine Veränderungen in diesem Bereich hinnehmen.«

»Dafür gab's dann eine Lösung?«, bohrte Sandra nach.

»Das Projekt wird so oder so verwirklicht. Wenn wir es nicht machen, übernimmt ein anderer den Auftrag. Und außerdem wurden Ausgleichsflächen für eine Aufforstung zugesagt.« Wienert wirkte zufrieden. Und Senftl konnte nicht mehr widersprechen.

Auf die Frage nach Unstimmigkeiten in der abgebrannten Werkstatthalle zuckte Wienert mit den Schultern. Um solche Sachen habe sich ausschließlich Harald gekümmert. Und wenn es da was gegeben hätte, dann hätte er ihn, Wienert, nicht damit belästigt.

Viel zu profan, vermutete Charly, kein Big Business.

»Uns wurde erzählt, dass Ihr Bruder in Ihre Firma mit einsteigen wollte«, wechselte Sandra zum nächsten Thema. »War das ein weiterer Grund für Meinungsverschiedenheiten?«

Offenbar hatte der Unternehmer es nun aufgegeben, sich über solche Fragen zu echauffieren. Ganz entspannt antwortete er: »Das ist richtig. Mein Bruder, oder vielmehr mein Stiefbruder, ist ebenfalls in der Baubranche tätig. Er hat vor einiger Zeit angefragt, ob wir uns eine Zusammenarbeit mit ihm vorstellen könnten.« Scheinbar abwesend betrachtete er seine dürren Finger. »Wir haben das besprochen und sahen keine Notwendigkeit, ihn zu beschäftigen. Das habe ich meinem Stiefbruder mitgeteilt.«

»Darf ich fragen, warum er Ihr Stiefbruder ist?«

Wienert blitzte Sandra an und sah kurz so aus, als wäre die Frage nach den Familienverhältnissen der geeignete Zünder, um ihn zum Explodieren zu bringen. Dann bekam er sich in den Griff und presste eine Antwort hervor: »Gleicher Vater, verschiedene Mütter.«

»Und jetzt, wo sich die Situation geändert hat?«, bohrte Charly nach und lenkte das Gespräch vorsichtshalber wieder in die Nähe des Falles. »Werden Sie Ihren Stiefbruder jetzt einstellen? Oder wie geht es überhaupt weiter mit der Firma?«

Wienert verzog die Mundwinkel zu einem hauchdünnen, schiefen Grinsen. »Darüber hab ich mir noch keinerlei Gedanken gemacht. Das wäre so früh etwas pietätlos, finden Sie nicht?«

Aber nicht zur Beerdigung zu kommen, entspricht schon deiner Auffassung von Pietät, dachte Charly.

Die weiteren Fragen beantwortete der Rollitäger locker zurückgelehnt in seinem schwarzen Ledersessel. Nein, soweit er wisse, hatte Harald keine Feinde. Todfeinde schon gleich gar nicht. Von einem Streit mit einem dieser Billardfreunde oder einer Baufirma, die Harald oder er in die Insolvenz getrieben hätte, habe er noch nichts gehört. Über Haralds Familienleben wisse er nichts, außer natürlich, dass die Tochter Bettina in der Firma arbeite und der Sohn in Eichstätt studiere. Und entlassene Arbeiter gingen ihn auch nichts an. Darum habe sich ausschließlich Harald gekümmert.

Charly konnte sich irgendwann die Antwort auf jede noch zu stellende Frage denken und hatte daher keine Lust mehr zu fragen.

»Tja, wenn Sie dann keine Fragen mehr haben, ich habe noch jede Menge Arbeit«, stellte Wienert fest, richtete sich auf und deutete auf den Schreibtisch mit den riesigen Bauplänen.

»Gleich können S' weiterarbeiten. Es is nur so, dass wir Ihre Aussage auf Papier bräuchten. Entweder Sie kommen nächste Woche mal zu uns, oder wir diktieren's gleich noch.«

Der Bauingenieur sank resignierend wieder in den Sessel zurück, vollführte eine auffordernde Handbewegung, und Sandra schaltete das Diktiergerät ein. Anhand ihrer Notizen fasste sie das zurückliegende Gespräch in Frage- und Antwortform zusammen und ließ sich dabei ihre Ausführungen von Wienert durch Nicken bestätigen.

Eine halbe Stunde später beugte sich der Baulöwe wieder über seine Pläne, und die Ermittler verließen die Firmenzentrale. Es ging auf Mittag zu, und die Luft flirrte schon wieder über dem Asphalt. Wenn Charly sich vorstellte, jetzt einen langärmligen Rollkragenpullover zu tragen, wurde ihm übel.

»Ein aalglatter Typ, der Kerl«, stellte er fest. »Und außerdem a Preiß! Also quasi Sympathieträger.«

Als sie an dem weißen Q7 vorbeigingen, schaltete sich mit einem leisen Surren die Programmautomatik der Standklimaanlage ein.

»Und hat auf alles eine Antwort«, war Sandras Fazit. »Friede, Freude, Eierkuchen in der Firma. Kein Streit, keine Unstimmigkeiten.«

Der Golf stand seit eineinhalb Stunden in der prallen Sonne, und als sich Charly in den durchgesessenen Sitz hinters Lenkrad fallen ließen, fühlte er sich wie in der Sauna.

»Puh, ist das heiß hier. Und natürlich ein perfektes Alibi. Aber das werden wir nachprüfen«, entschied er.

Sandra und Charly hatten zu Hause heute nichts Wichtiges mehr vor, der Tag war ohnehin schon versaut, und so beschlossen sie, noch eine Stunde anzuhängen und die Befragung von Neidings Schwiegersohn, falls möglich, auch gleich zu erledigen. Wenn Wienert am Samstagvormittag in seiner Firma hockte, dann war Lenz – so hieß der Schwiegersohn – vielleicht ebenfalls in seinem Büro anzutreffen. Einen Versuch war's wert.

»Die Firma Lenz is draußen in Friedrichshofen«, stellte Charly fest, nachdem sie losgefahren waren. Er sah demonstrativ auf die Uhr. »Einmal quer durch die Stadt. Und es is immer noch Hausfrauenrallye.«

»Du spinnst wohl«, ereiferte sich Sandra. »Was soll denn das heißen? Frauen fahren besser Auto als Männer. Das ist erwiesen. Und wenn's zu Stoßzeiten vor Einkaufszentren zu Staus kommt, dann nur, weil Männer die Straßen und Parkplätze falsch geplant haben und weil die Frauen unterwegs sind, damit ihre verwöhnten Kerle am Wochenende alles daheim haben, was sie so dringend brauchen.«

»Im Westpark? Beim H&M?«, stichelte Charly.

Sandra blies sich eine Strähne aus dem Gesicht, sagte aber nichts mehr. Ihre Bäckchen hatten sich gerötet, wahrscheinlich von der Hitze im Wagen. Gott sei Dank schaffte es die Klimaanlage allmählich, den Innenraum herabzukühlen.

Die Manchinger Straße einwärts, weiter auf der Schillerstraße, über die Theodor-Heuss-Brücke und die Richard-Wagner-Straße wieder raus, lief es trotz des Einkaufsverkehrs ganz gut. Bis zum Audi-Kreisel. Dort stauten sich die Autos zweispurig vor der Einfahrt in den dreispurigen Kreisel. Charly hatte gepennt und kam auf der linken Spur der Zufahrtsstraße zum Stehen. Er verbot es sich selbst, wie ein nerviger Kolonnenspringer noch schnell nach rechts zu wechseln, um dann auf die äußere Bahn des Kreisels einzufahren. Zäh drehte sich das Autokarussell auf diesem äußeren Ring. Die flotteren, selbst ernannten besseren Autofahrer durchbrachen beim Einfahren den äußeren Kreis und reihten sich auf der mittleren Spur ein, um dann besonders zügig alle rechts von ihnen Fahrenden zu überholen und sich unmittelbar vor ihrer Ausfahrt wieder nach außen zu quetschen, was zu Bremsmanövern und Hupkonzerten führte und den Verkehr auf der rechten Spur noch mehr lähmte.

Manche ließen sich sogar dazu verleiten, auf die innere, die dritte Spur zu wechseln. Die waren hoffnungslos verloren. Dort kreiste ein froschgrüner A3, der verzweifelt rechts blinkte, jedoch keine Lücke fand. Als Charly die Einmündung in den Kreisverkehr erreicht hatte, fuhr der A3 zum dritten Mal vorbei.

»Des schaut von oben bestimmt aus wie so ein großer Abfluss im Waschbecken«, überlegte Sandra, und Charly stimmte ihr zu. Er stellte sich vor, dass der grüne A3 plötzlich verschwand, weil es ihn nach unten in die Tiefen eines riesigen Siphons zog.

Charly nutzte eine minimale Lücke, um nach vorne auf die mittlere Kreiselspur zu schießen. Hinter ihm auf der rechten Fahrbahn hupte es. Unmittelbar darauf, an der Ausfahrt zum Einkaufszentrum Westpark, wurde gebremst, gedrängelt und wieder gehupt. Diejenigen, die vom Westpark aus in den Kreisel fuhren, bildeten Stoßstange an Stoßstange eine undurchdringliche Mauer auf dem äußeren Ring. Charly konnte den Kreisel nicht an der Ausfahrt nach Friedrichshofen verlassen und fuhr eine weitere Runde. Als er zum zweiten Mal die Westparkausfahrt erreichte, war auch der Frosch wieder da. Er schnitt Zentimeter vor Charly nach rechts, durchbrach ohne Rücksicht auf Verluste die äußere Spur und verschwand nach draußen. Wieder setzte ein Hupkonzert ein. Die Bremsmanöver und Schrecksekunden der Nachfolgenden ermöglichten Charly einen Spurwechsel, und er konnte sich schließlich in den Stau auf der Friedrichshofener Straße einreihen.

»Also den Kreisel sollten 's echt irgendwie entschärfen, keine Ahnung wie«, urteilte Sandra.

Doch Charly hatte wenig Vertrauen in die Verantwortlichen der Ingolstädter Verkehrsplanung. »Geh, wenn 's da mal was Sinnvolles machen würden, des wär ja direkt ein Wunder.«

Kurz darauf erreichten sie die Lenz GmbH. Sie hatten Glück, tatsächlich war der Firmeninhaber mit Büroarbeiten beschäftigt.

»Ah, wegen meinem Schwiegervater, oder?«, stellte Herr Lenz fest, nachdem sie sich vorgestellt und ihm den Grund ihres Erscheinens eröffnet hatten. Charly sah ihn fragend an.

»Na ja, weil er sich halt immer überall einmischt. Meint, er muss alles regeln und überall mitplappern.«

»Also stimmt das gar nicht mit der Insolvenz?«, fragte Sandra.

»Nein, also doch. Insolvenz stimmt schon. Aber das hat nix mit Senftl & Wienert zu tun. Auch wenn das mein Schwiegervater immer noch glaubt.«

»Des müssten S' uns jetzt bitte genauer erklären«, bat Charly.

Lenz schnaufte durch. »Bitte, nehmen S' Platz.« Er selbst setzte sich wieder hinter seinen Schreibtisch und wirkte durchaus wie ein Chef: wuchtig, mit fülligem, rundem Gesicht und dem Ansatz zum Doppelkinn.

Gschwollschädel, dachte Charly.

An dem Schädel klebten schüttere, braune Haare. Mit fleischigen Pranken fuchtelte Lenz über dem Schreibtisch herum. »Sie kommen doch zu mir, weil mein Schwiegervater irgendwann behauptet hat, der Senftl hat mich in die Insolvenz getrieben. Und das wär ja ein erstklassiges Alibi für mich, oder?«

»Motiv«, verbesserte Charly.

»Hab ich nicht. War allein zu Hause am Samstag. Mei Frau is erst um halb zwei heimkommen. Wieder mal so was Klassisches.«

»Des wär jetz ein Alibi.«

»Damit ich mei Frau … oder?« Er vollführte eine halsabschneiderische Geste. »Schon manchmal! Aber der fehlt ja nix. Es geht doch um den Senftl. Und dem hab ich nix getan.«

Charly gab's auf. War ja auch schwierig. »Was is denn jetz eigentlich mit dem Auftrag, von dem Ihr Schwiegervater spricht?«

»Ja, nix halt. Alles ganz normal.« Als Lenz die fragenden Gesichter der Polizisten sah, beugte er sich nach vorne und legte die Hände flach auf den Schreibtisch.

»Es war eine Ausschreibung für einen Teil von dem Scherbelberg-Kongress-Dingsda. Und bei uns in der Gegend gibt's halt bloß a paar, die sich auf so was bewerben.« Bei den Kriminalern schnackelte es anscheinend immer noch nicht, darum fuhr Lenz fort. »Und dann fragt man sich eben. Man kennt sich doch. Wollts ihr des machen? Habts ihr Zeit? Habts ihr Kapazitäten frei? Und dann gibt man ein Angebot ab, und der, der wo den Auftrag will, der kriegt ihn dann. Und nächstes Mal geht's wieder anders rum.« Lenz war zufrieden und lehnte sich zurück.

»Herr Lenz, wovon Sie uns da erzählen, des sind unerlaubte Absprachen«, stellte Sandra fest.

»Schmarrn«, lachte der Bauunternehmer. »Eine Hand wäscht die andere, Fräulein. Leben und leben lassen. So geht das halt.« Und seine klodeckelgroße Pranke wischte dabei Sandras Einwurf weg.

Sandra holte gerade Luft, doch Charly legte ihr die Hand auf den Arm. »Also gut, dann haben Sie den Auftrag nicht bekommen. Sie wollten ihn ja nicht. Und dann kam die Insolvenz wirklich, oder?«

Lenz kratzte sein Doppelkinn. »Hat sich überschnitten. Der Auftrag hat aber mit der Insolvenz nix zu tun.«

»Versteh ich jetz ned«, sagte Charly.

Mit einem genervten Seufzer wuchtete der Unternehmer seinen Oberkörper wieder nach vorne auf die Schreibtischplatte. »Herrschaften, so eine Insolvenz ist doch kein Beinbruch nicht. Manchmal muss ma einfach reinen Tisch machen. Wirtschaftliche Notwendigkeit. Zum Beispiel wegen zu hoher Steuerlast, unberechtigt natürlich, oder so.

Dann geht's halt ned anders. Die Lenz Hoch-Tief geht in die Insolvenz, und die Lenz Bau GmbH entsteht. Und das Leben geht weiter.«

»Und die Arbeiter?«

»Sind alle noch da. Und unsere alten Aufträge erfüllen wir natürlich. Was glauben S', wie froh die vom Stadtrat waren, dass es da keine Probleme gibt, mit dem, was alles schon ausgemacht war. Die Lenz Bau GmbH macht das schon.«

»Mit Ihnen als Inhaber?«

»Nein, läuft jetzt halt auf mei Frau. Ich bin quasi bloß der Manager.«

Sandra machte nur noch große Augen, und Charly schüttelte den Kopf. »Also, Sie haben praktisch den Senftl ned umbracht und wissen auch nix davon.«

»Genau.«

Als sie das Gebäude verließen, fuhr ein froschgrüner A3 aufs Gelände und parkte vor dem Eingang. Eine dürre Frau um die fünfzig stieg aus, fischte zwei H&M-Tüten vom Beifahrersitz und marschierte an Sandra und Charly vorbei, ohne zu grüßen.

Auf Charlys Bemerkung »Scheißverkehr heut« reagierte sie nur mit einem abschätzigen Blick. Stattdessen keifte sie »Bin wieder da« Richtung Büro, und Lenz brummte hörbar.

»Und mir Deppen zahlen jedes Mal unsere Steuern und kriegen sofort eine Mahnung, wenn ma die Steuererklärung nicht rechtzeitig machen«, stellte Sandra mit resignierendem Kopfschütteln fest.

»Tja, im Big Business läuft des anders«, war Charlys philosophischer Kommentar.

Als er zu Hause in den Hof fuhr, roch es nach frisch gemähtem Gras, der Gehsteig war gekehrt und die Garage aufgeräumt.

»Griaß di, Schatz! Wer hat denn rasengmäht?«, fragte er Petra.

»Der Ludwig war heut schon so fleißig«, teilte ihm seine Frau mit einem zufriedenen Lachen mit.

Da schau her, dachte Charly, es geschehen noch Zeichen und Wunder. Sein Sohn hatte normalerweise ein außergewöhnliches Talent dafür, abwesend zu sein, wenn derartige Gartenarbeiten anstanden. Ludwig hatte ihn offenbar gehört und kam die Treppe herunter.

»Du hast 's Gras gmäht. Bravo. Hat alles geklappt?«

»Ja, ja, Paps, ois easy. War kein Problem.«

»Freut mich. Gehst weg?«

»Mhm, werd abgholt, muss weg.« Ludwig sprang schon die Haustreppe hinunter. »Du, des mit der Beule im Auto mach i dann nächste Woch. Also, ciao.«

»Was für a Beule? Hey, wart amal!«

»'s pressiert, ciao«, rief Ludwig vom Gartentor aus und stieg in den Wagen seines Freundes, der mit laufendem Motor wartete.

Charly ging in die Garage und inspizierte den Zweitwagen. Tatsächlich fand er hinten rechts eine gewaltige Delle. Es sah aus, als wäre der Filius rückwärts irgendwo dagegengerauscht. Na warte, das würde noch eine Standpauke geben, wenn er erst wieder nach Hause kam. Wie konnte man nur so gedankenlos Auto fahren? Da war wohl noch einiges an Erziehung und Charakterformung nötig.

Charly wollte sich jetzt nicht weiter darüber aufregen. Immerhin standen in der Nacht noch ein paar Stunden Verkehrskontrolle an. Darum wäre es sicher nicht verkehrt, sich ein wenig auszuruhen. Da die Haus- und Hofarbeit bereits erledigt war, wollte er sich im Garten in den Schatten legen und mit *Heute im Stadion* auf Bayern 1 seinen Samstagnachmittag genießen. Er schnappte sich einen Liegestuhl und ging zu den zwei Apfelbäumen. Doch als er sich genau unter den Bäumen in den Stuhl pflanzte, schien ihm die Sonne voll ins Gesicht. Wie jeder fleißige Haus- und Gartenbesitzer hatte Charly im Frühjahr seine Obstbäume ordentlich zugeschnitten. Petras Einwand, er solle doch einen dieser Kurse beim Obst- und Gartenbauverein besuchen, hatte er damals lässig zur Seite gewischt. »So was brauch ich doch ned«, hatte er getönt. »Entweder man kann's, oder man kann's nicht.« Der eine Baum trug drei Äpfel, der andere sieben. Laub trugen auch beide, allerdings nur sehr sporadisch. Und Astwerk, das sich zu einem Schatten spendenden Blätterdach hätte formen können, war faktisch nicht mehr vorhanden.

Vorne, wo die Garage ihren Schatten auf den Rasen warf, strich ein ungemütliches Lüftchen um die Ecke. Obwohl es windstill war, ein physikalisches Phänomen dieser Garagenecke. Hinten, im Schatten des Holzschuppens, lag er genau im Blickfeld seines Nachbarn, der bereits freundlich herüberwinkte.

Im Wohnzimmer war es eh viel kühler. Und Radiohören konnte man hier sowieso besser, statt in diesem enervierenden Bienengesumme draußen. Es war so angenehm, dass er nach ein paar Minuten tief und fest schlief.

Die armen Kollegen, die zu langsam waren und keine der neuen Warnwesten aus Stoff erwischten, warfen sich missmutig die reflektierenden Kunststoffleibchen über und schwitzten darunter bald wie Spitzensportler. Das tat aber dem Eifer der Jungs und Mädels vom E-Zug keinen Abbruch. Sie hielten ab zehn Uhr auf beiden Seiten der Peisserstraße jedes Fahrzeug an und befragten die Insassen, ob sie am letzten Samstag um die gleiche Zeit auch diese Straße entlanggekommen seien und ob ihnen dabei irgendetwas aufgefallen sei. Sandra und Charly beobachteten die Szenerie nur und schlichen zwischen den kontrollierten Fahrzeugen herum, um alle Antworten mitzubekommen.

Zu Beginn des Einsatzes war der Verkehr stadtauswärts in Richtung Auwaldsee deutlich stärker. Erst später, als die Uhrzeit im Hinblick auf die Tat vom letzten Samstag interessanter wurde, wendete sich das Blatt und immer mehr Fahrzeuge kamen aus dem »Vergnügungsviertel« und fuhren stadteinwärts.

Da die Befragung zu Beginn relativ unergiebig war, vertrieben sich Sandra und Charly die Zeit damit, zu raten, wer von den Kontrollierten in die Disco fuhr, wer unterwegs war zu McDonald's, wer eines der Bordelle oder den Straßenstrich besuchte, wer einen der dunklen Parkplätze am Auwaldsee aufsuchen wollte oder wer nur zufällig in der Samstagnacht hier vorbeikam. Zu fortgeschrittener Stunde wurde dieses Spiel natürlich interessanter, wenn die Befragten ihre Mission erledigt hatten und dementsprechend abgetanzt, verschwitzt, aufgekratzt, entspannt, zugedröhnt, zufrieden, abgefüllt, satt oder enttäuscht aussahen.

Einer der Ersten, der auf dem Weg in die Stadt angehalten und kontrolliert wurde, war der Freund, der Ludwig am Nachmittag abgeholt hatte. Ludwig saß auf dem Beifahrersitz und zwei Mädels gackerten im Fond. Alle waren nüchtern und gut drauf. Sie waren unterwegs in eine andere Disco und leider am letzten Samstag ganz woanders unterwegs gewesen. Charly fiel die Delle am Auto wieder ein, doch es widerstrebte ihm, Ludwig jetzt vor den Mädchen deswegen zur Rede zu stellen. Dafür würde sich noch eine Gelegenheit finden. Ludwig wusste seinerseits zu berichten, dass in der Disco bereits vor der Verkehrskontrolle gewarnt wurde. Und mit breitem Grinsen fügte er an, dass die Umgehungsstraßen entsprechend überlastet wären.

Im letzten Wagen, der kurz vor zwei angehalten wurde, lächelte ihnen der ehrenwerte, wenngleich auffällig nervöse Vorstand eines örtlichen Kegelvereins entgegen. Sein gerötetes Gesicht und der leicht angeschwitzte Haaransatz ließen keinen Zweifel, wo der Mann sich bis vor Kurzem aufgehalten hatte.

»Disco gwän, oder?«, fragte Charly, während ein junger Kollege den Führerschein kontrollierte.

Der Gefragte glotzte zunächst relativ dämlich, dann erhellte sich sein feistes Antlitz. »Disco, genau, genau, richtig, Disco.«

»Und, letzten Samstag in derselben Disco gwän? Auch oan abtanzt?«

»Nein, letzten Samstag war Jahreshauptversammlung. Ned Disco.«

»Okay, gute Fahrt.«

Zwischen Ludwig und dem Kegelbruder wurden noch eine ganze Reihe weiterer Nachtschwärmer kontrolliert. So schlug zum Beispiel Peter Nowak an der Kontrollstelle auf. Der arbeitslose Maurer saß als Fahrgast in einem Taxi, hatte getrunken und provozierte mit seinen dummen Sprüchen auf Teufel komm raus. Nur um den Taxifahrer nicht länger als nötig von seiner Arbeit abzuhalten, schluckte Charly den Ärger hinunter und schickte den Querulanten weiter. Nowak war sowieso immer noch Verdächtiger, und wo er sich am letzten Samstag aufgehalten hatte, würde noch minutiös ermittelt werden.

Aus einem anderen Fahrzeug, einem großen Mercedes, grüßte widerwillig Rechtsanwalt Dr. Bierschneider. Er komme von einem Geschäftsessen und sei letzten Samstag hier nicht vorbeigekommen. Auf dem Beifahrersitz versuchte sich eine etwas jüngere Dame ganz klein zu machen. Sie zupfte an ihrer verknitterten Bluse herum und strich sich über die derangierte Frisur. Charly kannte sie. Sie war eine der Schreiberinnen am Ingolstädter Amtsgericht.

»Schönen Abend noch, gute Fahrt und Grüße an die Frau Gemahlin«, wünschte ein älterer Gruppenführer des E-Zugs, der Bierschneider schon länger kannte.

Um Punkt zwei Uhr erkannte Charly in einem der angehaltenen Autos die komplette Viererkette der Ebenhausener Altherrenmannschaft. Der rechte Außenverteidiger als Fahrer war nüchtern, der Rest des Abwehrbollwerks nicht mehr so sehr.

»Und, wo kummts ihr her?«, fragte Charly. »Aus der Disco, oder?«

»Geh, Schmaaan, Schaly«, tönte der linke Innenverteidiger von der Rückbank. »Wass täten denn mir inna Disco? Mir warn …«

In dem Moment traf ihn der Ellbogen seines Nachbarn derart auf die kurzen Rippen, dass ihm der alkoholschwangere Atem wegblieb.

»Hoit dei Mei!«

Auf dem Spielfeld hätte eine derartige Notbremse unweigerlich einen Platzverweis nach sich gezogen.

»Vielleicht McDonald's, ha?«, half Charly über das unbeholfene Schweigen hinweg.

»Ja genau, Charly, McDonald's war ma«, bestätigte der Fahrer. »Mir warn so beinand ghockt und dann ham ma plötzlich Appetit kriagt, auf so an Mc…Dings da, woaßt eh.«

»Woaß scho! Manchmal brauchts es einfach, gell. Sauguat ab und zu.«

»Äh, genau.«

»Awer mia waan doch gar ned …« Rumms, der Ellbogen traf zum zweiten Mal. Und weil Charly befürchtete, die kurze Rippe des Verteidigers würde einem dritten Schlag nicht mehr standhalten, beendete er die Befragung und wünschte noch einen guten Nachhauseweg.

»Geh, Schaly, mia fahrn doch no ned …« Rumms, Knacks. »Aua, zefix!«

Die übrigen der befragten Autofahrer gaben meist bereitwillig Auskunft, keiner hatte jedoch am letzten Samstag irgendwas Auffälliges bemerkt. Manche konnten nicht befragt werden, weil sie sich dermaßen echauffierten, dass ein vernünftiges Gespräch nicht möglich war. Einige wetterten lauthals gegen den Polizeistaat und gegen die Nazimethoden, und Charly fiel auf, dass es meistens akzentsprechende Deutsche waren, die aus Ländern kamen, in denen die Polizei in vergleichbaren Situationen nicht so nachsichtig mit ihnen umgegangen wäre.

Manche, denen in schriftlichen Zeugnissen bestätigt worden war, dass sie gescheiter waren als ihr Umfeld, und andere, die sich im Kreise ihrer sozialen Kontakte oder vor ihren Mädels besonders stark fühlten, quatschten die jungen Kollegen, und vor allem die nicht unattraktiven jungen Kolleginnen dermaßen schwach an, dass Charly kurz davor stand einzugreifen und den Dummschwätzern die Ohren lang zu ziehen. Dazu kam es nur nicht, weil die so herausgeforderten Kolleginnen mit einer Professionalität und Schlagfertigkeit auf die Provokationen reagierten, dass den Rüpeln das dumme Gestänker bald verging. Entweder lag es an einer erstklassigen Ausbildung oder – was Charly eher vermutete – einfach an der Generation, dass die Mädels sich von derartigen Vollpfosten nicht veralbern und schon gar nicht sexuell blöd anmachen ließen. Die Polizistinnen benutzten dabei manchmal Worte und Redewendungen, die Charly in fünfundzwanzig Dienstjahren noch keinem Gegenüber zugemutet hatte. Aber es wirkte, und Charly bewunderte die Gelassenheit des Nachwuchses.

Ein junger Mann, Jewgeni oder Sergej oder so ähnlich, in einem nagelneuen S6 Avant, flippte völlig aus. Er bremste mit quietschenden Reifen, sprang nach dem Stop auf die Fahrbahn und tanzte herum wie Rumpelstilzchen. Was denn mit dieser verdammten Straße los sei in dieser dämlichen Stadt. Letzte Woche wäre er fast in den verblödeten Idioten gedonnert, der hier mit seinem bekackten Wohnwagen rumrangiert sei, und heute stünden die verfickten Bullen rum und geilten sich bei so einer beschissenen Kontrolle auf. Er würde jetzt dann total durchdrehen und so einen endkrassen Amoklauf hinlegen, weil das ja logisch sei.

Als er mit gefesselten Händen auf dem Asphalt lag, schrie er noch »Gestapo«, dann wurde er weggebracht. In der Mittelkonsole des S6 hatte Othello, der Rauschgifthund, Amphetamin gefunden. Der Audi blieb in der Peisserstraße stehen.

Um kurz nach zwei beendeten sie den Einsatz, leider ohne dass irgendeine Aussage sie im Fall Senftl entscheidend vorangebracht hätte.

Dreizehn

Am Sonntagmorgen wurde er mit einem Kuss geweckt. Petra strahlte ihn an. »Guten Morgen, Schorschi, alles Gute zum Hochzeitstag.« Ein weiterer Kuss folgte. Charly war noch nicht richtig wach und wurde bereits niedergeschmust.

»Moing«, brummelte er, »auch alles Gute zur …«, verdammt, was war's noch mal? Petra lächelte ihn gespannt an. Gold war's nicht und Silber auch nicht. »Zur Hochzeitstagsfeier.« Er richtete sich umständlich auf. »Herzlichen Glückwunsch, dass du mich damals gheirat hast.« Noch ein Kuss. Dann hielt Petra in ihrem Überfall inne und lauschte Richtung Küche, wo Geschirrklappern zu hören war.

»Die Kinder machen für uns Frühstück. Mei, is des liab.« Petra strahlte noch mehr. Der Tag ging für sie auf jeden Fall mit jeder Menge Glückshormonen los.

Die Kaffeemaschine gluckerte und verbreitete einen verführerischen Duft. Tatsächlich hatte Julia bereits den Tisch gedeckt, Orangensaft eingeschenkt und eine Wurstplatte angerichtet. Nun brutzelte sie Rühreier. Ludwigs Aufgabe war anscheinend die Radltour zum Bäcker gewesen. Semmeln, Brezen und Croissants zierten die Tafel. Jetzt muffelte der Sohn des Hauses unausgeschlafen in der Küche rum und befolgte mit möglichst geringem Energieaufwand die Anweisungen, die ihm Julia gab.

Ludwigs Fluchttaktik am gestrigen Nachmittag war aufgegangen. Als er nachts fast gleichzeitig mit Charly nach Hause zurückgekommen war, war der erste große Ärger über die Delle bereits verraucht. Charly hatte seinen Sohn nur gefragt, was denn eigentlich passiert sei. Und tatsächlich war Ludwig beim Rückwärtsausparken gegen eine Betonsäule gefahren. Kein Fremdschaden, nur das eigene Auto zerknittert. Nach dieser Beichte hatte Ludwig demonstrativ gegähnt und sich in sein Zimmer zurückgezogen. Damit war die Sache vorerst erledigt. Das Donnerwetter und die ausführliche Belehrung würden noch folgen, wenn erst die Rechnung auf dem Tisch lag. Das nahm sich Charly fest vor. Und genauso würde es wegen der zu hohen Geschwindigkeit noch eine Standpauke geben, wenn der Bußgeldbescheid ins Haus flatterte.

Doch heute war erst mal Hochzeitstag und damit Friede und Harmonie im Hause Valentin. Petra und Charly setzten sich und genossen den Morgen. Als der Kaffee eingeschenkt und die Rühreier serviert waren, trat Julia mit den Händen hinter dem Rücken an den Tisch. Hinter ihr grinste Ludwig so dermaßen dämlich, dass Charly sich ein wenig unwohl fühlte.

»Mama, Papa«, begann Julia, »wir möchten euch gern zu eurer Porzellanhochzeit gratulieren. Und wir haben ein kleines Geschenk für euch.«

»Kinder, ihr braucht uns doch nichts zu schenken«, wandte Petra ein, und Charly nickte zustimmend, weil ihm Ludwigs Grinsen immer suspekter wurde.

»Wissen wir! Aber wir sind froh, dass ihr unsere Eltern seid. Und weil ihr doch immer sagt, ihr wollt irgendwas gemeinsam machen, und weil ihr auch immer sagt, ihr wollt euch mehr bewegen, da haben wir gedacht, so was …«, sie nahm die Hände nach vorne und hielt Petra einen Briefumschlag auf einer Pralinenschachtel hin, »… so was würde ganz gut passen.« Jetzt nickte Ludwig auch noch zu seinem Grinsen.

Petra öffnete den Umschlag und las kurz in der darin liegenden Karte. »Mei, super. Des is ja toll. Schau, Schorschi, die Kinder ham uns zum Zumba beim TSV angemeldet.

Fürs nächste halbe Jahr is alles schon bezahlt. Jetz ham mir koa Ausrede nimmer.« Sie stand auf und umarmte Julia: »Dankeschön, des is ja wirklich toll.« Hinter ihrem Rücken vollführte Ludwig ein paar Bewegungen wie damals der Tänzer von Boney M. Sein Grinsen schien noch ein wenig breiter.

»Danke, Kinder, des hätt's jetz wirklich ned braucht«, bedankte sich Charly.

»Wenn wir grad schon beim Schenken sind …«, orakelte Petra und verließ die Küche.

Kurz darauf kam sie zurück und trug etwas Großes, vollständig Eingepacktes in Form einer Gitarre vor sich her. »Schorschi, ich wollt doch immer schon ein Liebeslied von dir. Und du sagst immer, du hättst als Bub so gern Gitarre gelernt. Jetz wär's doch vielleicht an der Zeit, dass man seine Träume nachholt. Bitteschön.« Sie reichte ihm das große Etwas, und als er es entgegennahm, erklang schon leise ein unharmonischer Akkord. Es war tatsächlich eine Gitarre, und er freute sich erstaunlicherweise wirklich darauf, nun endlich wenigstens ein bisschen spielen zu lernen. Wenngleich er bestimmt niemals Liebeslieder singen würde.

»Danke, Schatz. Ich hab natürlich auch was für dich«, verkündete er, »aber des gibt's erst heut Abend. Du brauchst auf jeden Fall ned kochen.«

* * *

Giovanni hatte die Sonntagszeitung durchgeblättert und spielte nun vor dem Mittagessen mit seinem Sohn, als Don Luca anrief.

»Buongiorno, Giovanni. Ich habe mit ein paar Leuten gesprochen und wir sind uns einig: Wir können das auf keinen Fall dulden.« Der Boss atmete tief durch. »Kümmere dich darum, Giovanni. Endgültig. Mach das Aas kalt.«

»Aber Padrone, doch nicht am Telefon.«

»Ach was«, der Don wurde laut. »Alle, die hier mithören, werden von mir bezahlt. Also was soll's.« Er beruhigte sich gleich darauf wieder und fand in den Plauderton zurück. »Erledige das, Giovanni, mein Freund. Ich verlass mich auf dich. Wir können nicht dulden, dass eine kleine deutsche Wanze die Familie betrügt. Wenn wir nichts unternehmen, verlieren wir unseren Namen und unseren Respekt.«

»Ich erledige das, Don Luca.«

»Ciao, Giovanni.«

Lucia funkelte ihn feurig an. »Du musst weg?«

In der kurzen Frage schwang dieser gefährliche Unterton mit, den Giovanni schon öfter gehört hatte und der nichts Gutes ankündigte.

»Si, nach Deutschland, nur für ein paar Tage. Auftrag vom Padrone.«

»Padrone hier, Padrone da.« Der Unterton hatte nun die Vorherrschaft übernommen und ließ Lucias Stimme konstant lauter werden.

»Du musst nach Deutschland, du musst nach Amsterdam, du musst nach New York …« Sie begleitete die Aufzählung mit fahrigen Gesten in alle Himmelsrichtungen. »Und immer wegen dem Padrone.« Nun streckte sie Giovanni beide Handflächen entgegen. »Weißt du was, mein Freund: Ich glaub dir nicht.« Sie zog die Hände zurück und stemmte sie in die Hüften. »Ich glaube, du triffst dich mit einer anderen Frau. Ich weiß nur nicht, ob es immer dieselbe ist oder ob du in jeder Stadt eine andere hast.«

»Aber Lucia, Madonna, du bist doch die Einzige …«

»Bah, du lügst! So viele Aufträge kann dein blöder Padrone gar nicht haben.«

»Engel, wenn ich dir doch sage …«

»Hör auf, du liebst mich nicht mehr.« Lucia schlug die Hände vors Gesicht und sah einen kurzen Moment so aus, als würde sie zusammenbrechen. Doch plötzlich drückte sie das Kreuz durch und fuchtelte wild mit den Armen.

»Sag mir, wer sie ist und wo ich sie finde«, rief sie. »Ich kratze ihr die Augen aus. Ich bring sie um.«

Giovanni hob flehend die Hände und richtete den verzweifelten Blick nach oben. »Oh Herr, was hast du dir dabei gedacht, als du die Italienerinnen erschaffen hast.« Dann wandte er sich an Lucia und versuchte ihre herumwirbelnden Hände zu greifen.

»Hör zu, mio pecorella, es gibt keine andere Frau, es gibt nur dich. Und in ein paar Tagen bin ich wieder da, und dann sprechen wir in Ruhe über deine Einbildung. Bene?«

Mit einem Wutschrei riss sie sich los, begann nun doch zu weinen und lief aus dem Zimmer.

Er packte missgelaunt seine Tasche und steckte die Beretta ein.

Als er das Haus verließ, stand Lucia in der Tür und hielt ihren Sohn im Arm. Sie sah an Giovanni vorbei, als sei er schon nicht mehr da. Ihr Sohn begann zu weinen und vergrub sein Gesicht an ihrer Schulter. Auch er spürte wohl, dass Gefahr in der Luft lag. Giovanni streichelte seinem Sohn über den Kopf und versprach, wieder etwas mitzubringen, wenn er zurückkam. Als er versuchte, Lucia zu küssen, drehte sie den Kopf zur Seite.

Er warf die Reisetasche in den Kofferraum seines Alfas. Mit einem überlieferten süditalienischen Fluch auf den Lippen, in dem es um Frauen, Stacheldraht und Leibschmerzen ging, setzte er sich hinters Steuer und fuhr davon.

* * *

Petra war aufrichtig überrascht von ihrem Geschenk. Ob sie sich im ersten Moment so richtig darüber freute, konnte man ihr nicht direkt ansehen. Candle-Light-Dinner beim *Alten Wirt*. Ein romantisches Abendessen bei Kerzenschein war jetzt vielleicht wirklich nicht das Erste, an das man im Zusammenhang mit der Dorfkneipe dachte. Feierabendbier, Thekengespräche, Stammtisch, Schafkopf- und Wattrunden – okay, das schon. Und oben im Saal Starkbierabende, Diavorträge, Weihnachtsfeiern und runde Geburtstage. Gut, das Essen wurde von allen gelobt, ob Stammtisch oder Geburtstagsfeier. Und die Wirtsleute waren jung und selbst schwer ineinander verliebt. Also warum nicht Candle-Light-Dinner beim *Alten Wirt*?

»Ich freu mich richtig drauf«, hatte Petra schließlich festgestellt, war in ihre Lieblingsbluse geschlüpft, und dann waren sie Arm in Arm durchs Dorf zum *Alten Wirt* geschlendert.

Sie waren absichtlich früh dran, denn sie wollten ungern durch den voll besetzten Biergarten oder die gut gefüllte Gaststube marschieren. Ihr Plan ging auf, die Sonntagabendgäste lagen noch in ihren kühlen Häusern und Gärten. Die Holzwand zum kleinen Nebenraum, in dem an Bundesligaspieltagen der FC Bayern nach vorne gebrüllt wurde, war geschlossen. Der Nebenraum selbst war verdunkelt. Geschätzte hundert Teelichter zauberten eine anheimelnde Höhlenatmosphäre. In der Mitte des Raumes stand ein einzelner Tisch mit zwei Stühlen, darauf lange, weiße Kerzen in einem silbernen Leuchter und ein Strauß roter Rosen. Heidi, die Bedienung, begrüßte die beiden, zündete die Kerzen an und schob Petra den Stuhl zurecht. Auf dem roten Tischtuch lag ein Blatt Büttenpapier. *Petras und Charlys Candle-Light-Dinner* stand darauf. Darunter wurden die sieben Gänge aufgezählt, die sie gleich genießen würden. Heidi schaltete den CD-Player ein, der unter dem abgedeckten Großbildfernseher in der Ecke stand, und schloss die Tür hinter sich. Gedämpft erklangen die schönsten Liebesduette berühmter Popstars.

»Jetz hätt d'Heidi doch gleich fragen können, was wir trinken wollen«, stellte Charly fest. »Ein frisches Weizen wär jetz schon mal gut.«

Da ging die Tür auch schon wieder auf, und Heidi servierte wortlos Weißwein, wozu sie die ersten beiden der unzähligen Weingläser auf dem Tisch füllte. Ohne Kommentar verließ sie den Raum wieder. Erst jetzt fiel Charly die Unmenge an Messern, Gabeln und Löffeln auf, die um ihn herum gedeckt waren.

Als sie sich zugeprostet und an dem Wein genippt hatten, erschien Heidi wieder. »Salat der Saison mit Palmblättern in Senfsoße«, verkündete sie und stellte zwei Schüsselchen vor Petra und Charly ab. Der Salat schmeckte herrlich frisch, und der leichte Wein passte hervorragend.

Nach einiger Zeit räumte Heidi die Schüsseln wieder ab und servierte gleich darauf das Champignoncremesüppchen. Die Bedienung war sehr darauf bedacht, außer ihrer Ankündigung der Speisen nicht zu sprechen. So kannte Charly sie eigentlich nicht. Offenbar wollte sie das Flair der Romantik nicht durch belanglosen Small Talk stören.

Als sie die Suppenschüsseln abtrug, nahm sie den Wein mit, obwohl die Gläser noch nicht leer waren. Stattdessen servierte sie zum Carpaccio vom Angusrind auf Rucola einen fruchtigen Rosé, der wieder ganz hervorragend harmonierte. Genauso wie auf ihr Schweigen war Heidi darauf bedacht, die Tür zum Gastraum immer nur so weit wie nötig zu öffnen und gleich wieder sorgsam zu schließen. Draußen war mittlerweile Gemurmel und kneipenübliches Geplapper zu vernehmen. Nur einmal ließ sich Heidi zu einer Bemerkung hinreißen. »Die da draußen würden mir alles zahlen, damit ich verrat, wer da herinn hockt«, teilte sie mit einem süffisanten Lächeln mit.

Aber Heidi hielt dicht, und Charly konnte sich vorstellen, wie die Spekulationen unter den Gästen in der Stube langsam ausuferten.

So gut der Rosé ihnen schmeckte, nach dem Carpaccio kam er wieder weg. Zur Perlhuhnbrust an Schwarzwurzel in Trüffelsoße bekamen sie einen halbtrockenen Roten. Charly hatte dazugelernt und sein Glas geleert, als Heidi den Halbtrockenen danach auch wieder mitnahm und zum Hirschmedaillon an Waldpilzen und Preiselbeeren einen kräftigeren Rotwein servierte. Den durften sie anschließend zu den Crêpes mit Vanilleeis und Himbeeren behalten. Zur Bayrisch Creme brachte ihnen Heidi noch zwei Espressi.

Ganz unten auf der Menükarte stand ein Digestif. »Tauernzirbe«, verkündete Heidi, und Charly befiel ganz kurz die Angst, dass sich sein Magen an Ludwigs Achtzehnten erinnern würde. Doch das Essen war zu gut gewesen, um sich von einem Glas Schnaps beeindrucken zu lassen. Der harzige Geschmack der Zirbe bildete sogar einen köstlichen Abschluss.

»Und, Charly, magst jetzt vielleicht hinten nach noch ein frisches Weizen?«, bot Heidi an. Offenbar war die verbale Zurückhaltung ab sofort aufgehoben, denn nun wollte die Bedienung in gewohnter Weise wissen, ob es geschmeckt habe, ob sie noch einen Wunsch hätten und ob sonst alles gepasst hätte. Das Dinner war vorbei. Auch die meisten der Teelichter waren bereits erloschen und die schönsten Liebesduette gerade zum dritten Mal durchgelaufen. Charly lehnte das Weizen dankend ab. Er fühlte sich rundrum wohl, und ein Weizen hätte nichts mehr verbessern können. Petra und er hatten sich die ganze Zeit prächtig miteinander unterhalten und waren überrascht, wie die Stunden verstrichen waren. Jetzt war es Zeit, nach Hause zu gehen.

Er öffnete die Tür und trat in den Gastraum hinaus. Wie im Western, wenn der Revolverheld den Saloon betritt, verstummten sämtliche Gespräche, und all die bierseligen Gesichter starrten ihn an. Um den Tresen standen etwa acht Personen, an zwei Tischen wurde Karten gespielt und der Stammtisch war ebenfalls gut besetzt.

»Höö, Charly! Du warst des«, tönte es aus einer Kartenrunde. »Du musst es ja nötig ham!«

»Hey, voll Romantik und so, oder«, rief ein anderer von der Theke her.

»Candle-Light, ha! Der Charly, Candle-Light, tss.« Die Schafkopfrunde kümmerte sich langsam wieder um das angefangene Solo.

»Und, passt's wieder?«, lallte einer, der schon sehr schief am Tresen stand.

Es fiel noch die eine oder andere Bemerkung, und als sie den Gastraum durchquerten, klopften einige Charly auf die Schulter. Dann verließen sie den *Alten Wirt*.

»Möcht wissen, was da drin heut noch so alles fantasiert wird«, lächelte Petra.

»Naa, ich glaub, des möchst ned wirklich wissen.«

Wind war aufgekommen, und hinter dem Baarer Kirchturm war schon Wetterleuchten zu sehen. Untergehakt, so wie sie gekommen waren, spazierten sie nach Hause. Zweihundert Meter vor der heimischen Gartentür setzte der Regen ein. Erst fielen nur vereinzelt große Tropfen, doch gleich darauf öffnete der Himmel alle Schleusen, die er öffnen konnte. Es fiel ihnen gar nicht ein zu rennen, und sie wurden nicht hektisch, denn das hätte diesen wunderschönen Abend zerstört. Und dem konnten nicht mal die klatschnassen Klamotten was anhaben.

Vierzehn

Das nächtliche Unwetter hatte zwei Stunden getobt und die Luft merklich abgekühlt. Es war trotzdem noch angenehm warm, der angekündigte Temperatursturz hatte sich sehr in Grenzen gehalten. Die Morgensonne ließ die Pfützen auf Straßen und Feldern schon wieder verdunsten. Der Montag begann mit einer Überraschung, denn im Besprechungsraum des K1 blubberten die zwei alten Kaffeemaschinen tapfer vor sich hin. Nachdem sich Kommissariatsleiter Klaus Barsch am Samstag eine entspannte Tasse Kaffee hatte gönnen wollen und dabei – wie er es beschrieb – vor lauter Mahlen und Zischen seine eigenen Gedanken nicht mehr hören konnte, hatte er kurzerhand den Deluxe-Vollautomaten eingepackt und zum Kaffeemaschinenhändler zurückgebracht. Dann hatte er die beiden eingemotteten Geräte wieder aufgestellt und eine Liste danebengelegt, wer künftig Kaffee kochen durfte und wer nicht. Das war der erste Punkt seiner Frühbesprechung. Er erklärte auch noch, dass diejenigen, die Brühverbot hatten, sich für die andere Seite der Liste qualifizieren könnten, indem sie sich von einem der Könner einweisen ließen und einen Kaffee zustande brachten, der allgemein als trinkbar eingestuft wurde.

Als die Maschinen zum letzten Mal röchelten, kam schließlich Helmuth. Ein wenig verspätet, dennoch sprühte er vor guter Laune. Er war rasiert, geschnäuzt und gekämmt, trug ein gebügeltes Hemd und trällerte ein »Guten Morgen«, das jede Lerche vor Neid hätte erblassen lassen.

Barsch fuhr mit der Frühbesprechung fort, zählte die Ereignisse vom Wochenende auf und teilte die Sachbearbeiter dafür ein. Danach trat KOR Zwerglein in den Sozialraum. Er musterte die klassischen Kaffeemaschinen, und sein fragender Blick traf Barsch.

»Technischer Defekt«, antwortete der Kommissariatsleiter ungefragt. Dann räusperte er sich. »Und kommunikationsfeindlich. Wir haben beschlossen: Das ist nix für uns.« Er blickte in die Runde, und die meisten seiner Beamten nickten, zumindest alle von der Könnerseite der Liste.

Zwerglein zuckte mit den Schultern. »Allmächt.« Er setzte sich und kramte seine Pfeife aus der Sakkotasche, als erneut die Tür aufging und zu guter Letzt noch Präsident Rubin erschien.

»Guten Morgen zusammen. Bei Ihnen duftet es so gut nach frischem Kaffee, bis ins Treppenhaus, dass ich mir gedacht habe, ich lass mir mal von unserem Hauptkommissar Valentin was über den Fall Senftl erzählen.«

Sandra schenkte dem Präsidenten eine Tasse ein. Der bedankte sich und betrachtete mit hochgezogenen Augenbrauen KOR Zwerglein oder vielmehr die Pfeife, die er in der Hand hielt und die er sich nun anscheinend nicht anzuzünden traute. Dann nickte Rubin Charly auffordernd zu.

»Na ja«, begann der Hauptkommissar, »es hängt irgendwie mit dieser abgebrannten Werkstatthalle zusammen, in die vermutlich immer wieder eingebrochen wurde. Wir haben da Samstagnacht eine Verkehrskontrolle durchgeführt, um eventuelle Zeugen aufzustöbern. Aber das war ziemlich für die Katz. Keiner hat was gsehn.«

»Zwei sichergestellte Führerscheine, drei Verfahren wegen Rauschgiftbesitz, einmal Beamtenbeleidigung und eine Anzeige wegen Widerstand«, zählte Sandra die Ausbeute von Samstagnacht auf. »Der Typ wär anscheinend in der Tatnacht fast in einen Wohnwagen gedonnert, der da offenbar rumrangiert wurde. Und jetzt sind wir ihm halt im Weg gestanden. Das hat den völlig ausrasten lassen.«

Barsch winkte ab: »Ach Herrje, da wird halt so ein verwirrter Holländer den Campingplatz am Auwaldsee gesucht haben und hat sich verfahren. Die eiern doch überall da draußen rum.«

»Möglich«, nahm Charly den Faden wieder auf. »Jedenfalls wissen wir immer noch nicht, ob der Senftl einfach so zu seiner Halle hingefahren ist und irgendwen überrascht hat oder ob er eine Verabredung hatte oder hinbestellt wurde. Wir haben in dem Zusammenhang einen gewissen Peter Nowak überprüft. Ein entlassener Arbeiter der Firma Senftl & Wienert, der mit Mein und Dein sowie mit Drogen immer wieder Probleme hat. Derzeit Hartz-IV-Empfänger und so ein richtiger Arsch.«

Zwerglein und Barsch zuckten zusammen. Man konnte doch vor dem Herrn Präsidenten eine Person aus dem Ermittlungsverfahren nicht so bezeichnen.

»Kurz und prägnant«, urteilte Rubin. »Da kann ich mir was drunter vorstellen.«

»Er hätt ein Motiv«, erklärte Charly weiter, »nämlich seinen Hass auf Senftl wegen der Entlassung. Vielleicht hat der Senftl ihn sogar in der Tatnacht beim Einbruch in die Werkstatthalle erwischt, und die Sache ist eskaliert. Das lässt sich leider nicht mehr so richtig nachvollziehen, weil die Halle ja komplett abgebrannt ist. Dieser Nowak liefert uns jedenfalls auch ein Alibi, das jedoch nicht so ganz wasserdicht ist. Wir sind grad noch dabei, das nachzuprüfen.«

Der Präsident nickte und nippte an seinem Kaffee.

»Eine andere Spur, bezüglich der Insolvenz einer konkurrierenden Baufirma, haben wir am Samstag abgeklärt. Die hat für unseren Fall vermutlich keine Relevanz.«

»Warum?« Zwerglein hatte inzwischen die Pfeife in der Tasche verschwinden lassen.

»Die Sache hat der Herr Neiding, ein Freund vom Senftl, aufgebracht. Genauso ein Arsch, anders halt.«

»Die Welt ist voll davon«, kommentierte Rubin. »Kenn ich übrigens. Sie haben recht.«

»Dieser Neiding hat behauptet, Senftl hätte die Firma seines Schwiegersohnes, 's Bauunternehmen Lenz, in den Ruin getrieben. Wär natürlich ein klasse Alibi … Quatsch, Motiv für den Lenz. Da ging's um Großaufträge und so weiter. Aber der Lenz sieht das ganz locker. Wurde alles durch gegenseitige Absprachen geregelt, und die Insolvenz hat damit angeblich nichts zu tun.«

»Moment amal!« Zwerglein richtete sich auf. »Absprachen unter Baufirmen bei Großaufträgen. Womöglich noch mit'm Bauamt. Geplante Scheininsolvenzen. Des riecht doch nach Korruption.«

Charly zuckte mit den Schultern. »Mit unserm Fall hat's wahrscheinlich nix zu tun.«

»Sagn S' des ned, Herr Kollege«, konterte Zwerglein. »Korruption is organisierte Kriminalität. Und in dem Umfeld is a Mord schnell amal gschehn.« Er wandte sich an Rubin. »Ich werd unseren Wirtschaftsfachmann, den Kollegen Nager, drauf ansetzen. Und dann räumen wir den Filz auf. Sin ja überregionale Baufirmen. Da geht's ned nur um Ingolstadt. Des betrifft auch die Bauämter Pfaffenhofen, Eichstätt, Neuburg. Vielleicht sogar München oder am End noch Nürnberg.«

»New York, Rio, Tokio«, flüsterte Sandra.

»Ham Sie die Aussage von diesem Lenz schriftlich?«, fragte Zwerglein.

»Nur einen Aktenvermerk. Das schien uns zunächst ausreichend.«

»Mhm, dann vernehmen S' ihn noch mal detailliert zu der Sache. Wir brauchen die Aussage. Ich richt eine Ermittlungsgruppe ein, und wir ziehen eine konzertierte Aktion durch …« Man merkte förmlich, wie Zwerglein auf Hochtouren lief. Das war seine Welt: Großverfahren, konzertierte Aktionen, überregionale Ermittlungsgruppen, Pressekonferenzen.

»Es unterliegt alles der Geheimhaltung, aber nach der Aktion bring ich die Sache in die Medien und …«

Rubin dämpfte seine Euphorie. »Eins nach dem anderen, immer mit der Ruhe, Herr Zwerglein. Was gibt's noch zum Fall Senftl, Herr Valentin?«

»Die Familienangehörigen haben wir durch. Da hat niemand so ein richtig überzeugendes Motiv, außer die Frau, die Swetlana, vielleicht. Alibimäßig schaut's nur bei der schlecht aus. Die Kinder, Bettina und Alexander, haben Zeugen dafür.«

»Und der Geschäftspartner?«

»Ja, bei dem ließe sich ein Motiv konstruieren. So wie's ausschaut, stand nämlich der Senftl der Firmenentwicklung, so wie der Wienert sich das vorstellt, im Weg. Wienert will ganz oben mitspielen und sich nicht mit Häuslebauern aufhalten. Der Senftl hat ihn da manchmal ausgebremst. Angeblich war der Wienert in der Tatnacht in Mailand. Das müssen wir auch noch nachprüfen.«

»Drum war er ja nicht bei der Beerdigung«, merkte Barsch an.

»Genau, er ist nämlich erst diesen Freitag spät nachts zurückgekommen«, bestätigte Charly.

Aus der Ecke meldete sich nun Helmuth. »Der Wienert is doch der Typ, von dem ihr des Foto an die Tafel ghängt habts, oder?«

»Ja, des Bild von dem Geschäftsessen in Mailand.«

»Also, der war am Freitagnachmittag schon wieder da. Zwar ned in Ingolstadt. Aber in München, im *Bayerischen Hof*.«

Alle sahen Helmuth fragend an. »Und woher weißt *du* des?«, fragte schließlich jemand.

»Weil ich ihn halt gsehn hab und mir denkt hab, des is die Hakennase von dem Bild. War mit so einer auftoupierten Blondine da. Nachmittags im Café, beim Abendessen auch, und zum Frühstück hab ich die zwei wieder gsehn. Die hat ausgschaut wie ein Werbeprospekt von der Schönheitsklinik, fällt ja auf, so was.«

Immer noch starrten alle Helmuth an. Jedem lag die Frage auf der Zunge, die Sandra schließlich stellte. »Warum warst du über Nacht im *Bayerischen Hof*?«

»So halt, Wochenende in München.«

»Allein?«

»Nein.«

Wieder interessierte alle das Gleiche, und diesmal fragte Charly: »Mit wem?«

»Mit der Yvonne.«

»Einfach so?«

»Ja mein Gott, Theater, gut essen, Konzert, shoppen. Zefix, is doch wurscht!«

»Wer is na die Yvonne? Kenna mir die?«

Da schaltete sich KOR Zwerglein ein. »Also, ich glaub, das hat jetzt hier mit der Sach nix zu tun«, sagte er.

Doch Präsident Rubin korrigierte ihn: »Das private Umfeld Ihrer Mitarbeiter ist schon wichtig, finde ich. Nur wer in seiner Freizeit einen Ausgleich für die Strapazen des Dienstes findet, wird Woche für Woche die volle Leistung bringen können.« Dann wandte er sich lächelnd Helmuth zu. »Ich gratuliere. Ein Wochenende in München ist eine ausgezeichnete Idee. Und der *Bayerische Hof* ist eine gute Wahl. Wer ist denn nun die Yvonne?«

»Sie arbeitet drüben in der Kantine«, erklärte Helmuth kleinlaut.

»Uuh, die junge Blonde?«

»Oder die kleine Schwarze?«

»Oder die Feste, die so laut is?«

Helmuths Augen leuchteten: »Die Rote.«

»Ah, die Schlanke aus Sachsen!«

»Thüringen«, verbesserte Helmuth.

Nun war es Charly, der sich räusperte und zu dienstlichen Belangen zurückkehrte. »Helmuth, kennst du die Swetlana, die Frau vom Senftl?«

Doch Swetlana war nicht in Ingolstadt aufgewachsen und zur Schule gegangen und bewegte sich auch sonst nicht in den Kreisen, in denen Helmuth seine vielschichtigen Bekanntschaften pflegte. Darum kannte er sie nicht. Sandra wischte ein wenig auf ihrem Smartphone herum und trieb tatsächlich auf der Homepage eines Klatschmagazins ein ziemlich aktuelles Bild von Swetlana auf, das sie beim letzten Gastronomenball im Stadttheater zeigte. Sie hielt Helmuth das Bild vors Gesicht.

Er musste nicht überlegen: »Genau, des war die!«

»Na bravo. Jetz hat die lustige Witwe sogar noch ein Verhältnis mit dem ausgebremsten Geschäftspartner«, fasste Charly den fallbezogenen Teil von Helmuths Erklärung zusammen.

»Da gehn Ihnen ja wenigstens die Verdächtigen nicht aus«, stellte Rubin fest und leerte seine Tasse. »Sehr guter Kaffee! Herr Valentin, danke für die Information. Äh, Herr Zwerglein, könnten wir beide vielleicht noch kurz in Ihr Büro gehen?«

Als die beiden Chefs das Besprechungszimmer verlassen hatten, schlug Charly Helmuth auf die Schulter. »Oida Bazi, zefix!«

»Des war natürlich eine Steilvorlage für'n Doppelzwerg«, stellte Helmuth danach im Büro fest. »Hast gsehn, wie der da abgeht. Der macht jetz eine Riesengschicht draus. So ein W…«

Die Tür ging auf, und KOR Zwerglein stürmte ins Zimmer. »Also Kollegen, heut Nachmittag um eins hab ich a Besprechung angsetzt. Der Kollege Nager stößt auch dazu, als federführender Sachbearbeiter in Wirtschaftssachen. Herr Valentin, Sie verständigen bitte diese Staatsanwältin, die soll rüberkommen.«

»Mach ich«, antwortete Charly. »Warum denn erst heut Nachmittag? Wir wollten heut eigentlich …«

»Weil der Herr Nager am Vormittag noch keine Zeit hat«, fiel ihm Zwerglein ins Wort. »Und Sie übrigens auch ned!« Er zupfte am Ärmel seines Sakkos, obwohl dieser ohnehin schon bis zu den Fingerknöcheln reichte.

»Ich? Vormittag? Warum?« Charly hatte intensiv nachgedacht, ihm war jedoch kein dringender Termin eingefallen.

»Weil Ihr Termin fürs Einsatztraining ansteht. Ich hab für alle die Termine festglegt, und die werden einghalten.«

»Aber unter diesen Umständen«, insistierte Charly, »bei der ganzen Arbeit, die an …«

Wieder unterbrach ihn der KPI-Leiter und straffte sein Revers, dass die hängenden Schultern direkt fast bis dorthin rutschten, wo sie eigentlich hingehörten: »Ich hab schon gemerkt, dass beim Thema Eigensicherung auf der Dienststelle a weng gschlampt wird. Das werd ich nicht dulden.

Darum besteh ich drauf, dass jeder am Einsatztraining teilnimmt und jeder bewaffnet ist, wenn er rausfährt.« Er sah die Ermittler kampflustig an. »Noch Fragen dazu?«

Verhaltenes Kopfschütteln war die Antwort.

»Gut, Ihr Termin ist um neun. Da haben Sie genug Zeit, dass Sie bis dreizehn Uhr wieder da sind.« Er machte auf dem Absatz seiner blitzenden Johnny-Galoppi-Treter kehrt und entschwand.

Charly schnaufte genervt durch. »Zefix! Doppelzwerg, du Krücke!«

»Sie Krücke«, verbesserte Sandra. »Mir sagn ›Sie‹ zueinander, vor allem im inneren Kreis.« Langsam entwickelte die Kollegin ein echtes Talent als Imitator. »Des schafft ein professionelles Klima und ermöglicht eine vertrauensvolle Zusammenarbeit. Und mir tragn große Anzüg. Das lässt uns mächtig ausschaua. Hab ich auf der Napoleonschule in Münster gelernt. Also: Sie Krücke! Doppelzwerg, Sie Krücke!«

Wenn ein Tag ohne Lachen ein verlorener Tag ist, dann hatten sie diesen Tag schon gewonnen. Denn Charly, Helmuth und Sandra lachten herzhaft über die gelungene Darstellung.

Es war bereits halb neun. Nachdem sie sich wieder beruhigt hatten, blieb gerade noch Zeit, Hubert Riederer anzurufen und ihn zu bitten, seinen italienischen Kollegen nochmals zu kontaktieren. Gab es vielleicht Fotos, die Wienert bereits in der Nacht des Mordes in Mailand zeigten, oder existierten Augenzeugen, die sein Alibi bestätigen konnten? Damit wäre schon mal ein großer Bereich der Ermittlungen erledigt. Riederer sagte seine Hilfe zu und verbürgte sich für seinen Kollegen, als Charly abschließend darum bat, nicht an die beteiligten Personen mit direkten

Fragen heranzutreten. Man wusste ja noch nicht, wie alles zusammenhing.

Dann suchte Charly seine Pistole im Schrank, blies schon mal die größten Staubflocken weg und stopfte die Patronen, die er fand, in die Magazine. Er schnallte die Waffe um und wollte zum Einsatztraining davontraben. In der Tür stieß er fast mit Helmuth zusammen, der gerade vom Geschäftszimmer zurückkam und ein Blatt schwenkte.

»Dem Nowak seine Telefondaten sind da«, verkündete Helmuth und machte ein Gesicht, als würde er gleich »habemus papam« sagen. Stattdessen sagte er: »Der Nowak hat um halb eins noch mal 's Handy von der Kraft angerufen. Die hat aber anscheinend den Anruf ned angenommen. Doch so ein echter Playboy hat immer mehrere Eisen im Feuer. Er hat's um kurz vor eins bei einer anderen Nummer probiert. Und da wurde abgehoben. Es gab ein Gespräch von knapp drei Minuten. Die Mobilnummer gehört einer gewissen Silke Niedermeyer. Sagt euch des was?«

»Und ob«, rief Sandra, »die Kollegin unten vom Empfang.«

Charly sah gehetzt auf die Uhr. »Na bravo. Da reden wir nachher drüber, wenn ich wieder da bin. Ich muss jetzt los.«

Er sah ja ein, dass dieses Einsatztraining notwendig war. Wer in der Öffentlichkeit mit Waffen herumlief, musste damit auch üben, logisch. Aber dieses Geballer nervte ihn eben. Und es stand immer genau dann auf dem Plan, wenn jede Menge Arbeit den Schreibtisch begrub. Das war die letzten Male jeweils Charlys Argument gewesen, um sich vor den Übungen zu drücken.

Das Training für die Gruppe B – böse Zungen behaupteten, das B stünde für behindert –, zu der die Kriposachbearbeiter gezählt wurden, dauerte ungefähr drei Stunden und bestand aus zwei Teilen. Zunächst kam ein theoretischer Vortrag zu einem Thema, das im täglichen Einsatz schnell wichtig werden konnte. Der heute zuständige PE-Ausbilder referierte eineinhalb Stunden über das Thema Hunde und andere wilde Tiere. Welche sind die gefährlichen Hunderassen? Wie muss ich eine Bisswunde versorgen? Welche rechtlichen Voraussetzungen muss ich beachten, wenn ich auf einen Hund schieße? Wenn, wo schieße ich dann hin? Und wie vermeide ich, dass der Polizeihund bei einem gemeinsamen Einsatz mich selbst in den Hintern beißt?

Dann folgten die Übungen mit den Waffen im Schießkino unter der Garage. Dort war Gustl der Schießausbilder. »Ahh, der Herr von der Kripo«, begrüßte er Charly dröhnend. »Ihr habts doch euer Waffe eh nie dabei, wenns naus fahrts. Möchst dei Knarre ned lieber vorwerfen als wie schießen.«

Charly lächelte ihn an, ließ sich aber auf keine Diskussion ein. Er wollte das Training schnell hinter sich bringen. So wie Gustl setzte er den Kopfhörer auf, und die Aufsicht gab das Kommando zum Laden. Vorne an der Leinwand, auf die geschossen wurde, begann ein Videofilm abzulaufen. Die Szene, die der Zufallsgenerator Charly zugedacht hatte, zeigte eine Garage, den Eingang eines Hauses und dazwischen einen Fußweg.

Die Garage schaut so ähnlich aus wie die abgebrannte Halle, dachte Charly. Was ist in dieser Halle passiert? War vielleicht doch dieser widerliche Nowak drin und hat irgendwas geklaut?

Aus dem hinteren Teil der Garage trat plötzlich ein Maskierter hervor und legte auf Charly an. Der Hauptkommissar riss den Abzug seiner P7 durch und ein helles Loch in der Leinwand zeigte an, dass Charly ein paar Dachziegel getroffen hätte.

»Erschrocken is der bestimmt«, kommentierte Gustl.

Der Film lief weiter.

Und was bedeutet jetz des, dass der Nowak mit der Niedermeyer telefoniert hat? Ham die zwei ein Verhältnis, und könnt des irgendwie der Grund für den Mord sein, weil der Senftl ihnen draufkommen is und es seiner Sekretärin, der Kraft, verraten wollte? Oder hat die Niedermeyer auch ein Verhältnis mit'm Senftl ghabt?

Auf dem Weg zwischen Garage und Haus rannte ein weiterer Maskierter auf Charly zu, hob seine Waffe, und durch eine kleine Pulverwolke war zu erkennen, dass er geschossen hatte. Charly wäre jetzt wahrscheinlich tot.

»Mein Beileid, Valentin«, entbot Gustl.

Erneut lief der Film weiter.

Und dieses Verhältnis Wienert-Swetlana? War des der Grund? Ham die zwei ihn aus'm Weg gräumt? Oder der Wienert noch dazu, damit ihm die Firma allein ghört? Für seine Expansionspläne? Oder für sein Bruder?

Hinter dem Haus trat eine Frau hervor. Sie führte ein kleines Mädchen an der Hand, und das Mädchen hielt einen Luftballon. Charly traf den Luftballon.

»Zefix, Valentin, konzentrier dich halt! Du kannst doch ned auf des Kind schießen.«

»Ich hab auf den Luftballon gschossen« war ein schwaches Argument. Das sah er selbst ein.

Wieder wurde der Film fortgesetzt. Charly nahm sich vor, wenigstens einmal richtig zu treffen und Gustl doch noch von seinen Qualitäten als Schütze zu überzeugen.

Warum hätten die ihn dann in die Halle bestellt? Da gäb's doch tausend andere Möglichkeiten? Oder is er erst nachher, also schon tot, in die Halle gelegt worden? Oder war am Ende doch der Konkurrenzkampf in der Baubranche eskaliert? Und Lenz tat nur so cool?

Die Haustür ging auf. Charly konzentrierte sich. Aus dem Dunkel erschien eine Oma in Schürze, mit blasslila Dauerwelle.

Oder die Russen oder die Ukrainer oder wer auch immer? Oder Wienerts Bruder?

Die Oma hatte die Arme hinter dem Rücken. Als sie sie nach vorne brachte, hielt sie eine Kalaschnikow in den Händen. Charly drückte ab und traf die Oma genau da, wo die dicke Brille auf der Knollennase saß. Gleich darauf spürte er den Schmerz. »Aua, zefix!« Es brannte wie Feuer. Auf dem Handrücken seiner Rechten zogen sich zwei dicke blutrote Streifen zwischen Daumen und Zeigefinger bis hinter zum Handgelenk. Er hatte die Waffe falsch gehalten, und der Schlitten, der beim automatischen Nachladen explosionsartig zurückgestoßen wurde, hatte ihm die Haut abgeschürft und zwei tiefe Furchen gezogen. Anfängerfehler.

»Sauberer Schuss, Valentin.« Gustl nickte anerkennend der Oma zu, die wie eingefroren auf der Leinwand verharrte. »Und des da«, er deutete auf Charlys Verletzung, »des kommt davon, wenn man sich blöd anstellt und mit seine Gedanken nicht bei der Sach is.«

»Danke für dei Mitgefühl.« Das Blut lief an Charlys Hand herunter. »Hast vielleicht wenigstens a Pflaster für mich?«

Er brauchte ein großes Pflaster, und Gustl hatte gleich mehrere von genau der richtigen Größe im Sanitätskasten. »Tja, des passiert öfters«, erklärte er lapidar. »Immer wieder mal so ein Kasperl dabei, das sich dumm anstellt.«

»Wahrscheinlich schlechte Ausbildung«, vermutete Charly und verließ das Schießkino.

»Bis zum nächsten Mal, Valentin«, rief ihm Gustl hinterher und fügte ein leiseres »Depp« an.

Sandra bemitleidete ihn sehr, als sie das Pflaster sah. Doch Charly wollte gar nicht so viel darüber reden.

»Was ess ma denn, bevor diese blödsinnige Besprechung angeht?«, fragte er stattdessen, um von seinem peinlichen Missgeschick abzulenken. »Leberkässemmeln?«

Sandra grinste ihn an. »Also ich geh mit'm Helmuth in die Kantine nüber.«

»Stimmt!« Charly schlug sich an die Stirn. »Ich auch.«

Gut gelaunt schlenderten sie zu dritt die zweihundert Meter zur Behördenkantine im Finanzamt hinüber. Keines der drei zur Wahl stehenden Gerichte traf so richtig Charlys Geschmack. Doch das war heute nicht so wichtig.

»Servus, ich bin der Charly«, stellte er sich der hübschen Rothaarigen an der Kasse vor und streckte ihr die Hand hin, zuckte aber gleich wieder zurück, als ihm seine Verletzung einfiel.

»Hallo, ich bin die Yvonne.« Kein bisschen Dialekt, stellte Charly fest, eher Schriftdeutsch. Es gibt Schlimmeres.

»Und ich bin die Sandra.«

»Freut mich. Helmuth hat mir schon so viel von euch beiden erzählt.« Ihr sympathisches Lächeln legte schöne, weiße Zähne frei. Yvonne mochte um die fünfzig sein. Im Sitzen wirkte sie groß und schlank, und es war alles dran, was zu einer weiblichen Figur gehört.

Als Helmuth an die Kasse kam, beugte er sich hinunter und küsste Yvonne. Ihre Wangen färbten sich rot, was ausgezeichnet zu ihrer kupferroten Mähne passte. Wie ein

Schulmädchen verdrehte sie ihre smaragdgrünen Augen und tippte den Personalrabatt in die Kasse.

»Geht's jetz dann amal weiter da vorn«, rief ein alter Mann mit Audi-Käppi. »Mir ham ja schließlich noch was anderes zum doa.« Die Frau neben ihm, offenbar seine Gemahlin, stieß ihm den Ellbogen in die Rippen. »Lass doch! Is doch schön.«

»Bah!«

Helmuth wählte einen Tisch, von dem aus er die Kasse beobachten konnte, und löffelte seine Suppe ohne hinzusehen. Sandra strahlte fast noch glücklicher als Helmuth. Bei Charly diente der flachsige Schweinekamm nur dem Kampf gegen den Hunger.

Als sie fertig waren, räumten sie ihre Tabletts auf. Entgegen allen Gewohnheiten ging Helmuth diesmal aber noch einmal an der Kasse vorbei. Er hauchte seiner Yvonne einen Kuss auf die Wange, und sie gab ihm dafür ein Alufolien-Päckchen.

»Kleine Brotzeit für heute Nachmittag«, raunte sie ihm verschwörerisch zu. »Heut Abend koch ich dir was anderes. Das wird dir gefallen.«

Sie blinzelte, und Helmuth war hin und weg.

Kollege Nager verspätete sich ein wenig, da er noch mit dem Anwalt eines Gläubigerkonsortiums in anderer Sache verhandelt hatte. Er steckte in einem grauen Maßanzug, der so leicht und seidig war, dass er das Sakko auch bei diesen Temperaturen anbehalten konnte. Frau Gambrini-Steinmetz trug eine ärmellose, dünne, weiße Bluse und einen kurzen, schwarzen Rock. Ihre dunkle Lockenpracht hatte sie mit einem Doris-Day-Haarband gebändigt. Sie saß mit verschränkten Beinen da und lauschte Zwergleins Ausführungen.

»Ein uns bekannter Informant mit Insiderkenntnissen«, verklausulierte der Chef, »hat im Rahmen anderweitiger Ermittlungen Bestechungsvorwürfe im Bausektor geäußert. Es geht dabei um Ausschreibungen und Aufträge für Großprojekte und betrifft die Vergabepraxis im Verkehr zwischen Bauamt und Bewerbern.« Er lupfte sein Jackett und verdrehte den Hals, so als wäre es ihm zu warm. Im Gegensatz zu Nagers Maßsakko passte in seine Jacke sehr viel heiße Luft. »Der Mitteiler ist glaubhaft. Er gehört zur gehobenen Schicht der Stadt und hat Einblick in intimste Verfahrensabläufe.«

»Sie sprechen von Neiding?«, meldete sich die Staatsanwältin, und der KPI-Leiter nickte. Die Juristin war von Charly vorab über den Grund der Besprechung informiert worden.

»Ich kenn den Neiding«, fuhr Gambrini-Steinmetz fort. »Das ist ein Prozesshansel und ein zwiderner Nörgler. Der hat seinen Namen nicht umsonst. Aussagen, insbesondere Anschuldigungen, vom Neiding müssen schon sehr genau hinterfragt werden.«

Zwerglein ließ sich nicht beirren. »Weitere Ermittlungen in besagter anderer Sache führten zu einem lokalen Bauunternehmer, der unumwunden Preisabsprachen zwischen großen Firmen einräumt.«

»Jetzt reden S' vom Lenz, oder? Den kenn ich auch.« Die Staatsanwältin strich sich eine Locke aus der Stirn. »Der Herr Lenz, mit Verlaub und unter uns, is ein Bauernfünfer. Der red erst, und dann denkt er. Also was der sagt, müssen S' definitiv nicht auf die Goldwaage legen. Ein großartiger Maurer, aber der Schreibtisch und die Marktstrategie sind nicht seine Welt.«

Doch so leicht ließ sich der Dienststellenleiter seinen großen Fall nicht madig machen. »Ich geh jedenfalls nach aktuellem Erkenntnisstand davon aus, dass wir im Raum Ingolstadt beziehungsweise in der Region 10 oder sogar in ganz Oberbayern erheblichen Wirtschaftsstraftaten, wenn nicht schlimmstenfalls Fällen von Korruption und damit organisierter Kriminalität auf der Spur sind.«

»Puuh«, machte Gambrini-Steinmetz und lehnte sich zurück.

»Wenn die Staatsanwaltschaft Ingolstadt sich allerdings nicht imstande sieht, ein derart umfangreiches Verfahren durchzuziehen, dann kann ich mich gern an die Schwerpunktstaatsanwaltschaft in Augsburg oder das Justizministerium in München wenden.« Zufrieden mit seiner Argumentation richtete sich Zwerglein auf.

Die Staatsanwältin streckte sich ebenfalls und warf den Tomahawk zurück. »Solange die Kripo Ingolstadt ein solches Verfahren stemmen könnte, wäre bestimmt die Staatsanwaltschaft – übrigens immer noch *Herrin* des Ermittlungsverfahrens – nicht überfordert. Ich habe mit meinem Chef, Dr. Brenneisen, bereits darüber gesprochen. Er sagt ganz klar: Wenn es ein Ermittlungsverfahren gibt, dann machen wir das. Irgendwohin abgegeben wird überhaupt nichts.« Sie beugte sich vor und drehte die Handflächen nach oben. »Aber es gibt noch gar kein Verfahren. Es gibt einen vagen Anfangsverdacht. Bringen Sie mir zwei eindeutige, unterschriebene Aussagen ihrer *Informanten*, dazu Zahlen, Daten und Fakten, dann sehen wir weiter.«

Nager verbarg sein Grinsen hinter der Hand, und Zwerglein zupfte wieder an seinem Revers. »Woher wissen Sie überhaupt vorher schon Bescheid? Ich hab doch Geheimhaltung angeordnet.« Er sah Charly böse an, doch Gambrini-Steinmetz antwortete.

»Ihre Geheimhaltung wird sich doch wohl hoffentlich nicht auf die Information der Staatsanwaltschaft beziehen. Herr Valentin hat mich über die Fortschritte im Fall Senftl unterrichtet. Dabei kamen die Aussagen von Neiding und Lenz zur Sprache. Das ist ja dann vermutlich das anderweitige Verfahren, das Sie ständig zitieren.«

Eine peinliche Pause trat ein, und Charly meldete sich. »Übrigens zum Fall Senftl: Der Nowak hat in der Tatnacht noch mit der …«

»Des ghört ned da her«, unterbrach ihn Zwerglein.

»Und der Neiding hat auch gelogen«, warf Helmuth ein. »Der is nämlich …«

»A Ruh is jetz!« Wieder wurde es still. Schließlich drehte Zwerglein sich zackig um und verließ mit wehendem Sakko den Raum. »Kollege Nager, wir besprechen alles Weitere in meim Büro«, ließ er den Wirtschaftsfachmann noch wissen, bevor er entschwand.

»Jetz hab ich ihn verärgert, euern Doppelzwerg«, stellte die Juristin fest. »Das wollt ich nicht.« Sie klang wie ein italienischer Innenverteidiger, der den gegnerischen Stürmer kurz vor dem Sechzehner umgegrätscht hat und sich nun vor dem Schiedsrichter gestenreich entschuldigt.

»Sagen S' des bloß ned laut«, bat Charly. «Das dürfen Sie eigentlich ned wissen, dass mir … dass manchmal einer … dass … also das mit dem Doppelzwerg halt.«

Gambrini-Steinmetz winkte lächelnd ab. »Was is denn jetz mit dem Nowak? Das is dieser Entlassene, oder?«

»Genau der. Der hat in der Tatnacht, nachdem ihn seine Freundin, die Gabi Kraft, allein gelassen hat, bei der anderen Sekretärin von Senftl & Wienert angerufen. Mir müssen aber erst noch überprüfen, warum und wieso.«

Helmuth schaltet sich ein: »Der Herr Informant, unser Meister Neiding, hat uns angelogen. Die Überprüfung bei der Taxizentrale hat nämlich ergeben, dass er sich vom Billardabend nicht direkt hat heimfahrn lassen, sondern in einen Puff am Auwaldsee. Da wissen wir noch nichts Genaueres.«

Dann übernahm Charly wieder das Gespräch: »Und dass der Wienert und die Frau vom Senftl ein Verhältnis haben, hab ich Ihnen ja schon gsagt. Bevor wir denen was vorhalten, wollten wir noch schauen, ob wir rausbringen, wie oft und wann die in München waren.« Er nickte zum Schluss und schlug die Händeflächen auf den Tisch.

Die Staatsanwältin nickte ebenfalls. »Na dann! Da haben Sie auch ohne Korruptionsverfahren jede Menge Arbeit. Halten Sie mich auf dem Laufenden, so wie immer halt.« Sie packte ihren Notizblock in die Aktentasche und wollte gerade aufstehen, als Zwerglein noch einmal ins Zimmer kam. Mit durchgedrücktem Kreuz, so als hätte er jetzt alle Trümpfe in der Hand, verkündete er: »Zwei Kollegen rücken grad aus zu einem Toten.« Er genoss die fragenden Blicke der Runde.

»Selbstmord, aufgehängt in der Garage.« Er fuhr sich mit beiden Daumen durch den Hosenbund und wölbte die Brust. »Ein Mitarbeiter vom Bauamt.« Na, was sagst jetzadla, fragte sein Blick.

»Aha«, war Gambrini-Steinmetz' Kommentar.

Nachdem die Staatsanwältin sich verabschiedet hatte, ging Charly zu seinem Kommissariatsleiter, um zu fragen, wie es denn nun weitergehen sollte, von wegen Korruption und Vernehmung der Informanten und Selbstmord des Bauamtsmitarbeiters und so weiter.

»Chefsache!«, stellte Barsch fest und zuckte mit den Schultern. »Beim Selbstmörder sind der Konrad und der Siggi, da brauchst dich nicht zu kümmern.«

»Ja, aber trotzdem, es sind doch unsere Ermittlungen.«

Barsch deutete weit nach vorne, Richtung Chefbüro. »Frag den Doppel… den Herrn Zwerglein.«

Charly begab sich ins Geschäftszimmer, das faktisch das Vorzimmer des Dienststellenleiters darstellte, und begrüßte Margot. Zwergleins Tür war geschlossen.

»Der Nager is drin«, beantwortete Margot Charlys fragenden Blick.

»Du, Margot«, begann er dann nachdenklich. »Weil's mir grad auffällt. Da war jetz eine interdisziplinäre Besprechung, sogar mit der Staatsanwaltschaft, und der Chef hat seine Pfeife nicht geraucht. War da was?«

»Frage nicht!« Margots Miene verhieß nichts Gutes. »Nachdem der Herr Präsident letztens raus is, hat da Chef sei Pfeifn in Abfalleimer neigfeiert. ›Dem Nagel Udo hätt des keiner verboten‹, hat er geknurrt. Und seitdem is er sauer.«

»Aha.« Das erklärte nach Charlys Meinung einiges. Wenn jedoch der KPI-Leiter dem Wirtschaftsweisen Nager gerade seine Ermittlungsstrategie für den Kampf gegen das organisierte Verbrechen erläuterte, dann deutete das nicht auf ein baldiges Ende der Besprechung hin. Und stören wollte er die zwei auch nicht. Außerdem schmerzte seine Verletzung vom PE-Training. Es war Zeit, Feierabend zu machen.

»Ade, gute Besserung!«, wünschte ihm Margot, und sie meinte es wahrscheinlich nicht mal ironisch.

Einen lauen Sommerabend im Garten zu verbringen und dabei von seiner Frau ordentlich bemitleidet, gepflegt und ein wenig mit Bier und Fleisch bedient zu werden, war eine sehr angenehme Vorstellung. Er freute sich auf zu Hause.

Doch als er ankam, roch es nicht nach gebratenem Fleisch, und es war kein Bier im Kühlschrank. Wenigstens war Petra zu Hause. Sie lag auf dem Sofa im Wohnzimmer, war trotz knappen siebenundzwanzig Grad Außentemperatur in eine Decke eingewickelt und krächzte ein »Hallo, Schorschi, schön, dass'd da bist.«

Aus den wenigen Worten, die sie unter Schmerzen und mitleiderregend heiser von sich geben konnte, schloss Charly, dass das Nachspiel des gestrigen Candle-Light-Dinners schuld an ihrem Zustand war. Während Charly nach dem romantischen Essen der Sinn eigentlich nur nach Kuscheln gestanden war, hatte seine Gemahlin die Situation schamlos ausgenutzt und mehr gewollt. Dabei waren beide ordentlich ins Schwitzen gekommen und dann eingeschlafen, ohne sich richtig zuzudecken. Allerdings bei gekipptem Schlafzimmerfenster. Da jedoch der nächtliche Regenschauer die Luft stark abgekühlt hatte, war Petra – verschwitzt und unangezogen, wie sie war – die ganze Nacht im Zug gelegen. Darum war sie heute nicht zur Arbeit gegangen und befand sich jetzt in einem derart maroden Zustand.

Charly hatte die kühle Luft nichts anhaben können. Er war warm und geschützt unten gelegen.

Ludwig kam nach Hause, ließ seine Arbeitstasche im Flur fallen und schlurfte nach oben in sein Zimmer. »Rufts mich, wenn's Essen gibt«, klang es von der Treppe her.

Kurz darauf kehrte Julia aus dem Pferdestall zurück. »Was gibt's denn heut? Hab Hunger wie ein Wolf. Ich geh schnell duschen, dann können wir essen.« Schon war die Badtür zu, und das Wasser rauschte.

Niemand hatte Charlys Verletzung bemerkt, geschweige denn Mitgefühl gezeigt oder ihn zu Ruhe und Erholung angehalten. Anscheinend war er jetzt sogar noch dafür zuständig, die Familie zu bekochen. Also gut! Doch große Lust hatte er keine. Es musste schnell gehen. Idee: Schinkennudeln mit Salat. Das mochten alle gern. So gut es ging, wusch er mit seiner verletzten Hand den Salat, zerkleinerte den Schinken und die Champignons, zerklepperte ein Ei und kochte die Bandnudeln. Einfach nur ordinäre Schinkennudeln erschienen ihm nach dem gestrigen Galadinner ein wenig fade. Was nahm dieser grobschlächtige Fernsehkoch immer her, wenn er den geschmacklosesten Lebensmitteln etwas Pep einhauchen wollte? Genau: Ingwer. Ingwer und Kardamom. Er fand die entsprechenden Döschen in Petras gut sortierter Küche und würzte ordentlich nach.

Dann rief er zum Essen. Petra schleppte sich eingehüllt in ihre Decke an den Tisch. Ludwig schlurfte verschlafen die Treppe herunter, und Julia kam frisch geduscht in die Küche und sprudelte eine Pferdegeschichte nach der anderen vor sich hin. Sie unterbrach ihre Reithofstorys nur, um festzustellen: »Irgendwie schmecken die Nudeln nach Seife. Kann des sein, Paps?«

»Eher gscheit bitter«, urteilte Ludwig mufflig.

»Ich schmeck absolut nix«, krähte Petra mühsam. »Und ich find's trotzdem total scharf.«

Undankbare Bagage, dachte Charly. Ja, es schmeckte seifig, scharf und bitter. Mal anders halt, exotisch vielleicht. Am Schluss hielt er sich so wie die anderen an den Salat. »Ich hab kocht. Geschirr mach ich nicht«, teilte er seiner Familie schließlich mit. Dann holte er sich ein Weißbier aus dem Keller und setzte sich damit in den Garten. Nach seinen Schmerzen hatte ihn immer noch keiner gefragt.

Fünfzehn

Am Dienstagmorgen brühte Konrad Kaffee unter Sandras Anleitung. Das Gebräu war trinkbar, und Konrad durfte zur Probe auf die andere Seite der Liste. Nachdem Konrad wieder saß, durfte er außerdem von dem gestrigen Selbstmord berichten. KOR Zwerglein hatte ihn ungeduldig dazu aufgefordert. Er hatte die Beine übereinandergelegt, umfasste mit beiden Händen sein Knie und wippte hin und her. In dieser Stellung passten die Ärmel seines Sakkos. Eine Pfeife war nirgends zu entdecken.

»Er is halt in der Früh ned ins Bauamt kommen«, begann Konrad. »Und des war ungewöhnlich, weil der Schröder, so hieß unser Kandidat, war so ein hundertprozentiger Beamter, immer zuverlässig und pflichtbewusst.«

So wie du, Konrad, dachte sich Charly. Er war bemüht, seine rechte Hand nicht zu viel zu bewegen. Die Wunde unter dem großen Pflaster brannte wie Feuer. So sehr er sich gestern Abend von seiner Familie noch ein wenig Mitleid gewünscht hätte, so sehr vermied er es jetzt, mit seiner Verletzung im Kreise der Kollegen aufzufallen. Für die wahre Geschichte hätten sie ihn ausgelacht, und eine plausible Fantasiestory war ihm noch nicht eingefallen.

»Wie's dann bis Mittag immer noch keine Nachricht von ihm hatten und weil er telefonisch ned erreichbar war, ham sich seine Kollegen Sorgen gmacht und ham einen Außendienstler vorbeigeschickt. Der hat ihn gfunden. An einem Balken in der Garage.«

Der Chef hörte auf zu wippen und fragte: »Was war denn das Aufgabengebiet vom Herrn Schröder im Bauamt?«

Konrad zuckte mit den Schultern. Derartige Erhebungen sprengten üblicherweise den Rahmen der Ermittlungen bei einem solchen Vorfall.

»Na, da soll sich der Kollege Nager drum kümmern«, entschied der KPI-Leiter.

»Es gibt einen handgschriebnen Abschiedsbrief«, berichtete Konrad eifrig weiter. »Da schreibt der Schröder, dass er nimmer leben will, weil sei Frau weg is und sie ihm vor a paar Tag scheinbar mitgeteilt hat, dass sie nicht mehr zurückkommt.«

Charly sah sorgenvoll zu Helmuth hinüber, der ihm spitzbübisch zuzwinkerte und eine Grimasse zog, die besagte: Lappalien, keine Sorge, mir geht's jetz besser als vorher.

»Des derf ma vielleicht ned so eins zu eins nehmen, was in so einem Abschiedsbrief gschrieben wird. Da stehen oft die wahren Gründe gar ned drin«, mutmaßte Zwerglein.

Die K1-Ermittler sahen ihren Chef ungläubig an, und Barsch sprach aus, was alle dachten: »Also normalerweis steht in so einem Abschiedsbrief von einem Selbstmörder schon der wirkliche Grund für sei Entscheidung drin. Da hat's keiner mehr nötig, dass er lügt oder was vertuscht. Vielleicht manchmal a bisserl verklausuliert, mag sein. Aber direkt ein falscher Grund? Eher nicht.«

Die Ausführung nahm Zwerglein mit einem »Mhm« zur Kenntnis.

»Jedenfalls gibt's keine Hinweise auf Fremdeinwirkung oder Anzeichen von Gewalt«, beendete Konrad seinen Tatortbefund. »Außer der Strangulation halt.«

»Ich sag ja auch nicht, dass er umgebracht wurde«, wandte der KPI-Leiter ein. »Aber kaum wird die Sache mit der Bestechung bekannt, da bringt sich der Beamte vom

Bauamt um. Das mein ich! Wär in meine Augn schon ein komischer Zufall.«

Gewagte Theorie, dachte Charly. Doch niemand widersprach. »Die Sache war ja noch gar nicht bekannt«, stellte Charly stattdessen fest. »Es is doch alles geheim, oder?«

Der Chef zupfte an seinen Jackenärmeln. »Wir werden das überprüfen«, antwortete er kurz angebunden. Dann wechselte er überraschend das Thema. »Wie sieht's denn in Ihrem Fall aus, Herr Valentin?«

»Ja, äh …«, Charly war vom Interesse des Chefs am Fall Senftl direkt ein wenig überrumpelt. »Wir wollen heute ermitteln lassen, ob Wienert und Frau Senftl öfter im *Bayerischen Hof* abgestiegen sind. Wenn wir das wissen, fragen wir zuerst Wienert und dann Swetlana danach. Und außerdem wollen wir die Niedermeyer zu ihrem Telefonat mit dem Nowak befragen. Denn sollte tatsächlich die Niedermeyer ein Verhältnis mit dem Nowak haben und der Senftl is dahinter gekommen und wollt's seiner Gabi Kraft verraten, dann sind natürlich beide verdächtig. Alibi hin oder her. Und die Swetlana und der Wienert sind sowieso … «

»Ja, ja, gut«, unterbrach ihn Zwerglein. »Dann los.« Er schlug sich auf die Oberschenkel. »Aber die Kollegin Englberger hilft heut beim Herrn Nager mit, für die Vernehmungen Neiding und Lenz. Und der Herr Reithl bleibt zumindest vormittags auf der Dienststelle und legt ein STUPID-Verfahren für unsere Korruptionsermittlungen an. Alles, was wir bisher haben, kommt da rein.« Voller Tatendrang erhob er sich. »Allseits frohes Schaffen.«

»Zefix«, knurrte Helmuth. »Für nix und wieder nix.« Der Elan des Chefs hatte seine gute Laune verpuffen lassen.

»Zefix, zefix!«, moserte auch Sandra. »Den ganzen Tag mit'm Nager unterwegs. Muss ich da jetz einen dunkelgrauen Hosenanzug anziehen?«, fragte sie zerknirscht.

»Nein«, beruhigte sie Charly. »Beim Neiding hast eh schon verschissen, egal was d' anhast. Und dem Lenz gfällt bestimmt dei Top besser.« Er selbst sah dem Vormittag wenig optimistisch entgegen. Er war seiner Mitarbeiter beraubt und konnte sich alleine um telefonische Abklärungen kümmern, alles zu Papier bringen und die Akten wälzen.

Die Sonne knallte von einem strahlend blauen Himmel ungehindert in Charlys Büro. Obwohl es seit dem Wochenende nicht mehr ganz so heiß war, wurde es in den Südseitenbüros schon wieder schwül bis an die Grenze des Ertragbaren. Jetzt werden wahrscheinlich im dritten Stock die ersten Klimageräte angeworfen, dachte Charly. Hier in der zweiten Etage konnte man nur das Fenster öffnen und für Durchzug sorgen. Dann verstand man allerdings wegen des ständigen Motorengeheuls vom Busbahnhof unmittelbar gegenüber sein eigenes Wort nicht mehr. Und wer schon mal eine vierzigseitige Zeugenvernehmung ohne Seitenzahlen sortiert hatte, vermied es ab da, Zugluft über seinen Schreibtisch streichen zu lassen.

Charly wollte mit den Kollegen in München telefonieren. Dazu hatte er die relevanten Schriftstücke nochmals studiert und um sich herum ausgebreitet. Also Fenster zu und die stickige Luft einfach ertragen. Er suchte gerade nach der Nummer der Münchener Dienststelle, in deren Zuständigkeitsbereich der *Bayerische Hof* lag, als sein Telefon klingelte.

»Servus, Herr Hauptkommissar. Riederer am Apparat«, meldete sich der Reporter des *Donaukuriers*. Der Journalist berichtete, dass ihn soeben sein Mailänder Kollege zurückgerufen habe. Er habe nach Riederers Anruf sein Fotoarchiv durchstöbert. Auch von dem Treffen der Investoren, das in der Nacht von Senftls Tod stattgefunden hatte, habe er einige Fotos geschossen. Der deutsche Bauunternehmer, dieser Wienert, sei auf keinem Bild zu sehen. Der Italiener könne zwar nicht mit Sicherheit ausschließen, dass Wienert zu der Zeit irgendwo anders in Mailand gewesen oder vielleicht sehr verspätet zu der Tischgesellschaft gestoßen sei. In der halben Stunde, als die Aufnahmen geschossen worden seien, etwa von neun bis halb zehn, sei aber Wienert nicht am Tisch gesessen.

»Danke, Hubert, sehr interessant und blitzschnell. Da werden wir ihn mal fragen, den Herrn Bauunternehmer«, frohlockte Charly. »Hast was gut bei mir!«

»Das kannst du gleich einlösen. Klär mal einen dummen Schreiberling auf. Was ist denn bitte eine ›inoffizielle Vorabklärung zur vorbereitenden Information‹?«

»Hä? Keine Ahnung. Hört sich an wie ein vorläufiges amtliches Endergebnis.«

»Und wenn man so was an einen Zeitungsredakteur schickt, mit dem Hinweis, dass er nix drüber schreiben darf. Wie is es dann gemeint?«

»Des is ja, wie wennst dem Hasso sein Chappi hinstellst und sagst, er darf's ned fressen. Wer macht denn so etwas?«

»Euer Doppelzwerg«, antwortete Riederer trocken. »Der hat meinem Redakteur an seine persönliche E-Mail-Adresse die Mitteilung gschickt, dass Ermittlungen gegen mehrere große Baufirmen im Bereich Ingolstadt und gegen Bauamtsmitarbeiter geführt werden. Es ging um Korruption und Bestechung und so weiter.«

»Um Gottes willen.« Charly war perplex. »Und was machts jetz draus?«

»Sag's du mir!«

»Machts bitte einfach nix. Schreibts nix. Ich versprech dir: Wenn an der Sache was dran is, bist du der Erste, der's von mir persönlich erfährt. Und bis dahin, vergessts des einfach!«

»So hab ich mir das schon vorgstellt«, entgegnete Riederer übertrieben enttäuscht. »Wieder nix mit'm Pulitzer. Alles klar, Charly, so mach ma's! Bis dann, ciao.«

Charly hatte die stickige Luft um sich herum total vergessen. Es war unfassbar: Hatte der Chef wirklich gegenüber der Staatsanwaltschaft Geheimhaltung eingefordert, gleichzeitig jedoch den Sachverhalt an die Presse weitergegeben? Er würde ihn danach fragen. Aber da musste er zuerst genau drüber nachdenken. Er konnte ja den Herrn Kriminaloberrat nicht einfach zusammenstauchen wie seinen Sohn. Nicht einmal den konnte er zusammenstauchen. Die Sache würde er später durchdenken. Jetzt musste er zunächst mit den Münchener Kollegen sprechen.

»Meldezettel vom *Bayerischen Hof*? Natürlich«, dröhnte der Kollege aus der Landeshauptstadt. »Also wenn überhaupt, dann frühestens nächste Woche.«

»Was heißt ›wenn überhaupt‹?«

Der Münchener lachte. »Kollege, des is der *Bayerische Hof* in München. Meldezettel, so wie du sie bei euch auf'm Land kennst, gibt's da sowieso ned.«

»Für den *Bayerischen Hof* in München gilt doch des gleiche Gesetz wie für alle anderen.« Charly war fast schon wieder ein wenig verärgert.

»Klar gilt des. Aber wir spazieren da ned einfach nei und kontrollieren die Anmeldungen. In Uniform schon gleich gar ned. Des kannst vielleicht in der *Pension Donaublick* in Ingolstadt machen.«

Charly schluckte und nahm sich zusammen. »Und was heißt frühestens nächste Woche?«

»Mei, bei uns geht's halt a bissl anders zu wie bei euch. Wir ham momentan keinen Beamten übrig, der sich um so was kümmern könnt, verstehst.«

»Okay, Kollege«, Charly hatte genug. »Danke für die Auskunft und schönen Gruß vom Land.« Er legte auf, ohne die Erwiderung des Münchener Kollegen abzuwarten.

Zefix! Sein Entschluss stand fest: Dann fahr ich halt selber nauf, is eh gscheiter.

Doch vorne im Geschäftszimmer wartete der nächste Ärger. Nicht ein einziger Autoschlüssel hing am Brett. Nur zwanzig leere Haken mit kleinen fortlaufenden Buchstaben daneben.

Charly wollte Margot gerade nach dem Verbleib der Dienstwagen fragen, als die Angestellte über ihre Schulter nach hinten rief: »Horch, Hanno, was willst denn heut Mittag vespern?«

Die Stimme des Chefs erklang aus seinem Büro: »Ach, Margot, irgendwas Kleins bei der Hitz.« Aha, soviel zum professionellen »Sie«. Man hörte, wie der KPI-Leiter sich erhob und zur Tür kam. »Vielleicht drei im W…« Er trat ins Geschäftszimmer, erblickte Charly und stockte. »Äh, oder einfach a Leberkässemmel vielleicht, Frau … Dings.«

»In Ordnung, mei Gutster«, bestätigte Margot ungerührt.

»Margot, wo sind denn die ganzen Autos?«, fragte Charly.

»Och, Charly, du weißt doch, wie's is.«

Ja, Charly wusste es. Einige der Kollegen führten Ermittlungen im Außendienst durch oder hatten Vernehmungen zu erledigen. Manche waren unterwegs zu Besprechungen oder Obduktionen, bei Lehrgängen oder Kurierfahrten. Aber der eine oder andere hatte sich bestimmt wieder ein Fahrzeug reserviert, weil er am Nachmittag einen Termin wahrnehmen musste. Und damit »sein« Fahrzeug auch da war, wenn er es brauchte, lag der Schlüssel jetzt den ganzen Vormittag auf seinem Schreibtisch rum. Eine ärgerliche Unsitte, die trotz zahlreicher Belehrungen nicht abzustellen war.

Dann fahr ich eben mit meinem eigenen Auto, entschloss sich Charly. In den Krimis fahren sie doch ständig mit ihren eigenen Schleifern rum.

Da der Dienststellenleiter noch immer peinlich berührt zwischen Tür und Angel stand, nutzte Charly die Gelegenheit. »Herr Zwerglein, könnt ich Sie mal sprechen?«

Charly schloss die Tür und nahm dem Chef gegenüber Platz. »Die Erklärung an den *Donaukurier*«, begann Charly, ohne darüber nachgedacht zu haben. »Können Sie mir die Vorgehensweise erklären?«

Da nun die Frage im Raum stand, fand Zwerglein seine Souveränität wieder. Er lehnte sich zurück und verschränkte die Finger. »Sie haben gute Kontakte zur Presse, Herr Valentin«, stellte er fest.

Charly zuckte mit den Schultern, sagte jedoch nicht ja und nicht nein.

»Nun, ich will's Ihnen kurz veranschaulichen«, setzte Zwerglein schulmeisterlich an. »Wenn man von einer Sache überzeugt ist, aber andere die Gegebenheiten falsch einschätzen und daher den Sachverhalt ... mhm ... nicht ganz richtig beurteilen«, er legte eine kleine Pause ein und gab Charly die Gelegenheit, die Wörter »Staatsanwaltschaft« und »Präsidium« vor seinem geistigen Augen vorbeiziehen zu lassen, »dann muss man Tatsachen schaffen. Man kann in derartigen Situationen ein wenig Druck von anderer Seite aufbauen, um die Dinge in die gewünschte Richtung zu lenken.« Er kratzte sich am Ohr und ließ kurz ein schelmisches Lächeln sehen. »Das hab ich als Verantwortlicher für große Projekte in anderen Verbänden gelernt.«

»Aber doch nicht in einem Strafverfahren«, widersprach Charly. »Es is doch ein Unterschied, ob ich ein Computerprogramm zur Verwaltung der Bettwäsche bei der Bereitschaftspolizei einführen will oder ob ich Korruptionsvorwürfe gegen ein Bauamt erhebe.« Charly kannte mittlerweile einige der Projekte, die Zwerglein in der Vergangenheit betreut hatte.

»Glauben Sie es mir, Herr Valentin: Das ist genau dasselbe und funktioniert immer gleich«, stellte Zwerglein großmännisch fest.

Charly war bedient. »Danke, dann weiß ich das jetzt auch«, sagte er, erhob sich und verließ das Büro. Er hatte jetzt nicht den Nerv, mit dem KPI-Leiter in der Sache zu diskutieren. Nicht ärgern, nur wundern, dachte er bei sich.

Am Brett hing immer noch kein Fahrzeugschlüssel. Also wünschte er Margot noch einen schönen Tag und zog ab.

Als Charly vor dem *Bayerischen Hof* parken wollte, kam Leben in den uniformierten Türsteher. Er sah aus, als wollte er ein lästiges großes Insekt verscheuchen. Der von innen an die Windschutzscheibe gedrückte Dienstausweis verstärkte die Bewegungen nur. Man musste Angst haben, die graue Schirmmütze könnte vom Kopf geschleudert werden, und der Blick aus dem Schnauzbartgesicht wurde immer finsterer. Darum legte es Charly gar nicht erst auf einen weiteren Versuch an, sondern fuhr um zwei Ecken und stellte seinen Wagen in einer schattigen Seitenstraße hinter dem Hotel ab. Er schlenderte zum Eingang zurück und erkannte gleich, warum der Portier so cholerisch reagiert hatte. Eben fuhr eine weiße Stretchlimousine vor, begleitet von drei schwarzen Hummer-Jeeps. Ein Scheich, wie man ihn sich vorstellt, stieg aus, begleitet von vier oder fünf verschleierten Frauen in bunten Gewändern. Der Schirmmützenträger vollführte orthopädisch grenzwertige Bücklinge, bis alle im Hotel verschwunden waren. Die Fahrzeugkolonne entschwand gleich darauf so lautlos, wie sie erschienen war.

Vermutlich war der Türsteher von seiner Begegnung mit dem Orient noch derart gefesselt, dass Charly nur ein unkonzentrierter Seitenblick streifte, als er durch die Glastüren in die Lobby trat. Obwohl sich zahlreiche Personen in der Empfangshalle aufhielten, herrschte hier eine vornehme, kühle Stille. Charly musste sich eingestehen, dass er der Argumentation des Münchener Kollegen überraschenderweise durchaus folgen konnte. Er hatte plötzlich selbst Skrupel, sich in dieser Welt aus Glitzer, Glamour, Reichtum und Business einfach an den Tresen zu stellen, sich als bayerischer Polizeibeamter auszuweisen und nassforsch die Meldescheine zu verlangen. Daher nahm er zunächst in einem der bequemen Ledersessel Platz, um die Atmosphäre auf sich wirken zu lassen und das Treiben zu beobachten. Zur Tarnung nahm er die *Washington Post* vom Tisch vor sich und schlug sie auf.

An der Rezeption kümmerten sich drei Angestellte, zwei junge Männer in schwarzen Anzügen und eine junge Dame im Dirndl, um die Gäste. Charly registrierte anerkennend, dass das Personal am Empfang mühelos zwischen Deutsch, Englisch, Französisch und Italienisch hin und her wechselte. Die junge Frau sprach sogar etwas, das sich wie

Arabisch anhörte, und einer der Jungs beherrschte offenbar Japanisch. Nur Bayerisch hörte Charly nicht.

Auf jeden Fall wurden alle Anliegen der Gäste zuvorkommend, geduldig und mit einem steten Lächeln erledigt. Charly konnte aber auch feststellen, dass in den Momenten, in denen niemand am Tresen stand, zwischen den drei Angestellten eine durchaus angespannte, nicht so freundliche Stimmung herrschte. Es wurde hin und her gezischt, und abwechselnd verdrehten die Sprachgenies die Augen über jeweilige Kommentare der anderen. Außerdem wurden Personen, die keine zahlenden Hotelgäste waren, ein wenig von oben herab behandelt. Taxifahrer, Zeitungsverkäufer und Blumenlieferanten fertigte man recht rüde ab. Ein Page und ein Mädchen vom Zimmerservice wurden regelrecht zusammengestaucht. Auch der Schirmmützenträger erfuhr eine ausgesprochen barsche Zurechtweisung, als er sich kurz in der Lobby blicken ließ. Ein älterer Herr, der von draußen hereingekommen war, um sich nach den Zimmerpreisen zu erkundigen, und zugegebenermaßen nicht so aussah, als könne er sich eine Übernachtung im *Bayerischen Hof* leisten, erhielt die freundliche aber bestimmte Auskunft, dass das Haus auf absehbare Zeit ausgebucht sei. Auf Wiedersehen, da geht's raus.

Charly überfielen ernste Zweifel hinsichtlich seines Ermittlungserfolges. Diese weltgewandten Lächler würden sich wohl von einem Ingolstädter Kriminaler nicht beeindrucken lassen. Er gehörte in diesem Mikrokosmos vielleicht in die Kategorie Taxifahrer und Blumenverkäufer. Gesetz hin oder her. Das vornehme Hotel war ein eigenes kleines Staatsgebiet. Hier zählte der zahlende Gast, Scheich Achmed ben Naser, Mister John Smith und Lady Fitzgerald, und nicht das Bayerische Meldegesetz.

Unschlüssig blickte Charly sich in der Hotelhalle um. Dabei fiel ihm auf, dass außer ihm nur noch ein weiterer Mann Jeans und ein leichtes Sommerhemd außerhalb der Hose trug. Alle anderen Kerle steckten in Anzügen oder sahen aus wie Segler und Golfer. Der andere Jeansträger lehnte an einem Marmorpfeiler und beobachtete offensichtlich auch die Rezeption. Eine professionelle Spiegelreflexkamera hing an seiner Schulter.

Unauffällig wie Sherlock Holmes beobachtete Charly den Fotografen über den Rand seiner Zeitung. Der Mann wartete einige Zeit auf einen ruhigen Moment und schlenderte dann diskret an die Seite des Mahagonitresens. Dezent winkte er einen der jungen Männer zu sich. Charly sah, wie der Fotograf konspirativ sein Anliegen vorbrachte und gleichzeitig dem Angestellten die Hand reichte. Etwas zusammengefaltetes Braunes, vermutlich ein Fünfzigeuroschein, wechselte den Besitzer. Der Portier antwortete knapp, woraufhin der Jeansträger nickte und nach draußen entschwand. Charly folgte ihm. Der Mann ging zum Hintereingang, ungefähr dorthin, wo Charly geparkt hatte, drückte sich in eine Mauernische und wartete. Es dauerte nicht lange, bis ein Taxi vorfuhr und genau vor dem Hintereingang anhielt. Der Fotograf löste sich langsam aus seiner Nische, ging ein paar Schritte auf das Taxi zu und visierte durch seine Kamera die Hintertür an, die gleich darauf geöffnet wurde. Ein Mädchen mit glatten blonden Haaren, einer riesigen Sonnenbrille, hautengen Jeans und kniehohen Stiefeln trat auf die Straße. Der Paparazzo ging auf das Mädchen zu und nahm den Finger nicht mehr vom Auslöser. Als sie ihn sah, hob sie sich ihr strassbesetztes Handtäschchen vors Gesicht und stieg so schnell wie möglich ins Taxi, das gleich darauf mit quietschenden Reifen losfuhr, an dem Fotografen und Charly vorbeischoss und vorne um die Ecke verschwand.

»Wer war na des?«, fragte Charly den Mann, nachdem er ihn erreicht hatte.

»Gigi Oxygen«, antwortete er und betrachtete seine Ausbeute auf dem Monitor seiner Kamera. »So ein pressescheues Luder! Darf keiner wissen, dass die in München is. Aber die *TZ* weiß es jetzt. Zicke!« Er streifte seine Kamera wieder über die Schulter, ballte eine Faust, murmelte »klasse Fotos«, und ging davon.

Charly schlenderte zurück zur Lobby, setzte sich wieder und nahm seine *Washington Post*, um einen ruhigen Augenblick an der Rezeption abzuwarten. Er hatte keine Ahnung, wer Gigi Oxygen war, offensichtlich ein Promi – in welchem Bereich auch immer. Das war doch schon mal eine wertvolle Info. Und was bei dem Fotojournalisten geklappt hatte, würde Charly doch genauso fertigbringen. Er hatte jetzt zwar ein Druckmittel, wäre sich allerdings schäbig vorgekommen, den jungen Hotelfachangestellten einfach zu erpressen. Darum kramte er nach seiner Geldbörse, um einen Fünfzigeuroschein herzurichten. Den steckte er allerdings gleich darauf wieder zurück, zwanzig tun's auch, dachte er sich. Die *Washington Post* fiel zu Boden und verursachte ein gewaltiges Rascheln. Als ihn nicht mehr alle in der Lobby anstarrten, ging Charly ebenfalls unauffällig an die Seite der Rezeption und winkte den jungen Mann zu sich.

Als Charly seine Frage gestellt hatte, wechselte der Blick des Rezeptionisten zwischen arrogant und amüsiert. Darum reichte ihm Charly die Hand. Der junge Mann nahm unauffällig die zwanzig Euro und ließ sie diskret, und durchaus geübt, in seiner Tasche verschwinden. Zu einer Antwort konnte er sich allerdings noch nicht durchringen. Immer noch musterte er sein Gegenüber, wirkte jetzt anders als zuvor ein klein wenig verunsichert. Darum legte Charly nach und fragte, ob die Hotelführung eventuell daran interessiert sein könnte zu erfahren, wer den Einkaufsbummel von Gigi soundso an die Presse verraten habe, und vielleicht noch vieles mehr. Daraufhin gab sich der Mann einen Ruck, ging zu seinem Computer und tippte ein paar Daten ein. Kurz darauf erhielt Charly seine Antwort. Und es war genau die, die er erwartet hatte. Charly hatte noch einige Fragen, und der junge Mann fand anscheinend plötzlich Gefallen an seiner Verschwörerrolle. Im konspirativen Flüsterton lieferte er alle Antworten, die Charly haben wollte.

Zufrieden spazierte er zurück zu seinem Auto. Die Heimfahrt und das herrliche Wetter würde er jetzt genießen, wenn er schon mal allein unterwegs war. Vielleicht würde er sogar noch schnell zu Hause halten und sich ein frisches Pflaster genehmigen. Die Schürfwunde vom Schießtraining brannte immer noch wie verrückt.

Typisch münchnerisch parkte der Vordermann ungefähr fünf Zentimeter vor ihm. Gott sei Dank stand Charly als Letzter auf dem Parkstreifen. Hinter ihm war alles frei. Er musste also nur zurückstoßen und konnte ausparken. Er legte den Gang ein und setzte zurück, und nach ungefähr einem halben Meter krachte es. Ungläubig stieg Charly aus und ging nach hinten. Tatsächlich stand ein kniehoher, fetter Betonpfosten zwischen Bürgersteig und Parkstreifen. Diese Barriere hatte Charly genau mit der rechten hinteren Ecke seines Wagens erwischt. Das Rücklicht war zerbrochen, Stoßstange und Kotflügel deutlich eingedrückt. An dem Betonpfosten war nichts kaputt, aber schon gleich überhaupt nichts. Zefix!

Wenigstens konnte er noch fahren. Schon entschieden weniger gut gelaunt trat er den Heimweg an. An ein frisches Pflaster dachte er nicht mehr.

»Und du Snob warst im *Bayerischen Hof*, oder?«, blaffte er Helmuth an. »Des is scho ganz schön noblig, ha? Was zahlt man denn da?«

»Mhm, zwei Nächte, fünfhundert Euro, mit Champagnerfrühstück und Wellness … Spa … Dings.« Die Erinnerung zauberte ein verträumtes Lächeln in Helmuths Gesicht, und es war deutlich zu sehen, dass er keinen Cent davon bereute. Auch Charly musste schmunzeln, als er sich seinen bodenständigen Kollegen als feurigen Liebhaber im luxuriösen Ambiente einer exquisiten Suite vorstellte.

Don Juan hatte inzwischen alle Fakten im Zusammenhang mit dem vermeintlichen Korruptionsverfahren ins Analyseprogramm STUPID eingetragen und konnte Charly am Nachmittag begleiten, um Wienert mit den neuesten Erkenntnissen zu konfrontieren. Zuerst stand allerdings die Mittagspause an. Die Frage, was sie unternehmen könnten, stellte sich jedoch nicht wirklich.

Beim Verlassen der Dienststelle trafen sie Margot, die mit blau-weißen Leberkässemmeltüten vom Einkauf zurückkam.

»Mahlzeit, an Goudn, aach für'n Hanno«, frotzelte Charly.

Helmuth schwebte förmlich dem Nachbargebäude entgegen. Kommunikativ war er auf dem ganzen Weg zur Kantine für Charly fast nicht erreichbar. Trotz des schönen Wetters setzten sie sich nicht ins Freie, sondern wählten einen Platz im stickigen Inneren, zwischen Krankengeschichten, Einkaufstipps und Jugenderinnerungen der sie umgebenden Rentner. Hauptsache, Helmuth hatte seine Yvonne an der Kasse im Blick. Verträumt und stumm schaufelte er seine Rahmschwammerl in sich hinein. Erst nach dem Essen stand er wieder voll und ganz zur Verfügung.

»Entschuldige, Charly, ich war zerst nicht ganz bei der Sache. Was is jetz genau mit'm Wienert?«

Also fasste Charly seine Ermittlungsergebnisse vom Vormittag noch einmal zusammen. Als er den *Bayerischen Hof* erwähnte, befürchtete er einen Rückfall bei Helmuth. Der träumte aber nur ganz kurz.

»Na, dann fragen wir ihn halt mal«, schlug entschlossen der engagierte Kollege Reithl vor, den Charly kannte.

Sein Auto hatte Charly ein wenig abseits, rückwärts an einer Hecke geparkt, sodass der Schaden am Heck nicht gleich jedem auffiel. Gott sei Dank waren nach dem Mittagessen wieder einige Dienstwagen verfügbar und weitere Fahrten mit Privatautos nicht erforderlich. Helmuth hatte ihm eh den Vogel gezeigt, als er ihm erzählt hatte, dass er mit seinem eigenen Fahrzeug in München gewesen war. Von dem Schaden hatte er vorerst mal nichts erwähnt.

Silke Niedermeyer, die Charly eigentlich auch gleich zu dem Telefonat mit Nowak hätte befragen wollen, saß leider nicht auf ihrem Platz am Eingang der Firma Senftl & Wienert. Sie hatte sich krank gemeldet und wurde von einer missmutigen, hochgeschlossenen Brünetten vertreten.

Sie trafen Dirk Wienert oben in seinem Büro an, nachdem eine immer noch sichtlich trauernde Gabi Kraft sie angekündigt hatte. Der Bauunternehmer trug eine Bundfaltenhose, ein langärmliges weißes Hemd und einen grauen Schal im offenen Kragen.

Draußen ist Hochsommer, und der Typ trägt einen Schal. Die Körpertemperatur vom weißen Hai liegt immer genau sechs Grad über der Wassertemperatur, schoss es Charly durch den Kopf. Das macht das Vieh so aggressiv. Er hatte keine Ahnung, wie dieser Gedanke einzuordnen war und was er im Zusammenhang mit Wienert bedeutete, auf jeden Fall beschäftigte ihn das Temperaturempfinden des Bauingenieurs.

»Meine Herren, was gibt's denn?«, eröffnete Wienert genervt das Gespräch und deutete auf die Sitzgruppe. »Ich hab jede Menge Arbeit, Sie verstehn.«

Kein Bitte, kein Grüß Gott, dachte Charly, wie du willst, dann eben kurz und knackig. Er setzte sich nicht. Auch Helmuth blieb stehen, und so musste Wienert ebenfalls nach zwei Schritten innehalten und stand nun mitten im Raum.

»Herr Wienert, Sie haben ein Verhältnis mit Swetlana Senftl.«

Wienert erstarrte kurz, frontal getroffen. Dann presste er einen Luftstoß durch die Nase. »Wer behauptet das?«

»Ich«, verkündete Helmuth selbstbewusst.

Der Firmenchef drehte sich um. »Ja, und?« Er trat an den großen Tisch mit den Plänen und legte die Fingerspitzen auf die Platte. »Ich wüsste nicht, was das für eine Rolle in der Sache …«

»Warum haben Sie uns das verschwiegen?«, unterbrach ihn Charly barsch.

»Weil Sie das nichts angeht!« Wienert ging um den Tisch herum, als ob er eine Barriere zwischen sich und den Kriminaler schaffen wollte. »Das ist nur eine Angelegenheit zwischen …«

»Das ist ein Motiv, und zwar ein erstklassiges.« Wieder unterbrach ihn Charly, und diesmal wurde er lauter, um Wienert zu zeigen, dass er sowohl die Faxen als auch die fadenscheinigen Ausflüchte satt hatte. »Sie haben ein Verhältnis mit der Frau Senftl, und dann ist der Herr Senftl tot. Netter Zufall, oder?«

Es war still im Raum, und Charly glaubte zu bemerken, dass Wienerts blasse Stirn zu glänzen begann.

»Machen Sie sich doch nicht lächerlich«, zischte der weiße Hai. »Die Sache mit Swetlana hat nichts damit zu tun. Ich habe Harald nicht umgebracht.«

»Wie lange geht denn das schon zwischen Ihnen beiden?«, fragte Helmuth.

Wienert sah ihn entgeistert an, und man konnte erkennen, wie es in ihm arbeitete. »Das ist erst … also noch nicht so …«

Wieder fiel ihm Charly ins Wort. »Herr Wienert, hören Sie jetzt auf, uns anzulügen. Wenn Sie uns weiterhin für dumm verkaufen wollen, dann nehm ich Sie auf der Stelle fest.«

Durch Wienert ging ein Ruck. Er richtete sich auf, und mit fester Stimme blaffte er: »Müssen Sie mich nicht über meine Rechte belehren, bevor Sie hier solche Ungeheuerlichkeiten von sich geben?« Demonstrativ drehte er ihnen den Rücken zu und sah aus dem Fenster. »Ich sag jetzt nichts mehr. Sie hören von meinem Anwalt.«

»Wir führen nur ein Ermittlungsgespräch. Wann wir Sie belehren, müssen Sie schon uns überlassen«, blaffte Charly genauso zurück. Mochte sein, dass sie sich tatsächlich in einer rechtlichen Grauzone bewegten, aber vor diesem arroganten Typen wollte er jetzt keinesfalls klein beigeben. »Und wenn Sie uns weiterhin derart relevante Fakten verschweigen, dann werden Sie vom Staatsanwalt hören, bevor Ihr Rechtsanwalt seinen Vorschuss verbucht hat.«

Wienert blieb stumm und starrte weiter zum Fenster hinaus.

»Das Verhältnis mit der Frau Senftl unterhalten Sie schon seit mindestens zwei Jahren«, legte Charly nach. So weit hatten wenigstens die Aufzeichnungen im Computer des *Bayerischen Hofes* bei der kurzen Sichtung zurückgereicht. »Eine lange Zeit, Heimlichkeiten, nichts geht vorwärts. Da überlegt man sich dann schon mal, was man tun kann.«

»Quatsch!«, war das Einzige, was Wienert der Scheibe entgegenschleuderte.

»Und bei der Frage nach Ihrem Alibi haben Sie uns auch angelogen.« Charly genoss das kurze Zucken, das in Wienerts Rücken wahrnehmbar war.

»Ich war in …«, setzte der Bauunternehmer an, allerdings nicht mehr so aggressiv, sondern ein wenig kleinlaut.

Doch Charly ließ ihn nicht aussprechen. »Sie waren nicht in Mailand. In der Nacht von Samstag auf Sonntag, in der Harry Senftl erschossen und verbrannt wurde, waren Sie mit seiner Frau im *Bayerischen Hof* in München. Am Sonntag sind Sie dann vielleicht nach Mailand gefahren. Aber in der Nacht waren Sie noch hier. Und mit einem Q7 fährt man um Mitternacht locker in einer halben Stunde von München nach Ingolstadt.«

Wienerts Körperspannung war verschwunden. Langsam drehte er sich um, und Charly erkannte jetzt deutliche Schweißperlen auf seiner Stirn.

»Hören Sie«, lenkte er ein, »Sie müssen mir glauben, dass ich mit Haralds Tod nichts zu tun habe.« Er schlurfte zwei, drei Schritte zu seinem Schreibtisch und sank in den Ledersessel. »Ja, es stimmt, wir waren in der Nacht in München. Und das zwischen uns zwei geht schon länger, mindestens vier oder fünf Jahre. Sie müssen mir glauben«, er sah Charly eindringlich an, »das war alles rein körperlich. Ich war froh, dass Swetlana verheiratet war. Und auch sie hatte keine anderen Absichten. Es war gut, so wie es war.« Er erlangte seine Fassung zurück, richtete sich wieder auf. »Ich habe Ihnen nichts davon gesagt, weil bei Ihnen nur ein falscher Eindruck entstanden wäre. Das Ganze hat mit Haralds Tod wirklich nichts zu tun, und darum wollte ich es außen vor lassen.«

»Lügen und Verschweigen kommt bei einer Mordermittlung ganz schlecht«, stellte Helmuth klar.

»Das seh ich ein. Es war dumm von mir. Ich hätte mir ja denken können, dass Sie draufkommen.«

»Und das Eingeständnis im Nachhinein macht's jetzt nicht wirklich besser«, legte Charly nach.

Wienert nickte zerknirscht. Als er die restlichen Fragen der Ermittler beantwortete, trocknete der Schweiß auf seiner Stirn wieder. Swetlana und er hätten sich die letzten Jahre in unregelmäßigen Abständen, aber immer nur samstags, im *Bayerischen Hof* getroffen. Die An- und Rückreise erfolgte dabei jeweils getrennt. In einem Hotel in Ingolstadt oder der Umgebung wären sie vermutlich schon lange aufgeflogen. Außerdem bot der *Bayerische Hof* das Flair, das sie beide für ihre erotischen Treffen als angemessen erachteten. Auch am Abend von Haralds Tod hatten sie sich in München getroffen. Swetlana sei von zu Hause gekommen. Er habe sich den Nachmittag über in der Innenstadt aufgehalten. Gemeinsam hatten sie die Nacht im *Bayerischen Hof* verbracht, und am nächsten Morgen sei er nach Mailand aufgebrochen und Swetlana wieder nach Hause gefahren.

Sie ließen einen verunsicherten Dirk Wienert zurück und verabschiedeten sich von Gabi Kraft. Bevor sie draußen auf dem Parkplatz in das überhitzte Dienstfahrzeug einstiegen, fragte Helmuth über das heiße Wagendach hinweg: »Warum ham ma eigentlich den Sack jetz ned glei festgenommen? Der verschweigt sei Verhältnis und der lügt bei seim Alibi.«

Charly hatte den Wagen aufgesperrt, und beide ließen sich in die heiße Luft im Innern fallen.

»Hat's mit der Frau vom Harry, der ihm in seiner großartigen Firma sowieso immer im Weg steht. Liebe und Geld als Motiv! Das is ja der Klassiker«, beckenbauerte Helmuth weiter. »Zwei Motive und die Gelegenheit. Des reicht doch schon mal für U-Haft, oder?«

Bei offenen Autotüren schmolzen beide dahin.

»Leider hat der Sack doch so etwas wie ein Alibi. Da hat er, scheint's, jetzt bloß ned dran gedacht«, erklärte Charly. Da Helmuth ihn nur fragend anblickte, fuhr er fort: »Der Herr Bauingenieur hat sich im *Bayerischen Hof* in der Nacht von Samstag auf Sonntag kurz vor Mitternacht vom Zimmerservice eine Flasche Champagner und Erdbeeren aufs Zimmer bringen lassen, der überspannte Hund.«

Helmuth räusperte sich verlegen. »Na ja, also … des is jetz … des macht man vielleicht einfach so im *Bayerischen Hof*.«

Charly schüttelte missbilligend den Kopf. »Jedenfalls hat er die Rechnung für Schampus und Erdbeeren selber unterschrieben. Der Portier, den ich da gefragt hab, war zufällig auch in der Nacht im Dienst. Der konnt nix dazu sagen, ob der Wienert 's Hotel nach Mitternacht noch mal verlassen hätt. Muss natürlich nix heißen, denn erstens geht's da wahrscheinlich die ganze Nacht lang zu, und zweitens kennt ja der den Wienert gar ned, also gsichtsmäßig.«

»Na also«, hakte Helmuth ein, »und was soll na jetz da *so etwas wie ein Alibi* sein? Der hat keins, weil er leicht zur

Tatzeit in Ingolstadt sein kann und in der Früh wieder in München, basta!«

»Scho, aber es is immer noch besser, als wie wenn er sagt: Ich war allein zu Haus und hab gelesen.«

»Des is doch des Gleiche. Entweder er hat a Alibi, oder er hat keins«, widersprach Helmuth.

»Herrgott, ich hab einfach so ein Bauchgefühl. Und zwar so ein ganz blödes. Ich kann's noch nicht richtig einordnen. Des Ganze is zu rund und gleichzeitig zu unrund. Verstehst?«

»Nein.«

»Wenn er's war«, versuchte Charly es noch einmal, »warum soll er dann vorher und nachher den Zirkus mit'm *Bayerischen Hof* veranstalten, wenn er uns zuerst doch sowieso erzählt, er war in Südtirol?«

»Ja, keine Ahnung«, gab Helmuth zu.

»Eben, und ich auch ned. Ich überblick's noch ned so ganz.« Charly zuckte resignierend mit den Schultern. »Wie auch immer. Jedenfalls geh ich davon aus, dass er wirklich die ganze Nacht in seinem Hotelzimmer war.« Die Aussage hörte sich nicht so überzeugt an, wie Charly es gerne gewollt hätte. Er ließ den Motor an. »Der Sack«, fügte er noch mit einem süffisanten Lächeln hinzu.

»Kann natürlich ein Trick sein.« Helmut ließ nicht locker. »Geschickt eingefädelt!«

»Kann schon, glaub ich aber nicht. Da gäb's ja viel eindeutigere und einfachere Tricks. Und was würdest denn du machen mit Champagner und Erdbeeren um Mitternacht in einem Hotelzimmer im *Bayerischen Hof*?«

Helmuth antwortete nicht. Er lächelte nur noch verträumt.

»Herr Reithl, nehmen Sie sich 's Telefonbuch. Ich will alle Baufirmen aus der Region im STUPID ham!«, ordnete der Chef an, als sie wieder auf der Dienststelle eintrudelten.

Helmuth verzog die Mundwinkel. »Ich kann doch nicht einfach alles und jeden erfassen. Das ist doch bestimmt nicht zulässig.«

Der KPI-Leiter wischte Helmuths Einwand beiseite. »Das wird ein umfangreiches Verfahren. Es geht um Korruption, da is jedes Mittel zulässig.«

Das Argument überzeugte Helmuth anscheinend nicht wirklich, aber Chef ist Chef und Widerspruch zwecklos.

»Herr Zwerglein«, meldete sich Charly, »wir waren gerade beim Wienert. Der hat ein Verhältnis mit der Swetlana. Beide waren zur Tatzeit zusammen in München und …«

»Schön, schön«, unterbrach ihn der Dienststellenleiter, »dann geht also endlich was vorwärts in der Sache.« Er wandte sich wieder Helmuth zu. »Und dann recherchieren S' die größeren Bauprojekte der letzten Jahre, egal wie, und erfassen Sie die in STUPID.« Und schon war er draußen.

Oh, Doppelzwerg, dachte Charly nur, du hast es drauf. Also fiel Helmuth bis auf Weiteres wieder aus. Dann musste er die Befragung von Silke Niedermeyer eben alleine durchführen.

Er wunderte sich selbst über seine gute Laune, als er nach unten in den Hof ging. In seinem Fall war er immer noch keinen Schritt weiter, der Chef hatte nur noch Augen für sein Großverfahren und verrannte sich darin, seinen Kollegen waren andere Aufgaben zugewiesen, sodass sie ihn nicht unterstützen konnten. Aber die Sommersonne strahlte von einem sattblauen Himmel, an dem nur einzelne blütenweiße Schäfchen gemächlich dahinzogen. Das Dienstende war schon absehbar. Und heute Abend würde er bei Gino Rigatoni für alle holen und dann den Feierabend mit einem oder zwei kühlen Weizen ganz entspannt im Garten genießen. Er stieg in den Dienstwagen ein und summte den Bacardi-Song vor sich hin. »What a feeling, la la la.« Vorne bei der Feuerwehr stand die Ampel auf Rot. Hier dauerte es immer ein wenig länger, macht nix. »Mhm, mhm, mhm, summer dreaming, la la.« Silke Niedermeyer wohnte in Großmehring. Also musste er die Goethestraße rausfahren. Beim Abbiegen am Arbeitsamt zeigte die Ampel Rot. »Mhm, mhm, mhm, la la.« Er war gespannt, wie sich die Angelegenheit mit dem nächtlichen Anruf klären würde. War schon mysteriös, die Sache. Einmündung Östliche Ringstraße, wieder Rot. »Come on over, have some fun, la la la.« Konnte es wirklich sein, dass die Niedermeyer hinter dem Rücken von Gabi Kraft eine Beziehung mit diesem Nowak unterhielt? Obwohl sie Freundinnen oder zumindest gute Arbeitskolleginnen waren? Dreihundert Meter weiter, bei McDonald's: Rot. »Mhm, mhm.« Oder hatte sich der Nowak einfach nur bei der Freundin ausgeweint und vielleicht Rat geholt, weil die Kraft ihn allein gelassen hatte? Weiter ging's, aber nur bis zur Kreuzung Schillerstraße. Dort stand die Ampel auf Rot. Doch der Typ ist der Nowak nicht. Dem sind doch die Gefühle seiner Gabi wurscht. »La la.« Die nächsten vierhundert Meter geschafft. An der Kreuzung Friedrich-Ebert-Straße leider Rot. »Mhm, mhm.« Oder hat dieses Trio eine klassische Dreierbeziehung, und die Kraft weiß von der Niedermeyer und duldet es? Gang einlegen, losfahren. Nach fünfhundert Metern, Einmündung Lessingstraße, nicht Grün, nicht Gelb, nein: Rot. »Mhm, Scheißbacardi!« Nein, so schaut die Gabi Kraft nicht aus. Gas geben, aber diesmal nur fünfzig Meter, dann bremsen, denn: Am *Gasthaus zur Linde*: Rot.

»Zefix!« Vielleicht haben sich der Nowak und die Niedermeyer in der alten Werkstatt getroffen zu ihren Schäferstündchen? Und da hat sie der Senftl dann erwischt. Gang rein, Gas, egal ob Charly vierzig, fünfzig oder sechzig fuhr: Die Ampel an der Hebbelstraße zeigte Rot. »Bah, is des heiß.« Und der Senftl ist immerhin der väterliche Freund seiner Sekretärin. Wenn der draufkommt, dass sie betrogen wird, und ankündigt, dass er ihr das erzählt? Das könnt man zu einem Mordmotiv aufblasen. Charly fuhr wieder an und kam bis zur nächsten Ampel auf Höhe der Tankstelle. Er blieb stehen, ohne auf die Lichtzeichen zu achten, denn natürlich war auch hier Rot. »Drecks Sonn!« Alles blendete, ihm war warm. Die Klimaanlage blies ihn eiskalt an. Wenn er das Fenster öffnete, kamen nur heiße Abgase herein. Statt zu summen, trommelte er inzwischen genervt auf dem Lenkrad herum.

An den letzten zwei roten Ampeln, Gutenberg- und Römerstraße, musste er nur kurz warten. Dann hatte er freie Fahrt bis Großmehring.

Verschwitzt und schlecht gelaunt parkte er vor dem Mehrfamilienhaus am westlichen Ortsrand. Silke Niedermeyer wohnte im dritten Stock. Er klingelte, und es dauerte einige Zeit, bis sie die Tür einen Spalt öffnete und ihn mit trüben Augen musterte.

»Valentin, Kripo«, stellte er sich vor. »Frau Niedermeyer, ich weiß, dass Sie krankgeschrieben sind, und ich will Sie auch nicht lange stören. Vielleicht ist es möglich, dass Sie mir ein, zwei kurze Fragen beantworten?«

»Ah, natürlich! Verzeihung, ich hab Sie nicht gleich erkannt.« Sie trat zurück und öffnete die Tür ganz. »Sommergrippe«, näselte sie entschuldigend, drückte sich ein zerknülltes Papiertaschentuch an die rote Nase und schniefte hörbar. Die Empfangsdame stand barfuß auf dem Teppichboden im Flur und zupfte ihre blonden Strähnen zurecht. Sie trug einen schwarzen Seidenkimono mit rotem Gürtel, der bis zur Mitte der Oberschenkel reichte und auch oben herum kein Gramm Stoff mehr aufwies, als unbedingt nötig war, um die pralle Weiblichkeit zu verhüllen.

»Wird schon wieder besser. Bitte, kommen Sie rein!« Nach ein paar Schritten war Charly in der Küche der kleinen Wohnung und nahm am Esstisch Platz.

Kaffee und Tee lehnte er dankend ab. »Nur keine Umstände.«

Sie setzte sich ebenfalls, wobei der Bademantel ein wenig auseinanderglitt und die Gesamtansicht auf ihre schönen Beine frei gab. Mit einem verlegenen Lächeln korrigierte sie den Sitz des Stoffes.

»Frau Niedermeyer«, Charly war sehr bemüht, ihr bewusst nur ins Gesicht zu sehen, »Sie wissen ja, dass wir bei den Ermittlungen unter anderem einen gewissen Peter Nowak überprüft haben. Der Nowak hat momentan kein Alibi, weil seine Freundin, ihre Kollegin Gabi Kraft, sich um Mitternacht von ihm verabschiedet hat.« Charly beobachtete Silke Niedermeyer aufmerksam. Doch sie wischte nur erneut mit dem Taschentuch an der Nase herum und zeigte keine Reaktion.

»Und jetzt haben wir festgestellt, dass der Nowak in der fraglichen Nacht gegen eins bei Ihnen angerufen hat«, eröffnete er. »Können Sie mir das erklären?«

Sie erschrak für einen kurzen Moment und starrte Charly an. »Vielleicht verwählt?«, stammelte sie dann.

»Die Verbindung hat drei Minuten lang gedauert.«

Sie biss auf ihrer Unterlippe herum und fixierte die Tischplatte vor sich, während sie mit ihrer Linken den

Ausschnitt ihres Kimonos zusammenraffte. »Also, er … ich … es ist vielleicht …«

»Frau Niedermeyer, es geht um den Mord am Harry Senftl. An irgendwelchen moralischen Verfehlungen sind wir nicht interessiert. Egal, wer mit wem. Wir wollen nur den Fall aufklären. Und dazu wär's hilfreich, wenn Sie uns einfach ganz schlicht die Wahrheit sagen.«

Sie ließ ihren zerknitterten Kragen wieder los und sah Charly an. »Sie dürfen jetzt deswegen bitte nicht schlecht von mir denken. Eigentlich bin ich ja ned so. Aber manchmal …« Sie beugte sich nach vorne, und Charly erkannte, dass man keinen BH trägt, wenn man zu Hause eine Krankheit auskuriert. »Manchmal kann ich einfach nicht anders. Da is dann so ein Gefühl, und wenn in dem Moment ein richtiger Mann in der Nähe ist …« Der Ausdruck in ihrem Blick hatte sich verändert. Die Verlegenheit von eben war einem provokanten Augenaufschlag gewichen.

»Oder anruft«, ergänzte Charly.

»Oder anruft«, bestätigte sie und lehnte sich zurück, wobei sie einen Arm hinter die Stuhllehne baumeln ließ, wodurch ihre Oberweite beinahe den Kimono sprengte. »Dann bin ich ein ganz anderer Mensch und hab mich nicht mehr im Griff.« Sie biss sich wieder auf die Unterlippe. Doch diesmal sah es anders aus als zuvor. Als sie die Beine übereinanderschlug, verrutschte der Kimono erneut. Sie verzichtete jedoch darauf, ihn zurechtzuzupfen. »Dann will ich nur noch eins.«

Charly wurde heiß. »Und der Nowak ist ein richtiger Mann?«, fragte er, um einen sachlichen Ton bemüht.

Sie nickte langsam, ohne Charly aus den Augen zu lassen.

»Geht das schon länger so zwischen Ihnen beiden?«

Bestätigend zog sie die Augenbrauen hoch und wiegte den Kopf, ohne etwas zu sagen.

»Sind Sie dann an dem Abend zu ihm gefahren?«

Sie nickte erneut, während sie sich über die Lippen leckte. »Warm hier drin.«

»Und wie oft … äh … wie lang waren Sie dann beim Dings, bei ihm, äh … Nowak?«

»Die ganze Nacht, Herr Kommissar«, hauchte sie.

»Also von kurz nach eins bis zum Morgen?« Obwohl die Küche auf der kühlen Nordseite des Gebäudes lag, schwitzte Charly mehr als auf der Goethestraße.

»Bis um sechs, ungefähr.« Silke Niedermeyer hatte sich völlig verändert. Sie dachte anscheinend nicht mehr an ihre Sommergrippe, und Charly hatte Bedenken, sie könnte ihn jetzt gleich anspringen. Wobei es durchaus hässlichere Fantasien gab. Denn das, was der Kimono nicht mehr verdeckte, konnte sich sehen lassen.

Gelegenheit macht Diebe, niemand würde es erfahren. Sollte er es wagen? Immerhin war sie der Typ Frau und das war genau die Situation, von der viele Männer träumten. Dann fielen ihm all die Storys aus Filmen, Büchern und dem wirklichen Leben ein, in denen es letztendlich doch herausgekommen war. Nein, er war glücklich verheiratet, hatte Kinder, ein Haus und ein erfülltes Leben. Das durfte man nicht wegen eines flüchtigen Augenblicks aufs Spiel setzen.

»Wollen S' nicht doch was trinken?« Sie fächelte sich mit ihrem Seidenkragen demonstrativ Luft zu. »Ein kühles Glas Wein oder einen Prosecco.«

Als ihr Fuß wie zufällig an seinen Unterschenkel stieß und dort verharrte, stand Charly auf. »Danke, das wär dann alles, was ich wissen wollt.«

Sie blieb sitzen, gab jedoch die Schlacht noch nicht verloren, sondern zeichnete mit dem Mittelfinger aufreizend langsam ihr Dekolleté nach und schmachtete ihn dabei von unten herauf an.

»Weiß denn die Frau Kraft von Ihrem … äh … Verhältnis?«, fragte Charly, um irgendetwas zu sagen und die Situation zu entschärfen.

Doch die Empfangsdame schüttelte nur langsam den Kopf, ohne ihren Blick von ihm zu lassen. Ihre Augen sagten: Wenn es bei mir klick macht, ist es mir völlig egal, wer was weiß.

»Bemühen Sie sich nicht, ich find selber raus. Danke und noch gute Besserung. Auf Wiedersehen, Frau Nowak, äh … Nieder … dings.« Fluchtartig verließ Charly die Wohnung und ließ Silke Niedermeyer lasziv auf dem Küchenstuhl liegend zurück.

Er war froh, dass ihn während der Rückfahrt zur Dienststelle die Klimaanlage so eiskalt anblies.

* * *

Na gut, Italien baute Ferrari. Das war ganz hohes Niveau. Eben auch nur für ganz wenige bezahlbar. Die Deutschen dagegen produzierten alle möglichen Autos, von den ganz kleinen bis zu den Luxusschlitten, und alle qualitativ hochwertig. Giovanni hätte gerne einen Audi, einen BMW oder einen Mercedes gefahren. Aber bei der Wahl des Fahrzeugs spielte seiner Meinung nach der Nationalstolz eine nicht unwichtige Rolle. Auch wenn man dann gewisse Kompromisse eingehen musste. Wie gesagt: Autos bauen konnten diese Deutschen. Und Straßen. Und sie konnten mit Geld umgehen. Wenn man wollte, fand man schon den einen oder anderen positiven Aspekt an Deutschland. Es musste ja nicht gerade Fußball oder klassische Musik sein. Aber die Einstellung des deutschen Mannes zu seiner Kleidung machte Giovanni immer wieder fassungslos. Kopfschüttelnd musterte er den Kerl am Nebentisch. Seine attraktive Frau hatte ein nettes, buntes Sommerkleidchen an. Er hingegen trug eine kurze, grünlich schimmernde Hose, aus der schneeweiße, dürre Waden herausragten. Die Füße steckten in dunkelblauen Socken und dazu in braunen Sandalen. Der Anblick schmerzte Giovannis Augen. Außerdem zerschnitt der Typ seine Spaghetti mit dem Messer, um die verstümmelten Fragmente dann exakt gerade ausgerichtet auf die Gabel zu schieben und sich in den Mund zu schaufeln. Soll er sich doch Fusilli, Orecchiette oder Rigatoni bestellen, wenn er mit langer Pasta nicht umgehen kann. Und dann quietschte er beim Schneiden auch noch auf dem Teller herum.

Giovanni hatte sich bestens mit dem kleinen Wirt unterhalten und hervorragend gegessen. Dennoch trank er schnell seinen Espresso aus und verließ das Lokal, um diesem deutschen Banausen nicht länger bei der Vergewaltigung des italienischen Nationalgerichts zusehen zu müssen. Am Ausgang stieß er fast mit einem weiteren Exemplar dieser Spaghettizerschneider zusammen. Dieses offenbar geistig abwesende Muster deutscher Männermode trug eine beigefarbene Dreiviertelhose und rutschte barfuß in seinen Halbschuhen herum. Hatten die denn alle keinen Spiegel zu Hause?

* * *

Charly dachte über seinen Fall nach. War Senftl ermordet worden, nur um zu verhindern, dass er seiner Sekretärin von den sexuellen Eskapaden ihres Freundes erzählte? Vor seinem geistigen Auge erschien das Bild der verführerisch hingestreckten Silke Niedermeyer im halb offenen Seidenkimono auf dem Küchenstuhl. Er war so in die wogende Erinnerung vertieft, dass er beinahe einem breitschultrigen Typen in die Arme gelaufen wäre, der das *Da Gino* gerade verließ. Die dunklen Augen und der blauschwarze Schatten in der unteren Hälfte des sonnengebräunten Gesichts verrieten den Mann eindeutig als Südeuropäer. Da er trotz der Hitze das Sakko seines leichten, hellgrauen Sommeranzugs nicht abgelegt hatte, weil außerdem aus dem weißen Hemd kohlrabenschwarze Brustbehaarung hervorlugte oder vielleicht aufgrund des Zusammentreffens im Windfang einer Pizzeria, verortete Charly die Herkunft seines Gegenübers unterbewusst in südlichsten Italien und trat mit einem automatischen »scusi« zur Seite. Murmelnd, irgendwas mit »tedesci« und »stupido«, rauschte der Anzugträger nach draußen.

In der Gaststube waren drei Tische besetzt. Gino war erkennbar gut gelaunt und tänzelte mit einem breiten Lächeln durchs Lokal. Er servierte Bier, Wein und Pizza mit ausladenden Bewegungen und begrüßte dann Charly mit einem Schulterklopfen. Petra lag immer noch zu Hause darnieder, und um den Kindern nicht wieder ingwerverseuchte Schinkennudeln zu kredenzen, hatte Charly für alle Rigatoni und Salat bestellt.

»Weißt du, hab i mal wieder gesprochen so richtig schöne Süditaliano«, erklärte Gino seine gute Laune. »Mit die Mann hast du gesehen drauße. Is wie eine kleine Urlaub für mi. Wie so ein …«, er griff in der Luft nach einem Wort und erwischte es, »… ein Zellkur, so eine frische. Verstehst?«

Nach dem Essen, als Julia und Ludwig sich satt und zufrieden zurückgezogen hatten, erkundigte sich Charly nach dem Genesungsverlauf seiner Frau, erhielt jedoch eine eher pessimistische Antwort.

»Des is doch auch nur so eine Sommergrippe«, stellte er lapidar fest und verband damit eine gewisse Hoffnung.

»Wieso *auch*? Und was heißt da *nur so eine Sommergrippe*?«, entgegnete sie ihm halb schlafend aus ihrem Krankenlager. »Da möcht ich dich sehen, wennst so beinand wärst«, murmelte sie noch, bevor sie in einen dornröschenhaften Schlummer fiel.

Als Charly später fragte: »Was hast jetzt du für eine Größe? Achtunddreißig, oder?«, brummelte sie nur etwas Unverständliches, das er als Bestätigung interpretierte. Er saß über den Laptop gebeugt und durchstöberte das Internet. Seidenkimonos gab es wirklich in allen möglichen Farben und Schnitten. Aber kurz und dunkelrot, das hatte schon was.

Sechzehn

Kriminaloberrat Zwerglein zupfte an den Ärmeln seines Businessanzugs herum. Er saß am Kopf des Tisches im Besprechungsraum des K1 und hatte lässig die Beine übereinandergeschlagen. Im Hintergrund röchelte die Kaffeemaschine. Margot hatte auf Zwergleins Anordnung hin für alle Kaffee gekocht – »Margot, könntst du 'n Kaffee koch?« »Na klar, mei Gutster.« – für alle, die an der morgendlichen Besprechung teilnahmen: Nager, Barsch, Charly, Sandra, Helmuth, Frau Gambrini-Steinmetz und natürlich Zwerglein. Der Dienststellenleiter hatte nach der Begrüßung lang und breit erklärt, dass er sich gestern den ganzen Tag in München aufgehalten habe, an verschiedenen mordswichtigen Gesprächsrunden beteiligt und mit Personen in maßgeblichen Positionen zusammengetroffen war. Er sei erst spät am Abend zurückgekehrt und hatte keine Gelegenheit mehr gehabt, mit Kollege Nager zu sprechen. Daher sei er nun sehr gespannt auf die ersten Erkenntnisse aus dem Bauamt. Gönnerhaft erteilte er schließlich Nager das Wort: »Bitte schön, Herr Nager!«

»Nun ja«, begann der Wirtschaftsexperte im Maßanzug, »die Sandra und ich, wir haben gestern zuerst die zwei Zeugen, den Herrn Privatier Neiding und seinen Schwiegersohn, den Bauunternehmer Lenz, erneut befragt. Danach haben wir die Wohnung von unserem Selbstmörder im Hinblick auf Preisabsprachen und Korruption durchsucht, und zu guter Letzt waren wir im Bauamt.«

Zwerglein nickte zufrieden. Nager atmete durch und straffte sich.

»Fangen wir vielleicht mit dem Schröder an. Das ist der Selbstmörder aus dem Bauamt. Der Grund für den Selbstmord ist also tatsächlich die Frau, die ihm davon ist. Jahrzehnte lang ein harmonisches Ehepaar, und von einem Tag auf den anderen haut sie ab, ohne Chance auf Wiedervereinigung. Das hat er nicht gepackt.«

Verstohlen musterten Charly und Sandra Helmuth. Der bemerkte die Blicke, lächelte und schüttelte dezent den Kopf. Keine Sorge, alles im grünen Bereich.

»Dieser Schröder war Beamter durch und durch. Das erkennt man an der ganzen Wohnung, genauso wie an Kleinigkeiten, zum Beispiel an seinem Einkaufszettel und am Haushaltsbuch oder daran, wie er in der Garage seine Schrauben sortiert hat.« Nager suchte Sandras Blick. Sie nickte bestätigend.

»Ein richtiger Spießer eigentlich«, resümierte Nager. »Und genauso akribisch, wie er seine Schrauben sortiert hat, hat er auch Aufzeichnungen über Vergünstigungen geführt, die er erhalten hat. Und da waren einige.«

»Aha«, rief Zwerglein freudig erregt dazwischen und wirkte dabei wie Napoleon in der Schlacht bei Jena, als er feststellte, dass die Preußen ungedeckt die Flanke öffneten. »Also doch.«

»Ja, da gab's ab und zu mal einen Besuch in der Loge im Sportpark beim FC 04«, fuhr Nager fort. »Das war dann eine Besprechung, und Schröder war nicht der Ranghöchste dabei. Genauso wie ein Brunch im *Ara-Hotel*, der dann halt als Arbeitsessen deklariert war. Oder eine Einladung zu irgendeiner Messe oder Ausstellung und dafür einen Mietwagen übers Wochenende.« Nager nippte an seiner Kaffeetasse, und gespannt sahen ihm alle dabei zu. »Also, man könnt daraus natürlich den Vorwurf der Vorteilsnahme konstruieren«, referierte Nager und wischte sich mit dem Daumen die Unterlippe ab. »Ob das aber bei einem Toten rückwirkend noch Sinn macht, möcht ich hier nicht beurteilen. Mit Korruption hat es jedenfalls nichts zu tun.«

Zwerglein kommentierte das Gehörte mit einem ungläubigen »Mhm«. Sollte die offene Flanke der Preußen nur eine Finte sein? Schickte er seine Truppen vielleicht in einen Hinterhalt?

»Zumal das auch im Bauamt alles bekannt war.« Nager marschierte weiter durch seinen Vortrag. »Schröder hat sich das alles genehmigen lassen. Wir waren ja, wie gesagt, gestern in der Behörde. Man ist dort sehr kooperativ. Diese Vergünstigungen«, Nager setzte das Wort rhetorisch in Anführungszeichen, »die der Schröder und andere erhalten haben, könnten vielleicht ein Gschmäckle haben, wie man im Ländle sagen würde. Auf die Auftragsvergabe hat sich das nach bisherigen Erkenntnissen nicht ausgewirkt. Da ist alles transparent und vorschriftenkonform gelaufen und ausführlich dokumentiert.« Nager blickte in die Runde und zog eine Klingt-komisch-ist-aber-so-Grimasse.

Tatsächlich, die Flanke der Preußischen Armee war gar nicht ungedeckt. Napoleon hatte sich verrannt. »Na ja, ich weiß nicht recht«, sinnierte der Feldherr. Offenbar wollte er sich mit dieser Erkenntnis nicht abfinden.

»Übrigens«, fiel Nager noch einmal in die strategischen Überlegungen des Schlachtenlenkers. »Wir haben uns natürlich vor allem die Ausschreibungen und Vergaben beim Scherbelberg-Projekt vorgenommen. Also wirklich alles einwandfrei. Was dabei auffällt: Die Sandra hat erzählt, dass der Senftl gewisse Arbeiten von Haus aus nicht machen wollte. Den Einschnitt ins Glacis und so weiter. Es liegen jedoch Angebote der Firma Senftl & Wienert für alle Bauabschnitte vor. Die meisten sind von den beiden Chefs unterschrieben, andere, so wie der im Glacis, nur vom Wienert.«

Auch wenn also der große Angriff in die Flanke der Preußen nicht stattfinden konnte, so hatten sich doch andere wichtige Hinweise ergeben, die das aktuelle Kriegsgeschehen beeinflussen konnten. Für die meisten wenigstens. Bonaparte Zwerglein sah über diese Kleinigkeiten hinweg. Er suchte nach Wegen, den Preußen doch noch einen entscheidenden Schlag zu versetzen. »Die Informanten! Was haben wir von unseren Informanten für Aussagen?«

Nager blätterte in seinen Unterlagen zurück, obwohl er die Aussagen von Neiding und Lenz vermutlich im Kopf hatte. »Der Neiding wollt dazu nichts mehr sagen«, trug er mit Blick auf seine Notizen vor. »Er hätte da vermutlich was falsch verstanden. Alles was er zu dem Thema vor der Polizei schon gesagt hat, wollte er revidieren. Er hätt keine Ahnung von der Branche, und bevor er irgendjemandem was Falsches andichtet, hält er sich da lieber ganz raus.«

»Der Herr Privatier klang ganz so, als hätt ihm sein Schwiegersohn ordentlich den Kopf gewaschen«, fügte Sandra an. »Oder vielleicht auch seine Tochter, wahrscheinlich.«

»Und beim Lenz das Gleiche: Es gab natürlich keine Absprachen. Da ist er falsch verstanden worden. Er hat ganz normal ein Angebot abgegeben, aber den Zuschlag nicht erhalten. Oder nur ein paar kleine. Mit der Insolvenz seiner früheren Firma hat das überhaupt nichts zu tun. Die Insolvenz war wirtschaftlich unabdingbar, schon vor der Auftragsvergabe. Und weitere Auskünfte gibt die Lenz Bau GmbH ab jetzt nur noch über ihren Anwalt, den ehrenwerten Herrn Bierschneider.«

Wieder schaltete sich Sandra ein. »Der Herr Geschäftsführer klang übrigens so, als hätte ihn seine Frau als Firmenchefin sauber eingenordet.«

»Mhm!« Die Schlacht von Jena mit der offenen Preußenflanke war zu Waterloo mutiert. Das schöne Großverfahren Schall und Rauch. Keine bayernweite Presseresonanz, keine aufsehenerregenden Durchsuchungs- und Festnahmeaktionen, keine großformatigen Pfeifenbilder. Zefix!

Bevor sich eine peinliche Stille im Raum breitmachen konnte, meldete sich Frau Gambrini-Steinmetz zu Wort. »Dann hätten wir ja quasi noch ein Motiv mehr für den Herrn Wienert. Mit diesen Bauabschnitten, für die sich Senftl nicht bewerben wollte, mein ich. Da wird's jetzt dann langsam eng. Wir sollten überlegen, was wir als Nächstes tun können. Und das andere vergessen wir einfach.« Ihren Blick erwiderte Zwerglein nicht. Er betrachtete seine Schuhspitzen und zog es vor, zunächst nicht zu antworten.

Die Tür zum Kaffeezimmer ging auf, und Margot erschien. Sie reichte dem KPI-Leiter das Mobilteil seines Telefons. »Hanno, der Herr Präsident für dich.«

»Zwerglein, Herr Prä... – Ja, gestern. – Nun es gab Hinweise, dass ... – Nein, nichts – Jawohl ...« Der Chef erhob sich und verließ den Raum, um das Gespräch mit Präsident Rubin ungestört draußen weiterzuführen.

Auch die Staatsanwältin und Nager packten ihre Unterlagen zusammen. Die Besprechung war beendet. Mit dem Hinweis, dass sie eine ausgedehnte Mittagspause im Biergarten vor sich hätte und sich überlegen werde, ob sie bei diesem herrlichen Wetter überhaupt in ihr Büro zurückkehren werde, verabschiedete sich Frau Gambrini-Steinmetz.

Bevor Charly, Sandra und Helmuth allerdings in die Kantine gehen konnten, hatte Kommissariatsleiter Barsch noch eine Überraschung für sie. »Es stehen zwei Einsätze an. Am nächsten Montag hat der FC 04 ein Heimspiel. Sandra, Helmuth, nach der Gerechtigkeitsliste wärts ihr zwei mal wieder dran. Und morgen Vormittag ist so eine Art Richtfest oder Teilrichtfest am Scherbelberg. Da weihen 's irgendeine Tiefgarage ein, irgendwie. Auf jeden Fall plant die Inspektion einen riesigen Einsatz, weil ein Haufen Leut und die ganze lokale Prominenz erwartet werden. Deswegen hat unser Präsidium jetzt kurzfristig noch entschieden, dass bei dem Einsatz zusätzlich vier Beamte der KPI für alle Fälle teilnehmen. Und weil das ja sowieso euer Fall ist, seids das ihr drei, und Konrad ist der Vierte. Morgen früh, neun Uhr, Jahnstraße. Mahlzeit.«

Das Essen in der Kantine verlief unspektakulär. Sie hatten neben Asiatischer Nudelpfanne und Gyros mit Spätzle erfahren, dass die Frühauf Resi und der Wagner Karl gestorben waren – bei der Resi war's ein ärztlicher Kunstfehler, aber der Karl war schon lang fällig – und dass es auch schon seinerzeit lange heiße Sommer gegeben hatte, die man in Badeanzügen vom seligen Textil- und Miederwaren Krause im Militärbad verbracht hatte.

Der stickige Büronachmittag brachte ebenfalls keine großen Ideen. Das interne Brainstorming des Ermittlertrios zur Frage, wie man Wienert eine Fahrt vom *Bayerischen Hof* nach Ingolstadt oder am Ende sogar die Schüsse auf Senftl nachweisen könnte, ergab nicht mal ein laues Lüftchen. Und schließlich gingen sie verschwitzt, matt und müde in den Feierabend.

Schinkennudeln und Rigatoni hatte es schon gegeben. Zu Charlys Repertoire zählten noch Spaghetti Bolognese, Hawaiitoast, Pfannkuchen, Rühreier und Reispfanne mit allem, aber er hatte heut absolut keinen Bock mehr, sich in die Küche zu stellen. Da er jedoch aufgrund Petras Unpässlichkeit immer noch für die Verpflegung zuständig war, entschloss er sich, Fast Food mit nach Hause zu nehmen. Petra würde vermutlich meckern, bei seinen Kindern dagegen käme er damit bestimmt gut an.

Kaum hatte ihm eine lächelnde McDonald's-Mitarbeiterin die braunen Papiertüten ins Auto gereicht und der typische Hamburgergeruch sich breitgemacht, da fühlte Charly schon wieder diese innere Unruhe. Es war Essen, und zwar warmes Essen. Aber von der Eriagstraße bis nach Hause war es ganz schön weit. Und weil er seiner Familie die Burger warm servieren wollte, nervten ihn jede rote Ampel, jeder Trödler und jede Geschwindigkeitsbeschränkung noch mehr als sonst. Über die Autobahn und durchs Manchinger Industriegebiet kam er relativ gut voran, und in der 30er-Zone in Pichl war er allein unterwegs. Die Erkenntnis, dass ihm der VW-Bus am Straßenrand bekannt vorkam, war noch nicht ganz fertig gedacht, als es auch schon rot blitzte. »Zefix!«

Stehen bleiben, umdrehen und mit dem Kollegen der Radargruppe diskutieren widersprach Charlys Naturell. Außerdem war dann das Abendessen mit Sicherheit eiskalt, bis er nach Hause kommen würde. Also fuhr er weiter. Er konnte ja morgen mal anrufen und sich unverbindlich erkundigen, wie schnell er unterwegs war. Als er nach dem Schreck auf den Tacho geblickt hatte, stand die Nadel bei knappen fünfzig.

»Scho wieder Mäcki«, maulte Ludwig. Es stellte sich heraus, dass er die letzten beiden Abende jeweils noch zu McDonald's gefahren war.

»Gesund is des nicht, was wir so essen«, nörgelte Julia. Und wenn schon, dann wäre ihr ein Salat lieber gewesen.

Nur Petra strahlte. »Ich hab heut den ganzen Tag schon richtig Appetit auf einen BigMac. Ich wollt dich fast schon in der Arbeit anrufen.« Dann biss sie herzhaft zu. Offenbar war sie auf dem Weg der Besserung.

Genau wie Petra verputzten seine Kinder trotz des Genörgels ihre Burger bis zum letzten Krümel und waren genau wie er pappsatt, wenigstens im Augenblick. Die Teller wanderten in den Spüler, und der Rest flog in die Papiertonne. Damit war die Küchenarbeit schnell erledigt, und Charly entschloss sich kurzerhand, mal wieder das Altherrentraining zu besuchen. Die Ablenkung und die Bewegung würden ihm guttun.

Nach dem heißen Tag war der Abend richtig angenehm. Charly fand Gefallen daran, sich ordentlich auszupowern. Der Schweiß lief in Strömen. Das würde er jetzt wieder regelmäßig machen, und dann würde er bei dieser überspannten Tussi noch mal ein Hemd kaufen, en vogue, Größe zweiundvierzig oder einundvierzig.

Allerdings war der Boden unter dem strapazierten Rasen ausgetrocknet und steinhart. Charly spürte seine Knöchel und Knie bereits nach den ersten Sprints. Vielleicht sollte er mit dem regelmäßigen Trainingsbesuch doch warten, bis die Hitzeperiode vorbei war.

Nach dem Training musste natürlich der Flüssigkeitsverlust wieder ausgeglichen werden. Bei dieser Gelegenheit fragte wie üblich der AH-Leiter die Anwesenden, wer denn am Samstag spielen könne. Freiwillige Meldungen wären dringend erforderlich, weil ein Kamerad aus der Viererkette mit einer angeknacksten Rippe ausfiel. Da aber das Match für den frühen Nachmittag angesetzt war und die Wetterdienste für Samstag wieder mindestens dreißig Grad vorhersagten, verspürte Charly überhaupt keine Lust, sich daran zu beteiligen. Er sagte ab und schob es auf den Dienst, die aktuellen Ermittlungen. Das verstand jeder, die Arbeit ging vor.

Siebzehn

Die Jahnstraße war von beiden Seiten her abgesperrt. Nur die Limousinen der Politprominenz durften passieren und auf den Parkplatz am Fuße des Scherbelbergs fahren. Daneben waren ein Areal von der Größe eines Tennisplatzes freigeräumt und ein Cateringzelt aufgebaut worden. Vor der Einfahrt zur zukünftigen Tiefgarage hatte man eine kleine Bühne gezimmert und ein Rednerpult darauf platziert. Am Gerüst, das den grauen Betonklotz immer noch umgab, wehten bunte Bänder, und am Geländer der obersten Plattform war ein geschmücktes Bäumchen befestigt.

Die Instrumente der Blaskapelle St. Pius blitzten in der Vormittagssonne, und zu den Klängen eines schneidigen Marsches füllte sich langsam der Platz mit Landespolitikern, Geldgebern, Stadträten und Leuten, die einfach nicht fehlen durfte, wenn die Wichtigen sich ein Stelldichein gaben.

Die Bevölkerung war herzlich eingeladen, dem Festakt beizuwohnen, musste dabei allerdings hinter der Absperrung auf der anderen Seite der Jahnstraße bleiben. Von dort waren die Reden, die der Bürgermeister, der Münsterpfarrer, der Baudirektor, die Frau Ministerin und so weiter gleich halten würden, gut zu hören und man konnte den verdienten Applaus spenden. Die Oberen waren aber doch weitestgehend unter sich.

Charly stand an der Absperrung hinter dem Cateringzelt und unterhielt sich mit dem Kollegen Johannes von der Inspektion. Durch eine hochgeschlagene Zeltbahn konnte er sehen, was dem Blick des Applaudiervolkes verborgen blieb: Die lange Tafel der Köstlichkeiten, die später in dem Zelt gereicht werden würden: Kanapees und Hors d'œuvre, alles, was im Meer krabbelt und schwimmt, in Weinbergen kriecht und in Tümpel hüpft.

Er hatte gleich heute Morgen bei der Verkehrspolizei angerufen und von einem der Radarfachmänner die Auskunft erhalten, dass er mit knappen fünfzig Stundenkilometern gemessen worden sei. Ob er denn irgendeinen Rechtfertigungsgrund anführen möchte, hatte der Kollege mit einem hörbaren zynischen Grinsen gefragt. Es würde eine kleine Geldbuße geben, keine Punkte, kein Fahrverbot. Darum beließ es Charly dabei, auch wegen der Vorbildfunktion für Ludwig.

Ganz entspannt sah er nun diesem Einsatz entgegen, der ihm eine Auszeit von der Ermittlungsroutine und von seinem Schreibtisch verschaffte, bei dem es für ihn von der Kripo voraussichtlich nicht viel Arbeit geben würde. Hauptsächlich hatten die Kollegen mit Verkehrs- und Absperraufgaben zu tun. Die Höhergestellten demonstrierten Polizeipräsenz am Rand der VIP-Zone und ließen ihre Sterne in der Vormittagssonne blitzen. Charly hielt sich lieber hinter dem Cateringtempel im Schatten auf und plauderte mit Johannes.

Langsam füllte sich der Platz vor dem Zelt mit geladenen Gästen. Man begrüßte sich, man beglückwünschte sich zu der gelungenen Baumaßnahme, man verlor noch zwei, drei Sätze über die letzte Sitzung oder man zog sein Gegenüber ins Vertrauen bezüglich der nächsten Abstimmung. Ansonsten stand man in der Sonne und zeigte ein unbekümmertes Wahlplakatlächeln.

Kurz vor dem offiziellen Beginn der Veranstaltung sorgten einige Demonstranten für Unruhe unter der elitären Schar. Und auch am Polizeifunk wurde es lebhafter. Die kleine Gruppe von vielleicht fünfzehn oder zwanzig Personen hatte es geschafft, sich oben am Scherbelberg zu postieren, obwohl der Zugang zu dem Hügel eigentlich abgeriegelt hätte sein sollen. Sie hielten Transparente und Plakate in die Höhe, auf denen sie sich für den Grüngürtel der Stadt und gegen die Errichtung des monumentalen Kongresszentrums aussprachen.

Bisschen spät, wenn die Tiefgarage schon eingeweiht wird, dachte Charly. Aber eigentlich genau in Harry Senftls Sinn. Charly konnte sich gut vorstellen, dass der Bauunternehmer auf Seiten der Demonstranten gestanden wäre, zumindest was den Grüngürtel betraf.

In dem kleinen Haufen war alles vertreten: ältere, hagere Männer mit grauem Zopf, junge Frauen mit Kindern in Tragetüchern vor sich, bärtige Kerle der mittleren Lebensphase und pickelige Studenten beiderlei Geschlechts.

In der ersten Reihe der Gruppe entdeckte Charly den feuerroten Schopf von Leonie Fleischer, der jungen Frau, die er nach der Demo am Theaterplatz vernommen hatte. Sie trug ein Schild, auf dem schlicht und ergreifend »Betonköpfe« stand.

Unaufgeregt stieg der Einsatzleiter zu den Demonstranten nach oben, und nach einem kurzen Gespräch konnte er sie dazu bewegen, den Hügel zu verlassen und sich mit ihren Transparenten hinter die Publikumsabsperrung an der Jahnstraße zu stellen. Dort entdeckte Charly auch das unrasierte Gesicht Nowaks, der ein wenig zur Seite trat, um den Demoteilnehmern Platz zu machen, und diese dann sichtlich amüsiert von der Seite beobachtete.

Nach dem beklatschten Umzug der Gruppe legte sich die Aufregung schnell, und die Prominenz konnte sich wieder ihren Gesprächen widmen.

Aus der smalltalkenden Meute sonderte sich der hemdsärmlige Stadtrat Hirner ab und schlenderte auf Charly und

Johannes zu, wobei er seinen prüfenden Blick über das Bauwerk hinter ihnen gleiten ließ.

»Saubere Arbeit«, urteilte der stämmige Handwerksmeister und deutete mit dem Kinn auf die Tiefgarage. »Erstklassig betoniert. Des is für die Ewigkeit gebaut. Kost ja nix.« Er nickte Charly und Johannes lächelnd zu, fischte ein Taschentuch aus der Hosentasche und wischte sich damit den Stiernacken. »Wird wieder heiß heut. Bleibts nur lieber da im Schatten.«

Bevor Charly oder Johannes antworten konnten, setzte die Kapelle zu einer infernalischen Interpretation eines Tusches an, und der Bürgermeister als oberster Bauherr betrat die Bühne.

»Ui, jetzt geht's los«, stellte Stadtrat Hirner fest, wurstelte das Taschentuch wieder in die Hose und trollte sich nach einem Abschiedslächeln nach vorne auf den Präsentierteller.

Der Bürgermeister begrüßte eine endlose Reihe von Ehrengästen, bedankte sich bei allen, die an der Verwirklichung des Projektes mitgeholfen hatten, und kam dann freudestrahlend zu dem Punkt, dass die Tiefgarage wesentlich günstiger erstellt werden konnte als ursprünglich veranschlagt. Nach dem Bürgermeister stellte sich der verantwortliche Baudirektor ans Pult und verkündete mit stolzgeschwellter Brust, dass das Projekt Scherbelberg im aktuellen Bauabschnitt deutlich hinter dem errechneten Finanzbedarf lag. Danach führte er noch ellenlang fachliche Details zur Errichtung der Tiefgarage aus, die wohl außer Stadtrat Hirner keiner der Anwesenden so richtig verstand. Im Anschluss an den Herrn Baudirektor übernahm die Frau Ministerin das Mikrofon. Sie hatte zwar fachlich mit dem Projekt nicht das Geringste zu tun, war aber eine der lokalen Größen in der Landespolitik und betrachtete sich als

Vertretung des Herrn Ministerpräsidenten, der leider verhindert war. Außerdem stand der nächste Wahlkampf an, und die Gelegenheit, bei so einem erfreulichen Anlass in die Kameras zu grinsen, wollte sie sich nicht entgehen lassen. Sie lobte die umsichtige Ausführung der Arbeiten, die das Ganze sogar günstiger gemacht hatten als gedacht. Diesen positiven Aspekt projizierte sie dann auf andere Themen der Landespolitik und kam vom Hundertsten ins Tausendste. Je länger die Reden dauerten, desto mehr war Charly froh, ein wenig abseits im Schatten zu stehen.

Irgendwann schlich sich eine Frau aus der Schar der Zuhörer, die auf dem Hauptplatz stand, fort und streunte an der Absperrung entlang auf Charly und Johannes zu. Sie war sehr dünn, trug einen bodenlangen, gebatikten Rock und ein verwaschenes Top. Charly fragte sich, ob lange, graue Haare so aussahen, wenn man sich nicht drum kümmert, oder ob das, was die Frau auf dem Kopf trug, eine topmodische, sündteure, alternative, exklusive Frisur war. Sie erinnerte Charly an eine weise indianische Medizinfrau, die die Zukunft sehen kann und keinen Wert auf ihr Aussehen in der Gegenwart legt.

»Oh Gott, die Thalhammer-Ganslmeyer«, stellte Johannes fest, nachdem er die Frau erkannt hatte. Charly kannte nur den Namen als den einer streitbaren Stadträtin, die eigentlich gegen alles etwas einzuwenden hatte.

»Grüß Gott, Herr Kommissar«, begrüßte Frau Thalhammer-Ganslmeyer Johannes, den sie offenbar auch kannte. Charly bedachte sie mit einem freundlichen Lächeln. Er trug Zivil und galt als potenzieller Wähler.

»Grüß Gott, darf ich vorstellen, Frau Stadträtin Thalhammer-Ganslmeyer. Hauptkommissar Valentin von der Kripo.«

Das Wählerlächeln verschwand. Charly gehörte zum Apparat der Staatsmacht, war Obrigkeit und offenbar kein Wähler mehr. »Was tut denn die Kripo bei dieser Veranstaltung?«, fragte die Indianerin misstrauisch. »Daten sammeln? Dürfen Sie das überhaupt?«

»Was?«, war alles, was der verdutzte Charly herausbrachte.

»Hier rumstehen und uns ausspähen! Haben Sie keine andere Arbeit?«

»Äh, doch, genug. Beschwerden bitte an den Herrn Präsidenten Rubin. Der hat das angeordnet, dass wir mit aufpassen, damit den Prominenten nichts passiert.«

Der Name Rubin zeigte Wirkung. Vermutlich war der Polizeipräsident eine Nummer zu groß, denn die Stadträtin ritt nicht weiter auf dem Thema herum. Stattdessen hob sie das rot-weiße Absperrband hoch und schlüpfte darunter durch.

»Äh, Frau Thalhammer-Ganslmeyer«, intervenierte Johannes, »das ist eine Absperrung, eben damit niemand durchgeht.«

Die Stadträtin warf mit einer forschen Bewegung ihre Silbersträhnen nach hinten. »Ich bin dafür bekannt, dass ich immer hinter die Kulissen blicke, den Sachen auf den Grund gehe. Ich lass mich nicht von aufgehübschten Fassaden täuschen.« Kampfbereit funkelte sie Charly an, obwohl der noch gar nichts gesagt hatte.

»Des is eine Baustelle, nicht ungefährlich. Und darum ja mit dem Band gesichert, also abgesperrt«, versuchte er zu argumentieren.

Thalhammer-Ganslmeyer stemmte die Hände in ihre dürren Hüften. »Wollen Sie mich als Stadträtin daran hindern, mir dieses öffentliche Projekt genau anzuschauen?«

Charly überlegte, ob er die Honoratiorin tatsächlich zurückhalten konnte. Er konnte vielleicht schon. Aber es war vermutlich nicht ratsam. Sie würde einen Aufstand machen, der sich gewaschen hätte. Also ließ er es lieber bleiben.

»Die Reden sind gleich vorbei. Dann gibt's den Sektempfang im Zelt mit den ganzen Köstlichkeiten«, versuchte er es auf andere Art.

»Tss«, zischte sie schnippisch, während sie sich schwungvoll umdrehte. »Ich bin Veganerin und Antialkoholikerin. Glauben Sie, es wird da drin irgendwas für mich geben?« Ohne eine Antwort abzuwarten, machte sie sich auf den Weg und erklomm eine Rampe aufs Gerüst.

Ein kühler Luftzug aus der Tiefe des Bauwerks blähte ihren Batikrock und die gleißende Sonne schaffte es sogar, das stumpfe, graue Haar glänzen zu lassen, als Frau Thalhammer-Ganslmeyer hinter der vorderen Betonwand verschwand.

Inzwischen sprach der Münsterpfarrer salbungsvolle Worte. Am Schluss mutmaßte er, würde Jesus in unserer Zeit leben und ein Auto fahren, so wäre diese Tiefgarage bestimmt sein Lieblingsparkplatz, bevor er vom Scherbelberg herab predigen würde.

Danach intonierte die Blaskapelle St. Pius eine äußerst getragene Version von *Großer Gott, wir loben Dich*, und schließlich lud der Baudirektor die geladenen Gäste ins VIP-Zelt zu einer kleinen Stärkung. Die Kapelle rückte näher heran und blies dezent im Hintergrund *Let it be*, *Hotel California* und *Smoke on the Water*.

Der Sekt perlte, und die Weinbergschnecken glibberten die Kehlen hinab. Das Geplapper wurde lauter. Man lachte und scherzte. Ab und zu war der sonore Bass von Stadtrat Hirner zu vernehmen, der seinen Zuhörern das Stahlbeton-

Pressguss-Verfahren näherbrachte. Dem Stadtpfarrer entfuhr ein »Ach, du lieber Gott«, als ihm ein Wachtelei aus den Fingern glitt und in den Krabbencocktail fiel. Die Frau Ministerin kam vor lauter Grinsen nicht zum Essen und Trinken. Alles in allem eine sehr gelungene Veranstaltung, bei der man sich untereinander ordentlich beweihräucherte.

Plötzlich zerriss ein gellender Schrei das harmonische Buffetgebrabbel. Augenblicklich verstummten die VIP-Gespräche. Die Musik brach disharmonisch ab. Beethovens *Ode an die Freude* blieb unvollendet.

Der Schrei war mitten aus der Baustelle gekommen. Genau aus der Richtung, in die Frau Thalhammer-Ganslmeyer zuvor verschwunden war.

Johannes und Charly sahen sich an und verdrehten dann beide die Augen, bevor sie sich umdrehten und über die Rampe aufs Gerüst spurteten. Hoffentlich hat sie sich gscheit wehgetan, dachte Charly, während er nach oben lief.

Als sie die vordere Betonmauer umrundet hatten, sahen sie die Stadträtin. Sie stand im hinteren Bereich der Baustelle, auf der dritten Etage eines Gerüstes um einen eingeschalten Turm, hatte beide Hände vor dem Mund und starrte in die Tiefe. Wehgetan hatte sie sich aber offensichtlich nicht.

Es war nicht einfach, zu ihr zu gelangen. Sie mussten mehrmals von einem Gerüst herunter und aufs nächste wieder hinauf, bis sie endlich bei Frau Thalhammer-Ganslmeyer ankamen. Sie war kreidebleich, sah die Polizisten mit weit aufgerissenen Augen an und deutete wortlos in die Tiefe. Mit schweren Platten war eine Schalung für einen drei mal drei Meter großen Pfeiler errichtet worden, der wohl irgendwann demnächst hätte betoniert werden sollen. Die Verschalung war etwa sechs Meter hoch, und am

Grund war das Fundament für den Pfeiler bereits gegossen. Auf diesem Fundament lag ein Mann.

»Notarzt«, schrie Johannes nach hinten zu den nacheilenden Kollegen.

»Da braucht's koan Notarzt nimmer«, stellte Stadtrat Hirner fest und schob sich den Rest eines Kaviarcrackers in den Mund. Charly wunderte sich, wie der stämmige Mann so schnell hierhergekommen war. Er musste gleichzeitig mit ihnen losgelaufen und ein geschickter Gerüstkletterer sein. Wie auch immer, der Volksvertreter hatte grundsätzlich recht, denn aus dem Fundament ragten mehrere fingerdicke, rostbraune Stahlstäbe nach oben, und einige davon hatten den Oberkörper des Mannes durchbohrt. Er war eindeutig tot.

»Da brauchst eher einen Kran, damit du den da rausholen kannst«, analysierte Hirner kühl weiter. Und wieder hatte er recht, auch wenn es so weit noch nicht war. »Aber sauber eingschalt, die ganze Sach da.«

Weil nun gleich mehrere der Gäste die Gerüstplattform erreichen würden, stellte sich Charly mit ausgebreiteten Armen vor die Schalung. »Alle, die hier nichts verloren haben, gehen jetzt bitte hinter die Absperrung. Und ich will von jedem, der innerhalb der abgesperrten Baustelle war, den Namen wissen. Die Kollegen werden das vorne beim Zelt aufschreiben.« Er erwartete erbitterten Datenschutzwiderstand von Frau Thalhammer-Ganslmeyer, die blieb jedoch ruhig und leichenblass.

»Diese Stahldinger …«, brabbelte sie nur.

»'s Baustahl«, erläuterte Hirner. »Des is äußerst wichtig, damit sich das Fundament mit dem Baukörper richtig verbindet. Weil wissen S', des bewegt sich ja alles. Kommen S', ich bring Sie vor zum Zelt, da erklär ich Ihnen das.« Er legte seinen kräftigen Arm um Frau Thalhammer-Ganslmeyers schmale Schultern und führte sie weg.

Nachdem die VIPs murrend verschwunden waren, hatten Charly und Johannes Zeit, die Situation genauer zu betrachten.

»Sieht aus wie ein Südländer, oder einer vom Balkan«, stellte Johannes fest. »Jedenfalls kein Deutscher.«

Charly hatte das Gefühl, den Mann, der durchbohrt da unten lag, schon mal irgendwo gesehen zu haben. Im Augenblick wollte ihm partout nicht einfallen, wo. Der Tote trug eine leichte Sommerhose und ein Sakko. Das ursprünglich weiße Hemd war blutdurchtränkt. Der Mann starrte mit offenen Augen nach oben in den wolkenlosen Himmel. Neben ihm lag eine Armani-Sonnenbrille. In der Rechten hielt er eine Beretta.

»Und was is des jetzt da?«, fragte Johannes.

»Schwer zu sagen«, antwortete Charly nachdenklich. »Ohne die Pistole hätt's ein Unfall sein können. Wär komisch, hätt aber sein können. Mit der Pistole schaut's unweigerlich aus, als ob irgendwas dahintersteckt, das wir jetzt noch nicht wissen. Auf jeden Fall brauchen wir da jetzt mal die Spurensicherung, einen Arzt für die Leichenschau oder am besten gleich einen Gerichtsmediziner.«

»Und einen Kran«, ergänzte Johannes, während er sein Funkgerät zückte.

Es ging auf Mittag zu, und die Sonne brannte unbarmherzig auf die Baustelle. Bernd Fischer hatte den Auffindeort extra abgesperrt und alle aus dem unmittelbaren Bereich um den eingeschalten Pfeiler verjagt. Bis der Rechtsmediziner aus München anreiste, hatte der Spurensicherer das Gerüst und die Schalung untersucht, aus allen möglichen Perspektiven fotografiert und damit begonnen, ein Video zu drehen.

Man hatte Raudobler, den Polier, gerufen, und der hatte eine Leiter besorgt, die lang genug war, dass Fischer und der Gerichtsmediziner nach unten zur Leiche steigen konnten.

Sie begannen mit einer sorgsamen Untersuchung des Leichnams, mussten aber bald kapitulieren. »So aufgespießt können wir nicht viel machen. Wir können ihn nicht umdrehen und nicht ausziehen«, rief der Gerichtsmediziner nach oben. »Der muss da raus.«

Raudobler hatte inzwischen den Kranführer verständigt, der wegen der Feierlichkeiten eigentlich erst heute Nachmittag hätte kommen sollen. Nun saß der Mann hoch oben in seiner Kanzel und bugsierte vorsichtig den schweren Kranhaken in den eingeschalten Pfeiler. Man war bauseits natürlich für Leichenbergungen nicht gerüstet, und zwei breite Spanngurte waren alles, was Raudobler anbieten konnte. Mühsam werkelten Fischer und der Rechtsmediziner die Gurte unter der Leiche durch und hängten sie dann am Kranhaken ein.

Charly befürchtete, der Kranführer könnte den Mann zu weit nach oben heben und den Schaulustigen, die trotz der Hitze immer noch hinter der Absperrung an der Jahnstraße ausharrten, das makabre Schauspiel eines schwebenden Leichnams über der Baustelle bieten. Wenn er dagegen den Körper nur knapp über die Schalung heben und gleich daneben ablegen würde, dann bliebe die Aktion durch Gerüste und bereits errichtete Bauteile vor den Augen der Zuschauer verborgen. Sie würden nur ein gespanntes Kranseil sehen.

Er teilte Raudobler seine Bedenken mit, und der Polier gab dem Kranführer einige mysteriöse Handzeichen, die der Mann verständig nickend zur Kenntnis nahm. Nachdem Fischer das Okay gegeben hatte, spannte sich das Kranseil, und Zentimeter um Zentimeter wurde der tote

Körper angehoben. Mit einem schmatzenden Geräusch glitt der Torso von den Baustahlstäben. Als die Leiche in den zwei Gurten knapp über der Schalung baumelte, sah Charly sich um. Es funktionierte. Von der Jahnstraße aus war die Bergung nicht zu sehen. Dann entdeckte er Riederer. Der Lokalreporter hatte sich natürlich mit seiner Position an der Jahnstraße, von der aus er nichts erkennen konnte, nicht zufriedengegeben. Jetzt stand er an einem Fenster im vierten Stock des Taschenturms. Wie er in den historischen Stadtmauerturm, der normalerweise versperrt war, gelangen konnte, wusste Charly nicht. Auf jeden Fall zielte er von dort aus mit einem Teleobjektiv direkt auf die Kranleiche. Als er bemerkte, dass Charly zu ihm hinübersah, winkte er freundlich.

Noch auf dem Gerüst untersuchten Fischer und der Rechtsmediziner die Leiche. Der Erkennungsdienstler stellte die blutdurchtränkte Kleidung sicher, und der Tote wurde in einem Zinksarg abtransportiert.

»Da war nicht viel zu machen«, teilte der Gerichtsmediziner abschließend mit, während er sich die Gummihandschuhe abstreifte. »Außer den Wunden durchs Baustahl hat er noch eine Platzwunde am Hinterkopf, die ihm vermutlich vorher beigebracht wurde. Sie stammt jedenfalls nicht vom Sturz. Aber sie war auch nicht tödlich, hat ihn höchstens bewusstlos gemacht.« Er rieb sich die Nase und grinste Charly dann an. »Genaueres sage ich Ihnen nach der Obduktion. Traun Sie sich das schon wieder zu oder schicken Sie lieber gleich Ihre Kollegin?«

»Und dann hat ihn die Tralala-Dingsda entdeckt«, erläuterte Charly im Kaffeezimmer. KOR Zwerglein war von einer KPI-Leiter-Besprechung am Ammersee zurückgekehrt.

Ein Termin, über den er sehr unglücklich gewesen war. Ausgerechnet an dem Tag, an dem sich so wichtige Personen in Ingolstadt ein Stelldichein gegeben hatten. Aber was sein muss, muss sein. Jetzt saß der Chef zusammen mit Charly, Sandra, Helmuth, Barsch und Bernd Fischer im Besprechungsraum des K1 und ließ sich die Fakten schildern.

»Wir haben absolut keine Hinweise auf seine Identität«, meldete sich Fischer. Der Spurensicherer hatte die Kleidung des Toten durchsucht und dabei absolut nichts gefunden. »Kein Ausweis, kein Geldbeutel, keine Schlüssel. Nicht das Geringste. Jetzt hängen die Sachen im Trockenschrank. Die sind vollkommen blutdurchtränkt. Ich schau mir dann morgen alles noch mal genau an. Da wird vermutlich nicht viel mehr dabei rauskommen.«

»Haben Sie an DNA-Spuren gedacht, Herr Fischer?«, fragte Zwerglein.

Der Bernd is ja nicht blöd, wollte Charly schon antworten. Oder: Jetzt, wo Sie's sagen Chef, jetzt fällt's uns wieder ein. Er konnte sich jedoch zurückhalten.

Stattdessen sagte Fischer ganz nüchtern: »Natürlich. Und Fingerabdrücke auch. Die sind negativ, also in Deutschland noch nie erfasst worden. DNA und alles Weitere dauert noch. Genauso wie eine biometrische Gesichtsrecherche und die Isotopenanalyse. Ich fahr jetzt dann gleich die Bilder und Haare rauf ins LKA.« Typisch Fischer, dachte Charly, er konterte dumme Sprüche am liebsten mit fachlichen Aussagen, über die sein Gegenüber erst nachdenken musste.

»Und die Waffe?«, fragte der Dienststellenleiter unbeirrt.

»Eine Pistole, Beretta. Nummer ist ausgeschliffen. War geladen und entsichert. Die nehm ich heut Nachmittag mit zum LKA, zum Beschuss.«

»Mhm«, machte der Chef nachdenklich und ließ eine Pause folgen, in der nur das Röcheln der Kaffeemaschine zu hören war. »Gehört das jetzt mit dem Fall Senftl zusammen oder nicht?«

»Warum sollte das zusammengehören?«, zweifelte Charly. »Die einzige Verbindung zwischen den beiden Toten ist bisher die Baustelle am Scherbelberg. Und die spielte im Fall Senftl eher eine untergeordnete Rolle.«

»Na, na, na«, schaltete sich Barsch ein. »Immerhin hat's doch da Reibereien zwischen dem Senftl und seim Partner gebm, oder? Und außerdem habts ihr gsagt, dass dieser Wienert gern allein das Regiment in der Firma hätt.«

»Schon«, antwortete Charly, »aber die Querelen beim Projekt Scherbelberg, die reichen als Motiv in meine Augn wirklich ned. Des sind doch Kleinigkeiten. Und wenn der Wienert die Alleinherrschaft im Großen und Ganzen und in aller Zukunft will, dann hat das mit dem Scherbelberg ja auch ned direkt was zu tun.«

Die Kaffeemaschine hörte auf zu röcheln, und der Chef traf eine Entscheidung. »Wir werden es rausfinden. Auf jeden Fall gründen wir eine Arbeitsgruppe, die AG Scherbelberg. Ich ordne an, dass …« Dann folgte wieder die Checkliste, die Zwerglein für solche Fälle im Kopf hatte, mit allen organisatorischen Regelungen und fünfunddreißig »Ichs«. Nur zum wichtigsten Punkt äußerte sich der KPI-Chef nicht: Wer sollte den Fall in der AG bearbeiten?

Danach befragt, zählte Kommissariatsleiter Barsch alle auf, die wegen Urlaub, Krankheit, Abordnung, Elternzeit, Sondereinsätzen, Lehrgang, Pension und Mutterschutz nicht verfügbar waren. Es blieben eigentlich nur Charly, Sandra und Helmuth übrig. Das erleichterte Zwergleins Entscheidungsfindung.

»Gut«, sagte er, »dann ist die Besatzung der AG Scherbelberg zunächst mal identisch mit der AG Baumeister. Wird schon irgendwie gehen.«

Charly starrte den Chef nur an, und Helmuth sagte ebenfalls nichts dazu.

»Kaffee, Chef?«, fragte Sandra.

»Nein danke, Frau Englberger.« Zwerglein stand schwungvoll auf. »Ich muss rauf und mit der Pressestelle eine Erklärung absprechen. Außerdem muss ich noch den Herrn Präsidenten informieren.«

Das wär eine gute Gelegenheit, um an höherer Stelle auf die besorgniserregende Personalsituation bei der Kripo hinzuweisen, wollte Charly ihm noch hinterherrufen, aber da war der Chef schon verschwunden. Und vermutlich war ihm seine eigene Darstellung momentan wichtiger, als die Personaldecke seiner provinziellen Sprungbrettdienststelle.

Sandra schenkte Kaffee ein. »Ich hab gedacht, eine Arbeitsgruppe wird gegründet, damit sich die Kollegen intensiv um den zugewiesenen Fall kümmern können, ohne durch andere Arbeiten abgelenkt zu sein.«

»Jammerts doch ned rum«, knurrte Barsch. »Das geht schon. Früher haben wir so was nebenbei erledigt.« Er nahm seine Kaffeetasse und verzog sich in sein Büro, um Zwergleins Aufträge zu erfüllen. »Ich bin jetzt mal eine Zeit lang nicht erreichbar.«

»Aha, nebenbei«, maulte Sandra.

Helmuth lächelte nur. »Lass ihn doch. Wir machen's schon irgendwie. Mach ma doch immer.«

»Und was machen wir heut noch?«

Charly erinnerte sich daran, dass Sandra heute Morgen erwähnt hatte, abends mit ihrem Bärli ein Open-Air-Konzert besuchen zu wollen. Und bestimmt hatte Helmuth mit seiner Yvonne irgendwas Schönes für den Abend geplant. »Für heut is Schluss«, entschied er deshalb. »Wir warten die Ergebnisse vom LKA und vom Bernd ab. Morgen früh bei der Besprechung entscheiden wir dann, wie's weitergeht. Schönen Feierabend.«

Achtzehn

»Ich glaub, dass du spinnst!« Der Beamte in der Haushaltsabteilung des Präsidiums, Sachgebiet Schadenersatz, starrte Charly über seine Brillengläser hinweg an. »Mit dem Privatwagen zu Ermittlungen fahren? Ts, ts, ts. Da müsst schon ein zwingender Grund vorliegen, dass das überhaupt geht, gell.«

»Es war kein Dienstwagen mehr da«, entgegnete Charly. Die Besprechung der AG Scherbelberg war erst für zehn Uhr an diesem Freitagmorgen angesetzt. Darum wollte er vorher noch schnell die Sache mit dem Unfallschaden erledigen. Er hatte inzwischen eine Rechnung über sechshundert Euro dafür bezahlt.

»Das ist kein zwingender Grund.« Mit hochgezogenen Augenbrauen widmete sich der Haushälter wieder der Akte vor sich. »Dann muss man halt warten, bis wieder einer da ist, gell.«

»Ja, aber …«

»Da gibt's nix«, fiel ihm der Bürokrat ins Wort. »Im Gegenteil!« Er nahm die Brille ab und fixierte Charly mit zusammengekniffenen Augen. »Des war eine eigenmächtige, unautorisierte Handlung, gell. Da musst froh sein, wenn du kein Disziplinarverfahren kriegst.« Wieder strich er mit dem Bleistift auf dem Blatt vor sich herum.

»Also, des is …«

»Und die Sach mit deiner verschmutzten Kleidung und die kaputten Schuhe, die fallen genauso wenig unter die Richtlinien.« Der Kollege war anscheinend ganz in seinem Element. »Für solche Einsätze auf schmutzigen Baustellen und in Brandorten hat die Kripo extra diese grünen Overalls, gell.«

»So einen hab ich aber nicht.«

»Der steht dir auch nicht zu. Den bekommen nämlich nur Spezialeinheiten, zum Beispiel, und Brandfahnder.«

In Charly stieg langsam Wut hoch. »Und wie soll ich dann in so einen Brandort hineingehen?«

»Gar nicht. Dafür gibt's doch Spezialisten. Und die haben entsprechende Ausrüstung, gell.«

»Und wenn die EZ mich am Sonntag anruft?«

Der Sachbearbeiter schüttelte nur den Kopf, ohne Charly eines Blickes zu würdigen.

»Zefix, leckts mich doch dann am ...«

Das Knallen der Bürotür übertönte den letzten Teil des Satzes.

»Vorsicht, gell!«, rief ihm der Kollege hinterher.

Frau Gambrini-Steinmetz hatte heute offenbar keine Gerichtsverhandlungen mehr auf dem Terminkalender, denn sie trug nur ein enges Top, das viel Luft an ihr ansprechendes Dekolleté ließ. Dazu einen kurzen Jeansrock, so konnte man die Sommerhitze aushalten. Sandra steckte in einer knielangen Caprihose und ebenfalls in einem schulterfreien Shirt. Dazu hatte sie luftige Riemchensandalen an den nackten Füßen. Charly, Helmuth und Fischer begannen trotz möglichst leichter Hemden in ihren langen Hosen, Halbschuhen und Socken bereits wieder zu schwitzen. KOR Zwerglein und Kollege Nager trugen hellgraue Anzüge, Nager ohne, Zwerglein mit Krawatte.

»Und, wissen wir jetzt schon, wer der Tote ist?«, fragte der Dienststellenleiter.

Fischer schüttelte den Kopf. »Nein, Fingerabdrücke und DNA negativ. Das biometrische Verfahren beim LKA läuft noch. Aber ich hab trotzdem was Interessantes.« Er verteilte einige Blätter mit ausgedruckten Fotos in der Runde. »Ich hab heute Morgen noch einmal die Kleidung des Mannes untersucht. Sämtliche Taschen waren absolut leer. Auffällig ist …« Er hob eines der Fotos in die Höhe, das den komplett blutverkrusteten Kragen eines Sakkos zeigte. »Jacke, Hose, Hemd, Unterhose – überall sind die Etiketten fein säuberlich herausgetrennt«, erläuterte der Spurensicherer.

»So wie bei Geheimagenten«, kommentierte Helmuth.

»Der Schnitt ist jedenfalls italienisch«, steuerte Nager bei und erntete irritierte Blicke. »Na der Anzug da«, verdeutlichte er. »Das trägt man so in Mailand. Kann man natürlich überall auf der Welt kaufen. Aber der Schnitt an sich ist italienisch.«

Nachdenklich betrachtete Zwerglein die Fotos. »Aha.«

»Wissen wir schon irgendwas von der Pistole?«, fragte Charly in die modischen Betrachtungen hinein.

»Wie schon gesagt, eine Beretta. Die Seriennummer hat man rausgeschliffen. Das passt wieder zu Helmuths Geheimagenten. Es ist definitiv nicht die Waffe, mit der Senftl erschossen wurde, anderes Kaliber. Die übrigen Untersuchungen dauern noch.«

»Wir haben also einen italienischen Geheimdienstler, der tot mit seiner geladenen Pistole bei uns in einem Betonpfeiler liegt«, fasst Zwerglein zusammen. »Des is dann ein Fall, der über die Grenzen hinausgeht.« Seine Augen begannen zu leuchten. Er dachte offenbar an international besetzte Pressekonferenzen und Lagebesprechungen auf länderübergreifender Ebene.

»Ja, gehören denn die zwei Fälle jetzt zusammen, dieser Tote hier und der Herr Senftl? Ich mein, weil beide jetzt der Herr Valentin mit seinem Team bearbeitet«, fragte die Staatsanwältin.

»Wahrscheinlich ned«, antwortete der Chef. »Wir haben halt einfach keine andern Leut.«

»Aber direkt ausschließen können wir's nicht«, gab Sandra zu bedenken. »Immerhin dreht sich alles irgendwie um diese Baustelle. Wie auch immer.«

Charly riss seinen Blick von Frau Gambrini-Steinmetz los und schaltete sich ein: »Wir können erst mal mit einem Bild des Geheimdienstlers hausieren gehn und die Beteiligten im Fall Senftl fragen, ob's den schon mal gsehn haben.«

»Und dabei auch gleich nach den Alibis fragen«, fügte Helmuth an.

»Ach ja, genau«, fiel Bernd Fischer dazu ein, »der Gerichtsmediziner sagt, Todeszeitpunkt war Mittwochnacht, so zwischen zehn und Mitternacht.«

»Genau, machen S' das«, pflichtete die Staatsanwältin bei. »Wie weit sind wir denn im Fall Senftl selbst?«

»Da treten wir momentan a bissl auf der Stelle«, musste Charly zugeben. »Das Einzige, was wir bis jetzt ausschließen können, ist die Sache mit der Korruption.« Er sah Nager an, und der nickte zur Bestätigung, während Zwerglein die Lippen aufeinanderpresste und Charly anfunkelte.

»Unser heißester Kandidat ist immer noch der Wienert«, fuhr der Hauptkommissar fort. »Der hat übrigens beste Connections nach Italien.«

»Aber wir können ihm bislang nicht nachweisen, dass er in der Mordnacht von München nach Ingolstadt gefahren ist«, ergänzte Sandra. »Wir sind noch dran, die Radaranlagen und Überwachungseinrichtungen auf der Strecke zu überprüfen. Die stehn doch sonst immer und überall rum und blitzen jeden.«

Charly nickte nachdenklich. »Und der Nowak mit der Niedermeyer sind auch noch nicht ganz raus«, wechselte er das Thema. »Die geben sich nur gegenseitig ein Alibi, und es ist ein Motiv denkbar, beim Nowak sogar mehrere.«

»Okay«, schloss Frau Gambrini-Steinmetz die Besprechung. »Dann machen Sie jetzt mal diese Befragung mit dem Foto und nach dem Alibi für Mittwoch. Fühlen Sie den Leuten ruhig auf den Zahn. Wenn Ihnen einer blöd kommt, dann verweisen Sie ihn an mich.« Sie ließ die Unterlagen in ihre Tasche gleiten. »Und ansonsten schaun wir halt, was sich ergibt. Vielleicht müssen wir mal irgendwo auf den Busch klopfen.«

Beim Hinausgehen klopfte Zwerglein, der im fachlichen Teil lange nichts mehr gesagt hatte, auf den Busch und fragte die Anklägerin, ob er sie mittags auf einen Eiskaffee einladen dürfe. Sie lehnte mit der Begründung ab, sie habe am Nachmittag noch einige Verhandlungen zu führen, auf die sie sich vorbereiten müsse.

Bernd Fischer überreichte Charly mehrere Kopien von Aufnahmen des Gesichts des Toten für die anstehende Befragung. »Termin für die Obduktion ist übrigens heut Nachmittag um zwei«, teilte der Spurensicherer mit.

Charly wandte sich an seine Kollegin: »Ähh, Sandra, da möcht der Herr Doktor dich dabei haben, hat er mir draußen bei der Bergung gesagt. Könntst du fahrn?«

»So ein Schmarrn«, kommentierte Sandra, »na gut, weils des du bist, ich kann des schon übernehmen.«

Charly reichte ihr eine der Porträtaufnahmen. »Und vielleicht könntest du vorher noch bei der Niedermeyer, dieser Sekretärin, in Großmehring vorbeifahren und die Befragung erledigen. Die is bestimmt immer noch krankgeschrieben.«

»Großmehring?«, stutzte Sandra. »Das ist dann aber schon ein Umweg. Des könntest doch du oder der Helmuth von hier aus machen.«

»Nein, geht ned.«

Schulterzuckend akzeptierte Sandra die Begründung und machte sich auf den Weg.

Peter Nowaks Wohnung im Oberen Graben lag gleich um die Ecke, deshalb machten Charly und Helmuth dort zuerst Halt. Obwohl Mittag schon durch war, lag der arbeitslose Maurer bei dem herrlichen Sommerwetter anscheinend immer noch im Bett. Nach dem Klingeln bellte zunächst der Hund, dann dauerte es ewig, bis Nowaks verschlafene Visage oben am Fenster erschien. Widerwillig ließ er die Kriminaler ein. Er fuhr sich mit gespreizten Fingern durchs fettige Haar, zündete sich eine Zigarette an und betrachtete dann das Foto.

»Nein, noch nie gesehen.«

»Wo warn S' denn am Mittwochabend und nachts?«

Nowak kratzte sein unrasiertes Kinn. »Warum?«

»So halt, Überprüfung, Routine.«

»Beim Dartspielen, und dann daheim. Mit der Gabi.«

»Sie waren gestern beim Richtfest am Scherbelberg. Warum?«

»Warum ned?«

»Wollten S' schaun, ob wir ihn finden?«

»Wen?«

»Den Toten.«

»Schleichts euch!«

In der stylischen Zentrale der Firma Senftl & Wienert saß das Lehrmädchen am Empfang. Frau Niedermeyer sei noch krank, teilte sie mit, aber Gabi Kraft sitze oben an ihrem Schreibtisch.

Die Chefsekretärin trug Schwarz. Nachdem sie das Bild des Toten aus dem Pfeiler eingehend betrachtet hatte, schüttelte sie den Kopf. »Nein, tut mir leid, noch nie gesehen, den Mann.« Mit einem Seufzen bestätigte sie danach die Aussage Nowaks, sie sei zusammen mit ihm in der Dartkneipe und anschließend zu Hause gewesen. Offenbar war es jedoch wieder mal keine schöne Nacht gewesen, wenn Charly ihren Gesichtsausdruck richtig deutete. Er überlegte, ob er sie nach dem Verhältnis ihres Maurers mit Silke Niedermeyer fragen sollte. Irgendwann musste ja schließlich abgeklärt werden, ob sie es wusste und was sie davon hielt. Ob jetzt der richtige Zeitpunkt war? Eigentlich ließen Mordermittlungen keinen Platz für derartige Gefühlsduseleien.

»Frau Kraft«, begann er zögerlich, »es ist so … wissen Sie, äh …«

»Is der Herr Wienert in seinem Büro?«, schaltete sich Helmuth ein. »Den müssten wir natürlich auch noch fragen. Sein Auto hab ich aber draußen nicht gesehen.«

»Nein, der ist nicht mehr da.« Gabi Kraft ordnete die Unterlagen vor sich, als wollte sie sich selbst von diesem Thema ablenken. »Er war heut früh kurz hier und ist dann aufgebrochen.« Sie sah Charly treuherzig an. »Nach Italien.« Das glaubte sie offenbar selbst nicht.

Dann richtete sie den Blick auf ihren Monitor und fuhrwerkte ein wenig mit der Maus herum. »Laut Terminkalender hatte er am Mittwochnachmittag um zwei die letzte Besprechung. Am Abend ist im Kalender nichts eingetragen. Er war also vermutlich in Ingolstadt, also zu Hause.« Diese Aussage der Sekretärin gab Charly zu denken. Schließlich hatten sie ja noch nicht nach Wienerts Terminen gefragt. Misstraute Gabi Kraft ihrem Chef? Hatte sie irgendeinen Verdacht, dass Wienert mit dem gewaltsamen Tod ihres väterlichen Freundes Senftl zu tun hatte? Wollte sie ihn reinreiten? Oder wusste sie, dass Wienert schon lange ein Verhältnis mit Frau Senftl hatte? Natürlich weiß eine Chefsekretärin so etwas. Mochte sie ihn deshalb nicht? Oder einfach weil er ein Arsch war?

Es half alles nichts, Charly musste es wissen. Für den Bericht, hätte Columbo jetzt gesagt. »Frau Kraft, wissen Sie, dass Ihr Freund Peter Nowak sich gelegentlich mit Ihrer Kollegin, Frau Niedermeyer, trifft?«

Die Sekretärin schluckte. Dann riss sie sich sichtlich zusammen und sah Charly direkt an. »Ja, ich weiß. Und glauben Sie mir, die Silke, diese falsche Schlange, ist nicht die Einzige, mit der mich Peter betrügt.«

Die nächste Frage, die Charly auf der Zunge lag, konnte er nicht stellen, denn die hatte nichts mit dem Fall Senftl zu tun, sondern wäre mehr auf der Ebene Lebensberatung angesiedelt. Darum bedankte er sich für die Auskunft, und sie verabschiedeten sich.

»Ach, übrigens: Ist denn Frau Bettina Senftl in der Firma?«, fragte er im Hinausgehen.

»Nein, Frau Senftl hat sich eine Auszeit genommen. Sie sagt, das ist alles noch zu frisch. Sie kann noch nicht in der Firma ihres Vaters einfach so weiterarbeiten, als wäre nichts gewesen. Sie treffen sie bestimmt zu Hause an.«

Auf der Fahrt von der Firmenzentrale in der Manchinger Straße zum Haus der Familie Senftl in Unsernherrn vollzog Helmuth einige Spurwechsel, die hinter dem Dienstwagen Kopfschütteln auslösten, Hupen aktivierten und Lichthupen aufblinken ließen.

»Dann fällt also des Motiv, dass der Senftl das Verhältnis Nowak-Niedermeyer verraten hätte, schon mal weg«, stellte Charly fest und krallte sich an die Beifahrertür.

»War eh ein schwacher Ansatz.« Helmuth gab noch mal Gas, bevor er gleich darauf nach rechts abbog.

»Liebe und Eifersucht sind immer starke Triebfedern.«

»Triebfedern? Bist du Poet oder Ermittler, Charly?« Der Dienstwagen passierte eine Radlerin mit wenigen Zentimetern Seitenabstand. »Für den Nowak jedenfalls gibt's meiner Meinung nach noch eine viel stärkere Triebfeder: Der hat bestimmt immer wieder mal was aus dieser Werkstatt geklaut und verscherbelt. Und der Senftl hat ihn entdeckt.« Schnell bog Helmuth vor dem nahenden Gegenverkehr nach links ab. »Oder Hass. Denn wegen der Kündigung hat er den Senftl bestimmt gehasst, findet das Ganze ja ungerecht.«

Vor dem Anwesen in Unsernherrn konnte Charly sich endlich wieder entspannen.

Bettina Senftl öffnete ihnen und ließ sie ein. Sie entschuldigte sich für ihre verweinten Augen. Es sei alles so tragisch. Sie könne es immer noch nicht fassen.

»Bitte, setzen Sie sich. Darf ich Ihnen irgendwas anbieten? Kaffee, Wasser, Saft?«

»Danke, Frau Senftl, wir wollen Sie bestimmt nicht lange stören.« Charly kramte in seiner Schreibmappe. »Wir möchten Ihnen nur ein Foto zeigen und fragen, ob Sie den Mann darauf schon mal gesehen haben.« Er legte das Foto vor Bettina Senftl auf den Tisch und beugte sich ein wenig zu ihr, um es gerade auszurichten. Dabei registrierte er einen Duft, auf den sofort sein Magen reagierte.

»Tut mir leid, den Mann kenne ich nicht. Ist das der Tote von der Baustelle? Ich hab davon gehört.«

Charly nickte. Er war immer noch mit dem Duft beschäftigt, der die Tochter des Bauunternehmers dezent umspielte. Offenbar hatte sie sein Schnuppern und seine Nachdenklichkeit bemerkt. Sie roch selbst an ihrer Schulter.

»Oh, ich weiß, was Sie meinen«, stellte sie erleichtert fest. »Ich war heute Morgen in Papas Waldhütte. Darum rieche ich vielleicht ein wenig harzig.«

»Es riecht wie Zirbe«, urteilte Charly fachmännisch. Die Erinnerung an den Zirbenschnaps von Onkel Rudi und die geschmackliche Exkursion in die Hohen Tauern, ins Lungau und ins Zillertal hatten seine Magenschleimhaut leicht krampfen lassen.

Bettina lächelte vor sich in den Tisch. »Ja, die Sitzecke ist mit dem Holz getäfelt. Quasi eine kleine Zirbelstube. Mein Vater ist früher oft mit uns Kindern in die Hütte rausgefahren. Er war dort sehr gern.« Ihre ohnehin verweinten Augen wurden erneut feucht. Sie wischte die Tränen fort und sprach mit zitternden Lippen weiter. »Es war eine seltsame Atmosphäre in der Hütte. So, als wäre er gerade noch da gewesen. Ich habe geglaubt, ihn förmlich riechen zu können.« Wieder kullerten Tränen.

»Danke, das war schon alles, Frau Senftl«, startete Charly eine Verabschiedung, um sie nicht länger in ihrer Trauer zu stören. »Ist denn Ihre Stiefmutter auch zu Hause?«

Bettina schüttelte den Kopf, und ihre Züge wurden hart. »Meine Stiefmutter« – wenn Worte zu doppelseitig geschliffenen, eisgehärteten Speerspitzen werden, dachte Charly – »ist heute früh in ihren Wagen gestiegen und weggefahren. Sie hat mir natürlich nicht gesagt, wohin. Aber sie hatte einen kleinen Koffer dabei. Ich vermute, dass sie übers Wochenende weg sein wird.«

Swetlana weg, Wienert weg: Eins und eins war schon wieder mal zwei.

Helmuth fragte nach Alex; da jedoch Bettina ihren Bruder die ganze Woche noch nicht gesehen hatte, vermutete sie ihn in seiner Studentenbude in Eichstätt.

Nachdem sie Bettina Senftl verlassen hatten, folgten sie einer Eingebung und fuhren zum Olymp. Eventuell würden sie Alex Senftl in der Muckibude antreffen, bei seinem hübschen Freund Manuel. Oder zumindest wusste vielleicht der hübsche Manuel, wo man seinen Alex erreichen konnte.

Sie hatten jedoch kein Glück: Weder Alex noch Manuel stählten ihren Body. Alex sei die ganze Woche noch nicht da gewesen, erklärte der durchtrainierte Schöne hinter dem Tresen. Und Manuel habe keine festen Zeiten, in denen er da sein musste. Er glaubte, ihn am Dienstag zuletzt gesehen zu habe.

Charly und Helmuth hatten keine Lust, bei der Hitze aufs Geratewohl nach Eichstätt zu fahren, nur um Alex das Foto zu zeigen. Dafür würde sich noch eine Gelegenheit finden. Sie kehrten zur Dienststelle zurück.

Kurz nach ihnen kam auch Sandra aus München wieder. Die Obduktion hatte keine großen Neuigkeiten ergeben. Der Schlag auf den Hinterkopf des Mannes war mit einem stumpfen Gegenstand ausgeführt worden. Er hatte dadurch allerhöchstens das Bewusstsein verloren, und entweder war er dann in die Schalung für den Pfeiler gefallen oder es war nachgeholfen worden. Darüber gab die Leichenöffnung keinen Aufschluss.

»Und vorher war ich bei der Niedermeyer«, schloss Sandra ihren Bericht. »Die kennt den Mann auf dem Foto nicht. Hat ihr scheinbar wirklich nichts gesagt.« Sie ließ das Bild, das sie der Empfangsdame gezeigt hatte, auf den

Schreibtisch segeln. »Ich glaub fast, die wollt mich anmachen. Viel hätt nicht gfehlt, und sie hätt sich ihren Kimono vom Leib grissn.«

Sofort rekelte sich vor Charlys geistigem Auge die Empfangsdame wieder lasziv auf dem Küchenstuhl. Er war sehr froh, dass Sandra diese Befragung übernommen hatte und nicht er sich ein weiteres Mal einer derartigen Versuchung aussetzen hatte müssen.

Wenn den Mann aus dem Pfeiler keiner der Beteiligten im Mordfall Senftl kannte, dann hatten die beiden Verbrechen wohl doch nichts miteinander zu tun. Mit dieser Erkenntnis, und weil momentan eigentlich nichts weiter erledigt werden konnte, wollten Sandra, Helmuth und Charly gerade ins Wochenende gehen, als Fischer ins Büro kam und einen großen Plastikbeutel schwenkte.

»Vorhin hat der Polier angerufen, er hätt des da in einer Ecke der Baustelle gefunden. Grad hab ich's geholt.« Er hielt die Tüte hoch. Darin befand sich ein Eisenrohr von etwa fünfzig Zentimeter Länge, wie es im Gerüstbau verwendet wird. An einem Ende des Rohres klebte dunkles, geronnenes Blut.

Um eventuellen Fragen und Aufträgen vorzubeugen, hob Fischer die freie Hand. »Ja, es ist eventuell die Tatwaffe. Aber lasst mir bitte Zeit, bis alles ausgewertet ist. Fingerabdrücke, DNA, Blut, das dauert alles seine Zeit. Montag früh weiß ich mehr. Schönes Wochenende.«

Als Charly nach Hause kam, saßen Petra, Ludwig und Julia bereits beim Abendessen. Petra hatte sich wieder erholt und Charly war von seinen Küchenpflichten entbunden. Auf seinem Platz lag der Anhörbogen betreffs der Radarmessung, bei der Ludwig geblitzt worden war.

»Ich hab dem Bub schon angekündigt, dass du ihm sagen wirst, was bei der Raserei rauskommt und dass es so nicht geht«, verkündete Petra. Ludwig grummelte etwas in seinen Teller.

Auf dem Anhörbogen, der die Verwarnung von fünfundzwanzig Euro androhte, war ein Beweisfoto aufgedruckt, das eindeutig Ludwig am Steuer zeigte. Er fuhr anscheinend konzentriert, aber eben zu schnell. Charly fiel sein eigener Ausrutscher ein, als er in die Radarkontrolle gerauscht war. Das Verwarnungsgeld würde bei ihm ein wenig höher ausfallen.

»Also Kamerad, pass halt des nächste Mal besser auf und fahr ned so schnell«, schimpfte Charly in einem versöhnlichen Ton.

Petra starrte ihn entgeistert an. »Na bravo, sehr erzieherisch.« Sie schenkte ihrem Mann ein Mineralwasser ein. »Und des mit dem Unfall? Des wird doch hoffentlich nicht einfach untern Tisch fallen.«

Ach ja, der Unfall. Ist schnell mal passiert, so ein Malheur. Ludwigs kleiner Rempler hatte eigentlich nicht viel gekostet, weil einer seiner Kumpels die Delle wieder glätten konnte. Charlys Unachtsamkeit hinter dem *Bayerischen Hof* hatte sechshundert Euro gekostet, die er aus seiner eigenen »Kasse für besondere Anlässe« bezahlt hatte.

»Wie gsagt, pass in Zukunft a bissl besser auf, dass so was nicht wieder passiert. Solche Unfälle sind immer kleine Watschen vom Schicksal, damit man vorsichtig wird.« Genug geschimpft.

»Also, Georg …« protestierte Petra. Ansonsten war sie annähernd sprachlos.

»Pscht, Schatz.« Zärtlich streichelte er ihre bebende Wange. »Des passt jetzt scho. Und jetzt hör 's Essen auf.«

Petras Kinn klappte nach unten. Sie starrte ihn entgeistert an und wusste nun anscheinend nicht mehr, was sie dazu sagen sollte.

»Nein, ned so! Des hab ich jetzt anders gmeint«, verbesserte sich Charly. »Ich wollt sagen, dass wir zwei heut noch was ganz Feines kriegen.«

Petra ahnte offensichtlich immer noch nicht, wovon er sprach.

»Du hast bestimmt denkt, des Essen beim *Alten Wirt* ist alles. Von wegen Hochzeitstag und so. Aber ich hab noch was für dich.«

Ihre Gesichtszüge hellten sich allmählich auf.

»Pack eine Zahnbürste ein und frische Socken für morgen. Wir zwei fahrn nach München. Wir ham heut Nacht ein Zimmer im *Bayerischen Hof*, mit Abendessen und Frühstück und Wellness und so.«

Petra lächelte ihren Schorschi an. Für den Moment war ihm seine pädagogische Fehlleistung vergeben.

»Also Kinder, wir sind heut Nacht nicht zu Hause.«

»Alles klar, Dad. Mum! Viel Spaß, ciao.« Blitzschnell war Ludwig verschwunden.

Neunzehn

Zwei Stunden später hatten sie eingecheckt und waren auf dem Weg nach unten in den *Palais Keller*, eins der hervorragenden Restaurants im *Bayerischen Hof*. Vermutlich hatte die ganze Aktion keinen Sinn, also zumindest ermittlungstaktisch gesehen. Aber Charly ließ die Frage nicht los, ob man sich aus so einer exquisiten Herberge mit derart aufmerksamem Personal nachts unbemerkt für ein paar Stunden davonstehlen könnte. Er wollte irgendetwas unternehmen, um das zu klären. Ihm war jedoch nichts anderes eingefallen, als es selbst zu versuchen. Zudem war er immer offen für derartige Ausflüge mit seiner Frau. Und außerdem hatte Helmuth ganz gentlemanlike keine Details von seinem Aufenthalt im *Bayerischen Hof* preisgegeben, allein dieses genüssliche Lächeln hatte Charlys Fantasie beflügelt. Er war ein klein wenig neidisch und wollte auch sinnliche Genüsse im Flair der großen weiten Welt erleben.

Kurzerhand hatte er in dem Nobelhotel angerufen und zu seiner eigenen Überraschung ein freies Zimmer im Laura-Ashley-Style buchen können. Geparkt hatte Charly wieder in einer Nebenstraße hinter dem Haus. Der Schirmmützenträger war zwar ein anderer, und auch der Scheich war nicht derselbe wie beim letzten Mal, das Prozedere an sich hatte sich jedoch exakt wiederholt. Gestenreich hatte der Türsteher (der Uniformträger möge diesen profanen Ausdruck verzeihen) alle Mittelklasseautos vertrieben, bis der Orientale und sein Harem dem Rolls-Royce entstiegen waren und die kleine private Sicherheitsarmee den Vorplatz wieder freigegeben hatte.

Petra und Charly genossen sternemäßig zubereitete, von ihren Vorfahren überlieferte bayerische Schmankerl, zu einem Preis, der einem Großteil eben dieser Vorfahren seinerzeit als Wochenlohn zur Verfügung stand. Nach dem Essen nutzten sie die laue Sommernacht und gingen im Pool auf dem Dach schwimmen, bis die Scheich-Security den Bereich langsam räumte, weil der Harem des Wüstensohnes sich in dem Becken über den Dächern der Stadt erfrischen wollte. Da hatten Petra und Charly ohnehin schon den Entschluss gefasst, sich wieder anzuziehen und einen polynesischen Absacker im *Trader Vic's* zu probieren. Kurz vor Mitternacht zogen sie sich dann in ihr Zimmer zurück.

»Mei, Schorschi, danke für die schöne Nacht«, schwärmte Petra. »Des is mal wirklich was Besonderes.«

»Is ja no ned vorbei«, stellte Charly klar. Er nahm den Hörer des Telefons auf dem kleinen Biedermeierschreibtisch ab, und während er überlegte, was er jetzt wählen musste, meldete sich schon eine dienstbeflissene Stimme und fragte nach seinen Wünschen.

»Ja, äh … hallo. San Sie der Zimmerservice? Rezeption, aha. Na ja, also wir hätten gern Erdbeeren und eine Flasche Sekt, äh … nein Champagner, bitte. Zimmernummer … ach so, des wissen Sie. Gut, danke.«

Petra war hin und weg vom weltmännischen Auftreten ihres Gatten.

Kurz darauf klopfte es, und ein livrierter Page brachte eine Schüssel Erdbeeren und den Schampus. Charly reichte ihm zwei Euro und erntete ein mitleidiges Lächeln.

Als Petra in ihrem Seidennachthemd aus dem Bad zurückkam, hatte Charly die Flasche schon geöffnet und zwei Gläser gefüllt. Er fütterte seine Frau mit einer Erdbeere, und dann stießen sie noch einmal auf ihren zurückliegenden Hochzeitstag an.

»Des war eine wunderbare Idee von dir«, lobte ihn Petra. Sie klopfte neben sich aufs Bett und hauchte: »Komm her.«

»Glei, Schatz.« Er stellte sein Champagnerglas ab und ging Richtung Tür. »Ich komm glei. Muss nur noch schnell was nachschauen.«

Irgendwie sah Petra aus, als könne sie es nicht glauben. Er warf ihr eine Kusshand zu und trat hinaus auf den Gang.

Es war kurz nach Mitternacht, also genau der Zeitpunkt, zu dem Wienert hätte verschwinden müssen, wenn er in der Tatnacht nach Ingolstadt gefahren wäre.

So, wenn ich jetzt unbemerkt aus dem Hotel verschwinden wollte, überlegte Charly, wie würd ich das machen? Man könnte mit dem Aufzug in die Tiefgarage fahren. Das Risiko war dabei, dass in jedem Stockwerk jemand zusteigen konnte, der einen dann sah und sich dieses Aufeinandertreffen mitten in der Nacht merken würde. Sollte zufällig sogar in der Lobby jemand auf den Knopf drücken, dann würde der Fahrstuhl dort stehen bleiben, die Türen würden sich in der nächtlichen Stille mit einem glockenhellen »Bing« öffnen und jeder würde Richtung Fahrstuhl schauen. Außerdem war die Tiefgarage videoüberwacht. Hätte ich also von vornherein den Plan, nachts unbemerkt zu verschwinden, würde ich draußen in irgendeiner dunklen Seitenstraße parken.

Charly ließ den Aufzug links liegen und ging den stillen Flur entlang. An dessen Ende leuchtete ein grünes Schild, das auf eine Treppe als Fluchtweg hinwies. Er betrat das Treppenhaus. Auch hier war es still und kühl. Die Stufen bestanden aus einem Metallgitter, und obwohl Charly versuchte, möglichst geräuschlos zu gehen, erzeugten seine Schritte ein leise nachhallendes, metallisches Geräusch in dem kargen Turm. Als er den zweiten Stock erreichte, flog krachend die Tür zum Flur auf, und ein glatzköpfiger Bodyguard sprang ihm entgegen. Die rechte Hand des Muskelbergs steckte auf Brusthöhe in dem grauen Anzug, und Charly, der mordsmäßig erschrocken war, vermutete, dass er jetzt gleich in die Mündung einer Kanone blicken würde. Wahrscheinlich hatte der Araber das ganze Stockwerk für sich und sein Gefolge gemietet. Und seine Sicherheitsleute waren echt auf Zack.

Der Bodyguard musterte sein Gegenüber konzentriert und ließ dabei die Hand im Anzug stecken. Charly hatte den Schreck verdaut und entspannte sich ein wenig. Langsam hob er beide Hände und brachte ein angedeutetes Lächeln zustande. »Schalel!«

»Alaikum Salam«, presste der Aufpasser hervor, ohne Charly aus den Augen zu lassen, dem seine Wissenslücken im Arabischen deutlich bewusst wurden. Was hieß auf Arabisch Polizei?

Stattdessen sagte Charly: »Ganz ruhig, Locke, ich tu deim Ali Baba schon nix.«

Der Bodyguard griff nach der Türklinke, und während er die Tür zurück ins Schloss zog, knurrte er: »Wird auch besser für dich sein, Kasperl.«

Der sprach ja Deutsch. Da könnte Charly ihn vielleicht fragen, ob ihm vor zwei Wochen schon mal so ein Kasperl um diese Zeit im Treppenhaus begegnet war. Aber das war damals wahrscheinlich ein anderer Scheich, und bestimmt ebenfalls eine andere Security. Und außerdem wollte Charly die Tür zum Flur jetzt nicht noch einmal öffnen. Und überhaupt wär das alles ein zu großer Zufall gewesen. Also setzte er seinen Weg nach unten einfach fort.

Im Erdgeschoss führten zwei Türen aus dem Treppenhaus. Vor einer wies ein Schild den Weg in die Lobby, die andere war nicht beschriftet. Charly versuchte sie zu öffnen. Sie war nicht versperrt, und als er durch die Tür nach draußen trat, stand er in der Straße, wo der Paparazzo auf Gigi Trallala gewartet hatte.

Die Gasse hinter dem Hotel war dunkel und menschenleer. Er nahm einen tiefen Zug der Münchener Sommernachtsluft und verbuchte gerade, dass es wohl durchaus möglich war, das Hotel unbemerkt zu verlassen, wenn man nicht gerade der Scheicharmee in die Arme lief, als jemand hinter ihm rief: »Darf ich fragen, was Sie da so machen.« Die Stimme gehörte zu einem Mann, der eine schwarze Uniform trug, auf der »Bayerischer Hof, Sicherheitsdienst« stand.

»Ja, nix … ich schau nur was. Warum?«

»Weil Sie Alarm ausgelöst haben!«

»Hä?«

»Die Tür. Das ist eine Fluchttür, und die ist alarmgesichert. Sie sind da rausspaziert, und dadurch geht in der Rezeption der Alarm los.«

Also doch nichts mit unbemerktem Verschwinden. Zumindest auf diesem Weg hätte Wienert Alarm ausgelöst. Und auch wenn er schon lange weg gewesen wäre, bis jemand nachgesehen hätte, man müsste in der Situation doch wohl jedes Aufsehen vermeiden.

Weil der Hotelwächter ihn immer noch misstrauisch beobachtete, begann Charly die ganze Aktion zu erklären. Vielleicht konnte der Sicherheitsmensch zufällig sogar sachdienliche Angaben machen.

»Und darum hab ich jetzt versucht, ob's unbemerkt möglich ist, rauszukommen«, schloss Charly.

»Also mir ist da die letzten Wochenenden nichts aufgefallen«, entgegnete der Hotelangestellte nach kurzem

Grübeln. »Und warum gehen Sie nicht einfach durch den Haupteingang? Da ist um die Zeit, gerade mal am Wochenende, der Teufel los. Das merkt kein Mensch, wenn Sie da rausgehen. Kommen Sie mal mit.« Er wendete sich ab, und als er Charlys Zögern bemerkte, fügte er hinzu: »Da kommen Sie sowieso nicht mehr rein. Die Tür lässt sich nur von innen öffnen. Rein müssen Sie immer vorn.«

Als sie um die Ecke bogen, betraten sie eine andere Welt. Nach der Stille im Treppenhaus und in der Gasse hinter dem Hotel brandete Charly an der Vorderseite das Leben fast schmerzhaft entgegen. Der ganze Platz vor dem Eingang war hell erleuchtet. Ständig fuhren Taxen und Limousinen vor, Leute stiegen ein und aus, mit und ohne Gefolge. Es herrschte ein ständiges Begrüßen, Lachen, Türenschlagen, Rufen, Motorenheulen. In der Lobby ging es zu wie im Hühnerstall. Der Aufzug machte alle paar Sekunden »Bing«, und kein Mensch verdrehte deswegen den Kopf. Charly sah auf die Uhr, es war dreiviertel eins.

»Am Wochenende geht's so zu bis mindestens drei oder vier«, erklärte der Sicherheitsmann. »Und ab fünf dann wieder, weil am Flughafen kurz vor sechs die ersten Flieger starten.«

Charly registrierte, dass also ein unbemerkter Abgang aus dem Hotel doch möglich war. Hätte Wienert den *Bayerischen Hof* in einer Samstagnacht nach Mitternacht auf diesem Wege verlassen, so wäre das niemandem aufgefallen. Um fünf hätte er dann zurückkommen können, wie von einer ausgiebigen Schickimickiparty, und sich heimlich, still und leise ins Zimmer schleichen, zu seiner Swetlana.

Oje, Petra. Jetzt wurde es aber Zeit. Seine dienstliche Neugier war befriedigt. Nun war Charly frei für andere Aufgaben.

Als er das Laura-Ashley-Zimmer betrat, brannte das Licht und der Fernseher lief. Petra lag zusammengerollt unter der Blümchendecke und schlief. Die Champagnerflasche war zu drei Vierteln und die Erdbeerschüssel komplett geleert.

Vorsichtiges Ansprechen und sanftes Rütteln erzeugten nur schlaftrunkenes Gebrummel. Zärtliches Knabbern am Ohrläppchen rief beinahe schon bösartiges Murren hervor, und der begehrenswerte Körper im Seidennachthemd wurde noch fester ins Blümchenbett gewurschtelt. Ihm blieben nur das letzte Viertel der Champagnerflasche und der Fernseher.

Beim Frühstück klagte Petra über Sodbrennen und leichte Kopfschmerzen. Darüber hinaus plagte sie wohl zumindest in geringem Umfang ein schlechtes Gewissen, weil sie gestern eingeschlafen war, obwohl sie nicht so recht wusste, was eigentlich passiert war.

»Wo bist denn eigentlich hin gestern?«

»Ich hab gschaut, ob ich unbemerkt aus dem Hotel abhauen kann«, antwortete Charly ehrlich und spontan.

Sie sah ihn verständnislos an: »Danke, is ja echt prima!«

»Nein, Schatz, entschuldige! Wegen dem Fall halt.« Dann erklärte er ihr seinen Ermittlungsansatz. Zunächst war sie ein wenig eingeschnappt, doch gleich darauf lächelte sie ihn an.

»Jedenfalls war's ein sehr schöner Abend gestern«, schwärmte sie und streichelte seinen Arm. »Und den Rest holen wir schon irgendwann nach.«

»Na bravo! Irgendwann«, muffelte er jetzt und kassierte einen Klaps.

»Was is denn jetz mit deim Fall. Sind die Verdächtigen immer noch dieselben?«

Charly warf zwischen Kaffee und Orangensaft, Lachs und Serrano-Schinken, Croissants und Schwarzwaldschnitten, Rühreiern und Obstsalat ein paar Fakten zum Fall Senftl auf den Tisch. Petra saugte sie begierig auf und mutmaßte frisch drauflos.

»Also für mich war's ja dieser Geschäftspartner. Is doch logisch, wenn der was mit der Frau vom Senftl hat. Dann will der den natürlich aus dem Weg räumen. Kommt ihm doch in der Firma auch gelegen, wenn ihm dann alles alleine ghört. Oder, Schorschi, was meinst du?«

»Mhm.« Charly bereute bereits wieder, seiner Frau die Munition für ihr Gedankenfeuerwerk geliefert zu haben.

»Oder natürlich der entlassene Arbeiter. Bestimmt so ein ganz brutaler Typ, der vor nix zurückschreckt. Vielleicht hat ihn der Senftl wirklich beim Klauen erwischt. Und dann – Kurzschlussreaktion und aus.« Sie nippte am Frühstückssekt. So dramatisch konnte das Sodbrennen nicht sein.

»Dass diese Sekretärin da mit drinsteckt, glaub ich aber ned. Des is doch kein Motiv, dass der Chef des Verhältnis verraten würde. Das ist doch dem Maurer wurscht.«

»Die Freundin vom Maurer weiß es ja«, warf Charly ein.

Petra war kurz entsetzt. »Ehrlich? Also was es alles gibt.«

Sie biss nachdenklich ins Croissant und kostete vom Rührei. Dann sprudelte sie weiter.

»Außer es geht von der Sekretärin aus, und der Senftl hat ihr schon gekündigt oder hat's ihr zumindest angedroht. Hat er?«

»Nein, weiß nicht.« Für Charly gehörte es dazu, dass seine Petra beim Frühstück redete und er mehr oder weniger zuhörte. Gefährlich wurde es nur, wenn sie ihn durch derartige Fragen in ihre Ausführungen einbezog.

»Des wär doch wohl kein Kündigungsgrund, oder? Nein, das glaub ich nicht. Dann eher noch der Sohn. Weil er seinen Vater vielleicht insgeheim hasst, weil der ihn nicht ernst nimmt mit seiner … dings … und mit dem Studium. Aber das glaub ich ja eigentlich auch ned.«

Alex, den Sohn, hatte ja überhaupt niemand als tatverdächtig auf dem Plan, und seinen … Dings auch nicht. Petra hatte doch selbst festgestellt, dass Homosexuelle nicht morden, zumindest nicht so. Charly beugte sich über den Tisch und griff nach der Karaffe mit dem Orangensaft. Dabei musste er den Daumen so weit abspreitzen, dass sich die Wunde, die er sich beim Polizeilichen Einsatztraining zugezogen hatte, wieder schmerzlich bemerkbar machte. Wenigstens hatte ihn Petra wegen seiner Verletzung inzwischen ausreichend bemitleidet.

»Genauso wenig geht mir ein, dass es dieser Konkurrent gewesen sein könnt. Es is zwar ein Geschäft mit harten Bandagen, aber dass des so weit geht, is doch unwahrscheinlich, oder?«

»Mhm.«

»Des mit der Mafia aus Russland könnt natürlich schon sein. Denen trau ich ja alles zu. Aber eigentlich auch wieder nicht. Da würd der aus dem Betonpfeiler wieder dazu passen. Vielleicht war der von der Mafia. Aber du hast gesagt, der schaut südländisch aus. Also eher kein Russ. Und wer hätt den dann umgebracht? Müsst doch eher andersrum sein. Vielleicht hat der was mit dieser Russin ghabt, und der Wienert hat ihn abgmurkst. Oder er hat mit der Sach gar nix zu tun. Wär schon ein blöder Zufall. Bei uns da gleichzeitig zwei Morde, die wo nicht zammghörn.« Sie griff mit beiden Händen nach ihrer Kaffeetasse und ließ mit einem tiefen Seufzer die Schultern sinken.

»Ach, Schorschi, ich weiß nicht. Diesmal kann ich dir wirklich nicht helfen. Den Fall wirst wohl allein klären müssen.«

»Aha!«

Dann legte sie ihre Hand auf seine und tätschelte sie liebevoll.

»Jedenfalls freu ich mich schon sehr auf heut Nachmittag.«

Charly legte kurz die Stirn in Falten, dann fiel es ihm ein: Heute wurde die Zumbasaison wieder eröffnet, nachmittags, halb vier, also beste Bundesligazeit. Statt Bayern 1 im Garten schweißtreibender Sport in der stickigen Turnhalle am Sportheim. Da Petra ihm ja soeben dargelegt hatte, wie schwierig sein aktueller Fall sei, wäre es ein Leichtes gewesen, heute Nachmittag wichtigste Arbeiten vorzutäuschen und den Kurs ausfallen zu lassen. Dienst ist Dienst. Aber nachdem der gestrige Abend aufgrund seiner Ermittlungen bereits nicht so verlaufen war, wie alle Beteiligten es erwartet hatten, wollte er sie innerhalb von vierundzwanzig Stunden nicht ein zweites Mal verärgern. Er würde jetzt das Zimmer, Champagner und Erdbeeren bezahlen, ganz gemütlich mit Petra nach Hause fahren und dann ihres glückseligen Lächelns zuliebe dieses Gehopse mitmachen.

Das Thermometer zeigte knapp dreißig Grad und in der Turnhalle stand die Luft. Die zwanzig Damen trugen knielange Leggins und Spaghetti-Tops. Ein junger Athlet, neben Charly der einzige Mann, steckte ebenfalls in einer hautengen kurzen Hose und in einem bunten Unterhemd. Charly hatte seine geräumige Turnhose aus dem Schrank gekramt und sein Barcelona-Trikot übergestreift. Er befand sich in der letzten Reihe. Zwei Armlängen neben ihm stand Petra.

In freudiger Erwartung und offenbar glücklich über die gemeinsame Unternehmung strahlte sie ihn immer wieder an.

Ganz vorne war Heidi mit den strammen Waden, die auch für diesen Kurs verantwortlich zeichnete. Sie begrüßte die Anwesenden und insbesondere die neu Dazugekommenen. Da alle Köpfe sich ihnen mit einem aufmunternden Lächeln zuwandten, waren Petra und Charly wohl die einzigen Neuen.

Heidi klatschte in die Hände und kündigte die Aufwärmrunde an. Petra und Charly sollten einfach alles nachmachen, soweit es eben gehen würde. Charly setzte ein angedeutetes Grinsen auf, das absichtlich ein wenig überheblich wirkte und sagen sollte: Ich werd doch mit ein paar Hausfrauen ein bisschen rumspringen können.

Aus Heidis Gettoblaster erklangen die ersten Takte. Eine Rumba, die beschaulich karibisch dahinschlich. Heidi und die zwanzig Damen begannen auf der Stelle zu gehen und schwangen dabei die Arme. Schöne Musik, dachte Charly, gemütlich. Doch bald wurde der Rhythmus schneller, und das Gehen eskalierte zu einem Rennen, wobei Heidi und die Mädels beide Arme immer wieder nach links, nach rechts und nach oben streckten. Dann Sprung in die Grätsche und die Arme auf den Boden, links, Mitte, rechts. Und wieder rennen und Arme nach oben. Wie lang konnte so eine Scheißrumba denn dauern? Charly war kurz davor aufzugeben, als das Aufwärmlied doch noch zu Ende ging. Der Schweiß rann ihm bereits in Bächen den Rücken hinunter. Unter den anderen Kursteilnehmern hob ein freudiges Gemurmel an, aber nur so lange, bis wieder Musik erklang. Ab diesem Zeitpunkt ging es über eine Stunde nonstop durch. Eine gemütliche Rumba hörte Charly nicht mehr. Er machte Cha-cha, Salsa und Mambo aus und bewegte sich zu jeder

Menge anderer Songs, die er nicht einordnen konnte. Alles südamerikanisch, karibisch, tropisch, schnell, sehr schnell, wahnsinnig schnell. Die Mischung aus Tanzen, Gymnastik, Zirkeltraining, Aerobic und Hampelmann brachte Charly ganz nah an seine Grenzen, eigentlich schon ein wenig drüber. Der andere Kerl, der in dem bunten Unterhemd, grinste ihn während der Übungen immer aufmunternd an, und die eine oder andere der Damen, die übrigens allesamt keinerlei konditionelle Probleme erkennen ließen, drehte verstohlen den Kopf, um zu sehen, ob Charly noch mithalten konnte. Heidi reckte ihm immer wieder den aufrechten Daumen entgegen. Darum verbot er es sich selbst, auszusteigen und eine Pause einzulegen, so wie Petra es nach einer halben Stunde tat. Sie setzte sich an die Seite und wedelte sich mit dem Handtuch warme Luft zu, während Charly weiter im Viereck lief, die Arme herumschleuderte und nicht wusste, ob das, was er in seinem Gesicht versuchte, tatsächlich wie ein unbekümmertes Lächeln aussah oder eher Schmerz, Verzweiflung und Todesangst signalisierte.

Nach eineinviertel Stunden und nachdem die Strecke von Trinidad nach Mexiko und zurück musikalisch abgearbeitet war, hatte Charly es geschafft. Heidi schaltete endlich ihren Rekorder aus, und er hätte sich am liebsten der Länge nach auf den Turnhallenboden gelegt und alle viere von sich gestreckt. Die Mädels waren dagegen so munter und aufgekratzt, dass Charly sich nur noch wunderte, wo sie die Power hernahmen. Sich jetzt hier hängen zu lassen, kam gar nicht infrage. Also trottete Charly aufrecht aber mit weichen Knien zur Umkleidekabine, um zu duschen.

»Respekt, Herr Valentin«, sagte der Typ im bunten Unterhemd. »Ich hab beim ersten Mal nicht durchgehalten. Da war nach einer Dreiviertelstunde Schluss bei mir.«

»Also, ich bin der Charly, und soo anstrengend war das jetzt auch wieder ned«, erwiderte Charly.

Der Junge grinste, streifte sein Unterhemd ab und verschwand in der Dusche.

Charly quälte sich ebenfalls aus seinem klatschnassen Barcelona-Trikot und schlurfte ihm dann hinterher.

Es war bei den Zumba-Kurslern üblich, sich nach den Trainingseinheiten im Sportheim zusammenzusetzen, einerseits, um den Flüssigkeitsverlust auszugleichen, zum anderen, um den Samstagnachmittag nach gemeinsamer Anstrengung in gemütlicher Runde ausklingen zu lassen. Die meisten der Damen bestellten Wasser oder Apfelschorle, einige Kaffee oder Tee. Heidi ließ sich eine alkoholfreie Maß Russ servieren und der Typ im Unterhemd, der jetzt ein Chiemsee-T-Shirt trug, eine Holunderschorle. Einige ließen sich einen kleinen Salat bringen oder einen Veggieteller. Charly orderte eine Currywurst mit Pommes und ein Weißbier. Während ihn die eine oder andere der Mitturnerinnen verständnislos ansah und Petra nur mit den Schultern zuckte, gab ihm Heidi mit den strammen Waden recht: »Jawoll, Charly, das hast du dir verdient. War eine klasse Leistung fürs erste Mal. Bei dir natürlich auch, Petra. Ich seh schon, das wird euer Sport.« Applaus brandete auf am Tisch, und Charly winkte verlegen ab. Er war auch der Meinung, dass er die paar Kalorien leicht weggezumbat hatte.

Der Nachmittag hätte so harmonisch enden können, wäre nicht der AH-Leiter ins Sportheim gekommen.

»Des is ja die Höhe«, rief er von der Theke herüber, als er Charly am Zumba-Tisch erkannte. »Wir bringen d'Leut ned zam und können uns bei der Hitz zu zehnt totlaufen, verliern drei null, und der Herr Valentin tanzt lieber mit die Salsaschnecken rum, als dass er mit uns Fußball spielt.«

Charly zog den Kopf ein. Ihm fiel nichts annähernd Vernünftiges ein, was er hätte antworten können. Zum Glück wollte der AH-Leiter sich wohl selbst nicht weiter darüber ereifern. Er wandte sich stattdessen dem Wirt hinter dem Tresen zu. »Gib mir mal fünf Maß Weizen. Wir bleiben draußen sitzen.« Dann schaute er noch einmal zu der langen Tafel der Zumbanistas herüber und fügte hinzu: »Und zahlen tut's der Charly.«

Am Sonntag konnte sich Charly kaum bewegen. Jeder Muskel schmerzte, vor allem solche, von denen er noch nicht gewusst hatte, dass es sie gibt. Das Weizen und die Bacardi-Cola, die er gestern Abend noch mit seinen AH-Kameraden draußen am Sportplatz gekippt hatte, passten seinen Kopf dem Zustand seines Körpers an. Alles aua.

Als Petra am Nachmittag »bei dem herrlichen Wetter« mit ihm einen »schönen, langen Spaziergang« machen wollte, griff er doch auf die »wichtigen Dinge«, die er noch erledigen musste, zurück. Er fuhr zur Dienststelle, setzte sich mit den Akten des Falles Senftl ins kühle Besprechungszimmer und ließ die Kaffeemaschine röcheln. Er blätterte lustlos in den Unterlagen herum, las den einen oder anderen Absatz, konnte sich aber nicht konzentrieren. Nach zwei ekelhaft starken Tassen Kaffee und als es so spät war, dass sich seiner Meinung nach ein Spaziergang nicht mehr rentieren würde, fuhr er wieder heim.

Zwanzig

Sandra war gut gelaunt. Sie hatte das Wochenende mit ihrem Bärli beim Camping am See verbracht. Helmuth war ebenfalls bester Stimmung. Er hatte Samstag und Sonntag genutzt, um mit seiner Yvonne die Altmühl entlangzupaddeln, auf den Hundertwasserturm in Abensberg zu steigen, durch den Donaudurchbruch zu schippern, viele Biergärten zu besuchen und die Bayern in der Allianz Arena zu sehen. Charly hatte immer noch einen ordentlichen Muskelkater. Aber der Kopf war nicht mehr schwer, und wenn er sich nicht bewegen musste, war es durchaus ein angenehmer Montagmorgen.

Kommissariatsleiter Barsch verlas emotionslos die Tagesmeldung. Es war nichts Großartiges los gewesen seit Freitag. Auch KOR Zwerglein hörte nachdenklich zu.

»Und, was is jetz mit dem Toten aus dem Pfeiler?«, fragte er anschließend. »Ich muss dann zur Lagebesprechung mit'm Herrn Präsidenten. Kann ich dem schon irgendwas sagen?«

»Bis jetzt noch nicht«, antwortete Charly. »Ich hab heute früh schon mit dem Fischer Bernd gesprochen. Wir erwarten Ergebnisse von der Eisenstange für heute Nachmittag. Ansonsten bleibt uns nicht viel mehr, als mit dem Foto die Hotels und Pensionen in Ingolstadt und im Umkreis abzuklappern.«

Zwerglein schnaubte wie ein unzufriedenes Pferd, zupfte seine Hemdärmel aus dem Anzug und erhob sich dann. »Sagn S' mir Bescheid, sobald Sie was wissen!« Gleich darauf rauschte er aus dem Zimmer, höheren Aufgaben entgegen.

»Oh, Doppelzwerg, du bist der Erste, dem wir's sagen«, entfuhr es Barsch. Dann besann er sich. »Verzeihung, *Sie* sind der Erste.«

Der Vormittag verlief für einen Montag außergewöhnlich ruhig, und Charly begann gerade nervös zu werden, weil er keine Idee hatte, was er im Fall Senftl tun konnte, um vorwärtszukommen. Ein Telefonat mit Frau Gambrini-Steinmetz brachte ihn nicht weiter. Die Staatsanwältin hatte ebenfalls keine Lösung parat und obendrein im Augenblick keine Zeit, darüber nachzudenken. Sie würde sich morgen noch mal melden. In der Sache mit der Baustellenleiche lief die Befragung der Beherbergungsbetriebe im Dienstbereich. Die Aufgabe hatte der Einsatzzug übernommen. Es hatten sich aber noch keine Hinweise ergeben.

Plötzlich richtete sich Sandra vor ihrem PC auf. »Ja, öha! Da schau her!«

»Was is denn?«

»Ich les grad die Einsatzberichte der PI vom Wochenend. Bei der Schleifmühle hat sich am Samstagabend ein Anwohner beschwert, weil ein fremdes Auto auf einem vermieteten Anwohnerparkplatz abgestellt war. Die Streife ist hingefahren. Abschleppen war nicht drin, weil der Anrufer selbst kein Auto hat. Der Parkplatz gehört halt einfach nur zu seiner Wohnung. Fahndung war negativ. Also ham die Kollegen einen Zettel ans Auto gehängt und sind wieder gefahren.« Sie sah von ihrem Monitor auf und Charly direkt an. »Des war ein Alfa Romeo, italienische Zulassung.«

»Die Schleifmühle ist von dem Betonpfeiler auf der Baustelle dreihundert, höchstens vierhundert Meter weg«, stellte Helmuth fest.

»Auf geht's!« Charly sprang auf, Sandra und Helmuth folgten ihm.

Der rote Alfa stand noch immer auf dem Privatparkplatz. Das Fahrzeug war versperrt. Die drei Kriminaler drückten ihre Nasen an die Scheiben des Autos, konnten aber nichts Außergewöhnliches im Inneren erkennen.

»Was machen Sie da?«, rief jemand aus einem der oberen Fenster im Haus neben dem Parkplatz. Charly sah sich um und entdeckte einen Mann mit feistem Gesicht und spärlichen Haaren.

»Polizei!«, rief er zurück.

»Na, des wird aber auch Zeit.« Der Mann verschwand vom Fenster. Irgendwie glaubte Charly noch etwas von »Steuern« und »anständig« zu hören. Das volle Gesicht tauchte jedoch nirgends mehr auf. Es war zwar vermutlich sein Parkplatz, doch jetzt würde ja endlich die Polizei sein Problem lösen. Da konnte er sich Wichtigerem widmen. Charly beschloss, den Herrn Anzeigeerstatter erst später zu befragen, wenn es sich als nötig erweisen würde.

Der Strafzettel der Kollegen steckte immer noch hinter dem Scheibenwischer.

»Wenn des jetzt wirklich der Wagen von dem Toten im Pfeiler is«, überlegte Helmuth, »... der hat keinen Schlüssel dabei ghabt, und wenn 's Auto trotzdem zugsperrt is ...«

»... dann muss doch irgendwo der Schlüssel sei«, ergänzte Charly.

Helmuth bückte sich und strich nacheinander über alle vier Räder des Alfa. Danach versuchte er den Kofferraum zu öffnen, der jedoch auch verschlossen war. Er schob die Finger hinter die Kennzeichen, und schließlich klappte er die Abdeckung des Tankdeckels auf.

»Bingo!« Helmuth hielt einen Autoschlüssel in die Höhe. »Alter RAF-Trick. So is dei Auto immer fluchtbereit. Sogar wenn sie dir alles abgenommen oder sichergestellt haben. Oder für deine Partner.« Bei dem Gedanken stockte Helmuth.

»Du meinst, es könnt noch irgendwo so ein zweiter Italiener rumlaufen? Vielleicht noch so ein Typ mit einer Beretta?«, fragte Sandra.

»Glaub ich nicht«, urteilte Charly. »Der hätt sich schon lang den Karren gschnappt und wär zurück in Bella Italia.«

»Genau«, pflichtete Helmuth bei. »Aber wie auch immer, Zufall is das nicht, dass der Typ mit der Waffe da liegt. Des is ein Profi.« Wieder hob er den Zündschlüssel in die Höhe. »Soll ma'n aufmachen?«

Doch Charly entschied, Bernd Fischer vom Erkennungsdienst anzurufen. Der Spurensicherer sollte das Fahrzeug öffnen und erst einmal sichern, was zu sichern war.

»Okay, fertig!« Bernd Fischer kletterte rückwärts vom Fahrersitz. »Spurentechnisch erledigt. Viel ist da nicht zu machen. Der Wagen ist wie aus dem Laden raus. Das Einzige, was außer der Betriebsanleitung im Handschuhfach liegt, ist der Geldbeutel.« Er hielt Charly eine schwarze Ledergeldbörse hin. »Kannst ruhig anlangen. Seine Fingerabdrücke und DNA ham ma ja schon.« Sandra schnappte sich das Portemonnaie und begann, es zu durchsuchen.

»Und das Handy lag in der Mittelkonsole. Sonst war nix Privates drin.« Fischer zeigte ihnen ein abgegriffenes Smartphone, das er in einen Plastikbeutel gesteckt hatte. »Ich bring's dann gleich zu unsere Spezialisten und lass es auswerten.«

»Ahh, da schau her!« Sandra war fündig geworden. Sie zog aus der Geldbörse eine Carta d'identità und reichte sie Charly.

»Giovanni Ferrenti«, las er melodiös vor. Er rechnete kurz nach. »Zweiundvierzig Jahre alt. Passbild stimmt auch. Das is unser Toter.«

»Oje!« Sandra hatte ein Foto aus dem Geldbeutel gefischt. Es zeigte eine hübsche junge Frau mit schwarzen Haaren und feurigen Augen und einen blonden Jungen von vielleicht drei oder vier Jahren. »Schade drum.« Sie stöberte weiter, holte schließlich einen Notizzettel hervor und pfiff leise durch die Zähne.

»Aha, jetz wird's interessant.« Sie gab Charly den Zettel.

»Manuel Stein und eine Handynummer dazu. Das ist doch der Manuel von unserem Alex.« Da hatte der abgebrühte Profi, der die Etiketten aus seiner Kleidung schneidet und den Autoschlüssel am Fahrzeug versteckt, den Namen seiner Kontakt- oder Zielperson aufgeschrieben und in den Geldbeutel gesteckt, dachte Charly. So wie ich einen Einkaufszettel. Ihm fiel sein früherer Hundertschaftsführer ein, der ihnen während der Ausbildung oft geraten hatte: »Wenn Sie zu blöd sind, sich etwas zu merken, dann schreiben Sie es sich auf. Ich schreib mir ja auch alles auf.« Offenbar war auch Giovanni zu blöd gewesen, sich den Namen zu merken.

Sonst fand sich nichts von Bedeutung in der Geldbörse. Sie ließen schließlich den Alfa abschleppen und gingen noch der Vollständigkeit halber die Strecke vom Parkplatz bis zur Scherbelberg-Baustelle ab, was aber erwartungsgemäß zu keinen Erkenntnissen führte.

Als sie zur Dienststelle zurückkehrten, hatten die Spezialisten schon einen ersten Blick aufs Handy geworfen. Das letzte Gespräch von Giovanni Ferrenti hatte am Mittwoch, nachts um halb zehn stattgefunden. Es war eine Verbindung mit der Nummer, die er notiert hatte. Und diese Nummer hatte Manuel Stein bei der Befragung im Fitnessstudio als seine Handynummer angegeben. Davor waren nur Telefonate nach Italien verzeichnet.

Frau Gambrini-Steinmetz ordnete die sofortige Befragung von Manuel Stein an, wenn nötig mit Fahndung und Festnahme. Der Dienststellenleiter überlegte, wie man die Chronologie der Ereignisse am besten für eine Presseerklärung aufbereitete. Er wies Margot an, ab sofort ein minutiöses Einsatztagebuch zu führen.

»Is scho gut, mei Bu, die Woar kriegn ma scho.«

Im Fitnessstudio hielt sich Manuel nicht auf. In der Uni lungerte er auch nicht rum, und sein Handy hatte er offenbar ausgeschaltet. Darum fuhren Charly und Sandra zur Wohnung des Gesuchten.

Sie standen im gewachsten Treppenhaus des Altbaus. Vor der Wohnungstür im zweiten Stock lagen mehrere Werbeprospekte. Jemand hatte die Blätter säuberlich und korrekt aufeinandergestapelt und genau parallel zum Türrahmen ausgerichtet. Auf Klingeln, Klopfen und Rufen geschah nichts. In der Wohnung blieb alles ruhig. Dafür ging die Tür gegenüber auf, und eine grauhaarige, kleine Dame teilte ihnen mit, dass sie den jungen Mann schon seit letzter Woche nicht mehr gesehen habe.

Sie wollten gerade wieder gehen, als unten die Holzstufen knarrten und jemand nach oben kam. Ein feuerroter Lockenkopf tauchte auf der Treppe auf.

»Grüß Gott, Frau Fleischer. Wohnen Sie hier?«

»Nein, ich will einen Freund besuchen. Wollen Sie zum Manuel?«

»Können Sie uns sagen, wo wir Herrn Stein finden?«

»Ich such ihn ja selber«, antwortete Leonie Fleischer ein wenig verdutzt.

»Echt? Warum suchen Sie ihn denn?«

»Krieg noch Kohle von ihm?«

»Wofür?«

Leonie stand mittlerweile auf der obersten Stufe, schnaufte einmal kräftig durch und fand die Zeit, sich ihrer Bürgerrechte zu entsinnen. »Des geht Sie ja wohl überhaupt nix an«, antwortete sie trotzig.

Charly hatte jetzt keine Zeit für Grundsatzdiskussionen und momentan absolut keine Lust drauf. Er wollte die junge Frau schon stehen lassen, da schaltete sich Sandra ein, der es wohl genauso gegen den Strich ging, wenn jeder immer glaubte, der Polizei sagen zu können, was sie etwas angeht und was nicht.

»Wenn Sie extra hierherkommen, um von Herrn Stein Ihr Geld zu bekommen, dann wird es vermutlich nicht um einen Schilling zwanzig gehen. Und bei größeren Summen wird's dann schon wieder interessant, weil wir in einem Mordfall ermitteln, genauer gesagt in zwei, und da interessiert uns jedes Detail. Außerdem tauchen Sie komischerweise in letzter Zeit immer wieder auf. Und jetzt auch noch bei dem, den wir gerade suchen. Sie kommen jetzt am besten mal mit zur Dienststelle.«

Leonie drückte die Brust durch und warf ihr Kinn kämpferisch nach vorn.

»Bin ich jetzt verhaftet?«

»Nein, noch nicht«, giftete Sandra zurück. »Wenn Sie wollen, können Sie sich ja weigern mitzukommen. Dann wird's vielleicht wieder ein Widerstand gegen Vollstreckungsbeamte. Und dann sind Sie ruck, zuck verhaftet. Und zwar mit dem größten Vergnügen.« Sandra war einen Schritt auf Leonie zugegangen und am Schluss ein wenig lauter geworden.

Wow, dachte Charly, schwache rechtliche Position, durchaus überzeugend vorgetragen. Ich würd jetzt mitgehen.

Hinter ihnen öffnete sich eine Tür, und die grauhaarige Prospektstaplerin lugte erneut ins Treppenhaus. Charly lächelte ihr zu, und sie verschwand wieder.

Leonie funkelte Sandra mit ihren grünen Augen an, nahm aber ihr Kinn und ihre Brust wieder zurück und kam schmollend mit.

* * *

»Giovanni ist tot.« Der Consigliere der Manossa-Familie war mit der Post unter dem Arm in das Büro gekommen, das mehr einem sehr gediegenen Wohnzimmer ähnelte. Er berichtete so beiläufig von der Neuigkeit, als würde er mitteilen, dass es draußen regnet.

»Madonna, nein!«, entfuhr es dagegen Don Luca. Er hatte es sich nach dem Essen in einem der alten Ledersessel bequem gemacht. »Wer war es?«, fragte er seinen Vertrauten schließlich, nachdem er eine Zeit lang schweigend die glühende Spitze seiner Zigarre angestarrt hatte.

Der Gefragte hob die Schultern und sortierte nebenbei die Briefe. »Wahrscheinlich hängt es mit diesem deutschen Kurier zusammen. Es ist in Bayern passiert. Auf einer Baustelle.«

»Diese Ratte, wir werden sofort …«

»Onkel Luca«, fiel der dritte Mann vom Schreibtisch aus dem Padrone ins Wort. Don Lucas Neffe hatte sich mit seinem Onkel ins Arbeitszimmer zurückgezogen, um über den bevorstehenden Endspurt im Wahlkampf zu sprechen. »Wir sollten nichts überstürzen. Nicht jetzt, so kurz vor der Wahl. Es läuft uns ja nichts davon. Um die Ehre der Familie können wir uns bestimmt auch in ein paar Wochen noch kümmern.«

Dann wandte er sich an den Consigliere. »Bringen die Deutschen uns mit Giovanni in Verbindung?«

»Ich denke schon. Sie haben ihn identifiziert. Und es gab bereits eine Anfrage der deutschen Polizei an unsere Behörden.«

»Verdammt!« Der Politiker schlug auf die Tischplatte, bekam sich aber sofort wieder in die Gewalt. »Womit müssen wir rechnen? Taucht unser Name da jetzt offiziell auf?«

Der Vertraute warf die Hälfte der Briefe in den Papierkorb und legte die anderen vor Don Luca auf den kleinen Tisch.

»Die Polizei in Deutschland ist hauptsächlich an Giovannis Tod interessiert«, erklärte er, »und damit haben wir nichts zu tun. Zumindest nicht direkt. Wenn sie wirklich die Sache mit dem Kokain aufgreifen, können sie nicht viel mehr unternehmen, als den italienischen Behörden eine offizielle Mitteilung zu senden. Die trifft in Rom ein, und dort leitet sie irgendein gelangweilter Beamter an die für uns zuständige Drogeneinheit der Carabinieri weiter. Das Schreiben landet also am Schluss direkt auf Carlos Schreibtisch. Damit ist die Sache dann erledigt. Im schlimmsten Fall müssen wir ihnen irgendeinen kleinen Schmuggler ausliefern.«

Erleichtert lehnte sich der Wahlkämpfer zurück. Damit konnte man leben.

Während Don Luca sein Cognacglas schwenkte und nachdenklich die Rotation der messingfarbenen Flüssigkeit beobachtete, herrschte Schweigen.

»Giovanni hatte eine junge Frau und einen kleinen Sohn«, sinnierte er schließlich. »Wir müssen uns drum kümmern.« Danach straffte er sich und kehrte zu seinem geschäftsmäßigen Krächzen zurück: »Haben wir einen Ersatz für Giovanni?«

»Si, Padrone, den Sohn deines Freundes Sergio. Er will ihn schon lange bei uns unterbringen.«

»Bene, schick ihn zu den Holländern. Er soll sich vorstellen.«

* * *

Sie führten Leonie Fleischer ins Büro und Sandra bot ihr einen Stuhl an.

»Wollen S' an Kaffee?« Sandra hatte sich wieder beruhigt und die Krallen eingefahren.

»Is der Fair Trade?«

»Nein, Sonderangebot von der Norma.«

»Gibt's auch Tee?« Leonie hörte sich ebenfalls ganz umgänglich an.

»Pfefferminz oder Kamille, Aufgussbeutel.«

»Danke, dann lieber nix.«

KOR Zwerglein winkte Charly zu sich auf den Gang. »Wer is denn des hübsche Ding? Ghört die zu unserm Fall?«

Charly erläuterte ihm, dass es sich lediglich um eine Auskunftsperson zum Aufenthalt von Manuel Stein handelte, die jedoch kurz vor einem Widerstand und der eigenen Festnahme gestanden habe.

»Aha, so so. Na gut, Herr Valentin. Auf jeden Fall hab ich Neuigkeiten.« Der Chef schwenkte ein Blatt. »Ich war früher mal im Führungsstab einer bilateralen Sonderkommission zur Erarbeitung von Konzepten … Is ja jetzt egal. Jedenfalls hab ich noch Kontakte nach Rom, zur dortigen Sondereinheit Organisierte Kriminalität. Und meinen Kontakt hab ich heut früh um Auskunft zu unserem Italiener gebeten. Auf dem kurzen Dienstweg, Sie verstehen.« Der Chef zwinkerte verschwörerisch. Dann hob er Charly das Blatt vor die Nase.

»Dieser Giovanni Ferrenti gehört zur Manossa-Familie. War so eine Art Mädchen für alles. Spezialaufträge von Padrone Don Luca Manossa persönlich. Das Hauptgeschäft der Manossa-Familie ist der Kokainschmuggel von Holland nach Italien. Den kontrolliert Don Luca zu einhundert Prozent.«

»Wow, Herr Zwerglein. Das ist ja eine brandheiße Info und blitzschnell auch noch«, lobte Charly und nahm den inoffiziellen Bericht entgegen.

»Gell, da war jetz der Doppelzwerg doch noch mal für was gut«, sagte der Dienststellenleiter und wandte sich lächelnd ab. »Und jetz kümmern S' sich um Ihre Widerstandszeugin, oder was des auch immer is.«

»Also, Leonie«, begann Charly die Befragung, »wie viel Geld bekommen Sie noch vom Manuel und wofür?« Eigentlich interessierte es Charly im Moment nicht, was Leonie mit Manuel zu tun hatte. Sie wusste ja selbst nicht, wo Stein gerade zu finden war. Aber nach Sandras Androhung und vor allem nach der Begründung im Treppenhaus konnte er die Studentin nicht einfach so gehen lassen. Also würde er jetzt halt ein paar Fragen stellen, und dann wär die Sache erledigt.

»Für die letzten zwei Fahrten«, antwortete Leonie, »vierhundert.«

»Was für Fahrten?«

»So Überführung, keine Ahnung. Wir, also der Manuel hat Wohnwagen überführt. Total lockerer Job. Manuel sagt, alleine ist ihm das zu langweilig und er hat Angst, dass er beim Fahren einschläft. Also soll ich ihn begleiten und ein bisschen unterhalten.«

»Wie überführt? Neue Wohnwagen?«

»Ja, neue. Die werden in Holland gebaut. Weil die Holländer einfach die Meister sind, wenn's um Wohnwagen geht, sagt der Manuel.«

»Und wohin überführt? Zu uns?«

»Die sind für Italien bestimmt. Weil die, mit ihren Haufen Bambini, da ist das der große Trend, sagt Manuel.«

»Und wie läuft das ab?«

»Wir haben die Dinger immer in … keine Ahnung … Wesel, glaub ich, an der holländischen Grenze da oben abgeholt. Sind dann aber nicht gleich bis Italien durchgefahren, weil das dem Manuel zu weit war. Er braucht immer eine Pause von der Fahrerei. Also bis Ingolstadt. Ein, zwei Tage Pause und dann weiter bis zum Brenner. Dort haben wir ihn abgestellt, und der Händler hat ihn dort abgeholt.«

Charly konnte noch gar nicht recht einordnen, was er da gerade hörte.

»Und wie viel bekommen Sie da pro Fahrt?«

»Zweihundert Flocken. Lockere Mäuse. Ich konnte sogar lernen unterm Fahren und ihm mein Zeug vorschwafeln. Hauptsache, ich war da.«

»Wann war denn die letzte Fahrt?«, fragte Sandra dazwischen.

»Vor zwei Wochen. Am Freitag nach Wesel, Wohnwagen abholen. Samstag früh waren wir wieder in Ingolstadt. Manuel hat seine Pause gemacht und Sonntagabend sind wir dann nach Italien. Mein Geld hab ich immer ein paar Tage später bekommen, wenn der Wohnwagenhändler den Manuel bezahlt hat. Und das wollt ich jetzt abholen.«

Charly fiel es als Ermittler naturgemäß schwer, an Zufälle zu glauben.

»Und an dem Sonntag vor zwei Wochen, war da der Manuel anders als sonst? Irgendwas auffällig?« Es war der Sonntag, als Ludwig seinen Achtzehnten gefeiert und Senftl verbrannt in seiner Halle gelegen hatte.

»Keine Ahnung, weiß nicht. Was soll denn die ganze Fragerei?«

»Wie ist denn eigentlich Ihr Verhältnis zum Manuel?« Man konnte sofort bei Sandra wieder ein bisschen die Krallen sehen. »Ich mein so außer als Beifahrer.«

Leonie blitzte die Kommissarin an wie zuvor im Treppenhaus. Ihre Wangen zuckten. »Nichts, ich bin nur mitgefahren.«

Doch sie hatte zu lange gebraucht für die Antwort.

»Quatsch, Leonie, verarschen Sie uns nicht.«

Zum ersten Mal senkte sie den Kopf und sah nur die Tischplatte an. »Wir studieren fertig, und dann gehen wir gemeinsam in die Karibik, sagt der Manuel. Wegen seiner Surfschule. Soll nur vorher keiner wissen, damit ihm keiner die Idee klaut.«

»Logisch.« Sandra hörte sich irgendwie zynisch an. Darum übernahm Charly wieder das Sprechen. Aber er hörte sich ähnlich an.

»Ich denk, der Manuel steht auf Männer?«

»Auch, aber halt nicht nur.«

»Und ich schätz, als Beifahrer hat er dann nicht von ungefähr ein junges, hübsches Mädel mitgenommen, der schöne Manuel. Ihr werdet schon ab und zu auf einen Parkplatz gefahren sein und dann den Wohnwagen mal ausprobiert haben.« Es war ein unverschämter Schuss ins Blaue. Charly wusste selbst nicht genau, warum er das gefragt hatte. Vermutlich war seine Fantasie mit ihm durchgegangen.

»Nein, die Wohnwagen waren jedes Mal vollgestellt mit Rädern, Campingstühlen, Sonnenschirmen und so Scheiß.« Leonie war jetzt so richtig verlegen.

»Frau Fleischer«, Charly schlug einen versöhnlichen Ton an. »Sie studieren doch.«

Der rote Lockenkopf nickte.

»Also haben Sie bestimmt Abitur, oder? Und wahrscheinlich kein schlechtes.«

»Eins Komma vier.«

»Und trotzdem san Sie so dämlich? Wohnwagen überführen, von Holland nach Italien? Vom Parkplatz abholen und auf'm Parkplatz abstellen? Und in die neuen Wohnwagen stehen Sonnenschirme und Stühle drin?«

Tränen standen in den grünen Augen, als sie Charly wie ein Dackel ansah. Vielleicht hat sie wirklich nicht darüber nachgedacht, ging es Charly durch den Kopf. Blind vor Liebe. Aber zusammen mit der Information, die Zwerglein aus Rom erhalten hatte, war klar, dass es bei diesen Fahrten nicht um die Caravans ging. Na ja, Leonie wusste nicht, wo Stein gerade war. Und das war jetzt momentan die entscheidende Frage. Sie würden also die Aussage von Leonie Fleischer aufnehmen, und dann könnte sie wieder gehen. Charly überlegte, ob man sie vielleicht mit irgendwas wieder ein wenig aufbauen konnte, damit sie danach nicht völlig frustriert zurück auf die Straße stolpern würde.

Sandra betrachtete Leonie hingegen mit verschränkten Armen und schüttelte langsam ihren Pferdeschwanz. »Mit'm Manuel in die Karibik! Surfschule! Mädel, Mädel.«

Als sie nach der Vernehmung eine völlig verunsicherte Leonie Fleischer in die kalte Welt entlassen hatten, kam ihnen am Gang Bernd Fischer entgegen.

»Charly, ich hab die Ergebnisse von der Eisenstange. Also des Blut is tatsächlich vom Giovanni. Es ist also definitiv die Tatwaffe.« Er blätterte in seinem Bericht weiter.

»Und am anderen Ende der Stange hab ich Fingerabdrücke gefunden.«

»Vom Manuel, klar«, stellte Charly fest.

»Nein«, verbesserte Fischer, »vom Alex.«

»Vom Alex Senftl? Woher wissen wir, wie dem Alex seine Fingerabdrücke ausschaun?«

»War vor ein paar Jahren mal bei einer Marihuanaparty dabei und is dann erkennungsdienstlich behandelt worden.«

»Der Alex, zefix. Sandra! Auf geht's, wir holen uns den Alex.«

»Sorry, Charly, geht ned. Der Helmuth und ich, wir müssen jetzt zu dem Fußballeinsatz. Wir sind eh schon zu spät dran. IN - GOL - STADT! Du bist jetzt leider allein.«

Ein Anruf bei der Eichstätter Inspektion hatte das Problem gelöst. Zwei Kollegen waren zu Alex' Studentenbude gefahren, hatten ihn dort tatsächlich angetroffen und ihn mit Nachdruck gebeten, sie nach Ingolstadt zu begleiten.

»Müss ma ihn heimfahren auch wieder, oder sperrst ihn gleich ein?«, dröhnte einer der Altmühltaler. Alex zuckte zusammen und riss die Augen auf.

»Danke für die Unterstützung, Jungs. Ihr brauchts nicht warten«, antwortete Charly. »Wir unterhalten uns jetzt, und dann schau ma mal. Servus.«

Die Eichstätter verabschiedeten sich, und Charly setzte sich Alex gegenüber an den Schreibtisch.

»Also Alex, zunächst mal suchen wir den Manuel. Er ist in Gefahr, so wie es ausschaut. Können Sie uns sagen, wo er ist?«

Der Gefragte schüttelte den Kopf und sah Charly ängstlich an. »Ich weiß es nicht. Hab ihn schon ein paar Tage nicht mehr gesehen.«

Charly glaubte ihm nicht. Aber vielleicht musste man den Herrn Studenten erst mal mit Tatsachen konfrontieren. Ein wenig auf den Busch klopfen, wie Frau Gambrini-Steinmetz es genannt hatte.

»Wir wissen, dass Manuel Stein als Drogenkurier für die italienische Mafia unterwegs ist.« Eigentlich wusste die Polizei bisher fast nichts, aber man wird ja noch mal fragen dürfen. Verbotene Vernehmungsmethode, rief irgend so ein Wichtigmacher ganz hinten in Charlys Kopf. Doch er musste sich jetzt auf Alex konzentrieren.

Der riss unwillkürlich die Augen auf und starrte Charly ungläubig an. Man konnte sehen, dass auch in seinem Kopf alles Mögliche durcheinandergerufen wurde. Und dann konnte Charly in Alex' Augen die plötzliche Einsicht erkennen, dass er zu lange gestarrt hatte. Dass er die Chance auf ein glaubwürdiges Dementi verspielt hatte.

»Ich … das …«, setzte er zögerlich an, ließ gleich darauf die Schultern sinken, musste schlucken und heftete seinen Blick auf eine halb verdorrte Pflanze in der Ecke des Büros.

»Wie läuft das ab? Hängen Sie da mit drin?«, setzte Charly nach.

Alex schüttelte heftig den Kopf. »Ich war ab und zu dabei. Aber eigentlich hab ich mit dem Ganzen nichts zu tun«, nuschelte er.

»Wo waren S' mit dabei? Bei den Fahrten wohl nicht. Da war ja immer die Leonie dabei. Die Freundin vom Manuel, die später mit ihm in die Karibik geht.« Es war hinterfotzig, Leonie gegen Alex derart auszuspielen, dessen war sich Charly bewusst. Das Leben ist eben kein Ponyhof.

Der Vorhalt löste bei Alex nur ein schiefes Lächeln aus statt des erwarteten Zusammenbruchs. »Ich weiß schon. Die Rothaarige hat der Manuel mitgenommen, weil ein junges Pärchen überhaupt nicht kontrolliert wird. Wäre ich mitgefahren, hätten uns die Zivilstreifen alle zwei Kilometer angehalten. Polizisten sind solche Moralapostel und voll von Vorurteilen.«

Jetzt war Charly ein wenig peinlich berührt. Ganz schlecht, als Vernehmungsbeamter. »Ah … Schmarrn.«

Doch Alex wandte den Blick wieder der Pflanze zu und sprach von selbst weiter. »Des mit der Karibik hat er mehreren erzählt. Spinnerei! Da warn s' immer alle ganz hin und weg. Und keine durfte was verraten, damit kein anderer die Idee klaut.« Er sah Charly wieder in die Augen. »Und dass der Manuel mit der Rothaarigen – und übrigens noch mit anderen Mädels – Sex hatte, das weiß ich auch. Aber sehn S', Herr Kommissar, es ist ein Unterschied zwischen dem, was der Körper ab und zu verlangt, und der wahren, inneren, tiefen Liebe.«

Nun musste Charly schlucken. Na, bravo! Schade, dass Sandra nicht da war, die hörte so was immer besonders gern.

»Ja gut, äh, wie auch immer«, fing sich Charly wieder. »Der Manuel hat also Rauschgift im Wohnwagen quer durch Deutschland geschmuggelt, und die Leonie war seine Beifahrerin. Was spielen jetzt Sie für eine Rolle?«

»Der Manuel hat mich nach einer Möglichkeit gefragt, den Wohnwagen während seiner Pause in Ingolstadt eine Nacht abzustellen. Er wollte ihn nicht auf der Straße rumstehen lassen, hat er gesagt.« Alex hatte sich wieder aufgerichtet und sprach jetzt frei. Offenbar tat es ihm gut, sich die Sache von der Seele zu reden. Wie bei der Beichte, nur dass es hier eben die Polizei war und damit die zuständige Stelle, die dieser verkorksten Situation eine neue Richtung gab. Oft war eine derartige Offenbarung der nötige, wenn auch schmerzhafte Schritt, um im Leben wieder auf eine

Linie zurückzufinden. Besonders, wenn durch zu langes Stillhalten die Lage derart verfahren war, dass man alleine keinen Ausweg mehr fand.

»Wir haben dann die alte Werkstatt auf dem Lagerplatz meines Vaters als Versteck entdeckt. Dort störte es niemand, wenn mal über Nacht ein Wohnwagen drinstand. Ist keinem aufgefallen. Ich hab erst später gemerkt, dass der Manuel die Anhänger nicht nur parkt.«

»Wie jetzt? Was meinen Sie damit?«

Alex sah Charly verblüfft an. Dann winkte er ab und starrte wieder in die Zimmerecke. »Ist jetzt auch egal. Ich hab immer gesagt, dass das scheiße ist. Es war Kokain. Das Zeug in den Wohnwagen. Und ich hab ihm gleich gesagt, er soll die Finger weglassen.« Alex' flehender Blick traf wieder Charly. Als könne der ihn nachträglich noch dabei unterstützen, zu verhindern, dass alles schieflief.

»Das mit der Surfschule war wirklich sein Traum – unser Traum. Und dafür braucht man Geld, Startkapital. Er hat gesagt, er macht es für uns. Und ich hab gesagt, ich will das nicht. Nur, da ging es um Summen, die man sich nicht vorstellen kann. Irgendwann hat er angefangen, was von dem Zeug abzuzweigen. Nur wenig, hat er gesagt. Und die Beutel füllt er wieder auf. Merkt kein Mensch.«

»Und dafür war die alte Werkstatt optimal.«

Alex nickte. »War alles da, um an den Wohnwagen rumzuschrauben.«

»Und dann ist die Sache mit Ihrem Vater passiert«, stellte Charly fest.

Das Kinn des Studenten sank auf die Brust, und seine schmalen Schultern begannen zu zucken. »Ich war nicht dabei«, schluchzte er. »Und Manuel spricht nicht darüber. Aber Papa muss ihn wohl in der Nacht überrascht haben, als er wieder mit dem Koks rumhantierte.« Man konnte förmlich greifen, dass in Alex ein Konflikt zwischen dem Verrat an seiner großen Liebe und der Gerechtigkeit für den ermordeten Vater tobte. Der Vater gewann. »Ich bin mir sicher, dass Manuel ihn erschossen und dann die Werkstatt angezündet hat.«

»Aber gesagt hat Ihnen das der Manuel nicht?«

Alex presste die Hände zwischen die Oberschenkel und schüttelte den Kopf, den er tief zwischen die Schultern gezogen hatte.

»Alex, zu dem Toten von der Baustelle. Auf der Eisenstange, mit der er niedergeschlagen wurde, haben wir Ihre Fingerabdrücke gefunden. Der Mann war von der Mafia und hatte eine Pistole dabei. Für mich könnte das nach Notwehr aussehen.« Charly baute wieder mal goldene Brücken.

Und Alex nickte zaghaft. »Manuel hat mich angerufen und gesagt, er hat einen komischen Anruf erhalten. Er soll sich mit einem der Italiener auf der Baustelle treffen. Nachts. Entweder würde er da Geld für die Fahrten bekommen oder auch nicht. Er hatte jedenfalls ein ungutes Gefühl dabei und hat befürchtet, dass ihm die Italiener doch auf seine Streckerei gekommen sind.«

»Warum auf der Baustelle?«

»Keine Ahnung, vielleicht ist das bei der Mafia so üblich, oder der Platz hat ihm gefallen. Ich weiß es nicht.«

»Weiter.«

»Ich sollte mich verstecken und das Treffen beobachten. Und tatsächlich hat der Typ dann eine Pistole gezogen. Ich hab ihm von hinten die Eisenstange auf den Kopf gehauen. Ich wollte ihn doch nicht umbringen. Ich wollt nur Manuel helfen.« Er sank noch weiter in sich zusammen.

»Und dann?«

»Dann ist er in ein Loch gefallen. Und wie ich runterschau …«, ein Weinkrampf schüttelte den schmächtigen Oberkörper, »da liegt er da, durchbohrt, und starrt mich an.« Jetzt heulte Alex Rotz und Wasser.

Charly reichte ihm ein Taschentuch und ließ ihm Zeit, sich wieder zu beruhigen.

»Alex, wo finden wir den Manuel jetzt?«, fragte er dann.

Doch der Gefragte zauderte. Er überlegte und schüttelte dann den gesenkten Kopf. Offenbar war es eine Sache, sich zu offenbaren und die falschen Taten eines geliebten Menschen zu gestehen, eine andere jedoch, ihn direkt denen preiszugeben, die ihn dafür zur Verantwortung ziehen würden. Vor dem Judaskuss am Ölberg schreckte Alex noch zurück.

Doch Charly ließ nicht locker. In der jetzigen Verfassung würde er Alex schon so weit kriegen, dass er Manuels Aufenthaltsort verriet. Er ging um den Schreibtisch herum und nahm sich einen Stuhl, um sich direkt neben Alex zu setzen und ihm ins Gewissen zu reden.

Als er sich rückwärts auf den Stuhl gesetzt und sich über die Lehne Manuel entgegengebeugt hatte, rumorte sein Magen. Ein Geruch, den sein Gehirn registrierte, kramte eine Erinnerung hervor, die bleibenden Eindruck an Magenschleimhaut und Gaumen hinterlassen hatte. Und diesen Geruch verströmte Alex: Zirbe. Gemischt mit einem Hauch Moschus.

»Der Manuel is in der Jagdhütte Ihres Vaters, oder? Und Sie ham ihn dort besucht.«

Erschrocken schnellte Alex' Blick nach oben.

»Wo is die Hütte genau?«, fragte Charly, und als Alex nicht antworten wollte, bohrte er nach: »Wir finden's so oder so, dauert dann halt zehn Minuten länger.«

»Köschinger Forst«, hauchte Alex unter Tränen.

»Da is er schon seit Donnerstag, oder genauer: Mittwochnacht«, stellte Charly mehr fest, als dass er fragte.

»Seit der Sache auf der Baustelle«, bestätigte Alex und fügte gleich darauf ein wenig hysterisch hinzu: »Er hat Angst. Die Mafia ist hinter ihm her. Da kann er doch ned einfach in seine Wohnung gehen.«

»Scho klar.« Charly legte ihm eine Landkarte vor, und Alex zeigte die genaue Lage der Hütte.

Jetzt war keine Zeit für eine stundenlange, schriftliche Vernehmung. Nach der umfänglichen Beichte hatte Alex nichts mehr zu verlieren. Er würde auch morgen noch seine Aussage machen. Charly sperrte ihn in eine der Haftzellen unten bei der Inspektion.

»Herr Zwerglein, der Manuel Stein sitzt in einer Waldhütte im Köschinger Forst, hinter Stammham«, informierte er danach den Dienststellenleiter. »Der Manuel hat den Senftl erschossen, weil der ihn beim Kokainstrecken in der Werkstatt erwischt hat. Und der Alex Senftl hat den Giovanni auf dem Gewissen, weil er seinem Geliebten geholfen hat, wie der Mafioso ihn erschießen wollt, nachdem sie ihm draufgekommen sind, dass er sie bscheißt.«

»Wie bitte?« Der Chef blickte Charly verwirrt an.

»Ich erklär's später. Wir müssen jedenfalls sofort los und den Stein in dieser Waldhütte festnehmen.«

»Ja, ja.« KOR Zwerglein widmete sich wieder dem Konzept vor sich. »Machen S' des und sagen S' mir Bescheid, wenn wir ein Geständnis haben.«

»Äh, Chef! Es sind alle bei dem Fußballeinsatz. Die einzigen, die noch da san, san mir zwei.«

»Ach so. Aha, na gut, na dann.« Zwerglein räusperte

sich, erhob sich und zupfte sein Sakko zurecht. »Dann fahren halt mir naus.«

Es dämmerte bereits, als Charly hinter Stammham in einen Waldweg einbog. Er schaltete die Scheinwerfer aus und ließ den Wagen im Standgas bis an den Waldrand heranrollen. Dann stellte er den Motor ab, und der BMW kam zwischen den Bäumen zum Stehen.

Etwa zweihundert Meter weiter musste die Hütte etwas abseits des Weges liegen. So hatte Alex es beschrieben. Sie schlossen leise die Türen.

»Ham Sie Ihre Pistole dabei?«, flüsterte Zwerglein.

»Zefix, vergessen!«, gab Charly gepresst zurück.

»Herrschaft, Valentin! Ich hab doch damals extra noch angeordnet, dass …«

»Ham Sie Ihre dabei, Chef?«

»Natürlich ned. Ich bin ja auch a …« Zwerglein riss an seinem Jackettkragen. »Is ja jetz egal. Wird scho gut gehn. Wir ham des Überraschungsmoment für uns.«

Geduckt schlichen sie den Weg entlang. Nach wenigen Metern war es bereits dunkel zwischen den dicht stehenden Bäumen. Sie schlugen sich ins Unterholz, hielten inne und lauschten. Nur ein Specht und das Rauschen eines leichten Abendwindes waren zu hören. Vorsichtig arbeiteten sie sich durch Büsche und Farne vorwärts, bis sie den Rand einer kleinen Lichtung erreichten und die Hütte sahen. In einem der kleinen Fenster flackerte ein schwacher Schein, als würde dahinter eine Kerze brennen. Sie duckten sich hinter Sträucher und beobachteten die Hütte, ob darin eine Bewegung, irgendein Hinweis auszumachen war. Immer noch hämmerte der Specht in regelmäßigen Serien irgendwo an einen Baum. Der Wind strich oben durchs Blätterwerk, und alles, was Charly sonst noch hörte, waren sein eigener und Zwergleins Atem. Dann knackte ein Zweig hinter ihnen.

Sie wollten herumfahren, doch die Stimme kam ihnen zuvor. »Keine Bewegung, nicht umdrehen, oder es kracht.« Man hörte einige Schritte, und nun kam die Stimme von weiter links. »Wen haben wir denn da? Den Herrn Kommissar. Nehmt doch mal die Hände hoch, ihr zwei Clowns.« Manuel Stein trat vor sie und blieb vier oder fünf Meter entfernt stehen. Lässig richtete er eine Pistole auf Charly und Zwerglein.

»Da Sie mich gesucht und hier gefunden haben, geh ich davon aus, Sie wissen Bescheid.«

»Wir wissen zumindest, dass die Mafia hinter Ihnen her ist«, startete Charly einen Verhandlungsversuch. »Wir könnten Ihnen helfen.«

»Quatsch, ihr Pfeifen könnt niemandem helfen. Ich kümmere mich schon um mich selber.«

»Sie können vielleicht vor der deutschen Justiz davonlaufen. Aber nicht vor der Mafia. Die finden Sie überall. Und die vergessen es nicht, wenn man sie beschissen hat.« Charlys Arme begannen bereits zu schmerzen.

»Bla, bla, bla. Was heißt da beschissen? Die haben deswegen noch genau so viel Geld eingenommen. Es hätt überhaupt nix ausgemacht, dass ich da a bisserl was dran verdient habe.«

»Wollen Sie jetzt Ihr Leben lang weglaufen?«

»Spar dir dein Mitleidsgefasel, Bulle. In ein paar Stunden geht mein Flug, und dann findet mich keiner mehr. Ich hab gerade darüber nachgedacht, wie ich zum Flughafen komm. Und da bringt ihr mir netterweise ein Auto.« Er streckte den Arm mit der Waffe durch und zielte auf Charlys Kopf. »Ganz langsam den Autoschlüssel rausholen und herschmeißen.«

Charly gehorchte. »Wo wollen Sie denn hin?«

»Für wie blöd hältst du mich, Bulle?« Manuel grinste verächtlich und kratzte sich dann mit der linken Hand am Ohr. »Obwohl es vielleicht egal ist. Ich weiß jetzt noch gar nicht, was ich mit euch mach. Wenn ich euch einfach über den Haufen schieß, dann könnt ich euch ja vorher ruhig sagen, wo ich hingeh.«

»So wie den Senftl, oder? Auch einfach über den Haufen geschossen.« Charly musste Zeit gewinnen. Vielleicht ergab sich dadurch irgendeine Chance, etwas zu unternehmen.

»Ach, der mit seinen Scheißmoralvorstellungen. Selber Millionen einstreichen und bestechen und schmieren – und mir erzählen, dass Rauschgift verboten ist und Unglück über die Menschen bringt.« Wieder dieses Grinsen, das das Schlimmste befürchten ließ.

»Genug geschwafelt, meine Herren. Es tut mir leid, aber ich muss zu meinem Flug.« Wieder hob Manuel die Pistole weiter nach oben. Diesmal kniff er ein Auge zu und zielte über Kimme und Korn, als plötzlich eine andere Stimme ertönte.

»Ganz ruhig stehen bleiben und die Flossen hoch, mien Jung. Die Waffe weg und beweg dich nicht mehr. Sonst mach ich dir ein Loch in den Rücken, so groß wie'n Bullauge.«

Charly brauchte einige unwirkliche Zehntelsekunden, bis er die Situation realisierte. Der Hamburger Dialekt, den er eben gehört hatte, passte so absolut nicht zur Erscheinung des Jennerweins, der von einem Moment zum anderen drei Meter hinter Manuel aufgetaucht war und mit einer doppelläufigen Schrotflinte dessen Rücken im Visier hatte. Kein Zweifel, das war Bruce. Er trug einen Filzhut, einen Strickjanker und eine Kniebundhose und hatte einen olivgrünen Rucksack um die Schulter hängen.

Manuel drehte leicht den Kopf und schien die Möglichkeit zu prüfen, sich den Weg freizuschießen.

»Denk gar nicht dran«, dröhnte Bruce eindringlich. Und schließlich ließ Manuel die Waffe sinken, warf sie vor sich ins Gras und hob die Hände hinter den Kopf.

Charly sprang auf und war im Nu bei Stein. Er nahm die Waffe an sich und verstaute sie in seinem Hosenbund. »Manuel Stein, Sie sind vorläufig festgenommen, weil Sie dringend verdächtig sind, Harald Senftl erschossen zu haben. Und vieles mehr.«

»Das war ich nicht. Das war der Alex«, rief Stein.

»Quatsch, der Alex war an dem Abend nicht mal dabei in der Werkstatt.« Charly stand nun direkt vor Manuel. Er schnappte sich die rechte Hand des Festgenommenen und zog sie zu sich. Dann griff er nach dem Pflaster zwischen Daumen und Zeigefinger und riss es mit einem Ruck herunter. An Manuels Hand zeichneten sich immer noch deutlich zwei rote Streifen ab, über die langsam wieder Haut wuchs.

»So was passiert nämlich, wenn man zu blöd zum Schießen ist. Dann tut's weh.« Charly hielt Manuel dessen eigene Hand vor Augen. Danach griff er nach der Pistole in seinem Gürtel. »Und ich schätz, da im Verschluss der Pistole finden wir die Hautfetzen, die an Ihrer Hand fehlen. Vom Alex werden wir da vermutlich nichts finden, schöner Mann, überhaupt nichts. Und die Pistole können wir mit Sicherheit als Tatwaffe für den Mord an Senftl identifizieren.«

Manuel sah Charly an, antwortete aber nicht.

»Sie haben in der verlassenen Werkstatt immer das Kokain aus den Wohnwagen gestreckt und für sich was abgezweigt, bevor Sie den Stoff in Italien abgegeben haben. An dem Samstag vor zwei Wochen hat Sie der Senftl dabei überrascht. Er hat nämlich schon geahnt, dass in der verlassenen Werkstatt irgendetwas vorgeht und ist deshalb in der Nacht extra vorbeigefahren. Und dann hat er Sie erwischt. Mit massenweise Kokain. Wo er doch bei Rauschgift überhaupt keinen Spaß verstand. Und dann ausgerechnet Sie, der Geliebte seines Sohnes. Er wollte die Polizei rufen, das konnten Sie natürlich nicht zulassen. Ihr Traum von der Surfschule wäre zerplatzt.« Charly stand ganz dicht vor Manuel, der ihn mit zusammengepressten Kiefern hasserfüllt anfunkelte.

»Da haben Sie geschossen. Einmal, zweimal, aber er lebt noch. Drum gehen Sie hin und verpassen ihm einen Kopfschuss. Und um das Ganze zu verdecken, brennen Sie dann die komplette Werkstatt einschließlich der Leiche nieder.«

Ein verächtliches »Pff…« war alles, was Manuel hervorstieß.

Mit einem Strick aus Bruce' Rucksack fesselten sie schließlich Manuel die Hände und verfrachteten ihn in den Dienstwagen.

»Hey, Bruce, gratuliere zur bestandenen Jägerprüfung«, sagte Charly, als sie vor dem Dienst-BMW standen. Dann schlug er dem EZler freundschaftlich gegen die Schulter. »Und danke, Mann.«

»Alles klar, Herr Kommissar. Gemeinsam sind wir eben eine klasse Crew.«

Auch der Dienststellenleiter bedankte sich mit bleichem Gesicht bei seinem Kollegen. Er hatte die ganze Zeit nichts gesagt.

Einundzwanzig

Ingolstadt hatte das Montagsspiel sang- und klanglos mit zwei zu null verloren, doch keiner regte sich am Dienstagmorgen über die desolate Vorstellung und die neuerliche Heimpleite sonderlich auf, denn Tagesgespräch war die Aufklärung des Mordes an Harald Senftl und des Falles mit dem toten Italiener auf der Baustelle. Die Einzelheiten der Festnahme von Manuel Stein im Köschinger Forst wurden zigfach nachgefragt, blieben aber irgendwie schemenhaft und nebulös. Der Sachbearbeiter und der Dienststellenleiter hatten in Kooperation mit Kräften anderer Dienststellen den Täter zur Strecke gebracht.

»Welche anderen Dienststellen?«

»Na, zum Beispiel die Eichstätter.«

»Logisch, Köschinger Forst, is ja ihr Revier.«

»Äh, ja … und die Einsatzzentrale.«

»Aha, am Funk und so, oder?«

»Ned direkt.«

»Wie dann?«

»Na, anders eben. Oh, ich muss schnell was erledigen. Komm dann gleich wieder.«

»Komisch!«

Charly traf Hubert Riederer auf dem Weg in den Presseraum.

»Also gibt's wirklich keinen Zusammenhang mit der Russenmafia?«, fragte der Lokalreporter.

»Nein, Hubert. Gott sei Dank nicht. Also jedenfalls nicht bei dem Mord am Senftl. Ob die Russen irgendwie in der Baufirma mit drinhängen, das wissen wir natürlich nicht. Interessiert uns jetz allerdings nicht mehr wirklich. Logisch, oder?«

Riederer wirkte enttäuscht. »Echt schade.«

Als Charly ihn verständnislos anstarrte, erklärte der Reporter, er hätte für den Fall einer russischen Beteiligung einen klasse Bericht fix und fertig in der Schublade gehabt: Strukturen, Handlungsweisen, Strohmänner.

»Background, verstehst? War ein Haufen Recherchearbeit«, berichtete der Journalist stolz, »und nicht mal so ungefährlich.«

»Sorry, Hubert, aber ich kann dir jetz wirklich keinen Hammer-und-Sichel-Mörder mit reindichten.«

»Is scho klar. Echt schade.«

Schweigend stiegen sie nebeneinander die letzten Stufen bis in den vierten Stock hinauf.

»Schreib halt eine Reportage über den Bruder vom Wienert. Vielleicht bringst dei Wissen da unter«, schlug Charly vor, als sie den Gang durchquerten.

Riederer winkte ab. »Hat sich auch erledigt. Den hat sei Konzern nach China gschickt. Dort baut er jetz Wolkenkratzer.«

»Woher weißt denn jetz des scho wieder?«

»Wir ham eine neue Volontärin in der Redaktion. Die kommt aus … na irgendwo von da drüben halt. Und die hat immer noch gute Kontakte nach Kiew.« Nach einer kurzen Pause fügte er schmunzelnd hinzu: »Schaut übrigens ganz süß aus. Ich bring's zum nächsten Treffen im *Mo* mal mit. Die wird dir gefallen.«

»Scho klar, Casanova. Weißt sonst noch irgendwas Interessantes? Background?«, imitierte Charly sein Gegenüber.

»Ach, nur die übliche Gerüchteküche: Swetlana lässt sich ihr Erbe vom Wienert auszahlen und geht weg aus Ingolstadt. Ich glaub, nach Mallorca. Die Tochter behält ihre Anteile und bleibt in der Firma. Aber die Entscheidungen trifft künftig wohl der Wienert allein. Und was aus'm Erbe vom Sohn wird, das weiß man noch nicht.«

Sie hatten ihr Ziel erreicht, und Charly hielt dem Lokalreporter die Türe auf.

Bevor Riederer hineinging, zwinkerte er Charly zu. »Übrigens hört man, dass da Bruce sei Jägerprüfung bestanden hat.«

Präsident Rubin, Frau Staatsanwältin Gambrini-Steinmetz und KOR Zwerglein saßen den Pressevertretern gegenüber. Charly, Sandra und Helmuth standen ganz hinten in dem großen Besprechungsraum im vierten Stock. Sie verfolgten die Einführungsworte des Präsidenten und ernteten ein lobendes Nicken und einen wohlwollenden Blick in ihre Richtung, als Rubin vom Erfolg akribischer Ermittlungsarbeit sprach.

Die Staatsanwältin verkündete danach offiziell die Festnahme des dringend tatverdächtigen Manuel S., dessen Motiv die Verschleierung seiner Rauschgiftgeschäfte gewesen sei. Ebenso befinde sich der leibliche Sohn des Mordopfers in polizeilichem Gewahrsam und werde dem Haftrichter vorgeführt, da er zumindest mittelbar den Tod des Italieners zu verantworten hätte. Die Einzelheiten dazu könne man nun vom Leiter der Ingolstädter Kripo, Kriminaloberrat Zwerglein, erfahren.

Der Dienststellenleiter übernahm das Wort und erläuterte seine klugen und umsichtigen Anordnungen, die letztendlich zur Lösung des Falles geführt hätten.

»Ich habe natürlich sofort eine kleine Sonderkommission ins Leben gerufen, weil mir klar war, dass der Mord an Harald Senftl ein hohes Maß an Ermittlungen erforderlich machen würde.« Und so weiter. Wie Slalomstangen standen die »Ichs« auf der Piste seiner Erklärungen, und elegant wedelte er von einem Tor zum nächsten.

»Es gab dann noch eine zweite Soko, die den Tod des Italieners untersuchen sollte«, meldete sich Hubert Riederer zu Wort. »Die war aber mit denselben Beamten besetzt. Ist denn das grundsätzlich sinnvoll?«

»Ich habe sehr frühzeitig erkannt, dass die beiden Ereignisse irgendwie zusammengehören. Darum habe ich entschieden, dieselben Ermittler an beiden Fällen arbeiten zu lassen. Und wie Sie sehen, hat meine Entscheidung erheblich zum schnellen Erfolg beigetragen.«

»Es hatte also nichts mit der Personalknappheit bei der Polizei zu tun?«

»Natürlich ist die enge Personaldecke ein ständiges Thema, zu dem ich zusammen mit dem Herrn Präsidenten immer wieder an entscheidender Stelle vorstellig werde. In diesem Fall war es ausnahmsweise so von mir gewollt.«

Eine junge Reporterin der *Neuburger Rundschau* stand auf. »Im Rahmen der Ermittlungen wurde das Bauamt durchsucht. Haben sich denn durch die Untersuchung Hinweise auf Unregelmäßigkeiten ergeben?«

»Sehn Sie, bei derartigen Großprojekten wie dem Unternehmen ›Scherbelberg‹, und dann auch noch im Zusammenhang mit einem Ermittlungsverfahren wegen organisierter Kriminalität, da werden Vorwürfe wie Korruption und Bestechung schnell mal erhoben. Um dem Ganzen von vornherein entgegenzuwirken, habe ich angeordnet, prophylaktisch die entsprechenden Stellen in unsere Ermittlungen mit einzubeziehen. Und ich kann Ihnen versichern, es geht bei den städtischen Behörden alles mit rechten Dingen zu. Woran ich im Übrigen nie gezweifelt habe.« Er lächelte die hübsche Journalistin an. »Wenn Sie dazu Genaueres wissen wollen, können wir uns nachher gern noch unterhalten. Hier würde es jetzt den Rahmen sprengen.«

»Herr Kriminalrat«, rief ein Mitarbeiter einer überregionalen Abendzeitung. »Können Sie uns die genaueren Umstände der Festnahme schildern? Was ist da abgelaufen?«

»Nun, ich kann Ihnen sagen, dass gestern Abend der Kollege Valentin und ich nach entsprechenden Vorermittlungen den Manuel S. in einer Waldhütte im Köschinger Forst verhaftet haben. Er hatte sich dort versteckt, um auf einen bereits gebuchten Flug zu warten, mit dem er sich ins Ausland abgesetzt hätte. Weitere Details der Verhaftung unterliegen momentan noch der Geheimhaltung, bis die Ermittlungen endgültig abgeschlossen und alle Vernehmungen durchgeführt sind. Ich danke für Ihr Verständnis.«

Einige der Pressevertreter murrten zwar, nichtsdestotrotz war die Pressekonferenz damit beendet.

Präsident Rubin gratulierte den drei Ermittlern im Anschluss noch einmal per Handschlag, und auch die Staatsanwältin dankte dem Team.

»Ich kümmere mich um einen Termin beim Haftrichter heut Nachmittag, und dann meld ich mich«, sagte sie. Augenzwinkernd fügte sie an: »Und heut Abend geb ich eine Halbe aus, wenn jemand mitkommt ins *Mo*.«

Der Dienststellenleiter nahm Charly am Arm und führte ihn ein wenig zur Seite.

»Gute Pressekonferenz, Herr Zwerglein«, lobte Charly. »Alles gsagt, was die wissen müssen.«

»Ja, ja, scho recht«, kommentierte Zwerglein. »Is denn der Stein schon vernommen?«, fragte er dann.

»Nein, jetzt dann gleich mach ma des.«

»Gut! Charly, ich will, dass du die Vernehmung machst. Und auf die Einzelheiten der Festnahme, da muss ma ja in der Vernehmung ned unbedingt eingehen.«

»Verstehe.«

»Und was is mit dem Kollegen aus der EZ? Schreibt der was?«

»Ja, natürlich muss der Bruce auch einen Aktenvermerk schreiben. Aber ich hab gestern noch mit ihm gred. Er sagt, schreiben is gar nicht seins. Er wird das wahrscheinlich wieder sehr wenig detailliert formulieren.«

»Okay, Charly, ich seh scho, du machst des so, dass passt.« Der Chef war zufrieden.

Er klopfte Charly auf die Schulter. »Ich bin übrigens der Hanno.«

Entspannt zündete sich der Hanno danach seine Pfeife an.

***

Vor Neapel zerfloss der Umriss Ischias am dunstigen Horizont. Salvatore hatte dem Kleinen ein Modellflugzeug gebracht und Lucia mit den feurigen Augen ein Kuvert übergeben. Darin fand sie eine Art »Witwenrente«, die ihr und ihrem Sohn in nächster Zeit das Leben ein wenig erleichtern würde. Don Luca hatte es so angeordnet.

Lucia hatte sich immer noch nicht verziehen, dass sie sich mit einem dummen Streit von ihrem Giovanni verabschiedet hatte. Das Letzte, was ihr Mann von ihr gesehen hatte, war ihre hochnäsige, von Eifersucht verzerrte Fratze gewesen, warf sie sich vor. Wegen nichts. Der Beweis, dass es sich tatsächlich um einen Auftrag Don Lucas gehandelt hatte, war ja unbarmherzig erbracht. Sie hätte mehr als den nicht geringen Betrag in dem Kuvert dafür gegeben, hätte sie den überflüssigen Streit ungeschehen machen und Giovanni noch ein letztes Mal küssen können.

Das Geld von Don Luca sicherte die nächste Zukunft in finanzieller Hinsicht. Wie es aber mit ihr und ihrem Sohn weitergehen würde, darüber wagte sie nicht nachzudenken.

Salvatore saß auf der Terrasse des kleinen Hauses, und Lucia servierte Espresso. Verstohlen musterte er die junge Frau und nickte dann bedächtig vor sich hin. Es gefiel ihm durchaus, was er sah. Salvatore würde sich ab jetzt ein wenig um Lucia kümmern. Das war der Wunsch des Padrone.

* * *

Als er am Abend vom Biergarten nach Hause kam, war Charly müde. Er hatte zusammen mit Sandra und Helmuth umfangreiche Aussagen von Alex und Manuel zu Papier gebracht und dann die Unterlagen für die Vorführung beim Haftrichter vorbereitet. Der kurze Biergartenbesuch mit den Kollegen und der Staatsanwältin war sehr entspannt und amüsant gewesen. Aber wenn nach einem derart intensiven Fall die Ermittlungen endlich abgeschlossen waren, dann fiel die Anspannung von ihm ab, und er taumelte erschöpft in ein Loch.

Er gähnte ausgiebig, nachdem er Petra begrüßt hatte.

»Schorschi, da is ein Paket für dich gekommen.« Seine Frau deutete auf eine kleine, braune Schachtel auf der Kommode.

Charly setzte sich an den Tisch und öffnete das Päckchen. Er lächelte Petra an, und die Müdigkeit war verflogen. In Dunkelrot sah dieser Kimono wirklich sehr verführerisch aus.

Und wieder habe ich einer ganzen Reihe von Leuten zu danken

zu allererst natürlich meiner Familie,
meinen schon routinierten Testlesern Ernst, Ferdl, Edi, Tini, Julia, Lizzy und Sissi,
dem Ingolstädter Stadtrat, und zwar dem von jetzt und dem aus den Dreißigern,
dem Lektor, Herrn Stephan Naguschewski,
allen meinen Kollegen, Kommissariatsleitern, Chefs usw.,
dem Team vom *ars vivendi verlag*,
dem TSV Baar-Ebenhausen incl. der AH Ebenhausen,
Vito und dem *Alten Wirt*
und nicht zuletzt meinen Lesern

und zwar für

das entgegengebrachte Vertrauen,
den steten Quell der Inspiration,
Zeit und Ruhe zum Schreiben,
konstruktive Kritik,
den harten Boden der Tatsachen,
Zuspruch und Ermunterung,
die Chance, auch ein drittes Buch zu veröffentlichen,
den Scherbelberg und das eine oder andere Kongresszentrum,
den hoffnungslosen Versuch, mir zwiderm Hund anständigs Schreibn beizbringa,
ein exquisites Candle-Light-Dinner und gemütliche Schafkopfabende,
gute dreißig Jahre Rigatoni, Salat und Weißbier.

WENN NUR NOCH BETEN HILFT ...

Tommie Goerz
Einkehr
Klappenbroschur, 302 Seiten
978-3-86913-421-5 · € 14,90

Franken. Unerträgliche Schwüle lastet auf dem Land – und den Nürnberger Kommissar Friedo Behütuns quält ein Verdacht: Dreimal schon hat in den vergangenen Jahren ein Sexualmörder zugeschlagen. Kann es sein, dass die Schwüle eine Rolle spielt? Doch warum? Und: Kann es wieder passieren? Behütuns versucht, die Psyche dieses Mörders zu ergründen. Da macht eine Frau eine abenteuerliche Aussage: Hinter einer Reihe von Unfällen sollen Morde stecken. Aber es gibt keinen Zusammenhang, kein Motiv. Abstrus. Lustlos beginnt man in Nürnberg zu ermitteln – und stößt auf Botschaften aus einer anderen Zeit, einen ergebenen Diener Gottes und die mörderische Kraft des Vergessens …